내 이름은 빨강 2

Benim Adlm Klrmlzl

BENIM ADIM KIRMIZI
by Orhan Pamuk

세계문학전집 52

내 이름은 빨강 2

Benim Adım Kırmızı

오르한 파묵

이난아 옮김

민음사

차례

2권
34 나는, 셰큐레 7
35 저는 말입니다 30
36 내 이름은 카라 36
37 나는 여러분의 에니시테요 52
38 내가 화원장 오스만이다 60
39 저는 에스테르랍니다 73
40 내 이름은 카라 84
41 내가 화원장 오스만이다 92
42 내 이름은 카라 118
43 나를 올리브라 부른다 135
44 나를 나비라 부른다 138
45 나를 황새라 부른다 142
46 나를 살인자라고 부를 것이다 146
47 나는 악마다 161
48 나는, 셰큐레 169
49 내 이름은 카라 176
50 우리는 두 명의 수도승 196
51 내가 화원장 오스만이다 201
52 내 이름은 카라 226
53 저는 에스테르랍니다 251
54 저는 여자예요 274
55 나를 나비라 부른다 282
56 나를 황새라 부른다 302
57 나를 올리브라 부른다 315
58 나를 살인자라고 부를 것이다 329

59 나는, 셰큐레 368

작품 해설 383
작가 연보 391

1권 1 나는 죽은 몸
2 내 이름은 카라
3 나는 개입니다
4 나를 살인자라고 부를 것이다
5 나는 여러분의 에니시테요
6 나는 오르한
7 내 이름은 카라
8 저는 에스테르랍니다
9 나는, 셰큐레
10 저는 한 그루 나무입니다
11 내 이름은 카라
12 나를 나비라 부른다
13 나를 황새라 부른다
14 나를 올리브라 부른다
15 저는 에스테르랍니다
16 나는, 셰큐레
17 나는 여러분의 에니시테요

18 나를 살인자라고 부를 것이다
19 저는 금화올시다
20 내 이름은 카라
21 나는 여러분의 에니시테요
22 내 이름은 카라
23 나를 살인자라고 부를 것이다
24 나는 죽음이다
25 저는 에스테르랍니다
26 나는, 셰큐레
27 내 이름은 카라
28 나를 살인자라고 부를 것이다
29 나는 여러분의 에니시테요
30 나는, 셰큐레
31 내 이름은 빨강
32 나는, 셰큐레
33 내 이름은 카라

34
나는, 셰큐레

나의 슬픈 결혼식의 마지막 하객들이 신발을 신고 옷을 걸치고, 사탕 빠는 아이들을 끌고 대문 밖으로 사라지고 나자, 그 뒤에는 긴 정적이 흘렀습니다. 우리 식구들은 모두 마당에서 있었습니다. 우물 옆, 반쯤 찬 두레박에서 참새가 조심스레 물을 마시며 내는 소리 말고는 그 어떤 소리도 들리지 않았습니다. 작은 머리에 짧은 깃털들이 화로의 불빛처럼 빛나던 그 참새마저 날아가 버리자 빈집은 밤의 어둠 속에 완전히 묻혀 버렸습니다. 그제야 나는 아버지가 죽어서 위층에 누워 있다는 사실을 가슴 아프게 느꼈습니다.

"얘들아, 이리 와 봐."

뭔가 선언을 할 때면 늘 쓰는 말투로 나는 오르한과 셰브켓을 불렀습니다.

아이들이 다가왔습니다.

“이제 너희들의 아버지는 카라야. 아버지 손등에 입을 맞추렴.”

아이들은 얌전히, 소리 내지 않고 입을 맞췄습니다. 나는 카라를 보며 말했습니다.

“이 애들은 아버지 없이 자라서 어떻게 아버지 말씀에 복종하고, 아버지 말을 명심해서 듣고, 아버지를 믿어야 하는지 잘 몰라요. 그러니 애들이 당신을 무례하게 대하고 낯을 가리고 버릇없이 행동하고 철없는 짓을 하더라도 당신이 먼저 아이들을 이해해 주세요. 그냥 아버지를 오래 못 보고 기억도 못 하기 때문이라고 생각해 줬으면 해요.”

“난 아버지 기억나.”

셰브켓이 말했어요.

“쉿! 잘 들어. 지금 이 순간 후로 새아버지의 말이 엄마 말보다 우선이야.”

그러고는 카라에게 말했죠.

“만약 애들이 조금이라도 당신 말을 안 듣고 까불면, 우선은 경고를 하고 애들을 용서해 줘요.”

매를 들라는 말이 혀끝에서 맴돌았지만 입 밖에 내지는 않았습니다.

“당신에게 내가 중요하듯 우리 애들도 중요하게 생각해 줘요.”

“셰큐레, 난 단지 당신 남편이 되기 위해서가 아니라, 이 사랑스러운 아이들의 아버지가 되기 위해서도 당신과 결혼했소.”

"잘 들었지, 얘들아?"

그러자 곁에 서 있던 하이리예가 말했어요.

"아, 신이시여. 부디 우리에게 은총을 내려 주세요."

"얘들아, 들었지? 내 귀여운 아들들아. 아버지가 너희를 이렇게 사랑해 주시니, 너희가 모르고 잘못을 하거나 아버지 말을 듣지 않아도 처음에는 너희를 용서해 주실 거야."

"나중에도 용서할 거요."

카라가 그렇게 말했지요. 나는 얼른 덧붙였어요.

"하지만 세 번째에도 하지 말라는 짓을 또 하면…… 그때는 몽둥이감이야. 알겠니? 새아버지 카라는 돌아가신 너희 아버지가 살아남지 못한 그 험한 전쟁터에서, 가장 끔찍하고 가장 혹독한 전쟁에서 살아 돌아온 분이셔. 아주 무섭고 강한 남자란 말이다. 할아버지가 너희들을 너무 버릇없게 키우셨지만. 이제 할아버지는 편찮으시단다. 알겠니?"

그러자 셰브켓이 말했어요.

"나, 할아버지한테 가고 싶어."

"말을 안 들으면 새아버지가 너희를 때려 줄 거야. 지금까지 내 손에서 너희들을 구해 주셨던 할아버지도 새아버지의 손에서 너희를 구해 주시지는 못할 거야. 새아버지를 화나게 하지 않으려면 서로 싸우지 말고, 사이좋게 나눠 가지고, 거짓말도 하지 말아야 해. 기도도 하고, 기도문을 외우기 전에는 잠도 자지 말고, 하이리예에게 못된 소리를 하거나 놀려서도 안 돼. 알겠지?"

카라가 허리를 굽혀 오르한을 번쩍 안았습니다. 하지만 셰브켓은 그에게서 멀리 떨어졌죠. 나는 순간적으로 그 애를 껴안고 울고 싶은 마음이 들었습니다. 가련한 아이. 믿고 의지할 사람이 아무도 없는 셰브켓. 이 넓은 세상에서 너 혼자 얼마나 외롭니? 그러자 나 자신도 셰브켓처럼 이 세상에 홀로 남겨진 아이라는 생각이 들었습니다. 그리고 내 머릿속에서 셰브켓의 왜소함과 가여움이 나 자신의 왜소함과 뒤섞였고 소름이 끼쳤습니다. 나의 어린 시절을 생각해 보면, 나도 한때는 지금 카라의 품에 안겨 있는 오르한처럼 아버지 품에 안겨 있었습니다. 물론 오르한처럼 억지로가 아니라 즐거워하며 매달려 있었죠. 아버지와 자주 껴안고 개들이 서로 냄새를 맡듯이 계속 킁킁거렸던 게 기억납니다. 나는 거의 울 뻔했지만, 꾹 참고 전혀 생각지도 않았던 말을 했습니다.

"자, 카라에게 '아버지' 하고 불러 봐."

그날 밤은 정말 추웠고 마당은 고요했습니다. 먼 곳에서 개들이 슬프게 짖어 대는 소리가 들려왔습니다. 시간이 또 얼마쯤 흘렀습니다. 침묵이 아무도 모르는 사이에 어두운 꽃처럼 피어나고 있었습니다. 나는 아이들에게 말했습니다.

"자, 이제 집에 들어가자. 추운 데서 떨지 말고."

결혼식 뒤에 따로 남기를 두려워하는 신부와 신랑의 서먹함 때문에, 나와 카라는 아이들과 하이리예와 함께 주저하며 집 안으로 들어갔습니다. 마치 어두컴컴한 남의 집에 들어가는 것처럼.

집 안에서는 시체 썩는 냄새가 풍기고 있었지만 아무도 눈치채지 못한 것 같았어요. 계단을 조용히 올라가는 동안, 손에 든 등불 때문에 천장에 비친 그림자들이 여느 때처럼 돌고 돌며 서로 엉키고, 작아졌다 커졌다 했습니다. 그런데 그것들이 난생처음 본 것처럼 낯설었습니다. 현관에서 신발을 벗는데 셰브켓이 불쑥 말했습니다.

"잠자기 전에 할아버지 손등에 입 맞춰도 돼?"

하이리예가 얼른 대꾸했습니다.

"내가 조금 전에 가서 봤는데, 할아버지가 얼마나 고통을 당하시는지, 벌써 악마가 할아버지 몸에 들어간 것 같아. 온몸이 불덩이 같으셔. 그러니 어서 방으로 가자. 이불 펴 줄게."

그녀는 아이들을 침실로 밀어 넣고는 서둘러 잠자리를 펴고 깨끗한 시트를 깔고 오리털로 된 따스한 이불 속에 아이들을 뉘었습니다.

오르한이 요강에 앉아서 말했습니다.

"하이리예, 옛날이야기 해 줘."

"옛날 옛날에 푸른색 남자가 살았습니다. 그에게는 아주 친한 친구인 요정이 있었습니다."

"그 사람은 왜 푸른색이야?"

오르한이 물었어요. 나는 하이리예에게 말했습니다.

"하이리예, 제발 오늘 밤만은 정령이나 유령 얘기는 하지 마."

그러자 셰브켓이 물었어요.

"왜 안 돼, 엄마? 우리가 잠들면 엄마는 할아버지한테 갈 거야?"

"할아버지는 정말 많이 편찮으셔. 그러니까 밤에 어떠신가 가 볼 거야. 그렇지만 다시 너희들 곁으로 올게."

"하이리예한테 보러 가라고 하면 되잖아? 하이리예는 밤마다 할아버지 보러 가잖아?"

셰브켓이 투정을 부렸어요.

"일 다 봤니?"

하이리예가 오르한에게 물었어요. 그녀는 멍하니 귀여운 표정을 짓고 있는 오르한의 엉덩이를 천으로 닦아 주고 요강 속을 들여다보았습니다. 그러고는 냄새 때문이 아니라 양이 충분치 않다는 듯 얼굴을 찡그렸습니다.

"하이리예, 요강을 비우고 와. 셰브켓이 밤에 밖에 안 나가게."

"내가 나가면 왜 안 돼? 하이리예가 유령 얘기를 하면 왜 안 되는 거야?"

셰브켓이 또 묻자, 오르한은 볼일을 다 보고 난 뒤의 만족스러운 표정으로 말했습니다.

"집에 유령이 있으니까 그렇지. 이 바보."

"엄마, 진짜 유령이 있어?"

"방에서 나가서 할아버지를 보러 가면 유령이 널 잡으러 올 거야."

"카라는 오늘 어디에서 자?"

셰브켓이 물었어요.

"난 몰라. 잠자리는 하이리예가 준비할 거야."

"엄마, 그래도 엄마는 매일 우리랑 같이 잘 거지, 그치?"

"내가 몇 번이나 얘기했잖아. 옛날처럼 너희들하고 같이 잘 거야."

"매일?"

하이리예가 요강을 들고 밖으로 나갔습니다. 나는 마지막 그림을 훔쳐 간 살인자가 그대로 두고 간 다른 아홉 점의 그림들을 숨겨 뒀던 서랍 안에서 꺼내 들고 침대에 앉았습니다. 호롱불 아래에서 그림 속 비밀들을 이해하려고 애쓰며 들여다보았죠. 그 그림들은 너무나 아름다웠습니다. 마치 내가 잊고 있었던 추억인 양 바라보거나, 그것들과 이야기를 나눌 수도 있을 것 같았습니다.

넋을 잃고 그림들을 보다가, 문득 오르한의 향기로운 머리카락 냄새를 맡았어요. 아이는 내 코밑에 머리를 기댄 채 그림 속의 그 야릇하고 수상쩍은 붉은색을 바라보고 있었습니다. 불현듯 아이에게 젖을 물려 주고 싶은 생각이 들었습니다. 잠시 후, 아이는 죽음을 그린 끔찍한 그림을 보더니 겁을 먹고는 발그스레한 입술 사이로 부드럽고 달콤한 숨을 내쉬었어요. 그러자 나는 오르한을 깨물어 주고 싶은 생각이 들었어요. 그래서 말했지요.

"엄마가 너 꽉 깨물어 버린다."

오르한은 "엄마, 나 간지럼 태워 줘, 응?" 하면서 내게 달려들었습니다.

"저리 가! 얼른 비키라고, 이 녀석아!"

그 애가 그림 위로 달려들자 나는 너무 놀라서 나도 모르게 오르한의 따귀를 때렸습니다. 황급히 그림을 살펴보니 크게 상한 데는 없었어요. 맨 위쪽에 그려진 말이 약간 구겨지긴 했지만 다행히 크게 표시 나지는 않았어요.

하이리예가 요강을 들고 돌아오자 나는 그림들을 모았습니다. 방에서 나오려고 하는데 셰브켓이 당황해서 소리쳤어요.

"엄마, 어디 가?"

"곧 돌아올 거야."

나는 복도로 나갔습니다. 복도는 얼음처럼 차가웠죠. 푸른 문의 화실로 들어갔습니다. 지난 나흘 동안 카라와 아버지가 마주 앉아 그림과 서예와 원근법에 대해 이야기를 나눴던 그 방에는 카라가 비어 있는 아버지의 방석 맞은편에 앉아 있었습니다. 그 순간, 촛불 아래 있던 어떤 색채가 방 안을 감쌌습니다. 어떤 빛, 어떤 따스함, 그리고 놀랄 만한 생동감이 느껴졌습니다. 모든 사물이 살아 움직이는 것 같았습니다.

우리는 조용히, 존경하는 마음으로, 미동도 없이 한동안 그림을 바라보았습니다. 조금만 움직여도, 맞은편 방에서 흘러나오는 죽음의 냄새를 실은 공기가 촛불을 흔들리게 하고, 그래서 아버지의 신비스러운 그림들을 움직이게 할 것 같았어요. 아버지의 죽음이 이 그림들 때문이기에 더 대단해 보이는 걸까요? 괴이한 말, 그 무엇과도 비교할 수 없는 빨간색, 나무의 슬픔, 두 명의 방랑 수도승 때문에 현혹된 것일까요? 아니면 그것들 때문에 아버지를, 그리고 다른 사람까지 죽인 살인자가 두려운 것일까요? 한참 뒤, 카라와 나는 우리 사이의 침묵이 그림 때문만이 아니라, 결혼식을 치른 날 밤에 단둘이 한방에 남겨졌기 때문이라는 것을 깨달았습니다. 나는 무슨 이야기라도 나누는 게 좋겠다고 생각했어요.

"아침에 일어나면, 가엾은 아버지가 간밤에 주무시다가 돌아가셨다는 걸 사람들에게 알려야 해요."

이 말은 어느 정도 사실이었지만, 나 자신에게도 진심이 아닌 것처럼 들렸습니다.

"아침이면 모든 게 잘될 거야."

카라도 저처럼 이상한 말투로, 사실을 말하면서도 그 사실을 믿지 못하는 듯한 투로 말했습니다. 그가 내 쪽으로 다가오려는 은근한 몸짓을 보였습니다. 나는 그를 품에 안고, 아이들 머리를 감싸 안듯이 그의 머리를 쓰다듬어 주고 싶다는 생각이 들었습니다.

그와 동시에 아버지 방에서 문 열리는 소리가 들렸습니다. 나는 공포감에 휩싸여 자리에서 벌떡 일어나 달려가서 문을 열었습니다. 복도로 새어 나오는 빛 속에서 아버지 방의 문이 반쯤 열려 있는 것이 보였습니다. 나는 얼음처럼 차가운 복도로 나갔습니다. 아버지의 방은 안에서 타고 있는 화로 때문에 여전히 시체 썩는 냄새가 났습니다. 셰브켓이 들어온 걸까. 아니면 다른 누군가가? 화로의 희미한 불빛 아래 아버지의 시신은 잠옷을 입은 채 평온하게 누워 있었습니다. 아버지가 어느 날 밤, 잠들기 전 촛불 아래서 『영혼의 서』를 읽고 계실 때 "안녕히 주무세요, 아버지."라고 인사했던 게 떠올랐습니다. 그럴 때면 아버지는 몸을 약간 굽혀 내 손에서 물컵을 받고는 "물을 갖다 줘서 고맙구나."라고 말하며 내 볼에 입을 맞춰 주고는 내 눈을 가까이서 들여다보곤 하셨습니다. 하지만 지금 아버지의 끔찍한 얼굴을 들여다보자 난 무서워졌습니다. 한편으로는 아버지의 얼굴을 보고 싶지 않았지만, 다른 한편으로는 악마의 꼬임에 빠져 아버지의 얼굴이 얼마나 끔찍하게 변했는지 확인하고 싶은 생각도 들었습니다.

두려움에 떨며 푸른 문의 화실로 되돌아왔을 때, 카라가 나를 안았어요. 나는 그를 밀쳐 냈습니다. 화가 나서는 아니었고, 그냥 나도 모르게 그렇게 했습니다. 떨리는 촛불 아래서 우리는 서로 밀고 당기며 몸싸움을 했습니다. 그러나 그건 진짜 싸움이 아니라 싸우는 시늉에 가까웠습니다. 우리는 서로 부딪히고, 서로의 팔과 다리, 가슴을 만지는 것이 좋았습니다. 내 머릿속에서 벌어지는 갈등은 네자미의 『휘스레브와 쉬린』에 묘사된 심리 상태와 비슷했습니다. 쉬린이 "내 입술에 그렇게 아프게 입 맞추지 말아 줘요."라고 말했을 때, 그 말의 숨은 뜻이 '더 해 줘요.'였다는 것을 네자미를 즐겨 읽은 카라도 느꼈을까요?

"그 악마를 찾아낼 때까지, 아버지를 죽인 살인범을 잡을 때까지 당신과 한 이불에 들지 않을 거예요."

그에게 이 말을 남기고 도망치듯 방에서 나올 때, 나의 온몸은 부끄러움으로 달아올랐습니다. 왜냐하면 그 말을 아이들과 하이리예가 들었으면 하는 심정인 동시에 심지어 가엾은 아버지와 이방인들의 땅에서 썩어 먼지가 되었을 전남편에게까지 닿길 바랐던 의도적인 고함 소리였기 때문입니다.

"엄마, 셰브켓 형이 복도에 나갔었어."

아이들 곁으로 가자마자 오르한이 말했어요.

"너 정말 나갔니?"

나는 따귀를 올려붙이는 시늉을 하며 하이리예를 불렀죠. 셰브켓은 잽싸게 하이리예에게 달려가 품에 안겼습니다.

"나가지 않았어요. 방에 내내 있었어요."

그렇게 말한 것은 하이리예였습니다. 나는 순간 경악했고 그녀의 눈을 똑바로 쳐다볼 수가 없었습니다. 내일 아버지의 죽음이 공표되고 나면, 아이들은 나에게 혼날 때마다 걸핏하면 하이리예한테로 도망칠 것이고, 카라와 나의 비밀을 그녀에게 일러바쳐서, 하이리예가 그것을 빌미로 나를 지배하려고 시도할 수도 있다는 사실을 깨달은 것입니다. 심지어 아버지가 살해된 일까지 나에게 뒤집어씌워서 하산에게 아이들의 양육권을 빼앗길 수도 있었어요! 맞아요, 그런 짓을 저지를 수도 있어요! 이 모든 파렴치한 짓은 그녀가 돌아가신 아버지의 침대를 드나들었기 때문에 저지를 수 있는 것이었죠. 이런 상황에서 여러분께 숨길 게 뭐가 있겠습니까? 그래요, 그녀는 아버지와 동침했어요. 나는 억지로 그녀를 향해 다정하게 웃어 보였습니다. 그러고는 그녀의 품에서 셰브켓을 받아 입을 맞춰 주었습니다.

"셰브켓 형이 밖에, 복도에 나갔다니까!"

"자, 빨리 이불 속으로 들어가렴. 엄마도 가운데 누울게. 꼬리 없는 자칼과 검은 유령 이야기를 해 줄까."

셰브켓은 따지듯 말했습니다.

"엄마가 하이리예에게 유령 나오는 얘기는 하지 말라고 했잖아. 그리고 오늘 밤은 하이리예 얘기를 듣고 싶어."

오르한이 또 물었습니다.

"엄마, 유령들은 버려진 도시를 지나가?"

"응, 지나가. 그 도시에서는 어떤 아이도 엄마 아빠가 없어.

하이리예, 아래층에 가서 문단속 잘했나 다시 한번 살펴봐. 우리는 얘기하다가 그냥 잘 거야."

"난 안 잘 거야, 엄마." 오르한이 말했어요.

"카라는 오늘 밤 어디서 자?" 셰브켓이 물었어요.

"화실에서." 나는 그렇게 대답하고 아이들에게 말했죠. "자, 엄마 품으로 들어오렴. 이불 속에서 서로 몸을 덥히자. 이 얼음같이 차가운 발은 누구 거야?"

"내 거." 셰브켓이 대답하고는 물었습니다. "근데, 하이리예는 어디서 자?"

이야기를 시작하고 시간이 조금 지나자, 여느 때처럼 오르한이 먼저 잠들었습니다. 셰브켓이 또 물었습니다.

"엄마, 내가 잠든 다음에 침대에서 나가지 않을 거지?"

"안 나갈 거야."

나는 정말 그럴 생각이 없었습니다. 셰브켓이 잠든 후, 나는 아이들과 서로 껴안고 잠드는 게 얼마나 행복한 일인지 생각했습니다. 게다가 이제는 집안에 잘생기고, 똑똑하고, 나를 원하는 남편도 있잖아. 그런 생각을 하며 잠이 들었죠. 그러나 나의 잠은 평온하지 않았습니다. 나는 꿈과 생시 사이의 그 기이하고 불안한 세계에서 돌아가신 아버지의 분노에 찬 영혼과 대면했고, 그다음에는 그 영혼 곁으로 날 보내고 싶어 하는 살인마의 환영으로부터 도망치려 했습니다. 아버지의 영혼보다 더 무서운 살인마는 날 쫓아오면서 괴상한 소리를 냈습니다. 꿈속에서 그가 우리 집에 돌을 던졌어요. 창문과 지붕을 정확히 맞혔죠. 다음에는 대문에도 돌을 던졌어요.

심지어 억지로 대문을 열려고까지 했습니다. 살인마가 그 어떤 것과도 비교할 수 없는 괴상한 동물의 울부짖음 또는 신음 같은 소리를 내자 내 심장은 빠르게 쿵쾅거리며 뛰기 시작했습니다.

식은땀을 흘리며 잠에서 깨어났습니다. 그 이상한 소리를 꿈속에서 들었는지, 아니면 정말 그 소리에 잠을 깬 건지 알 수가 없었죠. 나는 아이들에게 파고들었어요. 그리고 꼼짝 않고 기다렸죠. 그 소리를 꿈속에서 들은 거라고 거의 믿기 시작할 즈음, 똑같은 신음 소리가 다시 들렸습니다. 그리고 마당으로 커다란 물체가 소리를 내며 툭 떨어졌어요. 혹시 돌 소리인가?

나는 소스라치게 놀랐습니다. 그러나 곧 그보다 더 소름끼치는 일이 일어났습니다. 집 안에서 달그락거리는 소리가 들리는 것이었습니다. 하이리예는 어디 있지? 카라는 어느 방에서 자고 있을까? 가련한 아버지의 시체는? 아, 신이시여, 제발 우리를 보호해 주세요. 아이들은 쌔근쌔근 잠을 자고 있었어요.

내가 결혼하기 전이었다면 이런 상황에서 침대에서 일어나, 집안의 가장처럼 두려움을 이기고 유령이나 영혼에게 덤볐을 거예요. 하지만 이제는 숨을 죽인 채 아이들을 꼭 껴안고만 있었습니다. 마치 이 세상에 아무도 없고, 그 누구도 나와 아이들을 도우러 오지 않을 것 같았습니다. 나쁜 일이 일어날 거라고 생각하며 신에게 기도했습니다. 꿈속에서처럼 나는 혼자였습니다. 그때 대문 열리는 소리가 들렸습니다. 대문이지?

맞아, 대문이야.

순간, 내가 무슨 행동을 하는지도 생각지 않고 겉옷을 든 채 밖으로 뛰쳐나갔습니다.

"카라!"

나는 계단참에서 목소리를 한껏 낮춰 그의 이름을 불렀습니다.

발에 걸리는 대로 아무거나 꿰어 신고 아래층으로 내려갔죠. 화롯불로 불을 붙인 초는 마당으로 나가자마자 눈 깜짝할 사이에 꺼져 버렸어요. 바람이 몹시 거세게 불고 있었습니다. 하지만 하늘은 맑았습니다. 어둠에 눈이 익숙해지자 반달이 훤히 마당을 비추고 있는 게 보였습니다. 그런데 세상에! 대문이 열려 있는 것이 아니겠습니까. 나는 추위 속에서 덜덜 떨면서 꼼짝 않고 서 있었습니다.

왜 칼이라도 하나 들고 나오지 않았을까? 내 손에는 촛대도 나무 막대기도 하나 없었습니다. 그때 어둠 속에서 대문이 스르르 닫히는 것을 보았습니다. 잠시 뒤, 대문은 움직임을 멈췄지만 삐걱거리는 소리는 여전했습니다. 이 모든 상황이 꿈처럼 느껴졌습니다. 아마도 나는 마당을 오락가락하고 있었나 봅니다.

집 안에서, 혹은 지붕 아랫부분에서 나는 듯한 그 덜그럭대는 소리는 가엾은 아버지의 영혼이 몸에서 빠져나가려고 애쓰는 소리 같았습니다. 아버지의 영혼이 고통받고 있다는 걸 알게 되자, 그 사실이 나를 고통스럽게 했지만 한편으로는 안도감이 들었습니다. "이 덜그럭대는 소리가 아버지 때문에 나는 건지도 몰라." 이렇게 나 자신에게 말했죠. 그렇다면 내게 안 좋은 일이 닥치진 않으리라는 생각이 들었습니다. 그저 가능한 한 빨리 몸에서 나와 승천하려고 안간힘을 쓰는 영혼의 고통이 나를 너무나 슬프게 만들었습니다. 그래서 가엾은 우리 아버지를 도와 달라고 신께 기도를 올렸어요. 그리고 아버지의 영혼이 저뿐만 아니라 내 아이들도 보호해 줄 거라는 생각이 들자 가슴이 뭉클해졌어요. 혹시 대문 밖에서 무슨 나쁜 짓을 하려고 준비하는 악마가 있다면 평온을 되찾고 있는 아버지의 영혼을 두려워해야 할 거예요.

바로 그때, 혹시 아버지를 불안하게 만든 것이 카라가 아닐까 걱정이 됐어요. 아버지가 지금 카라에게 해를 끼치려고 하는 걸까? 카라는 어디 있지? 그 순간, 대문 밖 골목에 서 있는 카라를 발견했습니다. 나는 그 자리에 우뚝 멈춰 섰습니다. 그는 누군가와 이야기를 나누고 있었습니다.

조금 지켜보고 있자, 길 맞은편 텅 빈 정원의 나무들 뒤에 서 있는 누군가가 카라에게 뭔가를 설명하고 있다는 걸 알 수 있었습니다. 그리고 곧 내가 자고 있을 때 들었던 신음 소리가 바로 그 사람의 것이었음을 깨달았고, 그가 바로 하산이라는 것도 알았습니다. 그의 목소리에는 애원과 울음이 섞여 있었습니다. 위협하는 어투도 없지 않았죠. 나는 그렇게 멀찍이 떨어져서 그들의 대화를 엿들었습니다. 이 고요한 밤, 그들은 말다툼에 열중하고 있었습니다.

그때 나는 내가 이 세상에 아이들과 홀로 남겨졌음을 알았습니다. 카라를 사랑한다고 생각했지만 실은 카라를 사랑할 수 있기를 바랐던 것뿐이었습니다. 하산의 슬픈 목소리에서 묻어나는 고통이 내 가슴을 찢어질 듯 아프게 하는 것을 느끼면서 나는 그 사실을 깨달았습니다.

"내일 여기로 재판관과 궁궐 수비대장, 그리고 형이 아직 살아 있고 여전히 페르시아의 산에서 싸우고 있다는 걸 증명해 줄 증인들을 데려오겠다. 너희들의 결혼은 합법적이지 않아. 너희들은 지금 불륜을 범하고 있단 말이다."

"셰큐레는 네가 아니라 죽은 네 형의 부인이었어."

"우리 형은 살아 있어, 그를 보았다는 증인들도 있고."

하산은 고집스럽게 말하고 있었습니다.

"오늘 아침, 그가 사 년 동안 전쟁터에서 돌아오지 않았다는 것을 근거로 위스퀴다르 재판관이 셰큐레를 이혼시켰네. 만일 그가 살아 있다면, 증인들더러 자네 형에게 가서 그가 이혼당했다는 사실을 알려 주도록 하게나."

"셰큐레는 이혼한 뒤 한 달이 지나야 결혼할 수 있단 말이다. 이건 우리 종교와 코란에 위배되는 일이야. 셰큐레의 아버지는 왜 이런 말도 안 되는 짓거리를 허락했지?"

"에니시테 에펜디는 매우 편찮으시네. 사경을 헤매고 계셔. 그래서 재판관이 우리 결혼을 허락한 걸세."

"너희 둘이 에니시테 에펜디를 독살했지? 아니면 하이리예와 공모했나?"

"장인어른은 네가 셰큐레에게 했던 짓을 아주 마음 아파하고 계셔. 만약 네 형이 살아 있어서 네가 저지른 부정한 짓을 알게 되면 널 가만 놔두지 않을걸."

"모두 다 거짓말이야. 셰큐레가 우리 집에서 도망치려고 꾸민 핑계란 말이다."

그때 집 안에서 비명 소리가 들려왔습니다. 비명을 지른 사람은 하이리예였습니다. 그다음에 셰브켓이 비명을 질렀고, 나중에는 둘이 동시에 비명을 질렀습니다. 나도 너무 놀라서 얼떨결에 비명을 지르면서 정신없이 집 안으로 뛰어 들어갔습니다.

셰브켓이 계단에서 마당으로 뛰어 내려오며 소리쳤습니다.

"할아버지가 얼음장 같아. 할아버지가 돌아가셨어."

나는 얼른 셰브켓을 끌어안았습니다. 하이리예는 여전히 비명을 지르고 있었어요. 이 모든 소란은 카라와 하산에게도 들렸을 테지요.

"엄마, 누가 할아버지를 죽였나 봐."

셰브켓이 이번에는 이렇게 말했어요.

이 말도 모두들 들었겠지요. 그럼 하산도 들었을까? 나는 셰브켓을 힘껏 끌어안았습니다. 그러고는 그 애가 당황하지 않도록 집 안으로 밀어 넣었어요. 하이리예는 층계참에 서 있었습니다.

"엄마, 우리를 두고 나가지 않는다고 했잖아!"

셰브켓이 그렇게 말하더니 울기 시작했습니다.

그러나 내 마음은 대문 앞에 우두커니 서 있는 카라에게가 있었습니다. 하산이 신경 쓰여 문을 닫지 못하고 있었죠. 나는 셰브켓의 볼에 입을 맞추고는 좀 더 꼭 안아 주었습니다. 목에 코를 대고 냄새를 맡으며 아이를 진정시킨 뒤, 하이리예의 품에 건네주며 "둘 다 2층으로 올라가." 하고 속삭였습니다.

그들은 2층으로 올라갔습니다. 나는 얼른 몸을 돌려 대문에서 서너 걸음 떨어진 곳에 가 섰습니다. 나는 하산이 나를 보지 못했으리라고 생각했습니다. 그런데 혹시 그사이 그가 정원의 어둠 속에서 자리를 옮겨 길 쪽에 심어진 나무들 뒤로 간 것은 아닐까? 그렇다면 그는 나를 보았을 텐데. 게다가 그는 마치 나더러 들으라는 듯한 어투로 말하고 있었습니다. 하지만 내가 예민해졌던 것은 어둠 속에서 얼굴도 보이지 않는 누군가의 이야기를 듣고 있어서가 아니었습니다. 그가 나를, 우리를 비방할수록 그의 말이 옳다는 것을 깨달았기 때문입니다. 아버지가 늘 그랬듯이, 하산도 언제나 나에게 뭔가 죄지은 듯한 느낌이 들게 했고, 내가 틀렸다는 생각을 하게 만들었습니다. 게다가 이제는 나에게 죄를 짓게 했던 이 남자를 내가 사랑했다는 사실을 커다란 슬픔과 함께 깨달았던 겁니다. 신이시여, 나를 도와주세요. 사랑은 헛된 고통이 아니라 당신께 가까이 가는 길이 아니던가요?

하산은 내가 카라와 짜고 아버지를 죽였다고 했습니다. 그는 아이의 말을 들으니 모든 것이 명백해졌으며, 우리가 지옥에 떨어져 마땅한 죄를 저질렀다고 말했습니다. 아침이 되면 그는 재판관에게 가서 이 모든 것을 다 고해바치겠지요. 내가 결백하다면, 내 손이 아버지의 피로 물들지 않았다면, 나와 아이들은 다시 시댁으로 끌려갈 테고, 형이 전쟁에서 돌아올 때까지 하산은 내 남편 노릇을 하려 들겠지요. 그리고 내게 죄가 있다면, 남편이 전쟁에서 죽어 가고 있을 때 그를 매정하게 버린 여자로서 모든 죗값을 치러야겠지요. 나와 카라는 그의 말을 인내심을 갖고 들었습니다. 나무들 사이로 잠시 정적이 흘렀습니다.

갑자기 하산이 확 달라진 어조로 나더러 들으라는 듯 말했습니다.

"지금 당신이 당신 의지로 진짜 남편의 집에 돌아온다면, 아이들을 데리고 아무도 보기 전에 순순히 집에 돌아온다면, 나도 이 사기 결혼을, 오늘 밤 이곳에서 벌어진 일들을, 그리고 당신들이 저지른 죄를 전부 다 용서할게. 셰큐레, 우리 앞으로 인내심을 갖고 형이 전쟁에서 돌아오기만을 기다리자."

이 사람이 술에 취한 건가? 그의 목소리는 거의 유아적이라고 해도 될 만큼 미숙하게 들렸습니다. 그런 목소리로 내 남편 앞에서 나의 인생이 걸린 이야기를 한다는 사실이 내 마음을 아프게 했습니다.

"당신, 내 말뜻 알지?"

그의 물음이 나무들 사이에서 들려왔습니다. 나는 그가 정확히 어둠 속 어디에 있는지 분간할 수가 없었습니다. 아, 신이시여, 우리 모두를, 당신의 죄 많은 종들을 용서해 주세요.

"셰큐레, 당신은 당신 아버지를 죽인 남자와 한 지붕 아래서 살아선 안 돼!"

순간, 하산이 아버지를 죽였을지도 모른다는 생각이 번뜩 들었습니다. 어쩌면 지금 그가 우리를 우롱하고 있는 건지도 모르죠. 하산은 악마니까요. 하지만 이 생각도 어쩌면 틀렸을

지 몰라요.

카라가 어둠 속을 향해 말했습니다.

"내 말 잘 듣게, 하산 에펜디. 장인어른은 살해됐네. 그건 맞는 말일세. 어떤 악독한 놈이 그를 죽였네."

"결혼식 전에 살해되었겠지? 이 사기 결혼, 속임수, 가짜 증인들! 에니시테가 당신들의 사기 행각에 반대해서 그를 죽였군. 하긴, 에니시테가 카라 너를 괜찮은 인간이라고 생각했다면, 벌써 옛날에 자기 딸을 줬겠지."

하산은 우리와 몇 년을 같이 살았기 때문에 우리의 과거를 우리만큼 잘 알고 있었습니다. 더 안 좋은 것은, 남편과 집 안에서 나눴던 얘기들, 우리가 잊었거나 잊고 싶어 하는 것들을 하산은 사랑에 눈먼 질투심 많은 남자처럼 낱낱이 기억하고 있었습니다. 그와 그리고 그의 형과 지낸 수년 동안 쌓인 추억이 너무나 많았기에, 하산이 지금 그런 얘길 하기 시작하면 카라가 이방인처럼 낯설고 멀게 느껴질 것 같아 두려웠습니다.

"우리는 오히려 자네가 장인어른을 죽였을지도 모른다고 생각하고 있네."

"당신들이 결혼을 하려고 그를 죽였잖아! 틀림없어. 그리고 나는 그를 죽일 이유가 없다고."

"우리가 결혼하지 못하도록 자네가 그를 죽였을지도 모르지 않나. 장인어른이 셰큐레의 이혼과 우리의 결혼을 허락할까 봐 겁을 먹은 자네가 눈이 뒤집혀서 말일세. 자네는 사실 진심으로 에니시테를 죽이고 싶었을 거야. 그가 살아 있는 한 결코 셰큐레를 손에 넣을 수 없다는 걸 자네는 알고 있었지."

"시끄러워! 그런 얼토당토않은 말은 듣고 싶지 않아. 여기는 너무 춥군. 돌을 던지느라 얼어 죽는 줄 알았다고. 당신들은 내가 돌 던지는 소리를 전혀 듣지 못하더군."

"카라는 안에서 아버지의 그림을 보고 있었어요."

내가 나서서 말했습니다.

내가 말을 잘못한 건 아니겠지?

그러자 하산은 카라에게 내가 뭔가 도움을 청할 때 사용하곤 하는 가식적인 어투를 그대로 빼다 박은 목소리로 말했습니다.

"셰큐레. 내 형의 부인으로서 당신이 취할 수 있는 가장 바람직한 행동은 아이들을 데리고 코란의 뜻에 따라 아직도 당신의 남편인 그 용감한 영웅 기병의 집으로 돌아가는 것이오."

"싫어요." 나는 어둠 속에서 속삭이듯 대답했습니다. "싫어요, 하산."

"그렇다면 내 형에 대한 책임감과 의리 때문에라도 나는 오늘 여기서 들은 것을 아침 일찍 재판관에게 알려야 해. 아니면 그들은 나중에 나를 문책할 거야."

카라가 끼어들며 퉁명스럽게 대꾸했어요.

"그러지 않아도 자네를 문책할 걸세. 자네가 재판관에게 가는 순간, 나도 술탄이 총애하는 종인 에니시테를 자네가 죽였다고 말할 테니까. 당장 오늘 아침에."

"마음대로 해. 그렇게 말하라고."

하산의 목소리는 침착했습니다. 나는 비명을 지르듯 말했습니다.

"당신들 둘 다 고문을 당할 거예요. 재판관에게 가지 말고 기다려요. 모든 것이 다 밝혀질 거예요."

그러자 하산이 대답했습니다.

"난 고문이 두렵지 않아. 두 번이나 고문을 당한 적이 있지. 그때마다 죄인과 결백한 사람이 고문만으로 밝혀지는 것을 보았다고. 비방하는 쪽이 고문을 두려워해야 할걸? 난 재판관에게, 궁궐 수비대장에게, 대법률사에게, 다른 모든 사람들에게 에니시테의 책과 그림에 대해 말할 거야. 모든 사람들이 그 그림에 대해 얘기하고 있어. 대체 그 그림에 뭐가 있는데 그러지?"

"아무것도 없네."

"그러니까 너는 벌써 그 그림을 봤다는 뜻이군."

"에니시테 에펜디는 그 책을 내가 완성해 주길 바라셨네."

"좋아, 우리 둘 다 고문하라지 뭐."

그러고는 두 사람 다 입을 다물었습니다. 잠시 후 정원에서 발걸음 소리가 들렸습니다. 하산이 돌아가는 걸까, 아니면 우리 쪽으로 다가오는 걸까? 하산을 볼 수도, 뭘 하는지 알 수도 없었습니다. 그가 일부러 정원 맞은편의 가시덤불과 산딸기들을 헤치며 칠흑 같은 어둠 속으로 들어간 건 쓸데없는 짓이었습니다. 그냥 나무들 사이에서 나와 우리 앞을 지나갔다고 해도 우리는 어둠 때문에 전혀 볼 수 없었을 테니까요. 발걸음 소리가 점점 멀어졌습니다. 나는 "하산!" 하고 소리쳐 봤습니다. 아무런 대답도 들려오지 않았습니다.

"조용히 해요."

카라가 말했습니다.

우리는 둘 다 추위 속에서 바들바들 떨고 있었습니다. 서둘러 대문을 굳게 잠그고 집 안으로 들어갔습니다. 아이들의 체온으로 따뜻하게 데워진 이불 속으로 들어가기 전에 한 번 더 아버지를 살펴보았습니다. 카라는 다시 그림들을 펼쳐 놓고 앉아 있었습니다.

35
저는 말입니다

지금 제가 평온한 모습으로 얌전히 서 있다고 해서 정말로 평온하다고는 생각하지 마십시오. 사실 저는 수세기 동안 뛰어 왔습니다. 초원을 달리고, 전쟁터를 누비고, 왕들의 슬픈 딸들을 태워 시집을 보내고, 이야기에서 역사로, 역사에서 전설로, 책에서 책으로, 책장마다 뛰어다녔습니다. 무수히 많은 이야기와 동화와 책과 전쟁에 등장하고, 패배하지 않는 영웅들이나 전설적인 연인들과 함께했으며, 우리의 승리자 술탄들과 원정을 다녔으니, 우리의 그림이 많이 아주 많이 그려진 것도 당연합니다.

그렇게 많이 그려지는 게 어떤 느낌이냐고요?

물론 자랑스럽지요. 그러나 그려지는 게 진짜 나일까 하는 의문이 생기기도 합니다. 그림을 보면 알 수 있듯이, 화가들은 저의 모습을 각기 다르게 기억하고 있습니다. 물론 그림들 사이에 공통적인 특징은 늘 있지만 말입니다.

얼마 전에 화가 친구들에게서 들은 얘기 하나를 해 드리지요. 서양 이교도들의 어떤 왕이 베네치아 총독의 딸과 결혼하려고 했답니다. 그런데 총독이 가난하고 딸도 추녀면 어쩌나 걱정이 됐다지요. 그래서 가장 재능 있는 화가에게 베네치아 총독의 딸과 재산, 물건들을 그려 오도록 시켰답니다. 수치스러운 것이 뭔지를 모르는 베네치아인답게, 베네치아 총독은 그 화가에게 자기 딸은 물론이고 궁전의 암말들까지 전부 다 구경시켜 주었다는군요. 노련한 화가가 그 딸과 말을 얼마나 실물과 똑같이 그렸는지는 보시면 알 겁니다.

이교도의 왕은 궁전 뜰에서 화가가 그려 온 그림들을 펼쳐 놓고 베네치아 총독의 딸과 결혼할까 말까 고민하고 있었답니다. 그런데 갑자기 발정이 난 왕의 말이 그림 속의 아름다운 암말 위로 올라타려고 했답니다. 말이 그 엄청난 거시기로 그림과 액자를 망치지 않도록 진정시키느라 마부들이 고생깨나 했다지요.

화가 친구들이 말하길, 말을 그렇게 흥분시킨 것은 베네치아 암말의 아름다움이 아니라(사실 그 암말이 예쁘기도 했지만) 암말의 어떤 특별한 동작을 모델 삼아, 그것을 똑같이 그렸기 때문이라고 합니다. 그렇다면 이교도 화가가 말을 그릴 때 진짜 암말 그림처럼 그리는 것이 죄일까요?

지금 여러분도 보시다시피 저는 다른 말 그림과 별 차이가 없습니다. 사실 제 허리의 유연함, 늘씬한 다리, 당당하게 서 있는 자태를 보신 분들은 제가 어딘가 다르다는 걸 느끼셨을 겁니다. 그러나 이 아름다움은 제가 특별한 말이어서가 아니라, 저를 그린 화가의 실력이 출중해서입니다. 여러분도 다 아시겠지만 저와 꼭 닮은 말은 이 세상 어디에도 없습니다. 저는 단지 화가가 머릿속에서 상상한 그림일 뿐이지요.

저를 본 사람들은 다들 "어머나, 정말 아름다운 말이네!"라고 말합니다. 그런데 그들은 실상 제가 아니라 저를 그린 화가를 칭찬하고 있는 겁니다. 말들이 모두 서로 다르게 생겼다는 건 화가가 우선적으로 알아 둬야 할 사항입니다.

와서 절 보십시오. 그 어떤 말의 거시기도 다른 말의 그것과 닮지 않았습니다. 두려워 마시고 더 가까이 와서 보십시오. 손으로 만져 봐도 됩니다. 제 물건의 훌륭함은 저만의 고유한 구부러진 곡선에 있습니다.

위대한 창조자이신 신께서는 우리를 각기 다르게 만드셨는데 왜 세밀화가들은 자기들 기억 속에 있는 우리를 그리는 걸까요? 왜 우리를 한 번 쳐다보지도 않았으면서 자기가 수천수만 마리 말을 그렸다고 자랑하는 걸까요? 그건 화가들이 자신들의 눈으로 본 세상이 아닌 신이 본 세상을 그리려 하기 때문이겠지요. 그런데 신과 자신들을 비교하는 것은(가당키나 한 말입니까!) 신이 할 수 있는 걸 자신들도 할 수 있다는 의미가 아닙니까? 자기 눈에 보이는 것에 만족하지 않고, 기억 속에 있는 말을 신의 눈에 비친 말이라고 하면서 매번 똑같은 말을 수천 번씩 그리는 화가들이나, 장님 화가가 기억만으로 그린 말 그림이 가장 훌륭한 것이라고 주장하는 사람들은 정작 신과 실력을 겨루려는 불경죄를 저지르고 있는 것은 아닐까요?

서양 화가들의 새로운 화풍은 종교에 위배되는 게 아니라, 정반대로 우리 종교에 가장 적합한 것입니다. 아이고, 제발 에르주룸파 형제들이 저를 오해하지 말았으면 합니다. 저는 서양 이교도들이 여자들이 반나체에 가까운 차림으로 부끄러운 줄도 모르고 길거리를 싸다니는 것을 허락하고, 커피와 아름다운 소년의 맛을 이해하지 못하고, 남자들이 수염도 없이 돌아다니면서 머리는 여자처럼 길게 기르고, 예수는 신이라고 (말도 안 되지요!) 하는 것을 전혀 좋아하지 않습니다. 저는 그들에게 화가 나고, 그들 중 누군가가 내 앞에 나타나면 힘껏 발길질이라도 하고 싶답니다.

전쟁터에는 한 번도 나가 본 적이 없고 여자처럼 집 안에만 앉아 있는 세밀화가들이 멋대로 저를 그리는 것에 질렸습니다. 세밀화가들은 달리는 저의 모습을 그릴 때 양발을 동시에 앞으로 뻗어 나가게 그리지요. 하지만 그 어떤 말도 그렇게 토끼처럼 달리지 않는단 말입니다. 앞발 중 한쪽이 앞에 있으면, 다른 한쪽은 당연히 뒤에 있지 않겠습니까. 또 원정 장면을 그린 그림에서 흔히 볼 수 있는 것처럼 앞발 중 하나가 완전히 땅에 닿아 있을 때, 다른 한쪽 발을 호기심 많은 개처럼 앞으로 내미는 말은 없습니다. 같은 견본 위에 연달아 스무 번이나 그려지는 그림들과는 달리 그 어떤 기마병의 말도 동시에 같은 발을 내딛지는 못합니다. 아무도 우리를 쳐다보지 않을 때면, 우리는 풀밭을 헤치며 여린 잎을 뜯어 먹습니다. 절대로 그림에서처럼 꼿꼿이 서서 우아하게 기다리고만 있지는 않는다고요. 사람들은 왜 우리가 먹고 마시고 똥 싸고 잠자는 걸 부끄러워할까요? 왜 저의 그 기찬 물건을 그리는 걸 두려워하는 걸까요? 특히 아이들과 여자들은 아무도 없을 때 맘껏 우리를 바라보길 좋아한답니다. 그게 무슨 해가 되나요? 에르주룸 출신 호자가 이것도 반대하고 나섰나요?

이런 이야기가 있습니다. 언젠가 시라즈에 성질이 까다롭고 매사에 불안해하는 왕이 있었답니다. 그는 적들이 자신을 폐위하고 아들을 왕위에 앉힐까 두려워서 왕자를 에스파한의 주지사로 보내지 않고, 궁전의 가장 외진 방에 감금했답니다. 뜰도 정원도 보이지 않는 방에 삼십일 년이나 감금되어 책을 벗 삼아 지내 온 왕자는 아버지가 죽고 왕위에 오르자마자 이렇게 말했답니다.

"내게 말 한 필을 데려오라. 책에서 말 그림을 많이 보았는데 실물은 어떤지 보고 싶구나."

부관들은 궁전에서 가장 아름다운 야생마를 대령시켰습니다. 그런데 새로 등극한 왕은 말의 굴뚝처럼 커다란 콧구멍, 부끄러움을 모르는 방자한 엉덩이, 그림에서 본 것과는 딴판으로 전혀 윤기가 흐르지 않는 털을 보고 매우 실망해서 나라 안의 말을 모두 죽이게 했답니다. 사십 일 동안 계속된 그 끔찍한 도살로 인해 온 나라의 시냇물은 슬픔의 핏빛으로 물들었다지요. 그 왕은 자신의 적인 흑양 왕조의 왕 투르크멘 베이의 군대와 싸울 때 기병대가 없어서 완패하고 사지가 갈가리 찢겨서 죽었다고 합니다. 신의 정의가 실현된 것이라고 할 수 있지요. 역사가 말해 주듯이, 그것은 원한에 찬 말들의 복수였음에 틀림없습니다.

36
내 이름은 카라

셰큐레가 아이들과 함께 방으로 돌아간 뒤에도, 나는 한참 동안 집 안에서 계속해서 뭔가가 달그락거리는 소리를 들었다. 처음에 잠시 방 안에서 셰큐레와 셰브켓이 속삭이며 뭔가 얘기를 나누는 소리가 들렸는데, 셰큐레가 "쉿!" 하며 셰브켓의 목소리를 낮췄다. 동시에 우물이 있는 곳에서, 돌이 깔린 마당에서 또 달그락거리는 소리가 들렸다. 하지만 그 소리는 계속되지 않았다. 다음에는 지붕에 앉은 갈매기가 내 주의를 끌었다. 그러나 갈매기도 곧 다른 것들처럼 정적 속으로 사라졌다. 아주 깊은 곳에서 흘러나오는 듯한 신음 소리도 들렸다. 그것은 현관 맞은편에서 났다. 하이리예가 잠결에 흐느끼는 소리임에 틀림없었다. 이어서 신음 소리는 기침 소리로 바뀌었고, 기침은 갑자기 터졌다가 끊겼다 하며 반복되었다. 이

웃고 다시 끔찍하고 끝없는 정적이 감돌았다. 잠시 후 나는 에니시테의 시체가 누워 있는 방에서 누군가가 걸어 다니고 있다는 느낌이 들어 그만 얼어붙고 말았다.

이렇게 정적이 흐르는 동안 나는 내 앞에 놓인 그림을 바라보았다. 열정적인 올리브, 눈이 아름다운 나비, 그리고 고인이 된 금박 입히는 장인이 이 그림들에 각각 어떤 물감을 칠했는지 상상했다. 에니시테가 그랬던 것처럼 그림을 하나하나 들여다보면서 "이것은 악마군!", "이건 죽음이야!" 하며 말하고 싶었지만, 어떤 두려움이 내 입을 막았다. 에니시테가 여러 번 강요하듯 부탁했음에도 아직 그림들에 걸맞은 이야기를 쓰지 못했기 때문에 나는 좀 화가 나 있었다. 에니시테의 죽음이 그림들과 관련이 있다는, 부정할 수 없는 사실이 내 머릿속에 서서히 자리 잡아 가고 있었기 때문에 형언할 수 없는 두려움과 초조감을 느꼈다. 처음에는 단지 셰큐레와 가까워지기 위해 에니시테의 이야기를 들었고 이 그림들을 살펴보았다. 그런데 이제는 셰큐레가 이미 내 아내가 되었는데도 왜 계속 이것들에 신경을 쓰는지 나 자신도 알 수가 없었다. '아이들이 잠들었는데도 셰큐레가 네 곁에 오지 않기 때문이겠지.'라고 마음속의 목소리가 쌀쌀하게 말했다. 검은 눈동자의 아름다운 아내가 와 줄 거라 생각하고, 촛불 아래서 그림들을 바라보며 오랫동안 인내심을 갖고 기다렸다.

날이 밝았을 때 나는 하이리예의 고함 소리에 잠이 깨어 복도로 뛰쳐나갔다. 순간적으로 하산과 그가 데려온 패거리들이 들이닥쳤구나 싶어 그림을 숨겨야 할까 망설였다. 그러나 곧 그것은 에니시테의 죽음을 아이들과 이웃에게 알리려고 셰큐레가 하이리예에게 소리를 지르도록 한 것임을 알았다.

복도에서 마주친 셰큐레와 나는 서로 얼싸안았다. 하이리예의 고함 소리를 듣고 침대에서 뛰쳐나온 아이들이 멈칫했다.

"할아버지가 돌아가셨어." 셰큐레가 아이들에게 말했다. "할아버지 방에 절대로 들어가면 안 돼."

셰큐레는 내 품에서 벗어나 아버지 곁으로 가서 울기 시작했다. 나는 아이들을 다시 방으로 들여보냈다.

나는 침대 가에 앉아서 말했다.

"옷을 갈아입어라. 감기 걸릴라."

그러자 셰브켓이 냉큼 "할아버지는 지금이 아니라 밤에 돌아가셨어." 하고 말했다.

침대 시트에 붙은 아름다운 셰큐레의 머리카락 한 올이 오스만 문자 '와브' 모양을 그리고 있었다. 이불 속에는 여전히 셰큐레의 온기가 남아 있었다. 하이리예와 그녀의 울음소리가 들려왔다. 마치 아버지가 방금 죽은 것처럼 비명을 지를 수 있다는 게 너무나 놀라웠다. 그녀는 내가 생각했던 것과는 다른 사람이고, 그녀 안에 생소한 정령이 있는 것처럼 느껴졌다.

"난 무서워."

울어도 좋다는 허락을 바라는 눈길을 보내며 오르한이 말했다.

"무서워하지 마라. 엄마는 할아버지의 죽음을 이웃에게 알리고, 방문해 달라는 뜻으로 저렇게 큰 소리로 우는 거란다."

셰브켓이 물었다.

"사람들이 오면 어떻게 되는데?"

"사람들이 오면 우리뿐만 아니라 그들도 할아버지의 죽음을 슬퍼해 줄 거야. 그렇게 서로 슬픔을 나누고 위로받는 거지."

셰브켓이 소리쳤다.

"카라가 할아버지를 죽였지?"

"네 엄마를 속상하게 하면 나도 널 미워할 거다!"

나도 같이 소리를 질렀다. 우리는 새아버지와 의붓자식이 아니라, 시끄러운 시냇가에서 이야기하는 사람들처럼 서로 소리를 지르며 말했다. 그사이 셰큐레는 통곡 소리가 더 잘 울려 퍼지도록, 복도에 나가 덧창을 열려고 애썼다. 구경만 하고 있을 수가 없어서 나는 방에서 나가 그녀와 함께 복도의 창문에 매달려 덧창을 열려고 안간힘을 썼다. 온 힘을 다해 밀자 덧창이 활짝 열리면서 그만 마당으로 떨어지고 말았다. 햇살과 한기가 동시에 얼굴로 달려들었다. 셰큐레는 온 세상에 알리려는 듯 절규하며 애절하게 울기 시작했다.

그녀의 절규로 온 마을에 공표된 에니시테의 죽음은 그 순간까지 느꼈던 어떤 것보다 더 끔찍한 고통을 가져왔다. 진짜든 가짜든 아내의 절규는 나를 너무도 슬프게 했다. 돌연 나는 울기 시작했다. 정말로 슬퍼서 우는건지 아니면 에니시테의 죽음에 나도 책임이 있다는 두려움 때문에 우는 것인지는 나도 몰랐다.

"돌아가셨어, 돌아가셨어. 아버지가 돌아가셨어."

셰큐레는 계속 절규했다.

나의 곡소리도 그녀와 같은 음조였지만 정작 내가 무슨

말을 하고 있는지는 나 자신도 확실히 알지 못했다. 그러면서도 열린 대문과 창문을 기웃거리며 우리를 살피는 마을 사람들의 시선을 보면서 내가 하고 있는 행동이 옳다는 생각이 들었다. 울면 울수록 내 슬픔과 눈물이 진짜인지 아닌지에 대한 의심으로부터, 살인죄를 뒤집어쓸 거라는 당혹감으로부터, 나아가 하산과 그 일파에 대한 두려움으로부터 벗어날 수 있었다.

이제 셰큐레는 내 것이었다. 어쩌면 나는 소리를 지르고 눈물을 흘리면서 그것을 자축하고 있는지도 몰랐다. 절규하는 아내를 내 쪽으로 끌어당겼다. 아이들이 울면서 그녀 곁으로 다가오고 있는 것은 신경 쓰지도 않고 그녀의 볼에 애정이 가득한 입맞춤을 했다. 부드럽고 따스한 이불 같은 그녀의 볼에서 내 어린 시절의 아몬드 나무 같은 냄새가 나는 것을 울면서도 느낄 수 있었다.

나중에 아이들도 우리와 함께 시체가 있는 방에 들어갔다. 이틀 전에 죽어서 냄새를 풍기는 시체가 아니라 마치 지금 죽어 가고 있는 사람이라도 되는 것처럼, 나는 "라 일라하 일라 라흐.[1]"라고 기도문을 읊조리며 그의 영혼이 천당에 가기를 기원했다. 그녀와 나는 형체를 거의 알아볼 수 없는 얼굴과 부서진 머리를 보며 한순간 미소를 지었다. 그와 동시에 손바닥을 펴고 「야씬」[2] 기도를 했고, 모두들 조용히 귀를 기울였다.

---

1) '알라 외에 다른 신은 없다.'라는 뜻.

2) 코란의 제36장.

셰큐레가 가져온 깨끗한 천으로 에니시테의 벌어진 입을 정성스레 묶었다. 손상되지 않은 한쪽 눈을 감기고 몸을 오른쪽으로 돌려 눕혔다. 형체를 알 수 없는 얼굴은 크블레[3] 쪽으로 돌렸다. 셰큐레가 깨끗한 시트를 에니시테의 몸 위에 덮었다.

아이들이 이 모든 과정을 의사처럼 주의 깊게 바라봤다는 것, 그리고 울음 뒤에 찾아온 정적이 마음에 들었다. 나는 나 자신이 진짜 아내와 자식, 가정을 가진 것처럼 느꼈다. 그것은 죽음에 대한 두려움보다 더 확고한 느낌이었다.

그림들을 정리해 기다란 통에 말아 넣은 다음, 나는 두꺼운 겉옷을 입고 서둘러 집을 나섰다. 우리의 절규를 듣고 슬픔을 나눌 기회가 생겼다는 반가움에 기꺼이 우리 집으로 찾아오고 있는 이웃집 할머니들과 재미난 일이 생긴 줄 알고 기뻐하는 코흘리개 아이들을 못 본 체하고 곧장 마을 사원으로 향했다.

이맘이 자기 '집'이라고 한 곳은, 커다란 돔과 화려하게 장식한 외벽, 그리고 넓은 뜰이 있는 새로 지은 사원에 비해 부끄러울 정도로 초라한 곳이었다. 이맘은 그 작고 추운 쥐구멍 같은 집에서 사원 뜰 가장자리까지, 아내가 두 그루의 밤나무에다 줄을 매고 빛바랜 빨래들을 너는 것을 전혀 개의치 않았다. 이맘의 가족과 마찬가지로 사원 뜰을 마치 자기 소유처럼 여기는 듯한 버릇없는 개 두 마리와, 몽둥이를 들고 개들을 쫓는 이맘의 아들들을 지나 이맘과 함께 은밀한 구석으

3) 이슬람교도가 기도할 때 절을 하는 방향으로 성지인 메카가 있는 쪽.

로 갔다.

그는 어제의 결혼식을 주관하지 못한 것 때문에 상처를 입은 듯 '이번엔 또 무슨 일인가?' 하는 표정으로 나를 쳐다보았다.

"에니시테 에펜디가 오늘 아침 돌아가셨습니다."

"고인의 명복을 비네. 부디 천당에 가셨기를!"

이맘은 금세 호의적인 표정을 지으며 말했다. 나는 왜 쓸데없이 오늘 아침이라는 말을 덧붙여 의심받을 빌미를 남겼을까? 그의 손에 다시 금화를 쥐여 주었다. 저녁 기도 시간 전에 사원에서 에니시테의 죽음을 공식적으로 발표하고, 이맘의 동생을 시켜 온 마을에 부음을 알려 달라고 했다.

이맘이 말했다. "내 동생에게 눈이 거의 먼 친구가 있지. 시신을 염하는 일이라면 그가 잘할 수 있을 걸세……."

에니시테의 시신을 씻기는 일에 장님과 반 백치보다 더 마땅한 사람이 있을까! 장례식 기도는 정오에 하기로 했다. 나는 궁전과 화원, 신학교의 지체 높으신 분들이 많이 참석할 거라고 말했다. 에니시테의 얼굴과 머리가 엉망으로 부서진 상태라는 말은 비치지도 않았다. 그 문제는 오직 높은 분들만이 해결할 수 있었다.

우리 술탄이 에니시테에게 주문한 책의 비용을 재무 대신이 집행하고 있었기 때문에 그의 부음을 재무 대신에게도 알려야 했다. 궁전에 들어가기 위해 나는 소욱체시메 문 맞은편에 있는 재단사 거리에서 내가 아주 어렸을 때부터 옷 만드는 일을 해 온, 돌아가신 아버지 쪽 친척인 의상실 주인을 찾아가

검버섯으로 덮인 그의 손등에 입을 맞추고는 재무 대신을 꼭 만나야 한다고 사정했다. 그는 형형색색의 비단 천을 품에 안고 있거나 커튼을 두 겹으로 접어 꿰매고 있는 대머리 견습공들 사이에서 날 기다리게 한 뒤, 가봉과 비용 문제 때문에 궁전으로 가는 재단사에게 나를 맡겼다. 관병식 광장을 가로지르고 소욱체시메 문을 지난 다음, 아야 소피야 사원 맞은편에 있는 화원 건물을 지나쳤다. 다른 세밀화가들에게 살인 사건 소식을 알리는 것은 잠시 피해야 했다.

언제나 텅 비어 있는 관병식 광장은 오늘따라 유난히 붐비는 듯했다. 하지만 디완[4] 회의가 열리는 날이면 청원자들이 줄지어 서 있는 청원의 문 앞에도, 곡물 창고 근처에도, 인적이라곤 전혀 없었다. 그런데도 궁전에서는 계속해서 뭔가가 윙윙거리는 소리가 맴돌았다. 그래서 마치 병자의 집 창문과 목재소, 빵 가게와 마구간에서 흘러나오는 소리, 보는 이에게 경외감을 불러일으키는 원추형의 바뷰스셀람 문 앞에 있는 말들과 마부들이 내는 소리, 그리고 사이프러스 나무들이 내는 소리까지 전부 내 귀에 들려오는 것처럼 느껴졌다. 이런 당혹감은 잠시 후 내 생애 처음으로 바뷰스셀람 문, 일명 제2의 문을 지나가는 두려움으로 바뀌었다.

문 근처, 한쪽 구석에서는 사형 집행인이 형을 집행할 준비가 되었는지 묻고 있었다. 나는 긴장되어 정신을 집중할 수가 없었다. 재단사의 조수처럼 보이려고 옷감 두루마리를 들고

---

4) 각료 회의, 또는 각료 회의가 이루어지는 건물.

있던 나는 문 옆에서 항상 대기하고 있는 보초가 흘끗 쳐다보는 것만으로도 마음의 동요를 감추지 못하고 불안해졌다.

디완 광장에 들어서자마자 깊은 정적이 사방을 감쌌다. 심장이 쿵쿵 뛰는 것을 내 이마와 목에 불거져 나온 혈관에서도 느낄 수 있었다. 궁에 출입하는 사람들 그리고 에니시테가 수없이 설명하고 묘사했던 장소가 지금 마치 천국처럼, 형형색색의 아름다운 정원의 모습으로 내 앞에 펼쳐져 있었다. 그러나 내 마음속에는 천국에 들어온 사람이 느끼는 행복감보다는 두려움으로 인한 전율과 경건한 존경심이 일었다. 그리고 내가 이 세상의 중심인 술탄의 미천한 종이라는 사실을 새삼 절감했다. 녹음 속을 거니는 공작새, 졸졸 흐르는 냇가에 사슬로 묶여 있는 황금 잔, 비단옷을 입고 발이 땅에 전혀 닿지 않는 듯 사뿐사뿐 조용히 걷고 있는 대신들을 경탄하는 마음으로 바라보면서, 나의 군주에게 봉사할 수 있다는 사실에 감격스러운 심정이 되었다. 그리고 완성되지 못한 상태로 지금 내 겨드랑이 밑에 끼어 있는 우리 술탄의 밀서를 반드시 끝내겠노라 다짐했다. 가까이서 보니 감탄보다는 두려움을 불러일으키는 디완 탑에 눈을 고정시킨 채, 나는 내가 무엇을 하는지도 확실히 모르면서 재단사의 뒤를 따라 걸어갔다.

길을 안내하는 두 명의 시동을 따라 디완과 국고 건물을, 마치 두려운 꿈속을 걷듯 아무 소리도 내지 않고 지나갔다. 마치 전에도 한 번 와 본 것 같은 느낌이 들었다.

넓은 문을 통해 대신의 집무실로 짐작되는 곳에 들어갔다. 웅장한 돔 천장 아래서 옷감과 가죽 조각, 은으로 만든 칼집,

자개함을 손에 들고 기다리는 장인들을 보았다. 보병들이 쓰는 갈고리 달린 철퇴를 제작하는 대장장이, 갖바치, 은 세공사, 직조 기술자, 상아 세공사, 현악기 제작자 등등, 왕실 소속 장인들은 일상적인 세무나 재료 구입, 출입이 금지된 궁전 내실에서 옷의 치수를 재는 건 등으로 재무 대신의 방문 앞을 지키고 있는 중이었다. 다행히 그들 가운데 세밀화가는 한 명도 없었다.

우리도 한편으로 가서 기다리기 시작했다. 간간이 계산이 잘못됐다고 야단치는 회계 담당 비서의 격앙된 목소리가 들려왔고, 열쇠공이 공손하게 대답하는 소리도 들렸다. 목소리들은 때때로 속삭이는 정도를 넘어서기도 했고, 때로는 비용과 재료에 관해 불평하는 장인의 목소리보다 뜰에서 비둘기들이 구구 하고 우는 소리가 더 크게 돔 안을 울리기도 했다.

마침내 내 차례가 되어 천장이 둥근 재무 대신의 작은 방으로 들어갔다. 그곳에는 사무관 한 명이 앉아 있었다. 나는 즉시 재무 대신에게 아뢸 중요한 일이 있다고, 술탄이 중요하게 여기는 책 제작이 미완성인 채 중단되었다고 말했다. 그 사무관은 뭔가를 눈치챘는지 눈을 크게 떴다. 나는 에니시테의 책에 들어갈 그림들을 보여 주었다. 생소한 그림에 사무관은 혼란스러워진 듯했다. 나는 에니시테의 이름과 예명 그리고 직업을 말한 뒤, 그가 이 그림들 때문에 죽었다고 덧붙였다. 나는 말을 아주 빨리 했다. 혹 술탄을 알현하지 못한 채 궁전을 나가게 되면 내가 에니시테를 끔찍한 시체로 만들었다는 말이 나돌게 될 것이 틀림없었기 때문이다.

사무관이 재무 대신에게 소식을 전하러 나간 사이 내 이마에서는 식은땀이 흘렀다. 에니시테는 재무 대신이 술탄의 곁에서 한시도 떠나는 법이 없으며, 술탄이 기도를 할 때 기도용 깔개를 깔아 주기도 하고, 또한 술탄이 모든 비밀을 털어놓는 심복이라고 말했다. 그런 재무 대신이 과연 나를 만나러 궁전의 심장부인 엔데룬 구역에서 나와 줄 것인가? 내가 재무 대신을 부르러 사람을 보냈다는 사실조차 믿을 수가 없었다. 우리 술탄은 어디 계실까? 해변에 있는 별궁 중 한 곳에 가셨을까? 하렘에 계실까? 아니면 재무 대신과 함께 계실까?

한참 후에 안으로 들어오라는 부름을 받았다. 순간 멍해졌지만 두렵다는 생각은 들지 않았다. 그러나 방문 앞에서 기다리고 있던 벨벳 옷감 짜는 장인의 얼굴에 나타난, 존경과 놀람이 뒤섞인 표정을 보자 나는 당황했다. 안으로 들어간 순간 갑자기 공포감이 엄습해서 아무 말도 할 수 없을 것 같았다. 방 안에는 한 남자가 대신들만이 쓸 수 있는 술 달린 모자를 쓰고 앉아 있었다. 바로 그가 재무 대신이었다. 그는 내가 사무관에게 전해 준 그림들을 앉은뱅이책상 위에 펼쳐 놓고 들여다보고 있었다. 나는 재무 대신의 옷자락에 입을 맞췄다.

"내가 잘못 들은 것 아니냐? 에니시테가 정말로 죽었단 말이냐?"

흥분한 탓인지 아니면 죄책감 때문인지 모르겠지만, 그의 질문에 말문이 막힌 나는 고개만 끄덕거렸다. 동시에 전혀 예상치 못한 일이 벌어졌다. 내 눈에서 눈물 한 방울이 뚝 떨어진 것이다. 그 눈물은 재무 대신의 이해심 많고 놀라는 듯한 눈길 아래서 내 뺨을 타고 천천히 턱 밑으로 흘러내렸다. 궁전에 들어왔다는 것, 재무 대신이 술탄 곁에서 물러나 나와 이야기를 나누려고 몸소 여기까지 왔다는 것, 술탄과 이렇게 가까이 있을 수 있다는 것, 이 모든 것들이 날 이상하게 만들었던 것 같다. 어느새 눈물이 빗물처럼 줄줄 흘러내렸다. 부끄러움도 느껴지지 않았다.

"마음껏 울어라." 재무 대신이 말했다.

나는 목 놓아 울었다. 지난 십이 년 동안 나는 나 자신이 꽤 성숙했다고 생각했다. 그러나 술탄과 제국의 심장부에 이렇게 가까이 있으면 누구라도 어린아이가 돼 버린다는 것을 알게 되었다. 내 울음소리가 문밖에 있는 은 세공사와 직조 기술자에게까지 들릴 거라는 사실도 신경 쓰이지 않았다.

나는 재무 대신에게 모든 것을 설명해야만 했다. 그래서 내가 본 대로, 느낀 대로 그에게 이야기했다. 셰큐레와의 결혼, 에니시테의 책을 둘러싼 사건들, 우리 앞에 놓인 그림들이 간직하고 있는 비밀들, 하산의 위협 등을 설명했다. 이 세상의 은신처이신 술탄의 가없는 정의와 자비에 나 자신을 맡긴다면 지금 내가 빠진 함정에서 벗어날 수 있다고 느꼈기에 모든 것을 다 털어놓았다. 그가 고문관이나 사형 집행인에게 나를 넘기기 전에, 나를 이해하고 당장에 내 이야기를 술탄에게 전해 줄 수 있을까?

"즉시 에니시테 에펜디의 죽음을 화원 전체에 알리도록 하라. 그의 장례식에는 모든 장인 세밀화가들이 참석해야 할 것이야."

그렇게 말하고 재무 대신은 이의가 있냐는 듯 내 얼굴을 쳐다보았다. 그의 이런 배려는 내게 믿음을 주었다. 그래서 나는 에니시테와 금박 세공사 엘레강스를 누가, 왜 죽였는지에 대해서 의심하고 있던 바를 말했다. 에르주룸 출신 설교자의 측근들을, 악기를 연주하고 춤을 춘다는 이유로 수도원을 습격한 그들을 암시하기도 했다. 재무 대신이 의심스러운 눈빛으로 쳐다보는 것을 느낀 나는 내가 의심하는 다른 것들도 그와 나누고 싶었다. 에니시테가 책 제작을 위해 세밀화가들을 부른 것은 결국 돈과 명예 때문에 그들 사이에 경쟁과 질투를 불러일으켰을 거라고 말했다. 그 작업의 비밀이 화가들 사이에 혐오감과 증오, 모함을 야기했을 수도 있다고 말했다. 그러나 이런 말을 할수록, 지금 여러분이 느끼고 있는 것처럼, 재무 대신 역시 어떤 형태로든 나를 의심하고 있다는 걸 감지한 나는 당황했다. 아, 신이시여, 모든 것이 정의대로 행해지기를! 당신께 다른 건 바라지 않겠습니다.

잠시 침묵이 흘렀다. 재무 대신은 마치 내가 한 말과 나의 운명을 나 대신 부끄러워하는 듯한 태도로 눈을 돌려 책상 위의 그림을 바라보았다.

"그림은 모두 아홉 점이군. 그림이 열 점 들어간 책을 제작하라고 했는데. 에니시테는 이 그림에 사용된 것보다 더 많은 금박을 가져갔을 텐데?"

"이단자 살인마가 빈집에 들어와, 금물이 듬뿍 발린 마지막 그림을 훔쳐 간 것 같습니다."

"나는 이 책의 서예가가 누구인지는 보고받지 못했노라."

"돌아가신 에니시테는 책의 원문을 끝내지 못했습니다. 그래서 제 도움을 바라셨습니다."

"그대는 이스탄불에 온 지 얼마 안 됐다고 하지 않았는가?"

"일주일 전, 그러니까 엘레강스가 살해된 지 사흘째 되던 날에 왔습니다."

"에니시테는 아직 집필이 덜 된 책을 일 년 동안이나 그리고 있었단 말인가?"

"그렇습니다."

"이 책이 의미하는 것을 자네에게 설명했나?"

"술탄께서 원하신다고 들었습니다. 우리 예언자께서 헤지라 1000년이 되는 해를 기념해 베네치아 총독에게 오스만 제국의 힘과 부를 느끼게 하고, 막강한 군사력을 갖춘 술탄에 대한 경외감을 심어 주기 위한 책이라고 하셨습니다. 우리 세계에서 가장 고귀하고 끝까지 수호해야 할 것들을 이야기하고 그림을 그려 넣어야 한다고 했습니다. 그리고 우리 술탄의 초상화가 책의 심장부에 자리 잡게 되어 있었습니다. 그림에 서양화의 기법도 사용되기 때문에 베네치아 총독도 그 책을 보면 경탄하며 우리와 우의를 다지고 싶어 하리라는 것이었습니다."

"그건 나도 알고 있다. 하지만 오스만 왕실에서 가장 고귀하고 끝까지 수호해야 할 것들이 이 개들과 나무들이란 말인가?"

재무 대신은 그림들을 가리키며 말했다.

"돌아가신 에니시테는 그 책이 우리 술탄의 풍요로움뿐만

이 아니라 정신적인 힘과 숨겨진 슬픔까지 모두 나타낼 거라고 했습니다."

"그럼 우리 술탄의 초상화는?"

"저도 그건 보지 못했습니다. 모르긴 해도 그 이단자 살인마의 은신처에 그 그림도 있을 겁니다."

죽은 에니시테는 금을 받는 대가로 약속했던 책을 완성하지 못했을뿐더러 재무 대신이 보기에 쓸모없고 이상하다고 여겨지는 그림들만 그리게 한 셈이 되었다. 혹시 재무 대신은 내가 그 무능하고 신임할 수 없는 자의 딸과 결혼하기 위해서, 아니면 금박을 훔쳐 팔기 위해 죽였다고 의심하는 걸까? 나는 다급한 심정이 되어 마지막으로 덧붙였다. 가련한 엘레강스에게 일감을 주었기 때문에 다른 장인 세밀화가들 중 한 명이 그를 죽였을 수도 있다고 에니시테가 내게 해 준 말을 전했다. 에니시테가 올리브, 황새, 나비를 지목하고 의심한 사실도 얘기했다. 하지만 길게 말할 수는 없었다. 확실한 증거도 없고 자신도 없었기 때문이다. 게다가 재무 대신은 내가 말을 하면 할수록 나를 남을 비방하는 불한당이나 험담을 일삼는 바보라고 생각하는 듯했다.

그래서 재무 대신이 에니시테의 죽음에 얽힌 비밀을 화원에는 알리지 말라고 했을 때, 나는 그것이 그와 나의 은밀한 공모 관계가 만들어진 징표라는 생각이 들어 반가움을 느꼈다. 그림들은 재무 대신이 보관하겠다고 했다. 천국에 들어가는 듯한 흥분을 느끼며 지나갔던 바뷰스셀람 문을 이번에는 보초병들이 유심히 바라보는 눈길을 등으로 느끼면서 지나 밖으로 나왔다. 나는 몇 년 만에 집에 돌아온 사람처럼 마음이 편안해졌다.

37
나는 여러분의 에니시테요

내 장례식은 내가 원한 대로 아주 훌륭했다. 와 주기 바랐던 사람들이 다 왔고, 그래서 자랑스러웠다. 이스탄불에 머무는 대신들 중 키프로스 출신의 하즈 후세인 파샤와 절름발이 바키 파샤는 내가 한때 자신들에게 봉사했다는 것을 기억하고, 조문을 와서 의리를 지켰다. 상승세를 타고 있지만 비판도 많이 받는 현 재무부 최고 비서관인 멜렉 파샤의 참석은 우리 마을 사원의 검소한 뜰에 생기가 돌게 만들었다. 내가 살아서 계속 나라에 봉사했다면 같은 직위에 오를 수 있었을 술탄의 의전관 무스타파 파샤가 온 것을 보니 특별히 더 기뻤다. 디완 사무관인 케말렛딘 에펜디, 나의 친구 혹은 적이었던 디완의 의전관들, 여느 때와 같은 미소를 짓고 있는 서기관 살림 에펜디, 그리고 한창 일할 나이에 은퇴한 전직 디완 의원들, 이슬람 학교 친구들, 내 죽음을 어디서 어떻게 들었는지 알 수 없는 다른 사람들, 친척들, 젊은이들 등 각계각층의 많은 사람들이 왔다.

장례식에 온 조문객들의 엄숙함과 애통해하는 모습을 보니 나도 뿌듯했다. 재무 대신인 하즘 아아와 궁궐 수비대장의 참석은 술탄이 나의 죽음을 얼마나 마음 아파하는지를 모든 사람에게 보여 주었다. 이것이 과연 나를 죽인 살인자를 찾기 위해 자신들이 혼신의 노력을 다할 것이며, 고문관들이 행동을 개시할 거라는 의미일까. 잘 모르겠다. 그러나 그 저주받을 놈이 지금 뜰에서 다른 세밀화가들, 서예가들과 함께 당당하게, 그지없이 슬픈 표정으로 내 관을 바라보고 있는 모습이 보인다.

내가 나를 죽인 살인자에게 분노하고, 복수심에 불타고 있으리라 짐작하거나, 끔찍하고 잔혹하게 살해당했다고 해서 내 영혼이 안식을 얻지 못했으리라고 생각지는 말아 줬으면 한다. 나는 지금 전혀 다른 차원에 있고, 내 영혼은 이승에서의 고통스러운 세월을 견딘 끝에 나 자신을 되찾아 대단히 평온한 상태다.

물감 병이 내리쳐지면서 피투성이가 된 고통스러운 몸을 떠난 나의 영혼이 빛 속에서 떨고 있을 때, 『영혼의 서』에서 몇 번이나 읽었던 장면 그대로, 태양처럼 빛나는 얼굴을 가진 두 명의 아름다운 천사가 미소를 지으며 그 아름다운 광채 속에서 천천히 나에게로 다가왔다. 그러고는 내가 마치 아직도 육신을 가지고 있는 것처럼, 내 팔을 잡고 위로 솟구쳐 올라갔다. 그 비행은 행복한 꿈속인 양 아무런 흔들림도 없었고 속도는 놀랄 만큼 빨랐다! 불의 숲과 빛의 강을 지나 어두운 바다와 눈과 얼음으로 덮인 산 위를 날았다. 이 모든 곳을 다 거쳐 가기 위해서는 수천 년이 걸리는데 그것이 내게는 눈 깜박할 사이처럼 짧게 느껴졌다.

다양한 무리들과 괴상하게 생긴 피조물들, 형언할 수 없을 만큼 다채로운 곤충들과 새들로 들끓는 늪과 구름을 지나 하늘의 7층을 연이어 통과했다. 하늘의 각 층마다 문을 두드리면 "누구시오?" 하는 물음이 들려왔다. 나의 이름과 모든 특징들을 설명하면 "음, 숭고한 신의 충직한 종이군!"이라고 말했다. 그러면 나의 눈에서는 희열의 눈물이 넘쳐흘렀다. 하지만 천국행과 지옥행을 나눌 심판의 날이 되려면 아직도 수천 년의 세월이 더 남아 있었다.

세부적인 것들은 조금씩 차이가 있긴 하지만, 이 모든 것들은 알 가잘리나 엘 제브지에 그리고 다른 전설적인 학자들이 죽음에 관해 쓴 글에서 설명했던 것과 같았다. 책으로는 풀 수 없는 수수께끼들, 죽은 자만이 아는 불가사의로 영원한 미궁 속에 남겨진 것들이 수천 가지 색의 빛 속에서 남김없이 드러나고 있었다.

이 멋진 승천 중에 보았던 색들을 무슨 말로 다 설명할 수 있을까? 모든 세계가 색으로 이루어져 있고 모든 것이 색임을 나는 보았다. 나를 다른 모든 것들과 구별하는 힘이 색에서 나온 것이고 지금 나를 사랑으로 껴안고 세계와 연결해 주는 것도 색이란 걸 깨달았다. 오렌지색 하늘을 보았다. 나뭇잎 색의 아름다운 몸, 커피색 알〔卵〕, 하늘색의 전설적인 말〔馬〕도 보았다. 그 세계는 내가 지난 세월 동안 즐겨 보았던 그림들 그리고 전설 속에 나오는 것들과 똑같았다. 그런데도 마치 처음 보는 것처럼 모든 것이 놀랍고 감탄스러웠다. 내가 보고 있는 것들은 흡사 내 기억에서 끄집어낸 것 같았다. 기억은 세계의 일부이고, 우리 앞에 펼쳐진 끝없는 시간 때문에 세계는 미래에 나의 경험이 되며, 그런 다음 나의 기억이 되리라는 것을 알았다. 이런 빛의 축제 속에 있으니 죽음의 순간에 어째서 꽉 끼는 윗옷에서 벗어나는 것처럼 편해졌는지도 알았다. 이제부터 내게는 그 어떤 것도 금지되어 있지 않고, 모든 시간과 모든 장소에서 살 수 있는 영원의 시공을 얻었기 때문이었다.

이것을 이해하자마자 '그분'께 가까이 있다는 사실을 깨달았고, 그 어떤 것에도 비유할 수 없는 그 붉은색 존재를 두려움과 행복이 뒤섞인 경외감 속에서 느꼈다.

금세 모든 것이 새빨갛게 되었다. 이 색의 아름다움은 나의 내면과 온 세계로부터 나오고 있었다. 그분에게 가까워질수록 나는 기뻐서 울고 싶어졌다. 그리고 피투성이인 채 그분 앞에 나가게 되는 것이 부끄러워졌다. 그러면서도 내 뇌리 한편에서는 죽음에 관한 책에서 읽었던 것처럼 그분이 천사들을 보내 나를 부르셨다는 말소리가 들렸다.

그분을 볼 수 있을까? 흥분이 극에 달한 나머지 숨쉬기가 어려워졌다.

사방을 뒤덮은, 그 안에 세상의 모든 모습이 함께 있는, 그토록 멋지고 아름다운 빨간색 속에서 내가 그분에게 가까워졌다고 생각하자 눈물이 정신없이 흘러내렸다.

그러나 어느 순간, 내가 이 이상 그분께 가까워지지는 않으리라는 것을 알았다. 단지 그분께서 천사들에게 나에 관해 묻는 것을, 천사들이 그분에게 날 칭찬하는 것을, 그분 역시 내가 자신의 명령에 충실히 따르고 금기를 어기지 않은 좋은 종이라 여기는 것을 알고, 그분이 날 좋아한다고 느꼈을 뿐이다.

그 순간, 내 마음속을 가득 메운 희열과 흘러넘치던 눈물이 갑자기 어떤 의심으로 바뀌었다. 죄책감을 느낀 나는 그 의심에서 얼른 벗어나려고 다급하게 말했다.

"저는 제 일생의 마지막 스무 해 동안 베네치아에서 본 이교도들의 그림에 감명을 받았습니다. 게다가 한때 저의 초상화가 그들의 양식대로 그려지기를 원했던 적도 있었습니다. 나중에는 당신의 세계를, 종들을, 지상에 머무는 당신의 그림자인 술탄의 초상화를 이교도 화풍에 따라 그리도록 했습니다."

그분의 대답은 그분의 목소리를 통해서 들려오는 것이 아니라 나의 내면에서 스스로 떠올랐다.

"동방도 서방도 나의 것이다."

나는 너무 흥분하여 자신을 주체할 수가 없었다.

"그렇다면 모든 것, 이 모든 것…… 이 세계의 의미는 무엇입니까?"

"비밀이다."라는 말을 내면으로 느꼈다. 어쩌면 "사랑하라."라고 말한다고 느꼈는지도 모르겠다. 그러나 어느 쪽도 확신은 없다.

천사들이 내게 다가왔다. 천국의 높은 곳에서 나에 대해 어떤 결정을 내렸다는 것을, 그러나 마지막 결정이 내려질 심판의 그날까지, 지난 수만 년 동안 죽은 수없이 많은 영혼들과 함께 이곳 베르자흐[5]에서 기다리게 되리란 걸 알았다. 모든 것이 책에 쓰인 그대로라는 사실에 나는 만족스러웠다. 내가 묘에 묻힐 때, 지상으로 내려가 다시 내 시신과 합일되어야 한다는 것도 책에서 읽어서 이미 알고 있었다.

그러나 다행히 내 시신 속에 다시 들어간다는 것이 일종의 문학적 은유라는 사실을 그 자리에서 알아차렸다. 내가 자랑스럽게 여겼던 많은 사람들이 참석한 엄숙한 장례식 예배에서 그들이 어깨에 내 관을 메고 가까운 테페직 묘지로 내려갈 때, 내 운명과는 달리 행렬은 정말 질서 정연했다! 위에서 내려다보니 그들은 얇고 가느다란 실오라기처럼 보였다.

지금 나의 상태에 대해 말하고 싶다. 예언자의 언행록에 나오는 "신자(信者)의 영혼은 천국의 나무를 먹는 한 마리 새다."라는 구절을 보면 알 수 있듯이, 영혼은 사후에 하늘을 떠돈다. 이 구절에 대해서 에부 외메르 빈 압둘베르는 영혼이 정말로 새가 된다거나 새의 형상을 갖는다는 뜻은 아니라고 주장했다. 차라리 엘 제브지에가 아주 적절하게 해석했듯이, '영혼은 새가 모이는 곳에 있다.'라는 뜻에 가깝다. 현재 대상을 관찰하는 나의 눈이 있는 지점(원근법을 좋아하는 베네치아 화가들은 이것을 나의 '시점'이라고 부를 것이다.)을 보면 엘 제브지에

5) 천국과 지옥 사이의 세계. 연옥.

의 해석이 옳았음을 알 수 있다.

여기서 나는 방금 묘지 안으로 들어선 실오라기 같은 군상들을 볼 수 있을 뿐만 아니라, 동시에 할리치만이 보스포루스 해협과 만나는 사라이부루누곶을 돌자마자 바람을 한껏 받은 돛으로 신나게 나아가는 범선을 그림을 보듯이 관망할 수 있다. 사원의 첨탑 높이에서 내려다보니 세상은 한 장 한 장 넘겨 보는, 책 속의 멋진 그림들과 같다.

이렇게 높은 곳에 올라오니, 영혼이 몸에서 빠져나가지 않은 그 누구보다도 더 많은 것을 볼 수 있다. 저 반대편 해안, 위스퀴다르 동네 뒤편의 무덤들 사이에 있는 빈 정원에서 말뚝박기 놀이를 하는 아이들. 십이 년 삼 개월 전, 외교 수상켈 라급 파샤가 맞이할 베네치아 대사를 태우고 온, 돛이 일곱 쌍이나 달린 범선이 보스포루스해 위에 너무나 아름답게 떠 있던 모습. 랑가 시장에서 커다란 양배추를 마치 젖먹이 아이를 안듯 감싸안고 있는 뚱뚱한 여자. 재무 대신 라마잔 에펜디가 죽었을 때 앞날이 밝아지리라고 좋아하던 내 모습. 어머니가 마당에서 빨래를 널 때 할머니 품에 안겨 빨간 셔츠들을 바라보던 나. 죽은 아내가 셰큐레를 낳을 때 산통이 시작되자 산파의 집을 찾아 먼 마을까지 뛰어가던 내 모습. 사십여 년 전 잃어버린 빨간 벨트가 있는 곳.(알고 보니 바스피가 훔쳐 간 거였다.) 이십 년 전 꿈에서 언뜻 보았던, 아주 머나먼 곳에 있는 황홀한 정원.(신께서 그곳이 내가 머물 천국이라고 말씀하시길 나는 기원한다.) 고리성(城)의 반란자들을 진압한 그루지야 군주 알리 베이가 보내왔던 잘린 머리와 코와 귀. 집에 찾아온 이웃 여자를 옆에 두고 마당에 있는 화로를 보며 날 위해 울고 있는 예쁜 내 딸 셰큐레까지. 난 이 모든 것을 동시에 볼 수 있다.

옛날 학자들의 책을 보면 영혼이 머무는 장소는 네 군데다.

첫째는 어머니의 자궁, 둘째는 세상, 셋째는 지금 내가 있는 이곳 베르자흐, 그리고 네 번째가 심판의 날 이후의 천국 혹은 지옥.

베르자흐에서는 과거와 현재가 동시에 보이고 공간의 경계도 없다. 그러나 삶이 꽉 끼는 셔츠와 같다는 것은 오직 시간과 공간의 감옥에서 벗어나야만 깨달을 수 있다. 죽은 자들의 왕국에서 진정한 행복은 육신이 없는 영혼이라면, 산 자들의 영토에서 가장 큰 행복은 영혼 없는 육신이라는 사실은 그 누구도 죽은 다음이 아니면 알 수가 없다. 그래서 난 나의 근사한 장례식이 치러지는 동안 집에서 날 위해 쓸데없이 울고 있는 내 딸 셰큐레를 가슴 아프게 바라보면서, 고매한 신을 향해 기도했다. 우리에게 천국에서는 육신 없는 영혼을, 그리고 이승에서는 영혼 없는 육신을 베풀어 주십사고.

38
내가 화원장 오스만이다

여러분은 자신의 일생을 송두리째 예술에 바친 괴팍한 늙은이들을 알고 있을 것이다. 그들은 모든 사람에게 호통을 친다. 대부분 후리후리하고 마른 체격을 가졌으며, 앞으로 남은 짧은 인생이 지나온 긴 시간과 똑같기를 원한다. 툭하면 버럭 화를 내며, 매사에 불평불만투성이다. 또 항상 자기 뜻을 관철하려고 해서 결국 주위 사람들이 두 손 두 발 다 들게 만든다. 아무도 그런 심술궂은 영감탱이를 좋아하지 않는다. 나는 그들을 잘 안다. 왜냐하면 나 역시 그런 사람들 중 하나이기 때문이다.

거장 중의 거장인 누룰라흐 셀림 선생과 화원에서 무릎을 마주하고 함께 그림을 그리는 영광을 누렸던 나의 16세 도제 시절, 당시 80세였던 선생님도 그런 사람이었다.(그래도 나만큼

불끈하는 성격은 아니었다.) 삼십 년 전에 묻힌 최후의 위대한 장인 알리도 마찬가지였다.(나만큼 키가 크거나 마르지는 않았지만.) 당시 화원을 지휘했던 이 전설적인 장인들을 향해 쏟아졌던 비판의 화살이 지금 나의 등에도 자주 박히고 있다는 것을 나는 잘 알고 있다. 그런데 우리에 대해 사람들이 흔히 하는 말들은 전부 다 허무맹랑한 소리라는 것을 여러분은 알아야 한다. 진실은 이러하다.

1. 진정으로 좋아할 만한 새로운 것이 없기 때문에, 우리는 그 어떤 새로운 것도 좋아하지 않는 것이다.

2. 우리가 인간들을 바보 취급하는 까닭은 우리 자신의 분노나 불우함 혹은 어떤 결함들 때문에 성격이 비뚤어져서가 아니라, 실제로 인간들 대부분이 바보이기 때문이다.(그럼에도 그들에게 너그러운 태도를 취하는 편이 우리 입장에서 보면 훨씬 사려 깊고 영리한 행동이 될 것이다.)

3. 내가 그토록 많은 사람들의 이름과 얼굴을 잊어버리고 혼동하는 까닭은(물론 도제 시절부터 내가 사랑하며 키웠던 세밀화가들은 예외다.) 내가 노망이 들어서가 아니라, 아무런 빛깔도 없이 흐리멍덩한 이름이나 얼굴은 기억할 가치가 없기 때문이다.

그 자신의 어리석은 행동 때문에 신께서 서둘러 목숨을 거둬 간 에니시테의 장례식에 참석한 나는 한때 그가 서양 화가들을 모방하라는 압력을 넣어 내게 얼마나 고통을 주었는지 잊으려고 했다. 그리고 장례식에서 돌아오면서는 신의 선물인 눈멂과 죽음이 내게도 그리 멀지 않았다는 것을 생각했다. 물론 내가 그렸던 그림과 책이 사람들의 눈을 즐겁게 하고 마음속에 행복의 꽃을 피우는 한, 나는 기억될 것이다. 또한 내가 죽은 다음에는, 생의 끝자락에서도 여전히 나를 미소 짓게 했던 많은 것들이 있었음을 사람들은 알게 될 것이다. 예를 들어 볼까.

1. 어린아이들.(그들은 이 세계가 얼마나 생기로 가득한지를 보여 준다.)

2. 아름다운 소년들, 어여쁜 여자들과의 달콤한 추억. 그림을 잘 그리는 것과 우정.

3. 헤라트파 거장들의 걸작과 마주하는 것.(이 말을 이해하지 못하는 사람에게는 설명을 할 수도 없다.)

이런 것들이 갖는 의미를 간단하게 말해 보라면? 내가 감독했던 술탄의 화원에서는 이제 더 이상 옛날처럼 멋진 작품들이 만들어지지 않는다. 상황은 점점 더 악화될 뿐이다. 모든 것이 끝나고 사라질 것이다. 나의 모든 생애를 세밀화에 바쳤음에도 불구하고, 우리 화원이 옛 헤라트파 거장들이 이룩해 낸 아름다움의 경지에는 도달하지 못했음을 나는 고통스럽게 깨닫고 있다. 이 사실을 겸허히 받아들여야만 삶이 쉬워진다. 이런 겸양이 우리에게 고귀한 미덕이 되는 까닭은 그것이 삶을 쉽게 만들어 주기 때문이다.

우리 왕자님의 할례 의식을 묘사한 『축제의 서』에서, 할례를 치른 왕자님에게 이집트 총독이 선물을 바치는 장면을 나는 바로 그런 겸손함을 가지고 수정했다.(이 그림에서 총독은 루비와 에메랄드, 그리고 터키석이 박힌 붉은 벨벳 천 위에 올려진 섬세한 황금 세공 장식의 검과 재갈과 고삐는 모두 순금으로 만들어졌고 말등자는 진주와 감람석으로 뒤덮였으며 코에선 하얀 광채가 나고 털은 은보다 더 반짝이며 번개보다 빠른 거만한 아랍산 말, 그리고 장미꽃 모양의 루비가 박히고 은색 술 장식이 달린 빨간 벨벳 안장을 자랑스럽게 선물로 내놓는다.) 나는 도제들이 밑그림을 그려 놓은 말, 검, 왕자 그리고 그것들을 바라보는 사신들을 붓으로 여기저기 정돈하고 있었다. 광장에 있는 플라타너스의 잎사귀들 중 일부는 보라색으로 칠했다. 타타르왕의 사신이 입은 옷의 단추는 노란색으로 칠했다. 말고삐에 아주 적은 양의 금물을 칠하고 있는 찰나, 누군가가 문을 두드렸다. 나는 하던 일을 멈췄다.

궁전의 시동이었다. 재무 대신이 날 부른다고 했다. 눈이 아련하게 시큰거렸다. 나는 겉옷의 호주머니에 돋보기를 넣고 시종과 함께 집을 나섰다.

오랜 시간 작업을 한 다음 거리를 걷는 것은 얼마나 유쾌한가! 온 세상이 바로 어제 창조된 것처럼 새롭고 경이로웠다.

개 한 마리가 눈에 띄었다. 내가 이제까지 보아 왔던 그 어떤 개 그림들보다 더 의미심장했다. 말도 한 필 보았다. 나의 세밀화가들은 이 말보다는 훨씬 의미 있는 말을 그린다. 광장에서는 플라타너스 나무 한 그루를 보았다. 조금 전 내가 그림에서 보라색으로 칠했던 그 나무였다.

지난 이 년 동안 그곳을 지나는 행렬을 그렸던 광장을 바라보며 걷자, 마치 내가 그린 그림 속으로 들어간 듯한 기분이 되었다. 여러분도 길을 걷고 있다고 상상해 보시라. 서양화 속에 우리가 그려진다면 우리는 그림과 테두리 밖으로 걸어 나오게 될 것이다. 헤라트파 장인들이 그린 그림에 들어가 있다면, 우리는 신께서 우리를 보시는 곳으로 인도될 것이다. 만일 중국 그림에 들어가 있다면 그림에서 절대로 나올 수 없을 것이다. 왜냐하면 중국인들의 그림은 끝나지 않고 영원히 계속되기 때문이다.

시동은 나를 평소 재무 대신과 이야기를 나누는 회의실이 아닌 황실의 개인 정원으로 조용히 안내했다.(나는 회의실에서 재무 대신과 많은 이야기를 나누곤 했다. 술탄을 위해 세밀화가들이 준비하고 있는 선물과 책, 장식된 타조 알, 세밀화가들의 건강과 마음 상태, 필요한 물감과 금박, 그리고 다른 재료들을 확보하는 문제, 대수롭지 않은 불만이나 희망 사항, 이 세상의 은신처이신 우리 술탄의 기분, 바람, 기쁨, 의지 등에 대해서. 그 밖에 이것저것 사소한 얘깃거리들, 가령 내 눈과 돋보기, 요즘 앓고 있는 요통과 재무 대신의 비열한 사위와 고양이에 관한 이야기들.) 시동과 나는 우리보다 더 조용한 나무들 사이를 지나 바다가 보이는 별궁을 향해 죄지은 사람처럼 소리 없이 내려갔다. '술탄을 만나게 되겠군. 그분이 별궁에 계시는 모양이지.' 난 속으로 생각하며 별궁 정원 길로 접어들었다. 나룻배 정박장을 돌아서 석조로 된 건물의 아치문으로 들어갔다. 궁궐 수비대장의 화덕에서 빵

굽는 냄새가 풍겨 왔다. 빨간 제복을 입은 궁궐 수비대 병사들이 보였다.

방 안에는 재무 대신과 궁궐 수비대장이 있겠지. 천사와 악마가 함께!

술탄을 위해 궁전 정원에서 고문과 심문과 처형을 집행하며 매질을 하고 눈알을 뽑고 곤장을 치는 수비대장은 나에게 달콤한 미소를 보냈다. 마치 대상(大商)들의 숙소에서 한방을 쓰도록 정해진 길동무가 재미있는 이야기라도 꺼내는 듯한 분위기였다. 그러나 정작 입을 연 것은 수비대장이 아니라 재무 대신이었다. 그는 주저하듯 조심스럽게 말하기 시작했다.

"일 년 전, 술탄께서는 어느 나라 대사에게 줄 선물용 책을 극비리에 제작하라고 명하셨네. 극비이기 때문에 전에 『왕서(王書)』를 제작했던 장인 로크만에게 그 책에 들어갈 이야기를 쓰라고 하지 않았을뿐더러, 자네의 탁월한 기예를 인정하시면서도 이 일에는 끌어들이지 말라고 하셨네. 그분께서는 화원의 도제들이 『축제의 서』 제작 때문에 몹시 바쁘다는 것도 알고 계셨으니까 말일세."

처음 방에 들어섰을 때 나는 어떤 비열한 자가 나를 비방하면서 이 그림에는 저주가 서려 있고, 저 그림은 술탄을 우스꽝스럽게 만들고 있다는 따위의 말로 술탄에게 영향을 주어서 이미 고령인 나에게까지 고문을 가하려 한다고 공포에 사로잡혀 상상했다. 그런데 뜻밖에도 재무 대신은 지금 나의 환심을 사려고 친근하게 말을 걸고 있는 것이 아닌가! 그가 말하는 책에 대해서는 나도 풍문을 통해 익히 알고 있었다.

에르주룸 출신 누스렛 호자에 관한 소문도, 화원에서 오가고 있는 논쟁도 물론 잘 알고 있다. 답은 알고 있었지만 그래도 다시 확인하는 의미에서 나는 누가 책을 제작하고 있는지 물었다.

"자네도 알다시피 에니시테 에펜디일세." 재무 대신은 그렇게 말하고는 내 눈을 들여다보며 덧붙였다. "그가 살해당한 것을 알고 있었나?"

"몰랐습니다."

나는 아이처럼 또박또박 대답하고는 입을 다물었다.

"술탄께서는 매우 노하셨네."

재무 대신이 말했다.

에니시테는 그다지 영리하지 못한 인물이었다. 지식보다는 선망, 재능보다는 열망이 앞섰기 때문에 그를 언급할 때면 세밀화가들은 조롱과 비웃음이 섞인 미소를 짓곤 했다. 나는 장례식에 참석했을 때 이미 그의 시신이 부패했다는 것을 느꼈다. 그런데 어떻게 살해당한 것일까? 재무 대신이 설명해 주었다. 정말 끔찍했다. 신이시여, 우리를 보호하소서! 과연 누구의 짓일까?

"술탄께서는 『축제의 서』와 마찬가지로 그 책도 빨리 완성되기를 원하시네."

그러자 궁궐 수비대장이 얼른 끼어들었다.

"그것 말고도 임무가 또 하나 있소. 비열한 살인자가 세밀화가들 중 한 명이라면 속히 그 사악한 악마를 색출하라고 하셨소. 다시는 술탄의 책을 비방하거나 세밀화가를 살해하지 못하도록 그자에게 모든 사람에게 교훈이 될 만한 벌을 내려야 하오."

술탄이 죄인에게 내릴 끔찍한 벌이 뭔지 다 알고 있다는 듯 수비대장의 얼굴은 흥분으로 달아올랐다. 술탄께서 방금 전 이 두 사람에게 동시에 임무를 내렸다는 것과 이들이 술탄께서 진노하고 있는 문제를 해결하기 위해 다같이 작업에 착수하라는 압력을 받았음을 알 수 있었다. 그런 술탄에게 나는 존경심보다는 일종의 사랑을 느꼈다. 그때 시동이 커피를 가져왔고 우리는 자리에 앉았다.

에니시테가 키운, 그림과 책을 잘 아는 조카가 있다는 말이 나왔다. 카라였다. 그들은 나에게 그를 아느냐고 물었다. 나는 대답하지 않았다. 카라는 페르시아 국경 지역에 있는 세르핫 파샤의 곁에 있다가 최근 에니시테의 부름을 받고 다시 이스탄불로 돌아왔으며, 에니시테가 죽기 직전에 그와 아주 긴밀한 관계였으므로 에니시테의 일을 물려받아 밀서의 제작을 마치게 될 거라고 했다. 수비대장은 그가 의심스럽다는 듯한 표정이었다. 엘레강스라는 예명으로 불리던 나의 제자가 살해되었을 때, 카라는 밀서의 제작을 위해 에니시테의 집을 드나들었던 장인들을 수상히 여겼으며, 세밀화가들이 밀서를 위해 제작한 그림들도 직접 보았다고 한다. 카라는 에니시테의 살해범이 그 그림들 중 하나를, 금박을 가장 많이 사용한 술탄의 초상화를 훔쳐 갔다고 주장했다는 것이다. 그 젊은이는 에니시테가 살해되고 이틀이 지나도록 그 사실을 왕실과 재무대신에게 알리지 않았으며, 그사이 에니시테의 딸과 합법성이

의심스러운 결혼식을 서둘러 올렸다고 했다. 그래서 그들 두 사람은 카라를 의심하고 있었다.

"만약 세밀화가들의 집을 수색해서, 그들 중 한 명으로부터 그 사라진 그림이 나온다면 카라의 말이 맞겠지요. 그러나 제가 도제 시절부터 지켜보아 온 사랑스러운 아이들, 기적의 손을 가진 세밀화가들을 아직은 해치면 안 됩니다."

그러자 수비대장은 내가 사랑으로 지어 준 그 예명들을 조롱하는 투로 이렇게 말했다.

"올리브, 황새 그리고 나비의 집은 물론이고 그들이 드나드는 소굴, 가게, 모든 곳을 샅샅이 뒤질 것이오. 카라도 마찬가지고! 이 어려운 상황에서 다행히 판사로부터 심문 중에 고문을 해도 좋다는 허락을 받았소. 세밀화가 길드와 가까운 에니시테까지 살해되는 바람에 도제부터 장인까지 모든 세밀화가에게 혐의가 있다더군. 그러니 고문은 합법적인 것이 될 것이오."

그는 자기도 어쩔 수 없다는 표정을 지어 보였다. 수비대장의 말을 들으며 나는 생각했다. 그는 고문이 합법적이라고 말했지만 그것은 술탄의 허락을 받은 것은 아니었다. 또 판사가 모든 세밀화가들에게 다 혐의가 있다고 했다면, 우리 내부에 있는 죄인을 색출하지 못했으므로 세밀화가들을 관리하는 총책임자인 나 또한 죄가 있다는 뜻이다. 그리고 수비대장은 지금 길드에 속한 세밀화가들, 그러니까 최근에 나를 배신한, 사랑하는 나비, 올리브, 황새를 비롯한 여러 화가들을 고문하기 전에 나에게 은밀하지만 노골적으로 동의를 구하고 있음을 깨달았다.

재무 대신이 그에게 말했다.

"술탄은 단지 『축제의 서』뿐만 아니라, 현재까지 완성하지 못한 그 책도 잘 마무리되기를 원하시네. 그런데 고문을 하면 장인들의 손과 눈, 그리고 그들의 재능에 해가 될까 걱정하신다네."

재무 대신은 나를 보며 "그렇지 않소?" 하고 동의를 구했다. 그러자 수비대장이 재빨리 그의 말에 반박했다.

"지난번에도 그런 걱정이 있었지요. 보석 세공사 중 한 명이 악마의 꾐에 빠진 사건이었습니다. 그는 술탄의 여동생이신 네즈미에 공주님의 에메랄드 손잡이가 달린 커피 잔이 탐나서 어린애처럼 훔쳐 버렸지요. 그 잔을 너무나 좋아했던 공주님을 위해, 술탄께서는 제게 그걸 반드시 찾아내도록 명하셨습니다. 물론 공주님 역시 술탄과 마찬가지로 세공사들의 솜씨와 손과 눈을 염려하셨지요. 그래서 저는 세공사들을 벌거벗겨서 정원 연못의 얼음물 속에 집어넣었습니다. 물론 얼굴과 손이 상하지 않도록 가끔씩 연못에서 꺼내기도 했지요. 그런 다음 숙련된 기술을 발휘해 아주 신중하게, 그러나 사정없이 매질을 했습니다. 그러자 악마의 꾐에 빠졌던 세공사는 금세 죄를 자백하고 벌을 받겠다고 했습니다. 얼음처럼 차가운 물과 추위, 그리고 그렇게 많은 채찍에도 불구하고 그들의 얼굴과 손은 말짱했습니다. 공주님도 아주 흡족해하셨고, 보석 세공사들의 마음속에 깃든 나쁜 씨앗을 제거해 주었기 때문에 그 후로 그들은 더욱 열정적으로 일하게 되었다고 술탄께서 제게 말씀하셨습니다."

나는 수비대장이 나의 세밀화가들을 보석 세공사의 경우보다 더 혹독하게 다루리라는 것을 직감했다. 그는 책을 사랑하는 술탄의 취향은 존경했지만, 진정 가치 있는 예술은 서예라고 생각했다. 많은 사람들이 그렇게 생각하듯 그 또한 모든 장식 예술, 그중에서도 특히 세밀화는 종교를 부정하는 경계에 있는 그 무엇, 벌을 내려야 할 불필요한 것이자 여성스러운 것으로 여기고 무시했다. 그는 나를 동요시키려고 또 이렇게 말했다.

"당신이 온 힘을 다해 일할 때, 당신의 사랑하는 세밀화가들이 무슨 짓을 하는지 아시오? 당신이 죽은 후에 누가 화원장이 될 것인지를 두고 음모를 꾸미고 있소."

내가 모르는 소문, 새로운 음모가 또 있단 말인가? 나는 스스로를 제어해 더 이상 대꾸하지 않았다. 재무 대신에게 잘 보이려고, 혹은 악체 두서너 푼을 더 벌려고, 이미 죽어 버린 그 덜떨어진 자에게 일을 주문받아 나의 눈을 피해 몰래 그림을 그린 못된 세밀화가들에 대한 나 자신의 적의 또한 수비대장에 못지않았다. 다만 그가 적개심을 좀 더 선명하게 의식하고 있을 뿐이었다.

그 순간, 나는 세밀화가들에게 어떤 고문이 가해질까 상상하고 있는 나 자신을 발견했다. 취조를 위한 고문에서는 살가죽을 벗기지는 않는다. 살가죽은 회복되지 않기 때문이다. 반역자들에게 하듯 말뚝으로 꿰뚫는 형벌을 당하지도 않을 것이다. 자칫하면 사람을 죽일 수도 있기 때문이다. 그렇다고 팔이나 다리, 손가락을 부러뜨릴 수도 없다. 이스탄불 거리에서 흔히 볼 수 있는 애꾸눈들처럼 눈알을 뽑지도 않을 것 같다. 결국 왕실 정원의 어두운 구석, 얼음장 같은 물로 가득한 연못에서 연꽃들 사이에 끼어 덜덜 떨며 증오에 차서 서로를 바라보는 세밀화가들을 떠올리자 고소해서 웃음이 터져 나올 것만 같았다. 그러나 뜨거운 쇠꼬챙이로 지져 살점이 떨어져 나갈 때 올리브가 어떻게 고함을 지를지, 쇠사슬에 묶인 나의 사랑하는 나비가 얼마나 핏기 없이 하얗게 질릴지에 생각이 미치자 금세 마음이 착잡해졌다. 뛰어난 재능과 그림에 대한 사랑으로 어떤 때는 내 눈시울을 젖게 만들었던 나의 나비가 도둑질한 도제처럼 곤장을 맞는 장면을 상상하자 나는 그만 넋을 잃고 말았다.

나의 늙은 머리는 내 안의 깊은 정적의 마술에 걸려 조용해졌다. 한때 나는 그들과 함께 모든 것을 잃을 정도의 사랑과 열정으로 그림을 그리지 않았던가. 이윽고 나는 입을 열었다.

"그들은 술탄의 가장 훌륭한 세밀화가들이오. 그러니 그들을 해치지는 마시오."

재무 대신이 만족한 표정으로 자리에서 일어나더니 방의 다른 구석에 놓인 낮은 독서용 책상 위에 둘둘 말려 있던 두루마리 종이를 가져와 펼쳤다. 그리고 통통한 초의 불빛이 물결치듯 타오르는 두 개의 커다란 촛대를 내 옆에 놓았다.

돋보기를 이리저리 움직여 가며 내가 본 그것들을 어떻게 설명할 수 있을까. 한마디로, 그저 웃어 버리고 싶은 기분이었다. 물론 정말로 우스워서는 아니었다. 에니시테는 나의 장인들에게 자기 자신이 아닌 다른 사람이 된 것처럼 그림을 그리라고 시켰고, 그들에게 존재하지 않는 기억을 기억하고, 그들이 원하지 않는 미래를 상상해서 그림을 그리도록 강요한 것이다. 더욱 믿을 수 없는 것은 이런 말도 안 되는 일 때문에 서로를 죽였다는 사실이다.

"자네는 이 그림들만 보고도 어떤 장인의 붓이 어떤 그림에 닿았는지 말해 줄 수 있지 않나?"

재무 대신의 물음에 나는 화를 내며 대답했다.

"물론이지요. 그런데 이 그림들은 어디서 났습니까?"

"카라가 내게 주었네. 그는 자신과 죽은 에니시테가 결백하다는 것을 증명하려고 하네."

"그를 고문해 보십시오. 죽은 에니시테에게 다른 어떤 비밀이 있었는지 알아내시고요."

내 말에 수비대장이 얼른 나서서 대꾸했다.

"벌써 그를 데려오도록 사람을 보냈소. 그런 다음 그 새신랑의 집도 샅샅이 뒤질 것이오."

바로 그때였다. 갑자기 재무 대신과 수비대장의 얼굴이 환해지면서 동시에 두려움과 동경이 뒤섞인 묘한 표정이 되었다. 두 사람은 자리에서 벌떡 일어섰다.

나는 뒤를 돌아보지 않고도 방 안에 이 세상의 지배자이신 술탄이 들어왔음을 알았다.

39
저는 에스테르랍니다

모두 함께 우는 것은 얼마나 좋은 일인지! 가엾은 셰큐레의 아버지의 장례식이 진행되는 동안, 집에 모인 일가친척과 친지, 부인네들이 다 같이 울 때, 저도 오랫동안 땅을 치며 통곡을 했답니다. 때로는 제 옆에 있는 아름다운 젊은 여자에게 기대서 그녀와 서로의 몸을 흔들어 가며 울었죠. 이따금은 저 자신의 고통스러운 꿈과 서글픈 인생을 생각하며 한숨을 쉬면서 전혀 다른 곡조로 울기도 했어요. 매주 한 번씩만 이렇게 울 수 있다면 밥벌이를 위해 온종일 골목을 걷는 수고와 저의 뚱뚱한 몸매와 유대인이라는 사실 때문에 느끼는 비애를 잊고 더욱더 수다스러운 에스테르가 될 수 있을 텐데 말이죠.

사람들 속에서 제가 검은 양 같은 존재라는 사실을 잊을 정도로 저는 각종 의식을 좋아합니다. 물론 실컷 먹을 수 있기 때문이죠. 축제 때는 바크라[6]와 박하사탕, 아몬드를 으깨어 만든 빵, 말린 과일, 할례 의식 때 나오는 고기 든 밥과 만두, 경마장에서 거행되는 술탄의 의식에 나오는 체리주스, 결혼식에 나오는 모든 음식, 장례식 때는 이웃들이 보낸 깨와 꿀이 든 향기로운 헬와를 맛보는 걸 아주 좋아하거든요.

저는 조용히 현관으로 나가 신발을 신고 밑으로 내려갔어요. 부엌으로 가기 전, 마구간 옆방의 반쯤 열린 문 사이로 이상한 소리가 들려서 안을 들여다봤죠. 셰브켓과 오르한이 고인이 쓰시던 오래된 붓으로 2층에서 곡하는 여인네들 중 한 명의 아들 얼굴에 마구 색칠을 하고 있었어요.

셰브켓은 아이의 뺨을 찰싹 때리며 "도망가려고 하면 이렇게 때린다." 하고 말했어요. 저는 최대한 상냥한 말투로 "얘들아, 얌전히 놀아라. 다치게 하면 안 돼, 알겠니?" 했습니다. 그러자 셰브켓은 "상관하지 마!" 하고 소리를 질렀어요. 걔들이 못살게 구는 아이의 금발 머리 여동생은 겁먹은 표정을 하고 있었어요. 어쩐지 저 자신도 그 아이들과 같은 신세인 것처럼 느껴졌죠. 에스테르, 그런 생각일랑 얼른 잊어버려!

부엌으로 가자 하이리예가 의심스런 눈길로 저를 훑어보았어요.

"하도 울어서 눈물이 다 말랐네. 하이리예, 물 좀 줘."

제 말에 그녀는 별다른 대꾸 없이 물컵을 건넸어요. 물을

---

6) 아주 단맛이 나는 터키식 파이.

마시기 전에 전 너무 울어서 통통 부은 하이리예의 눈을 들여다보았죠.

"가련한 에니시테 에펜디는 셰큐레의 결혼식 전에 죽었다고들 하던데? 사람들 입을 자루처럼 묶어 둘 수야 없지. 게다가 천수를 못 누리고 돌아가셨다던데, 그게 사실이야?"

하이리예는 고개를 숙이고 자신의 발끝만 바라보았어요. 그리고 다시 고개를 들더니 저를 쳐다보지도 않고 말했죠.

"신께서 근거 없는 비방으로부터 우리를 보호하시길!"

그녀가 보인 행동은 '당신 말이 맞아요.'라는 뜻이고 그녀가 한 말은 자신에겐 선택의 여지가 없었다는 암시라는 것을 눈치챌 수 있었어요. 저는 마치 비밀을 나누는 친구처럼 속삭이며 "무슨 일이야?" 하고 물었죠.

주저하는 하이리예의 모습을 통해서, 에니시테 에펜디의 죽음으로 그녀가 셰큐레에 대해 우월감을 가질 희망이 완전히 사라졌음을 깨달았다는 것을 알 수 있었지요. 조금 전 2층에서 가장 서럽게 운 사람도 그녀였거든요.

"이제 난 어떻게 되는 걸까요?"

"셰큐레는 널 아주 좋아해."

소문을 전할 때 쓰는 습관적인 말투로 대답하면서 저는 엿단지와 피클 항아리 사이에 나란히 놓인 헬와 냄비들의 뚜껑을 열고 손가락으로 조금씩 떼어 맛을 보았답니다. 어떤 것은 코를 들이대고 냄새를 맡으면서 누가 어떤 헬와를 보냈는지 물었죠.

"이건 카이세리 출신의 카슴 에펜디 집에서 보낸 거고요,

이건 두 구역 건너에 사는 세밀화가 길드의 조수가 보낸 거예요. 이건 열쇠공 솔락 함디 에펜디네 냄비고, 이건 에디르네 출신 새신부의 냄비예요."

하이리예가 냄비를 하나하나 가리키며 말하고 있는데 불쑥 셰큐레가 들어오더니 말허리를 자르고 소리쳤어요.

"죽은 엘레강스의 부인 칼비에는 문상도 오지 않고 조문 편지도 헬와도 보내지 않았어!"

말을 마친 셰큐레는 벌써 부엌문에서 계단으로 가는 돌 마당을 향해 걸어가고 있었어요. 저는 그녀가 하이리예가 없는 곳에서 저와 따로 얘기하고 싶어 한다는 걸 눈치채고 그녀를 뒤따라갔습니다.

셰큐레가 말했어요.

"엘레강스는 우리 아버지에게 적의를 갖고 있지 않았어. 우리도 그의 장례식에 헬와를 만들어 보냈고. 무슨 일이 있는지 알고 싶어."

"제가 지금 당장 그 집에 가서 물어보죠."

저도 그녀의 생각에 수긍이 갔기 때문에 흔쾌히 대답했어요. 제가 이것저것 따져 묻지 않아서 기뻤는지 셰큐레는 제 볼에 입을 맞추었어요. 뜰의 추위가 옷 속까지 파고들어서 우리는 서로를 껴안은 채 꼼짝 않고 서 있었죠. 저는 아름다운 셰큐레의 머리를 쓰다듬어 주었어요.

"에스테르, 난 두려워."

"두려워할 것 없어요, 모든 일이 다 잘될 거예요. 보세요! 결국 결혼했잖아요."

"그런데 그게 잘한 일인지 모르겠어. 그래서 그이를 내 곁에 가까이 오지 못하게 했어. 간밤에 카라는 가엾은 아버지 곁에 있었어."

그녀는 눈을 크게 뜨고 '날 이해하겠어?'라고 말하는 듯한 눈빛으로 제 눈을 들여다보았어요.

"재판관이 보기에 당신들 결혼은 무효라고 하산이 말하던데요. 그가 당신에게 이걸 보냈어요."

저는 하산의 편지를 내밀며 말했습니다.

"이제 소용없어."

말은 그렇게 말하면서도 셰큐레는 급히 쪽지를 펴서 읽었어요. 그러나 이번에는 뭐라고 쓰여 있는지 제게 말해 주지 않았죠.

그녀가 옳았어요. 왜냐하면 우리가 껴안고 서 있는 마당에는 우리만 있는 게 아니었어요. 아침에 떨어져 부서진 2층 창의 덧문을 새로 달고 있던 음흉한 목수가 우리를, 그리고 방안에서 울고 있는 여자들을 훔쳐보고 있었죠. 그와 동시에 하이리예가 대문 밖에서 "헬와가 왔어요!" 하고 소리치는 정많은 이웃집 아들에게 문을 열어 주려고 마당으로 뛰어 나왔어요.

"이미 땅에 묻히셨을 거야. 지금쯤 가엾은 아버지의 혼은 다시는 돌아오지 못할 하늘나라로 올라가고 있겠지. 난 느낄 수 있어."

그녀는 제 품에서 벗어나더니 새파란 하늘을 우러러보며 오랫동안 기도를 하더군요. 그러자 갑자기 그녀가 너무 생소하고 멀게 느껴졌어요. 아름다운 셰큐레는 기도를 끝낸 다음 제 눈에 존경을 가득 담은 입맞춤을 하더군요.

"에스테르, 아버지의 살해범이 살아서 돌아다니면 나와 내 아이들에게 평안이란 없어."

전 그녀가 남편이 된 카라 얘기를 하지 않는 게 맘에 들었어요.

"엘레강스의 집에 가서 그 부인의 의중을 떠봐. 왜 우리 집에 헬와를 보내지 않는지 알아보고 최대한 빨리 결과를 내게 알려 줘."

"하산에게 전할 말은 없나요?"

전 그렇게 물어서가 아니라, 평소와는 달리 물을 때 그녀의 얼굴을 똑바로 바라볼 수 없어서 당황했습니다. 제가 부끄러워하는 걸 눈치채지 못하게 하려고 헬와 냄비를 들고 지나가는 하이리예를 불러 세워 뚜껑을 열고는 "아유, 땅콩이 든 헬와네." 하며 한 조각을 입에 넣었죠. 그리고 "귤도 넣었네." 하고 덧붙였어요.

그러는 동안, 마치 모든 일이 잘되어 가고 있는 듯 저를 향해 미소 짓고 있는 셰큐레를 보자 기분이 좋아졌어요.

보따리를 들고 서너 걸음쯤 갔을까, 골목 끝에 카라가 서 있었어요. 장인의 장례식에서 막 돌아온 그의 얼굴에는 자기 삶에 만족하고 있는 새신랑다운 생기가 감돌고 있었죠. 그의 기분을 망치지 않으려고 가던 길에서 벗어나 채소밭으로 들어갔지요. 그리고 유명한 유대인 의사 모세 하몬의 교수형당한 처남의 집 정원을 지나갔어요. 매번 지나갈 때마다 그곳에서 풍기는 죽음의 냄새가 제 마음에 너무도 깊은 슬픔을 불러 일으켜서, 하루빨리 그 집을 살 사람을 찾아 줘야 한다는 사실조차 깜빡깜빡 잊곤 하지요.

그 정원에서 나는 죽음의 냄새는 엘레강스의 집에서도 풍겼지요. 그러나 그곳에서는 아무런 애통함도 느낄 수 없었습니다. 수천 채의 집을 들락거리며 수백 명의 과부와 알고 지내는 이 에스테르는 남편을 일찍 여읜 여자들이 절망감과 비참함, 혹은 분노와 정신 착란으로 넋을 잃는다는 것을 잘 안답니다.(셰큐레는 이 두 가지를 모두 겪고 있지요.) 그러나 칼비에 부인은 분노의 독을 마셨고, 덕분에 제 일도 순조로워지리란 걸 재빨리 알아차렸지요.

생의 잔인함과 맞닥뜨린 자존심 강한 여자들이 다들 그러듯, 칼비에 부인은 이 불행한 시기에 자신을 찾아오는 이들의 의도를 수상쩍게 여겼으며, 그들이 표하는 섣부른 동정에 몹시 기분 나빠했습니다. 혹시나 상대가 그녀의 어려운 처지를 보면서 마음속으로 그녀와 자신을 비교하고 스스로를 위로하려는 건 아닐까 의심스러워, 손님에게 듣기 좋은 말을 하지도 않았고 손님의 마음을 얻으려고 하지도 않았어요. 할 말이 없으면 그저 의례적인 말만 하거나, 그것도 아니면 그냥 곧장 본론으로 들어가곤 했지요. 그런데 오늘, 이 정오 무렵에, 슬픔을 이기지 못한 그녀가 막 낮잠을 자려는 참에 왜 이 에스테르가 문을 두드렸을까요? 그녀는 궁금했을 거예요. 그녀는 중국 배가 실어 온 새 비단이나, 부르사에서 온 손수건 따위에는 손톱만큼도 관심이 없다는 걸 잘 알았으므로 저는 보따리는 푸는 시늉도 하지 않고 단도직입적으로 용건을 얘기했지요. 지금 하염없이 눈물을 흘리고 있는 셰큐레의 고민을 설명하면서 "함께 슬픔을 나눠야 할 칼비에 부인에게 자기도 모르게 어떤 상처를 입혔을지도 모른다는 생각 때문에 셰큐레는 또 다른 슬픔을 느끼고 있답니다."라고 말했죠.

칼비에 부인은 셰큐레를 찾아가 안부를 묻는 것도 헬와를 만들어 보내는 것도 내키지 않았다고 거만한 목소리로 인정했어요. 물론 그 거만함 뒤에는 숨길 수 없는 즐거움도 있었죠. 물론, 자신 때문에 셰큐레가 상처 입었다는 걸 알았기 때문이지요. 여러분의 영리한 에스테르는 바로 이 부분에서부터 그녀가 화가 난 이유와 그간 무슨 일이 있었는지 캐물어 들었지요.

남편을 죽음으로 몰아간 책을 만들도록 한 에니시테에게 화가 났다는 걸 칼비에 부인이 실토하기까지는 그리 오래 걸리지 않았지요. 죽은 남편은 서너 악체를 더 벌려고 그 일을 한 것이 아니라, 그 책이 술탄의 명령에 따라 제작되는 것이라는 에니시테의 설득 때문에 수락했다고 했지요. 그런데 에니시테가 엘레강스에게 금박을 입히도록 한 그 많은 그림들은 단순히 책의 장식용 그림이 아니었다고 합니다. 조금씩 윤곽을 드러내기 시작한 그림의 실체는 상상을 초월할 정도로 비종교적이고 불경하며, 게다가 이단적인 의미를 갖고 있다는 걸 알게 된 그녀의 죽은 남편은 불안해졌고 옳음과 그름 사이에서 번민하기 시작했다더군요. 그러나 그녀는 엘레강스보다 훨씬 더 현명하고 조심스러운 여자였기 때문에 말끝에다 경계하듯 덧붙였지요. 그런 의심들은 서서히 시작되었고, 가엾은 엘레강스는 한 번도 신성한 것을 모독한 적이 없었기 때문에 오히려 자신의 불안감을 강박 관념 탓으로 돌렸다고 했습니다. 엘레강스는 에르주룸 출신 누스렛 호자의 설교를 한 번도 놓친 적이 없었고, 제시간에 기도를 하지 않으면 무척 불안해 했다는군요. 그리고 종교에 너무나 신실하다는 이유로 화원의 저질스러운 사람들이 자신을 비웃는다는 것도, 그 부도덕한 농담들이 자신의 재능과 예술에 대한 질투에 기인한다는 것도 익히 알고 있었다고 해요.

그렇게 말하는 칼비에의 반짝이는 눈에서 커다란 눈물 방울이 넘쳐 뺨을 타고 흘러내렸습니다. 마음씨 좋은 이 에스테르는 하루빨리 죽은 남편보다 더 좋은 남편을 그녀에게 찾아 주리라 마음먹었지요.

"남편은 이런 고민들을 나와 나누려 하지 않았어." 칼비에는 조심스럽게 말했습니다. "그래서 나 혼자 이것저것 머릿속으로 정리해 봤지. 내 생각엔, 그가 죽던 날 밤, 마지막으로 금박 장식을 하러 갔던 에니시테 에펜디의 그림 때문에 이 모든 일이 일어난 것 같아."

그것은 일종의 사죄였어요. 그 말을 통해서 저는 셰큐레와 칼비에가 비슷한 처지에 놓였으며, 그녀들의 적은 바로 에니시테 에펜디를 죽인 그 '비열한 살인자'라는 암시를 받았지요. 한쪽 구석에서 저를 유심히 지켜보고 있는 칼비에의 아비 없는 두 아이들 또한 그녀들의 상황이 다르지 않다고 말하고 있었습니다. 그러나 제 마음속에 있는 중매쟁이로서의 냉정한 판단은 세큐레가 칼비에보다 훨씬 더 아름답고 부유하며 신비스럽다는 사실을 떠올렸지요.

그래서 그만 저도 모르게 마음속에 있는 말을 하고 말았지요.

"세큐레는 부인께 자신이 잘못한 것이 있다면 미안하다는 말을 전해 달라고 했어요. 부인에게 자매애와 우정을 표해 달라고 했죠. 이 점을 한번 생각해 보고 그녀를 도와주세요. 돌아가신 부군께서 마지막 날 밤 집에서 나갈 때, 에니시테 에펜디 외에 다른 사람을 만날 거라고 말한 적이 있나요? 다른 사람과 만났을 거라고 생각해 본 적은 있어요?"

"불쌍한 우리 남편의 호주머니에서 이게 나왔어."

그녀는 자수바늘, 천 조각, 커다란 호두 따위가 들어 있는, 짚으로 만든 상자에서 종이 한 장을 꺼내 제게 내밀었어요.

저는 그 꼬깃꼬깃한 거친 종이를 받아 주의 깊게 살펴보았습니다. 물에 젖어 물감이 번진 어떤 형태가 눈에 들어왔습니다. 그것이 뭔지 겨우 이해했을 때, 칼비에가 자기 생각을 말했어요.

"그것은 말[馬]이야. 죽은 내 남편은 몇 년 동안 금박 입히는 일만 했어. 말은 한 번도 그리지 않았다고. 누구도 그에게 말을 그리라고 한 적이 없어."

서둘러 그린 듯한, 물감이 번진 말 그림이었지만 그걸 보고도 여러분의 늙은 에스테르는 전혀 생각나는 게 없었답니다.

"이 종이를 가져다 보여 주면 세큐레가 아주 좋아할 텐데요."

"이걸 갖고 싶으면 세큐레더러 직접 우리 집으로 오라고 해."

제 부탁에 칼비에는 거만하게 대꾸했습니다.

40
내 이름은 카라

어쩌면 여러분은 지금쯤 이해하고 있을 것이다. 나 같은 남자, 그러니까 사랑과 고통, 행복과 가난을 영원한 외로움의 핑계로 삼는 감수성이 예민한 사람에게는 삶의 커다란 기쁨도, 커다란 슬픔도 없다는 것을. 그런 감정들 때문에 영혼이 망가진 사람들을 이해하지 못하는 것은 아니다. 정반대로 나는 그런 감정을 깊이 경험한 사람들을 아주 잘 이해한다. 다만 내가 이해할 수 없는 것은 그럴 때 우리 영혼 안에서 이는 이상한 동요다. 우리의 정신과 마음을 어둡게 하는 그 고요한 동요는 우리가 느껴야 할 진정한 기쁨과 슬픔을 대신한다.

장인을 묻고 장례식장에서 서둘러 집으로 돌아온 나는 조의를 표하는 뜻으로 셰큐레를 끌어안았다. 그러나 나를 적의에 찬 눈빛으로 바라보는 아이들과 함께 아내가 방석에 주저

앉아 엉엉 울기 시작하자 나는 어쩔 줄 모르고 서 있었다. 그녀의 슬픔은 나의 승리였다. 내 젊은 날의 꿈과 결혼하고, 나를 무시하던 그녀의 아버지로부터 해방되어 이 집의 주인이 되었다. 누가 나의 눈물이 진심이었다고 믿을까? 하긴, 난 진심으로 슬퍼하고 싶었지만 아무리 해도 슬퍼지지 않았다. 에니시테는 내 부친은 아니었지만 늘 내게 아버지 같은 역할을 해 준 사람이었다. 게다가 시신의 염을 한, 간섭하기 좋아하는 이맘이 입을 다물고 있지 않았기 때문에 에니시테가 제명에 죽지 못했다는 소문이 이미 파다하게 퍼졌음을 장례식장에서 알 수 있었다. 그래서 울지 않으면 사람들에게 오해를 살까 봐 더더욱 슬퍼하고 싶었다. 하지만 그것은 내 맘대로 되지 않았다. 이럴 때 나의 가장 진정한 감정은 냉혈한이라는 말을 듣는 두려움, 바로 그것이었다.

어떻게 저렇게 펑펑 눈물을 흘릴 수 있을까 속으로 놀랄 수밖에 없었던, 그 참견하기 좋아하는 이웃들과 먼 친척들의 눈에 띄지 않으려고 구석에 숨고 싶었다. 하지만 이제는 집주인처럼 행동하고 상황을 수습해야 하지 않을까 주춤거리고 있을 때, 누군가가 대문을 두드렸다. 순간, 하산이라는 생각이 들어 당황했지만, 그래도 이 눈물의 지옥에서 벗어날 수만 있다면 그 어떤 것도 괜찮다는 생각이 들었다.

그런데 문을 두드린 사람은 맙소사, 궁전에서 온 시동이었다. 궁전에서 나를 부른다고 했다. 나는 깜짝 놀라고 말았다.

뜰에서 나갈 때 마당에서 진흙 속에 묻힌 동전 한 닢이 눈에 띄었다. 궁에서 날 찾는다는 것 때문에 내가 겁을 먹었을까? 그렇다, 나는 두려웠다. 그럼에도 나는 밖에, 추위 속에, 거리에, 말들과 개들과 나무들과 사람들 사이에 있는 것이 좋았다. 사형 집행인에게 인도되기 전, 감옥의 보초와 인생의 이런저런 아름다움에 대해, 호수에 떠 있는 오리들과 하늘을 떠도는 구름의 기기묘묘한 형태에 대해 이야기를 나누며 세상의 비정함을 긍정적으로 생각하는 몽상가들처럼, 나를 데리러 온 시동과 친구처럼 얘기해 보려고 했지만 그 아이는 전혀 웃을 줄 모르는, 말을 몹시 삼가는 아이였다. 아야 소피아 사원 옆을 지나면서 가느다란 사이프러스 나무들이 아지랑이가 아른거리는 하늘로 우아하게 뻗어 있는 것을 경이롭게 바라보았다. 그와 더불어 그 많은 세월을 견뎌 내고 마침내 셰큐레와 결혼하자마자 죽는다는 사실 때문이 아니라, 그녀와 한 이불 속에서 맘껏 사랑을 나눠 보지도 못하고 고문을 당해 죽을 수도 있다는 사실이 억울해서 소름이 끼쳤다.

그러나 시동은 고문관들과 능숙한 사형 집행인들이 일하고 있는, 지난번 내가 경외감에 차서 바라보았던 원추형 탑이 있는 바뷰스셀람 문이 아니라 목공소를 향해 걸어갔다. 창고들 사이를 지나가는데 입에서 김을 뿜고 있는, 몸은 붉고 다리와 갈기가 검은 말의 발아래 진흙탕 속에서, 우리는 쳐다보지도 않고 제 몸을 핥는 데만 열중하고 있는 고양이를 보았다. 고양이도 우리처럼 자신의 더러움 때문에 무척 바빴다.

창고들 사이에서 초록색과 보라색이 섞인 옷을 걸친, 누구의 부관인지 알 수 없는 두 사람이 아무 말 없이 시동으로부터 나를 넘겨받더니, 새로 지었다는 것을 나무 냄새로 알 수 있는 작은 건물의 어두운 방 안에 집어넣고는 문을 잠갔다. 어두운 방에 가두는 것은 고문을 하기 전에 공포감을 주려는 절차임을 아는 나는, 먼저 곤장을 치면 좋을 텐데, 혹시 거짓말을 하면 고문에서 벗어날 수 있지 않을까 등등의 생각을 하며 시간을 보냈다. 문밖, 바로 근처에 사람들이 많이 모여 있는지 시끌벅적한 소리가 들려왔다.

여러분 가운데 내가 비꼬는 투로 이야기하는 것을 보고 내가 곧 고문당할 사람 같지 않다고 생각하는 분도 분명히 있을 것이다. 나 자신이 신의 운 좋은 종임을 믿는다고 말한 적이 있었던가? 오랜 세월 동안 당한 고통 끝에 이 며칠간 내게 일어난 행운이 그것을 증명하기에 충분치 않다면, 집을 나올 때 주운 동전을 신의 뜻이라고 내세울 수도 있다.

고문을 기다리는 동안 나는 그 동전이 나를 보호해 줄 거라고 믿으려 애썼다. 신이 보낸 행운의 신호를 손에 들고, 몇 번이나 쓰다듬고 입을 맞췄다. 그들은 나를 어둠 속에서 꺼내 다른 방으로 데려갔다. 그곳에는 궁궐 수비대장과 대머리 크로아티아인 고문관들이 기다리고 있었다. 동전은 별 쓸모가 없었다. 호주머니에 있는 동전은 신이 보낸 행운의 징표가 아니라, 이틀 전 결혼식에서 셰큐레의 머리 위로 던져진 동전들 중 하나였던 것이다. 이제는 고문관의 손아귀에 나를 맡기는 일만 남았다. 내가 믿을 수 있는 그 어떤 환상도, 붙잡을 만한 지푸라기도 남아 있지 않았다.

눈에서 눈물이 흐르는 것도 느끼지 못했다. 애원하고 싶었다. 그러나 꿈속인 양 목구멍에서는 아무런 소리도 나오지 않았다. 인간이 한순간에 아무것도 아닌 존재가 될 수 있다는 것은 이제까지 내가 지켜보았던 전쟁과 죽음, 정치적 이유 때문에 저질러진 무수한 살육과 고문을 통해 이미 알고 있었다. 하지만 정말로 그것을 경험한 적은 없었다. 그들은 내가 입고 있던 옷을 벗기려 했다. 옷을 벗기듯이 나를 이 세상에서 벗어나게 하려는 것 같았다. 내 조끼와 셔츠도 벗겼다. 사형 집행인들 중 한 명이 내 몸 위에 올라타고 앉아서 무릎으로 내 어깨를 짓눌렀다. 그사이 다른 사람이 요리하는 여자처럼 세심하고 우아하고 노련한 손놀림으로 내 머리 양쪽에 새장을 씌우더니 천천히 나사를 돌리기 시작했다. 아니, 그것은 새장이 아니라 내 머리를 쥐어짜듯 죄어드는 압착기였다.

나는 있는 힘껏 소리를 지르기 시작했다. 그리고 애원했다. 그러나 그것은 나 자신도 이해할 수 없는 말들이었다. 마침내 신경이 완전히 타 버린 나는 울부짖었다.

그들이 고문을 멈추고 물었다. "네가 에니시테를 죽였느냐?"

나는 숨을 한 번 들이쉬었다. "아니요."

나사를 다시 조이기 시작했다. 고통스러웠다.

그들이 다시 물었다.

"아니요."

"그러면 누구냐?"

"저는 모릅니다."

내가 죽였다고 말해 버릴까. 언뜻 그 생각이 머리를 스쳤다. 그러나 곧 나는 아무것도 원하지 않는 상태가 되어 버렸다. 나는 스스로에게 이제 고통에 익숙해졌는지 물었다. 나와 사형 집행인들은 한동안 그렇게 있었다. 몸의 어느 구석도 아프지 않았다. 단지 두려울 뿐이었다.

다시금 호주머니에 있는 동전 때문에 나를 죽이지는 못할 거라고 생각하는 순간, 갑자기 그들이 고문을 멈췄다. 사실은 내 머리통을 아주 살짝만 죄고 있던 철책의 걸쇠가 벗겨졌다. 내 몸 위에 올라타고 있던 사형 집행인이 밑으로 내려섰다. 그러나 내게 미안해하는 기색은 없었다. 그가 셔츠와 조끼를 입었다.

기나긴 정적이 흘렀다.

방의 다른 쪽에서 화원장 오스만 에펜디를 보았다. 나는 그의 곁으로 가 손등에 입을 맞췄다. 그가 말했다.

"걱정 마라. 널 시험해 봤을 뿐이다."

나는 죽은 에니시테에 이어, 나에게 새로운 아버지가 생겼음을 금세 깨달았다.

수비대장이 말했다.

"방금 술탄께서 고문을 중지하라는 명령을 내리셨다. 술탄께서는 세밀화가들, 책을 준비하던 종들을 죽인 그 무례한 살인자를 색출하는 데 네가 화원장 오스만 에펜디를 도울 수 있을 거라고 생각하신다. 사흘 안에 그들이 그린 그림들을 보고 그들과 이야기를 나누면서 그 음흉한 살인자가 누군지 알아내야 한다. 술탄은 이간질하는 자들이 책과 세밀화가들에 대해서 지껄이는 헛소문에 아주 불쾌해하고 계신다. 또 술탄께서 명령하신 대로, 그 불한당을 찾기 위해 나와 재무 대신 하즘 아아가 도울 것이다. 너는 죽은 에니시테 에펜디와 가까운 사이니 그가 했던 말들을 들었을 줄로 안다. 밤중에 그의 집으로 찾아왔던 세밀화가들이 어떻게 작업을 했는지, 그리고 그 책에 들어갈 이야기가 어떤 것인지 잘 알고 있겠지."

수비대장이 오스만 에펜디에게 눈길을 돌렸다.

"그리고 화원장께서는 세밀화가 길드에 있는 모든 세밀화가들을 손바닥 들여다보듯 훤히 알고 있을 테니 카라의 말을 참고해 모든 일을 잘 처리해 주시오."

그러고는 다시 내게 말했다.

"네가 해야 할 일은 불한당을 색출하는 것뿐만이 아니다. 그가 훔쳐 간, 소문의 진상이 된 사라진 그림을 사흘 안에 찾아야 한다. 정의로우신 술탄께서는 고문을 하기 전에 이 방법으로 카라, 너를 시험하라고 하셨다."

수비대장이 말하는 사이, 몇 년간 서로 공조 관계를 유지해온 오랜 친구인 화원장 오스만과 그에게 그림을 주문하고 재료와 돈을 대 주었던 재무대신 하즘 아아 사이에 비밀스런 신호와 눈길이 오가는 것을 나는 전혀 눈치채지 못했다.

수비대장이 다시 말했다.

"술탄의 군대 안에서, 술탄이 다스리는 영토 안에서 죄가 저질러지면, 죄인을 잡을 때까지는 모두가 유죄이며, 살인자를 색출해 넘기지 않는 무리들은 전부 살인자로 간주해 벌을 받게 된다는 것을 잘 알고 있을 것이오. 따라서 화원장 오스만 선생은 눈을 부릅뜨고 모든 그림을 세밀하게 살피고, 죄 없는 세밀화가들을 이간질한 그 악마의 짓거리, 그자의 책략과 선동의 정체를 알아내서 그 죄인을 이 세상의 은신처이신 술탄의 확고한 정의 아래 심판받도록 해야 하오. 그렇게 해야만 당신네 조직도 무죄가 될 것이오. 이를 위해 나는 오스만 선생이 요구하는 모든 것을 이행했고 앞으로도 그럴 것이오. 내 부관들에게 세밀화가들의 집에 가서 그들이 그린 책들을 전부 압수해 오도록 조치해 놓았소."

41
내가 화원장 오스만이다

수비대장과 재무 대신이 술탄의 지시 사항을 다시 한번 반복하고 나가자, 방에는 카라와 나, 단둘만 남게 되었다. 카라는 계략적으로 행해진 고문 속에서 공포감에 시달리며 울부짖느라 몹시 지치고 슬퍼 보였다. 그는 어린아이처럼 잠자코 있었다. 나는 내가 그를 좋아하게 되리라는 것을 알았다. 그를 방해하지 않고 쉬도록 내버려 두었다.

수비대장의 부하들이 서예가들과 세밀화가들의 집에서 압수해 온 책들을 보고 각각의 그림을 그린 자들을 식별해 내는 데 허락된 시간은 겨우 사흘이었다. 카라가 자신의 무죄를 밝히기 위해 재무 대신 하즘 아아에게 가져온, 에니시테의 책을 위해 제작된 그림들을 처음 보았을 때 내가 얼마나 역겨움을 느꼈는지 여러분은 알 것이다. 그러나 한편으로 일생을 그림에 바친 나에게 그토록 격렬한 불쾌감과 혐오를 불러일으킨 그 그림들에는 눈을 떼기 힘든 뭔가가 있다는 것도 인정한다. 왜냐하면 나쁘기만 한 예술 작품은 혐오감조차 불러일으키지 않기 때문이다. 죽은 바보가, 밤에 찾아오는 세밀화가들에게 그리도록 한 아홉 장의 그림을 나는 그런 호기심으로 다시 보기 시작했다.

다른 그림들처럼 가엾은 엘레강스가 테두리 도안과 금박을 입힌 어떤 그림 안에서 나무 한 그루를 보았다. 그것이 어떤 이야기의 어느 장면에서 나온 것인지 상상하려 했다. 나의 세밀화가들, 즉 사랑하는 나비, 영리한 황새, 교활한 올리브에게 내가 나무 한 그루를 그리라고 했다면, 그들은 먼저 어떤 이야기의 일부인 나무를 상상해야만 불안감을 느끼지 않고 그릴 수 있었을 것이다. 그래서 그들이 그린 나무의 가지와 잎사귀들을 유심히 살펴보면 세밀화가가 어떤 이야기를 상상했는지 짐작할 수 있다. 그런데 죽은 그 바보가 그리게 한 나무는 가련하고 외로운 나무였다. 뒤편으로는 그 나무를 더욱 외로워 보이게 하는, 시라즈의 가장 오래된 거장들의 화풍을 연상시키는 꽤 높이 그려진 지평선이 있었다. 그런데 지평선을 너무 높이 그려서 생긴 여백에는 다른 그 무엇도 없었다. 이처럼 나무를 나무이기 때문에 그리려는 베네치아 화가들의 욕구와, 세상을 한눈에 내려다보려는 페르시아 거장들의 욕구가 서로 뒤섞여, 베네치아인의 그림도 페르시아인의 그림도 아닌 비참한 결과가 나온 것이다. 나는 "이 세상이 끝나는 곳에 있는 나무는 이렇게 생겼겠지."라고 말하고 싶었다. 하지만 서로 다른 두 양식을 결합시키면서 나의 세밀화가들과 죽은 바보의 빈곤한 정신은 기예가 결여된 그 무엇을 창출한 것이다. 두 세계에서 영향을 받았기 때문이 아니라 그림 자체의 기예가 너무나 형편없어서 나는 화가 났다.

다른 그림들, 꿈에서 보는 것 같은 멋진 말, 고개 숙인 여자를 보면서도 똑같은 느낌을 받았다. 주제를 선택하는 방식 역시 신경에 거슬렸다. 마치 이슬람 수도사와 사탄 사이에서 마음을 정하지 못하고 오락가락하는 듯했다. 어쨌든 술탄의 책에 들어갈 이 그림을 나의 세밀화가들이 그렸다는 것은 확실했다. 책이 완성되기 전에 에니시테의 목숨을 앗아 간 위대한 신의 판단에 다시 한번 경외심을 느꼈다. 나에게 그 책을 끝내고 싶은 생각이 눈곱만큼도 생기지 않았다는 점은 말할 필요도 없을 것이다.

위에서 내려다보는 시점으로 그려졌으면서 동시에 마치 자기가 내 형제라도 되는 듯 바로 코 밑에서 나를 빤히 쳐다보고 있는 이 개를 보고 신경이 곤두서지 않을 사람이 과연 있을까? 그러나 다른 한편으로는, 개가 취한 자세의 간결함, 머리를 땅에 가까이 대고 우리를 위협하듯 곁눈질하며 바라보는 그 시선의 아름다움, 새하얀 이빨의 기세를 보면 이 그림을 그린 세밀화가(나는 어떤 세밀화가들의 연필이 이 그림에 닿았는지 거의 알아맞힐 수 있었다.)의 기예에 감탄했고, 또한 우리 이성의 이해 능력 밖에 존재하는 어떤 의지의 불가사의한 논리에 봉사하기 위해 이처럼 훌륭한 기예를 사용했다는 것을 도저히 용서할 수 없었다. 유럽 화가들을 모방하려는 욕구도, 술탄이 베네치아 총독에게 선물하기 위해 베네치아인들이 이해할 수 있는 화풍으로 그림을 그리라고 명령했다는 사실도, 그리고 이 그림들에서 엿보이는 모종의 선망도 역시 받아들일 수 없었다.

나의 세밀화가들의 붓이 닿은 곳이 각각 어느 부분인지 대번에 식별할 수 있는, 대단히 복잡하게 구성된 어떤 그림에 적용된 빨간색의 정렬 방식은 나를 두렵게 했다. 누구의 것인지 판단하기 어려운 어떤 세밀화가의 손이 불가해한 논리에 따라 그림에다 어떤 특정한 붉은색을 덧칠했고, 그래서 그 그림에 표현된 세계가 온통 그 붉은색으로 뒤덮여 있었다. 나는 카라에게 이 정신 사나운 그림 속의 플라타너스(황새), 배와 집(올리브), 연과 꽃(나비)을 각각 누가 그렸는지 설명해 주는 데 시간을 한참 소비했다.

카라가 물었다.

"어르신처럼 오랫동안 세밀화가 길드를 이끌어 온 위대한 화원장께서는 물론 세밀화가들 각자의 손재주, 선의 경향, 붓터치에 나타나는 기질을 잘 아시겠지요. 하지만 에니시테처럼 특이한 책 애호가가 세밀화가들에게 새롭고 낯선 화풍으로 그림을 그리게 했는데도, 어르신은 어떻게 그림만 보고 누가 어떤 그림을 그렸는지 확신하실 수 있는지요?"

"한때 에스파한령(領)이었던 어느 성에 책과 그림을 사랑하는, 혼자 사는 샤가 있었지."

나는 옛날이야기로 그의 물음에 답을 했다.

"그는 강력하고 영리했지만 무자비한 샤였네. 자신이 주문해서 그림을 그리게 한 책과 자기 딸 이외에는 그 어떤 것도 좋아하지 않았다네. 그가 자기 딸을 얼마나 애지중지했던지, 그가 딸과 사랑에 빠졌다고 소문을 퍼뜨리는 적들의 말이 아주 틀렸다고는 할 수 없을 정도였네. 샤는 이웃의 왕자들과 샤들이 대사를 보내 자기 딸에게 구혼했다는 이유로 그들에게 선전 포고를 할 만큼 질투심이 많았네. 그러니 당연히 딸에게 어울릴 만한 사윗감을 찾을 수도 없었지. 그는 마흔 개의 자물쇠를 채운 방 사십 개 너머에 딸을 감추어 두었다네. 그건 에스파한에서 널리 퍼졌던 소문 때문이기도 했어. 만약 다른 남자가 딸을 보면 그녀의 아름다움이 시들 거라는 말이 나돌았거든. 어느 날, 샤가 헤라트풍으로 그리도록 주문한 『휘스레브와 쉬린』이 완성되자 에스파한에 또 다른 소문이 퍼졌네. 삽화 중에서 어떤 복잡한 그림에 있는 핼쑥한 미녀가 바로 질투심 많은 왕의 딸이라는 소문이었지. 한데 그 소문을 듣기 전부터 그 그림을 수상히 여겨 왔던 샤는 떨리는 손으로 책장을 넘겼고 결국 딸의 아름다운 모습이 그 속에 그려져 있음을 눈물을 흘리며 발견했다네. 들리는 말에 의하면, 그 그림 속의 여인은 감금된 왕의 딸은 아니었다고 하네. 그녀의 아름다움이 마치 지루함을 못 이긴 유령처럼 어느 날 밤 방에서 흘러나왔고, 그 모습이 거울에 비쳤고, 그 거울에 비친 환영의 그림자가 문 밑과 자물쇠 구멍을 지나 밤중에 작업하던 세밀화가들 중 한 명의 눈에 마치 어떤 빛, 보이지 않는 연기처럼 다다랐다고 하네. 그 믿을 수 없는 아름다운 모습에 눈을 떼지 못한 젊은 세밀화가는 주체할 수 없는 열정으로 자신이 그리고 있던 그림 한구석에 그 환영을 그려 넣었던 것이지. 그 그림은 쉬린이 산책을 나갔다가 휘스레브의 그림을 보고 사랑에 빠지는 장면이었지."

"어르신, 큰 우연이군요. 저도 그 이야기의 그 장면을 아주 좋아합니다."

"이건 그냥 전해지는 이야기가 아니라 진짜로 일어났던 일일세. 더 들어 보게나. 세밀화가는 왕의 딸을, 아름다운 쉬린으로 그린 게 아니었네. 쉬린을 도와주고, 우드를 연주하고, 식탁을 준비하는 시녀들 중 한 명으로 그렸지. 왜냐하면 그 화가가 당시에 그리고 있던 인물이 바로 시녀였기 때문일세. 그래서 쉬린의 아름다움은 가장자리에 있는 시녀의 아름다움 때문에 빛을 잃었고 그림의 균형이 깨져 버렸지. 왕은 그림에 그려진 딸을 보고 그녀를 그린 그 솜씨 좋은 세밀화가를 찾고자 했네. 그러나 영리한 화가는 왕의 분노가 두려워서, 다른 그림에는 자신의 화풍이 아닌 새로운 화풍으로 시녀와 왕의 딸을 그려 넣었네. 그 그림에는 다른 많은 세밀화가들의 터치와 기예도 덧붙여졌지."

"그렇다면 왕은 딸의 그림을 그린 세밀화가가 누군지 알아냈습니까?"

"알아냈네. 귀를 보고 알 수 있었지."

"누구의 귀를 보았습니까? 딸입니까, 딸의 그림입니까?"

"실상은 둘 다 아니었네. 샤는 먼저 어떤 직감으로 자신의 세밀화가들이 그린 모든 그림들을 앞에 펼쳐 놓고 인물들의 귀를 살폈다네. 그러는 동안 오랫동안 알고 있던 것을 다시 보게 되었지. 각자의 솜씨는 다 다를지라도 세밀화가들은 모두 자신만의 방식으로 귀를 그리지. 그런 그림이 술탄의 얼굴이든 어린아이의 얼굴이든 전사의 얼굴이든, 혹은 우리 예언자의 베일 뒤에 가려진 얼굴이든, 또 당치도 않지만 악마의 얼굴에서조차 귀만은 모두 똑같은 모양일세. 모든 세밀화가는 어떤 그림을 그리든 귀를 늘 같은 모양으로 그리기 때문에 그것은 비밀스러운 서명이 되는 것이지."

"왜 그렇습니까?"

"화가들이 얼굴을 그릴 때면, 표정이 누군가를 닮거나 혹은 닮지 않게, 숭고한 아름다움에 가까워지도록, 그리고 모범이 되는 대가들의 그림과 최대한 닮도록 심혈을 다하지. 그런데 귀를 그릴 때는 다른 화가들의 그림을 보고 그대로 그리거나 어떤 전형적인 귀 모양을 그릴 뿐, 실제 모델의 귀를 보지는 않아. 귀가 얼굴의 어떤 중요한 특징이 된다는 의식이 없기 때문에 별로 신경 쓰지 않고 잘 그리려고 애쓰거나 고민하지도 않기 때문이지. 그냥 기억에 의지해서 그리고 말지."

"하지만 장인들은 원래 모든 훌륭한 그림을 진짜 말이나 나무, 사람은 전혀 보지도 않고 기억에 의지해서 그리지 않습니까?"

"맞는 말이야. 하지만 그건 몇 년 동안 생각하고 고민하고 작업을 하면서 얻게 되는 기억이지. 평생 동안 충분히 많은 말 그림과 실제의 말을 보았기 때문에, 화가는 눈앞에 보이는 살아 있는 말이 자신의 뇌리에 새겨진 완벽한 말의 기억을 손상시킬 수 있다는 것을 잘 아네. 하지만 수만 번을 되풀이해서 말을 그려 온 장인의 붓은 신께서 보시는 말을 거의 완벽하게 재현해 낼 수 있지. 손이 기억하고 단숨에 그린 말, 최고의 기예와 고통스러울 정도의 반복 훈련과 심오한 지식으로 그려진 말은 신의 말에 가까워지지. 하지만 그렇다고 손이 아무런 새 기술도 연마하지 않고, 스스로 그리고 있는 것이 무엇인지에 대한 의식조차 없어선 곤란하겠지. 그런데 화가들은 언제나 귀를 소홀히 여기기 때문에 그들이 그린 귀는 항상 결함을 갖고 있고, 그래서 화가마다 각기 다른 귀를 그리게 되며, 따라서 귀는 일종의 서명이 되는 셈이지."

그때 갑자기 밖에서 소란스러운 소리가 들려왔다. 궁궐 수비대장의 부관들이 화원의 서예가들과 세밀화가들의 집에서 압수해 온 책들을 내려놓는 소리였다.

"원래 인간의 신체 구조에서 귀는 하나의 결점이야." 나는 카라가 미소 짓기를 바라면서 이렇게 말했다. "사람마다 각기 다르게 생겼지만 어쨌든 다 같지. 그것이야말로 완벽한 추함 그 자체거든."

"'귀'라는 서명 때문에 정체가 밝혀진 세밀화가는 어떻게 됐습니까?"

"샤가 장님으로 만들어 버렸다네."라고 대답하면 카라가 몹시 실망할 것 같아서 나는 "술탄의 딸과 결혼했다네."라고 거짓말을 하고는 계속 이야기를 이어 나갔다.

"그날 이후, 그림을 그린 화가를 판별하기 위해서 귀를 확인하는 이 방법은 화원의 주인인 칸과 샤, 술탄들 사이에 '시녀 방법'으로 알려졌고, 그들은 이를 자신들만 아는 비밀로 삼았다네. 왜냐하면 세밀화가들이 그림을 그리거나 작은 장식을 한 뒤, 자기가 작업하지 않았다고 부인할 경우, 누가 그렸는지 즉시 알 수 있도록 하기 위해서였어. 핵심은 그림의 중요한 부분이 아니라네. 급히 그려졌거나 항상 반복되어 그려지는 세부 사항을 찾는 거지. 그건 귀, 손, 풀, 잎, 아니면 말갈기나 발굽, 발톱도 될 수 있지. 하지만 그런 특징이 자신의 비밀스러운 서명이라는 것을 화가 자신은 당연히 몰라야 해. 예를 들어 콧수염은 그림을 그린 화가를 판별해 내는 데 별 쓸모가 없어. 왜냐하면 대부분의 화가들은 콧수염을 각자 자기 개성에 따라 그리기 때문에 그게 화가의 서명이나 마찬가지라는 사실을 화가들 자신도 알고 있거든. 하지만 눈썹은 달라. 왜냐하면 누구도 눈썹을 주의 깊게 보지 않기 때문이지. 자, 이제 작고한 에니시테의 그림에 붓과 연필을 댄 젊은 세밀화가들이 누구인지 찾아보세."

그리하여 같은 이야기와 소재를 서로 다른 화풍으로 그린 두 권의 책, 에니시테가 제작한 『축제의 서』와 내 감독하에 그려진 『축제의 서』를 나란히 놓고 카라와 함께 돋보기로 자세히 살펴보았다.

1. 우리는 먼저 『축제의 서』에서 가장행렬 행사를 위해 특별히 제작한 관람석에 앉아 행렬을 내려다보고 있는 술탄 앞을 지나는 모피 상인들 중, 빨간색 겉옷을 입고 보라색 허리띠를 두른 모피상이 품에 안고 있는 여우 목도리의 벌어진 입에 주목했다. 하나하나 다 구분할 수 있을 정도로 정교하게 그려

진 여우의 이빨과 에니시테의 세밀화 속에 그려진 불길한 피조물, 멀리 사마르칸트에서 온 듯한 반은 악마고 반은 거인인 사탄의 이빨은 같은 사람의 손, 즉 올리브에 의해 그려진 것이었다.

2. 할례 의식이 치러지는 즐거운 날, 술탄이 광장을 내려다보고 있는 창문 밑으로 허름한 옷을 입은 가난한 참전 용사들이 나타난다. 그들 중 한 명이 말한다.

"술탄 폐하. 저희들은 술탄 폐하의 용감한 병사들로 이교도들로부터 우리 종교를 수호하는 전쟁에서 포로로 잡혔습니다. 적들은 인질로 잡힌 다른 형제들의 몸값을 구해 오라며 저희를 풀어 주었습니다. 하지만 이스탄불에 와 보니 물가가 너무 뛰어서, 지금 이교도의 손에 있는 형제들을 구할 돈을 다 마련하지 못했습니다. 술탄 폐하의 도움이 필요합니다. 저희에게 황금이나 포로를 하사하셔서 저희 형제들과 맞바꿔 올 수 있도록 도와주십시오."

바로 이 장면에서 한쪽 구석에서 술탄과 가련한 참전 용사와 경마장에 있는 페르시아와 타타르 대사들을 곁눈질하고 있는 게으른 개의 발톱과 에니시테의 책에서 금화의 모험을 묘사한 장면에서 한쪽 구석을 차지하고 있는 개의 발톱은 확실히 같은 연필, 황새의 솜씨였다.

3. 술탄 앞에서 공중제비를 하고 나무판 위에 계란을 얹어 돌리는 곡예사들 사이에서, 테두리가 빨간색인 카펫에 무릎을 꿇고 앉아 탬버린을 치고 있는, 보라색 조끼를 입은 맨발의 대머리 남자가 악기를 들고 있는 손의 모양은 온통 빨간색으

로 칠해진 에니시테의 그림에서 쟁반을 들고 있는 여자의 손과 똑같은 모양이다. 이건 올리브의 솜씨다.

4. 술탄 앞을 지나가는 바퀴 달린 수레에 화로를 설치하고 그 위에다 커다란 솥단지를 얹고 고기와 양파를 채운 양배추 쌈을 찌고 있는 요리사들 사이에서 냄비를 들고 분주히 오가는 주방장의 발밑, 분홍색 바닥에 깔린 푸른 돌들과 에니시테가 '죽음'이라고 이름 붙인 그림에 나오는 유령에 가까운 존재가 발을 대지 않고 걷고 있는 군청색 땅 위의 빨간 돌들은 같은 손, 즉 나비에 의해 그려진 것이다.

5. 페르시아 대사가 자신의 호화로운 대저택을 찾은 술탄께, 페르시아의 샤는 이 세상의 은신처이신 우리 술탄의 진정한 친구가 되고자 하며 우리 술탄을 형제처럼 여긴다고 말하는 장면에서, 페르시아왕의 군대가 오스만 제국에 대항해 원정 준비에 들어갔다는 소식을 타타르인 파발꾼이 전하자, 순식간에 페르시아 대사의 저택이 무너진다. 이 분노와 파괴의 장면에서 광장에 일어난 먼지를 없애려고 달려오는 물 뿌리는 사내들과 페르시아 대사를 습격할 준비를 하는 군중을 진정시키기 위해 뿌리는 아마유(油)가 든 가죽 부대를 메고 달려오는 장정들의 모습을 살펴보면, 이들의 다리 모양은 에니시테의 붉은 그림에서 달리고 있는 병사들의 다리 모양과 완벽하게 일치한다. 이것 역시 나비의 솜씨다.

돋보기를 왼쪽에서 오른쪽으로, 이 그림에서 저 그림으로 옮겨 가며 실마리를 찾아내는 일을 지휘한 것은 내가 아니었다. 고문에 대한 두려움과 집에서 기다리고 있는 부인을 다시 볼 생각에 눈을 부릅뜨고 그림을 조사한 카라였다. 우리는 '시녀 방법'을 이용해서 죽은 에니시테의 그림 아홉 점을 분류하고 각각의 세부를 그린 세밀화가들을 판별해 낸 다음, 그 정보들을 해석하는 데 오후 나절을 다 보냈다.

죽은 에니시테는 단 한 점의 그림도 어느 한 세밀화가에게만 전부 맡겨 그리도록 하지 않았다. 나의 세밀화가들 세 명이 모두 각각의 그림에 고루 손을 댔다는 것은 그림들이 이 집에서 저 집으로 옮겨 다녔으며, 그런 왕래가 자주 있었다는 것을 의미했다. 나는 내가 알고 있는 세밀화가들 외에, 그림에 손을 댄 제5의 인물이 있다는 것을 알아냈다. 그자의 솜씨는 다른 화가들과는 확연히 구별될 만큼 서툴렀다. 내가 그 불한당 같은 살인자의 미숙함에 화를 내려는 찰나, 캬라가 신중한 붓놀림을 봐서 그건 에니시테의 솜씨라고 증언했다. 결국 나의 『축제의 서』에 금박 작업을 했던 가엾은 엘레강스가 거의 똑같은 작업을 에니시테의 책을 위해서도 했으며(그렇다, 그건 물론 내게 상처를 주었다.) 그가 이따금 벽이나 나뭇잎, 구름에 붓을 댔을 수도 있는 가능성을 제외한다면, 에니시테의 그림에 손을 댄 화가는 세밀화가 길드에서 가장 실력이 뛰어난 세 명의 장인뿐이라는 것이 확실해졌다. 올리브, 나비, 황새…… 이들은 도제 시절부터 내가 애정을 다해서 키운 자식들, 가장 우수한 기예를 갖춘 애제자였다.

그럼 이제부터 우리에게 필요한 단서를 찾기 위해서 이 세 명의 재능과 특기 그리고 기질에 대해 얘기해 보겠다.(물론 그것은 동시에 나 자신의 삶에 대한 이야기가 될 것이다.)

올리브의 특징

그의 본명은 벨리잔이다. 내가 지어 준 것 말고 다른 예명이 있는지는 잘 모르겠다. 왜냐하면 그가 서명하는 것을 본 적이 한 번도 없기 때문이다. 도제 시절, 그는 화요일 아침마다 집으로 나를 데리러 왔다. 그는 자부심이 강했다. 그래서 만약 그가 작품에 서명을 할 정도로 자존심을 꺾을 수 있었다면, 그는 아마 서명도 감추려 하지 않고 그의 것임을 한눈에 알아볼 수 있도록, 눈에 잘 띄는 곳에다 분명하게 했을 것이다. 신께서는 그에게 너무 과한 재능을 주셨다. 금박을 입히는 일부터 자로 줄을 긋는 일까지 그는 매우 손쉽게 해낼 뿐만 아니라, 뛰어난 솜씨를 보여 준다. 화원에서 나무와 동물, 그리고 사람의 얼굴을 그리는 데 있어 그를 따를 자는 없다. 내 기억으로 당시 열 살이었던 벨리잔을 이스탄불로 데려온 그의 아버지는 타브리즈에 있는 사파위왕의 화원에서 얼굴 그림으로 유명했던 화가 시야부시의 지도를 받은 사람이었다. 올리브는 족보가 몽골까지 거슬러 올라가는 장인 집안 출신답게, 몽골과 중국의 영향을 받은 사마르칸트, 부하라, 헤라트에 정착한 150년 전의 늙은 장인 세밀화가들이 그랬듯이 자신이 마치 중국인인 양 달덩이처럼 둥근 얼굴을 가진 젊은 연인들을 그렸다. 도제 시절에도, 장인 시절에도, 내성적이고 고집스러운 그가 다른 화풍으로 그리도록 가르칠 수는 없었다. 나는 그가 영혼 깊은 곳에 숨겨진, 몽골과 중국, 헤라트 장인들의 화풍과 모델에서 벗어나기를, 필요하다면 그들을 잊기를 원했다. 이런 바람을 그에게 말했을 때, 소속 화원과 국적을 바꾼 대부분의 화가들처럼 그는 그것들을 벌써 잊었고 실은 제대로 배우지도 못했다고 말했다. 대부분의 세밀화가에게는 기억 속에 저장된 그 멋진 견본들이 소중하지만 벨리잔의 경우, 그것을 잊었더라면 더욱 위대한 세밀화가가 되었을 것이다. 대가들로부터 배운 것을 포기할 수 없는 죄처럼 영혼 깊은 곳에 감추고 있는 것에는 자기 자신조차 모르는 두 가지 이점이 있다. 첫째, 이토록 재능 있는 세밀화가가 옛 모델에 집착하는 것은 자신의 기예에 성숙미를 더해 줄 죄책감과 소외감을 불러일으킨다. 둘째, 어려움에 처했을 때 잊었다고 말했던 것들을 기억해 내서 옛 헤라트 모델들 가운데 하나를 이용해 새로운 소재와 새로운 역사, 생소한 장면을 성공적으로 완성해 낼 수 있다. 그는 아주 예리한 눈을 갖고 있었기 때문에 새로운 그림에 옛 모델, 즉 타마스프왕의 옛 대가들로부터 배운 것들을 어떻게 조화시켜야 할지를 알고 있었다. 올리브의 손에서 헤라트 그림과 이스탄불 장식은 조화롭게 융합되었다.

다른 세밀화가들에게 그랬던 것처럼, 언젠가 나는 기별도 없이 불쑥 그의 집을 방문한 적이 있었다. 나나 다른 많은 장인들과는 반대로, 그가 일하는 곳은 물감들, 붓들, 종이에 광택을 내는 조개껍질들, 작업대가 마구 뒤섞여 몹시 더럽고 엉망진창이었다. 그것은 나에게 하나의 수수께끼였다. 하지만 그는 부끄러워하는 기색조차 없었다. 그는 몇 악체를 더 벌려고 화원 밖에서 주문을 받아 작업하지도 않았다. 내가 이런 것을 설명하자 카라는 죽은 에니시테의 서양화 기법에 올리브가 가장 많은 관심과 열정을 보였고 또한 관대한 태도를 취했다고 말했다. 나는 죽은 바보가 그를 칭찬했음을 알 수 있었고 또한 그것이 잘못된 판단임을 알았다. 올리브는 자기 아버지의 스승인 시야부시와 또 그 스승 무자페르로부터 물려받은 헤라트 화풍, 그리고 비흐자드가 살았던 시대의 옛 대가들에 대해 표면적으로 드러냈던 것보다 훨씬 더 집착했을지도 모른다. 나는 늘 올리브에게는 뭔가 비밀스러운 구석이 있다고 생각했다. 나의 세밀화가들 중에 가장 조용하고, 가장 감수성이 예민하고, 가장 죄책감을 많이 느끼고, 또한 가장 음흉한 사람이 바로 그였다. 궁궐 수비대장이 고문을 언급했을 때 가장 먼저 그가 떠올랐다.(나는 그가 고문받는 것을 원하기도 하고, 원하지 않기도 한다.) 그의 눈은 예리해서 모든 것을 금세 파악하고 빨리 눈치챈다. 나의 결점조차 그의 눈을 피하지는 못했다. 하지만 그는 어떤 상황에도 잘 적응하는 망명자처럼 삼가는 태도로 말하며, 아주 드물게만 우리의 결점을 지적했다. 그렇다, 그는 음흉하다. 그러나 내 생각에 그가 살인자는 아니다.(이것은 카라에게 말하지 않았다.) 왜냐하면 그는 어떤 것도 믿지 않기 때문이다. 돈도 믿지 않는다. 하지만 겁쟁이처럼 모으기는 한다. 모든 살인자들은 우리의 생각과는 정반대로, 무신론자들이 아니라 광신도들 사이에서 나온다. 필사본의 채색은 회화를 낳으며, 회화는 신께서 금하신 행위, 즉 신에 대한 도전을 낳는다. 이 사실은 누구나 다 안다. 이런 의미에서 무신론자인 올리브는 진정한 화가다. 그런데도 나는 신께서 주신 그의 천부적인 재능이 나비보다, 심지어 황새보다 못하다고 생각한다. 올리브가 내 아들이었으면 좋겠다. 나는 그렇게 말하고 내심 카라가 올리브를 질투하기를 바랐다. 하지만 카라는 그저 검은 눈을 크게 뜨고 아이 같은 호기심으로 나를 바라볼 뿐이었다. 나는 카라에게 올리브는 검은색 불감으로 그림을 그릴 때, 화집에 들어갈 전사(戰士), 사냥 장면, 중국 화가들의 그림에서처럼 황새와 학이 있는 풍경, 나무 아래 앉아 시를 읊고 우드를 연주하는 아름다운 소년들, 전설적인 연인들의 운명, 손에 칼을 든 왕의 분노, 용의 습격을 받은 용사의 공포를 표현하는 재능이 탁월하다고 말했다.

"어쩌면 유럽식 정밀 묘사 기법으로 그려진 술탄의 얼굴과 술탄이 앉아 있는 모습이 들어갈 마지막 그림은 올리브에게 맡겨졌는지도 모릅니다."

카라의 말은 나를 혼란스럽게 했다.

"만약 그랬다면 에니시테를 죽인 후에, 이미 잘 알고 있는 그림을 왜 그가 가지고 갔겠나? 그리고 그 그림을 보려고 에니시테를 죽일 필요가 있었겠나?"

우리는 잠시 마주 보며 생각했다.

"그 그림에 무슨 결함이 있었기 때문이겠지요. 혹은 무엇인가가 후회되고 두려웠기 때문에……." 카라가 말을 끊었다가 다시 말을 이었다. "아니면 가엾은 에니시테를 죽인 후에 기념품으로 간직하려고, 또는 다른 뭔가를 하기 위해서 가져갈 수도 있지 않을까요? 올리브는 훌륭한 세밀화가니 멋진 그림을 탐낼 수도 있지 않겠습니까?"

"물론 올리브는 훌륭한 세밀화가야." 나는 화를 내며 말했다. "하지만 에니시테의 그림들은 그 어떤 것도 아름답지 않아."

"우리는 아직 마지막 그림을 보지 못했습니다."

카라가 용감하게 대답했다.

나비의 특징

그는 바루트하네 출신으로 이름은 하산이다. 하지만 나에게는 늘 나비였다. 이 예명은 항상 내게 그의 어린 시절과 청년 시절을 상기시킨다. 그를 본 사람들은 자신의 눈을 믿지 못하고 한 번 더 그를 보게 된다. 그만큼 그는 아름답다. 경이로운 생각이 들 정도로 재능도 있다. 그는 색채의 대가이며 그것이 그의 가장 큰 장점이기도 하다. 그는 색을 칠하는 희열을 맛보려는 것처럼 막힘없이, 열정적으로 그림을 그린다. 하지만 그가 경솔하고 맹목적이며 변덕스럽다는 것도 카라에게 말했다. 그리고 공정을 기해야 한다는 생각에 한마디 덧붙였다. 그는 가슴으로 그림을 그리는 진정한 세밀화가라고. 만약 그림이 이성이 아니라 우리 마음속에 있는 야수를 향해 소리치는 것이라면, 그리고 술탄의 자존심을 충족시키기 위한 것이 아니라 우리 눈을 즐겁게 하기 위해 그려지는 것이라면, 나비는 그런 의미에서 진정한 세밀화가일 것이다. 그는 사십 년 전의 카즈빈 출신 장인들에게 지도받은 것처럼 넓고 편하고 행복하고 동그란 선을 그리며, 반짝이는 순수한 색들을 용감하게 칠한다. 그의 그림에 담긴 비밀스러운 질서는 항상 부드러운 원형(圓形)으로 드러난다. 하지만 그를 키운 사람은 오래전에 죽어 버린 카즈빈 출신의 장인들이 아니고 바로 나다. 그래서 나는 그를 내 아들처럼, 아니 아들보다 더 사랑한다. 그러나 그를 선망하지는 않는다. 그의 어린 시절과 청년 시절, 나는 나의 다른 모든 제자들과 마찬가지로 연필, 자, 심지어 장작으로 그를 때렸다. 하지만 그렇다고 해서 그를 존중하지 않았던 건 아니다. 황새도 자로 수없이 때렸지만 그것 또한 그를 존중해서였다. 물론 스승의 매는 젊은 제자의 가슴속에 있는 기예의 영령(英靈)과 악마를 완전히 죽이지는 못한다. 그저 어느 정도 움찔하게 만들 뿐이다. 선의에서 우러난 공정한 매라면 오히려 영령과 악마를 더욱더 자극해, 수련 중인 세밀화가가 보다 단호하게 정진하도록 이끈다. 내가 나비에게 든 매는 그를 행복하고 순종하는 세밀화가로 만들었다.

문득, 나는 카라 앞에서 그를 칭찬할 필요가 있음을 느꼈다.

"행복의 그림이란 오로지 신께서 주신, 색을 이해하고 다룰 줄 아는 능력을 통해서만 가능하다는 것을 나비의 그림은 명백하게 보여 주지."

그렇게 말을 하는 동안 나는 나비의 단점 또한 깨달았다. 나비에게는 자미의 시에 언급된 '영혼의 어두운 밤'과 같은, 신앙을 잃어버리는 순간에 대한 경험이 없다. 천국에서 행복에 넘쳐 그림을 그리는 세밀화가처럼, 자신이 행복한 그림을 그릴 거라고 확신하면서 작업을 하고, 또 정말로 행복한 그림을 그린다. 우리 군대가 도피오성을 포위하는 장면, 헝가리 대사가 우리 술탄의 발에 입 맞추는 장면, 예언자가 말을 타고 7층으로 된 천국으로 올라가는 장면 등등. 이런 것들은 물론 전부 다 행복한 사건들이다. 그러나 나비의 붓에 의해 날개를 퍼덕이며 페이지에서 나왔을 때 비로소, 실로 커다란 축제가 된다. 내가 그린 그림에서 죽음의 어둠이나 각료 회의의 엄숙함이 지나치게 표현되었을 때, 나는 나비에게 "네 맘대로 색을 칠해 보거라."라고 말한다. 그러면 죽은 흙을 뿌린 듯 얌전히 있던 치마, 나뭇잎, 깃발, 바다가 즉시 바람에 펄럭인다. 때로는 신이 나비가 그리는 것처럼 세상을 보고자 하며, 삶이 축제처럼 즐거워야 한다고 명령했을지도 모른다는 생각이 든다. 그건 색들이 서로 조화롭게 멋진 시들을 읽어 주는, 시간이 멈춰 있고 악마가 절대로 들어오지 않는 세상이다.

하지만 그것만으로 부족하다는 것은 나비도 알고 있다. 누군가가 그에게 그의 그림에서는 모든 것이 축제처럼 행복하지만 심오한 그 무엇이 없다고 험담을 한 적이 있었다.(그렇다, 맞는 말이다.) 그의 그림을 좋아하는 사람들은 악과 싸우는 활기 넘치는 이들이 아니라, 어린 황태자들이나 죽음의 문턱에 있는 노망든 하렘 여자들뿐이다. 자신에 대한 이러한 소문을 아주 잘 알고 있기에 가련한 나비는 때때로 자신보다 재능과 기예가 훨씬 부족한 세밀화가들을, 그들이 단지 악마와 영령을 그린다는 이유로 질투한다. 그가 악마와 영령이라고 생각하는 것은 대부분 단순한 악이나 질투일 뿐인데도.

그림을 장식할 때 그 멋진 세계 속에 들어가 행복을 느끼지 않고, 자신의 그림을 다른 사람들이 좋아할 거라는 상상에서 행복을 느끼는 그에게, 나는 화를 내기도 했다. 게다가 그가 보수에 집착한다는 점에 대해서도 화를 내곤 했다. 이것은 인생의 또 다른 모순이다. 그보다 훨씬 재능이 떨어지는 세밀화가들 중에도 그림을 그릴 때는 온전히 예술에 몰입하는 이들이 있다.

이런 결점을 없애려고 나비는 자신이 그림을 위해 헌신한다는 걸 증명해야 하는 딜레마에 빠졌다. 그래서 손톱이나 쌀알에 육안으로는 보기 힘든 그림을 그리는 아둔한 세밀화가들처럼, 그도 작고 세밀한 걸 그리는 데 관심이 있다. 한번은 그에게 신이 너무 과도하게 준 재능이 부끄러워 그런 것을 열심히 그리느냐고 물은 적이 있다. 쌀알 위에 나무 잎사귀를 일일이 그리는 것은 재능 없는 세밀화가들이 쉽게 명성을 얻기 위해, 아둔한 부자들의 눈에 들기 위해 하는 짓이기 때문이다.

장식과 그림은 자신의 눈이 아니라 다른 사람의 눈을 위한 것이라는 생각, 다른 사람들의 환심을 사고 싶은, 도저히 극복하기 힘든 이 갈망이 나비를 누구보다도 칭찬에 약한 노예로 만들었다. 겁쟁이인 나비는 이 때문에 스스로를 보호하기 위해 화원장이 되고 싶어 한다. 카라가 먼저 이 문제를 지적했다.

"그렇다네. 내가 죽은 뒤, 그가 내 자리를 차지하기 위해 책략을 꾸미고 있다는 것을 아네."

"그것 때문에 세밀화가 형제들을 죽일 수도 있을까요?"

"죽일 수도 있지. 왜냐하면 그는 훌륭한 세밀화가이기는 하지만 그것을 깨닫지 못하고 있고, 그림을 그릴 때도 속세를 잊지 못하기 때문이네."

이렇게 말하자마자 사실은 그가 내 뒤를 이어 화원장이 되길 내가 원하고 있음을 깨달았다. 올리브는 신임할 수 없다. 황새도 결국 자신도 의식하지 못하는 사이에 서양 화풍에 젖어들 거라고 생각한다. 황새가 희생될 수도 있다는 생각에 나는 슬퍼졌다. 하지만 화원과 술탄을 동시에 지배하기 위해서는 나비의 사랑받고자 하는 욕심이 꼭 필요하다. 베네치아의 추기경, 다리, 작은 배, 촛대, 교회, 마구간, 소, 바퀴, 이 모든 것이 신에게는 똑같이 중요하다고 말하는 자들이 있다. 그림자를 포함한 모든 것을 세세히 그려서 그림이 아니라 마치 실물처럼 보이게 함으로써 감상하는 이들을 기만하는 그들의 기예를 막을 수 있는 것은 오직 나비의 감수성과 색에 대한 믿음뿐이다.

"다른 세밀화가들에게 하셨던 것처럼 그의 집을 불쑥 방문하신 적이 있습니까?"

"나비의 그림을 본 사람들은 누구나 나비가 사랑의 가치와 기쁨과 슬픔의 의미를 진정으로 이해하는 사람이라는 것을 첫눈에 알게 되네. 그러나 색을 사랑하는 모든 사람들처럼 그도 감정의 회오리에 휩쓸려 쉽게 변하지. 나는 신이 부여한 그의 뛰어난 기예와 색에 대한 감수성을 사랑하기 때문에 그가 젊었을 때 아주 가까이에서 그를 지켜봤네. 그래서 그의 모든 것을 알지. 물론 이런 친밀감 때문에 다른 세밀화가들의 질투를 불러일으키고 사제 관계가 흔들리는 위기가 닥치기도 했네. 하지만 나비와는, 다른 사람들이 무슨 말을 하든 전혀 두렵지 않은 사랑의 순간들이 많이 있었지. 최근에 그가 동네 식료품 상점의 아름다운 딸과 결혼한 뒤에는 그의 집에 가고

픈 생각도 없어졌고, 보러 갈 기회도 없었네."

"그가 에르주룸 출신 호자의 추종자들과 관계를 맺고 있다고 하던데요." 카라가 말했다.

"요리사, 마술사, 수도승, 소년 무용수, 케밥 장수, 열쇠공의 가장 행렬을 묘사한 우리의 『축제의 서』와 전쟁, 무기, 피가 낭자한 순간들을 묘사한 우리의 『원정의 서』에 대해 미치광이 에르주룸 출신 호자의 추종자들이 종교에 위배된다는 이유로 금지하려 한다면, 그리고 우리가 옛 페르시아 대가들의 화풍으로 돌아간다면 나비에게 유리할 거라는 말이 있긴 하지. 티무르 시대의 유산인 그 멋진 그림으로 되돌아가고 영리한 황새가 내 뒤를 이어 화원을 지휘한다 해도, 그래서 장인다운 삶과 세밀화 작업의 전통이 계속된다 해도 결국은 모두 잊히고 말 걸세. 왜냐하면 결국은 모두 서양인들처럼 그리고 싶어 하게 될 테니까."

이 비통한 말을 나 자신도 믿고 있는 걸까?

"저의 에니시테도 그렇게 말씀하셨습니다. 하지만 그분은 낙관적이었죠."

카라가 조용히 말했다.

황새의 특징

나는 그가 '미천한 화가 무스타파'라고 서명하는 것을 본 적이 있다. 그는 개성이란 것이 있는가, 있다면 서명으로 자신을 드러내야 하나 아니면 옛 대가들처럼 감추어야 하나, 겸손은 서명을 필요로 하는가 하지 않는가 등의 문제에 대해 고민하지 않는다. 그냥 미소를 지으며 승리감에 휩싸여 서명을 한다.

그는 내가 열어 놓은 길을 용감하게 갔고, 이전에 누구도 그리지 못했던 것들을 보고 종이에 그려 넣었다. 그와 나는 화덕에서 녹인 유리물이 든 대롱을 입으로 불어 푸른 유리 주전자며 초록색 병을 만들어 내는 유리 세공사, 몸을 구부린 채 자기가 만든 구두와 장화를 열심히 살펴보고 있는 갖바치, 축제에서 우아한 포물선을 그리며 도는 목마, 씨를 눌러 기름을 짜는 사람, 적을 겨냥한 우리 대포에서 대포알이 쏟아져 나오는 모습, 우리 총의 총신들과 나사들을 모두 보았다. 그리고 티무르 시대의 옛 장인들, 타브리즈, 카즈빈의 전설적인 장인들이 스스로를 낮추고 그것들을 그리지 않았던 것과는 달리, 그는 아무런 거부감 없이 그것들을 그렸다. 자신이 삽화를 그리게 될 『원정의 서』 제작 준비를 위해 직접 전쟁터에 갔던, 그리고 살아 돌아온 최초의 이슬람 세밀화가였다. 그는 오직 그림을 그리기 위한 목적으로 적의 요새, 대포, 군대, 피 흘리는 말, 숨넘어갈 지경에 이른 사람, 그리고 시체를 맹렬히 탐구했다.

나는 그를 스타일보다는 소재, 소재보다는 그 누구도 신경 쓰지 않는 세부를 중요하게 여기는 사람으로 알고 있다. 책에 넣는 그림들의 정렬, 구성, 가장 미세한 세부의 색까지 모든 것을 그에게는 마음 편히 맡길 수 있었다. 이 때문에 사실, 나의 후임자는 그가 돼야 옳다. 하지만 그는 욕심이 많고 지나치게 자만하며 다른 세밀화가를 무시한다. 사람들을 이끄는 통솔력이 부족하고 그 때문에 결국 모두 잃어버리고 말 것이다. 그는 자신이 매우 부지런하므로 우리 화원의 그림은 전부 다 자기가 다 그려야 한다고 말한다. 실제로 그렇기도 하고, 또 그는 훌륭한 장인이다. 자신이 할 일을 잘 알고 있으며, 또 자기 자신을 사랑한다. 얼마나 행복한 일인가.

내가 기별도 없이 그의 집에 찾아갔을 때, 그는 마침 작업을 하고 있었다. 우리 술탄과 나를 위해 장식한 페이지들, 우리를 무시하려고 안간힘을 쓰는 바보 같은 유럽 여행가들을 위해 그린 저질의 의상 그림들, 자신이 뭐라도 되는 것처럼 여기는 파샤를 위해 그린 세 개의 그림, 화집에 넣으려고 혹은 자기 자신의 즐거움을 위해 그린 많은 그림들(그중에는 외설적인 정사 장면을 묘사한 그림도 있었다.)이 작업대며 앉은뱅이책상, 방석들 위에 펼쳐져 있었다. 꿀벌처럼 일만 하는 키 크고 깡마른 나의 황새는 이 그림에서 저 그림으로 옮겨 다니고, 노래를 부르고, 물감 섞는 조수의 뺨을 꼬집고, 그림에 장난을 치고, 우리에게 그림을 보여 주면서 혼자 큰 소리로 웃었다. 나의 다른 세밀화가들과는 달리, 신의 선물인 재능에 끊임없는 작업을 더해 얻은 기예는 점차 속도가 붙었고(그는 혼자서 세밀화가 예닐곱 명 몫을 했다.) 그는 자랑스럽게 그것을 과시했다. 지금 이 순간, 그 저주받을 살인자가 세 명의 장인 세밀화가들 중 한 명이라면, 그게 황새이길 바라는 나 자신을 발견한다. 도제 시절, 매주 금요일마다 우리 집 문 앞에 서 있던 그를 보면 나비를 보는 것만큼 즐겁지는 않았다.

그리는 대상이 눈에 보인다는 사실 외에는 다른 어떤 논리적 근거도 없는 모든 종류의 잡다한 세부 사항들에 대해 동일하게 주의를 기울였기 때문에 그의 그림은 베네치아 화가들과 비슷한 경향을 띤다. 그러나 베네치아 화가들과는 달리 욕심 많은 황새는 사람들의 얼굴을 특별하다거나 서로 다른 것으로 보지도 않았고 그렇게 그리지도 않았다. 그는 마음속으로 혹은 공공연하게 사람들을 무시했기 때문에 그들의 얼굴도 중요하게 여기지 않았다. 죽은 에니시테도 그에게 술탄의 얼굴을 그리게 하지는 않았을 것이다.

그는 가장 심각한 주제를 그릴 때조차 그림 한 귀퉁이에 그림 속의 이야기와는 거리가 먼, 수상쩍은 개를 그려 넣거나, 화려하고 성대한 축제 장면에다 초라한 행색의 천한 거지를 그려 넣어 그림 속의 다른 인물들을 우습게 만들지 않고는 못 배긴다. 그는 자신이 그린 그림과 소재를 가지고 스스로를 조롱할 정도로 자신감에 넘친다.

"엘레강스를 우물에 빠뜨려 죽인 것은 유수프의 형제들이 유수프를 시기하여 그를 우물에 던진 것과 비슷합니다. 에니시테의 죽음은 휘스레브가 자신의 젊은 아내에게 눈독을 들인 아들에게 살해당한 것과 비슷합니다. 황새가 전쟁과 피투성이의 죽음을 그리길 아주 좋아한다고 모두들 말하더군요."

카라의 이런 지적을 듣고 나는 그에게 뭔가 설명을 해야 할 필요를 느꼈다.

"화가가 그린 소재와 화가 자신이 비슷할 거라는 생각은 나를 포함한 장인들을 전혀 모르는 자들의 생각이네. 우리를 드러내 주는 것은 다른 사람들이 우리에게 그리도록 요구한 소재가 아닐세. 그리고 사실 그들은 늘 같은 것을 원하지. 화가의 개성은 소재에 접근하는 과정에서 그림에 반영된 화가의 숨겨진 감수성을 통해 드러나네. 그림에서 뿜어져 나오는 듯한 빛, 인물과 말과 나무들의 구성에서 느껴지는, 손에 잡힐 듯 생생한 머뭇거림 또는 분노, 하늘로 뻗어 올라가는 사이프러스 나무로 표현되는 바람과 슬픔, 결국은 스스로를 장님으로 만들 열정으로 벽의 타일에 그림 장식을 하는 과정에서 드러나는 화가의 운명과 인고의 자세…… 이런 것들이 우리를 말해 주는 숨겨진 표식들이라네. 어떤 말의 분노와 질주를 그릴 때 세밀화가는 자신의 분노와 질주를 그리지 않는다네. 가장 완벽한 말 그림을 그리려고 노력하면서 세상의 풍성함과 그것을 창조한 이에 대한 사랑, 삶에 대한 사랑의 빛깔들을 보여 줄 뿐이지."

42
내 이름은 카라

어떤 것은 선만 그어져 있고, 어떤 것은 이미 완성되었고, 어떤 것은 아직 색이 칠해지지 않은 그림들을 살펴보며, 세밀화가들과 에니시테의 그림을 비교하고 평가하느라 오후를 꼬박 보냈다. 세밀화가들과 서예가들의 집을 수색해 찾아낸 페이지들(그중에는 우리의 두 책과 전혀 관계가 없는 것들도 있었다. 서예가들이 돈 몇 푼을 더 벌려고 왕실 밖에서 몰래 주문을 받아 그리는, 형편없는 수준의 그림들이었다.)을 가져오는 궁궐 수비대원들이 발길이 끊어졌다고 생각하려는 찰나, 한 사내가 자신만만한 태도로 오스만에게 다가와 천으로 된 넓은 허리띠 안에서 종이 한 장을 꺼내 내밀었다.

나는 아들을 도제로 맡기고 싶어 하는 아버지가 세밀화가 길드의 장에게 청원서를 올리는 것이겠거니 하고 별 관심을 갖지 않았다. 밖에서 스며드는 창백한 빛으로 해가 저물었음을 알 수 있었다. 피곤해진 눈을 쉬기 위해 나는 시라즈의 옛 장인들이 젊은 나이에 장님이 되지 않기 위해 취했던 방법대로 한곳에 시선을 고정시키지 않고 먼 곳을 아무 생각 없이 멍하니 바라보려고 했다. 그런데 화원장 오스만이 경탄의 표정으로 바라보는 종이의 아름다운 색채와 내 가슴을 두근거리게 만드는 종이의 접힌 방식이 눈길을 끌었다. 그리고 나는 곧 그게 왜 나를 흥분시켰는지를 깨달았다. 그것은 셰큐레가 에스테르를 통해 내게 보낸 편지와 똑같은 방식으로 접혀 있었던 것이었다. 그래서 나는 바보처럼 "이런 우연이 다 있나." 라고 말할 뻔했다. 그런데 그 안에는 거친 종이에 그려진 그림 한 장이 함께 들어 있었다!

화원장 오스만은 그림이 그려진 종이는 자신이 챙기고, 셰큐레가 보낸 것이라 여겨지는 편지는 내게 넘겨주었다.

카라. 엘레강스의 부인 칼비에로부터 뭔가 알아내려고 에스테르를 그녀 집에 보냈었어요. 제가 동봉한 그림은 칼비에가 에스테르에게 보여 준 것인데, 제가 직접 칼비에의 집에 가서 온갖 달콤한 말로 설득해 받아 낸 거예요. 그림이 그려진 종이는 우물에서 건져 올린 그 가련한 엘레강스의 호주머니에 들어 있었다고 해요. 부인 칼비에의 말로는 엘레강스가 말 그림을 주문받은 적이 한 번도 없었답니다. 그렇다면 이 그림은 누가 그렸을까요? 궁궐 수비대원들이 와서 집을 수색하고 있어요. 이 말 그림이 중요한 것 같아서 급히 보냅니다. 당신의 아내 셰큐레가.

나는 그 소중한 편지의 마지막 세 구절을 정원에 피어난 세송이 아름다운 붉은 장미를 바라보듯 황홀한 기분으로 두 번이나 더 되풀이해 읽었다. 그러고는 화원장 오스만이 돋보기를 들이대고 살펴보고 있는 종잇조각에 눈을 가까이 가져갔다. 물감이 번진 형태로 보아, 옛 장인들의 화풍에 따라 습작한, 일필휘지로 그린 말 그림이 분명했다.

말없이 셰큐레의 편지를 읽은 오스만이 중얼거리듯 물었다. "누가 이걸 그렸을까?" 그러고는 자신의 물음에 스스로 대답했다. "물론 죽은 에니시테의 책에 들어갈 말을 그린 세밀화가겠지."

어떻게 그걸 확신할 수 있을까? 게다가 우리는 책에 들어간 말 그림을 누가 그렸는지도 아직 밝혀내지 못한 상태였다. 우리는 아홉 장의 그림 중에서 말이 그려진 페이지를 꺼내 주의 깊게 살펴보기 시작했다.

그것은 아름답고 단순하며 아무리 봐도 질리지 않는 갈색 말이었다. 아무리 봐도 질리지 않는다고 했는데, 정말 그럴까? 처음에는 에니시테와 함께, 그리고 나중에는 혼자서 그 그림들을 보았으므로 나에게 그림을 감상할 시간은 충분했다. 그러나 관심 있게 보지는 않았다. 아름답지만 평범한 말이었다. 얼마나 평범했던지 누가 그렸는지조차 알 수 없었다. 그 말의 색깔은 적갈색이 아니라 밤색이라고 하는 편이 더 맞을 것이다. 혹은 갈색 안에 희미하게 붉은빛이 감도는 듯했다. 이런 말을 다른 책과 그림에서 너무나 많이 보았기 때문에 세밀화가가 전혀 생각하거나 고심하지 않고 머릿속에 있는 모습을 그저 기계적으로 옮겼다는 걸 알 수 있었다.

그러나 그 평범함 안에 숨겨진 단서를 찾아내야 했으므로 우리는 집요하게 계속 말을 바라보았다. 그리고 어느 순간, 흐릿하게 떨고 있는 어떤 아름다움과 그 안에 깃든 삶, 배움 그리고 모든 것을 끌어안는 어떤 힘이 눈에 보이기 시작했다. '신의 눈에 비친 그대로 말을 그린, 이 마법의 손을 가진 세밀화가는 누구일까?'라고 나 자신에게 물었다. 순간적으로 그 세밀화가가 야비한 살인자라는 사실을 잊은 듯이 말이다. 말은 마치 진짜 말처럼 내 앞에 있었다. 그러면서 동시에 그것이 그저 그림일 뿐이라는 것도 분명 알고 있었다. 이 두 가지 생각 사이에서 나는 홀린 듯한 기분이 되었다. 그리고 그 기분은 내게 어떤 총체성과 완벽성의 느낌을 불러일으켰다.

우리는 한동안 습작용으로 그린, 그 물감이 번진 말과 에니시테의 책을 위해 그린 말을 비교했다. 그리고 두 그림이 같은 화가의 손에 의해 그려졌다는 것을 알게 되었다. 말의 자세는 움직임이 아니라 정적을 연상시켰다. 자만심 가득하고 강인하며 우아한 말들이었다. 에니시테의 책에 들어갈 말 그림은 감탄스러울 만큼 멋졌다.

"너무나 아름다운 말이군요. 당장 종이를 꺼내 똑같은 말을 그려 보고 싶을 정도입니다."

"세밀화가에게 하는 가장 큰 칭찬은 그의 그림이 보는 사람에게 그림을 그리고 싶은 열망을 불러일으킨다고 말해 주는 거지. 하지만 우리는 지금 악마의 기예를 칭찬할 때가 아냐. 그가 누구인지 밝혀내는 게 더 급하다네. 죽은 에니시테가 이 말이 어떤 이야기의 일부가 될 거라고 말한 적이 있나?"

"없었습니다. 단 에니시테는 이 말이 우리 술탄의 통치하에 있는 모든 나라의 말들 가운데 가장 아름다운, 오스만 제국 혈통의 말이라고 했고, 이것으로 우리 술탄이 지배하는 나라들의 풍요로움을 베네치아 총독에게 보여 주고자 한다고 말했습니다. 그런데 한편으로는 베네치아 도제들의 그림처럼, 이 말은 신의 눈에 비친 말이라기보다는 좀 더 인간에 가까운 말처럼 보입니다. 물론 이 말은 엄연히 이스탄불에서 길러졌고 조련사가 있는 말입니다. 어쨌든 이 그림을 보게 될 베네치아 총독은 오스만 제국의 화가들이 세상을 자신들처럼 보기 시작했으니 오스만 제국도 자신들을 닮아 간다고 말할 테고, 그래서 결국은 우리 술탄의 힘과 우애를 받아들이게 될 거라고 생각했습니다. 말을 다르게 그리기 시작한다는 것은 세계를 다르게 보기 시작한다는 뜻이 되니까요. 하지만 이런 특징에도 불구하고 이 그림은 옛 대가들의 기법에 따라 그려졌군요."

그렇게 말해 놓고 보니, 그 말이 더욱 매력적이고 고귀하게 보이기 시작했다. 말은 입을 약간 벌리고 있었고, 이빨 사이로 혀가 조금 보였으며, 눈은 반짝거렸다. 다리는 강인하고 우아했다. 이 그림을 전설적으로 보이게 하는 것은 말 그 자체일까, 아니면 말에 관해 이야기된 것들인가? 화원장 오스만은 돋보기를 말 그림 위로 천천히 움직이며 살피고 있었다.

"이 말은 어떤 의미를 갖고 있습니까? 이 말은 왜 있습니까? 왜 하필 이 말인가요? 이 말은 왜 저를 흥분시키지요?"

나는 진심으로 궁금해하며 물었다.

"술탄들, 샤들, 파샤들은 자신들이 주문한 책처럼 그림도 자신들의 힘과 권력을 나타낸다고 생각하고, 그림 위에 씌운 금가루와 그림 안에 쏟은 세밀화가의 노고와 시선이 자신들의 부의 증거가 되므로 아름답게 느낀다네. 그림의 아름다움은 마치 그림에 사용되는 금처럼, 세밀화가의 기예가 희귀하고 값비싸다는 증거가 되기 때문에 중요하다네. 그림을 보는 사람들, 책을 뒤적이는 사람들은 말이 말을 닮았기 때문에, 신의 시선에 비친 환상적인 말이기 때문에 아름답다고 하는데, 세밀화가는 그와 같은 사실성을 기예로 표현해 내지. 우리에게 그림의 아름다움은 그림의 풍부한 의미와 섬세함에서 비롯된다네. 이 말 안에, 말 이외에 살인자가 개입되었고 악마의 표시가 있다는 것을 밝혀냄으로써 그림의 의미를 더 높일 수 있지. 또한 그림이 아니라 그려진 말 자체를 아름답게 느낄 수도 있네. 말 그림을 그림을 본다고 생각하지 않고 말을 보는 것처럼 바라보는 것이지."

"말을 보는 것처럼 보셨다면 이 그림에서 무엇을 보셨습니까?"

"이 말은 일반 말들보다 체구가 작지 않고, 목이 길고 곡선이 유연한 것을 보니 좋은 경주마라는 걸 알 수 있네. 등이 평평한 걸 보면 긴 여행에도 적합하겠군. 우아한 다리는 이 말이 아랍종처럼 날래고 민첩하다는 걸 나타낼 수도 있지만, 이것은 아랍종이 아니라네. 왜냐하면 몸통이 길고 크기 때문이지. 그리고 우아한 다리는 부하라 출신 학자 파들란이 『마서(馬書)』에서 명시한 명마의 조건에 꼭 맞는, 개천이 있어도 쉽게 뛰어넘을 수 있고 놀라거나 무서워하지 않는 말임을 보여주지. 왕실 수의사 푸유지가 아주 잘 번역한 그 『마서』에는 많은 명마들이 언급되고 있네. 지금 우리 앞의 밤색 말에는 그 명마들의 조건에 관한 얘기를 다 적용할 수 있을 것 같군. 내 기억에 따르면 그 조건들은 이렇다네. 좋은 말은 얼굴이 잘생기고, 눈이 사슴 같고, 귀는 갈댓잎 같고, 두 귀 사이는 멀어야 한다. 좋은 말은 이빨이 작고, 이마가 공처럼 둥글고, 눈썹이 가늘고, 키가 크고, 갈기가 길며, 허리는 짧고, 코는 작고, 어깨는 좁고, 등은 넓고 평평해야 한다. 또한 몸이 단단하고, 목이 길고, 가슴과 엉덩이가 널찍하고, 가랑이 사이가 탄력이 있어야 한다. 아울러 자존심이 강하고 우아해야 하며, 걸을 때는 양쪽에 인사를 건네듯 걸어야 한다."

나는 우리 앞에 놓인 말 그림을 보며 "완전히 이 밤색 말 이야기로군요." 하고 감탄했다.

오스만은 비꼬는 듯한 미소를 띤 채로 말했다.

"이제 이 말에 대해서는 알아냈네. 하지만 그것만으로는 이 말을 그린 세밀화가가 누구인지 알아내는 데에는 전혀 도움이 안 되지. 왜냐하면 현명한 세밀화가는 실제로 말을 보면서 그리지 않거든. 나의 세밀화가들은 당연히 기억에 있는 그대로, 기계적으로 말을 그리지. 이에 대한 증거로 대다수의 세밀화가들이 말의 윤곽을 스케치할 때 말의 말굽부터 그린다는 점을 들 수 있지. 카즈빈 출신의 제말렛딘이 『마화(馬畵)』에서 서술했던 것처럼, 다리부터 그리기 시작하는 말 그림은 오직 말 전체를 기억하고 있어야만 완성할 수 있다네. 실제로 말을 보고 그리면 머리에서 목, 목에서 몸통 순서로 그리게 된다는 것은 널리 알려진 사실이지. 그런 그림을, 즉 길에서 흔히 볼 수 있는 짐마차 끄는 말을 습작 형태로 그려서 재봉사나 정육점 주인에게 파는 베네치아 화가들도 있다고 하더군. 그런 말 그림은 세상의 의미와 신이 창조한 아름다움을 전혀 표현하지 못하지. 하지만 그들조차 진정한 그림은 눈이 그 순간 목격한 것이 아니라, 손에 익은 기억에 의해 그려진다는 것을 알고 있지. 화가는 종이 앞에서는 항상 혼자야. 그 때문에 늘 기억해야만 한다네. 대상을 외워서 그리는 우리 선조들이 남기는 비밀스러운 서명은 그 화가만의 고유한 손의 속도와 기예에 따라 '시녀 방법'으로 찾을 수밖에 없다는 것을. 이걸 잘 보게나."

가죽에다 아주 세밀하게 그린 옛 지도 속의 보물을 찾는 것처럼 그는 그림 위로 돋보기를 천천히 움직여 가며 말했다.

"그렇다면." 하고 나는 스승의 맘에 들기 위해 바로 번쩍이는 발견을 해야 하는 조급한 학생처럼 말했다. "이 그림 속 말의 안장 색깔과 장식들을 다른 그림의 그것들과 비교하면 되겠군요."

"나의 장인들은 그런 장식에는 절대 붓을 대지 않는다네. 그림 속의 옷이며 카펫, 천막의 장식도 전부 수련 도제들이 그리지. 어쩌면 죽은 엘레강스가 그렸을 수도 있겠군. 이 부분은 지나가세."

나는 당황해서 "귀는 어떻습니까? 말들의 귀는……." 하고 말했다.

"아닐세. 그건 티무르 시대부터 전해 내려온 모델에 따라 그려졌네. 우리가 잘 알고 있는 갈댓잎 같은 귀 말일세."

"갈기를 땋은 모양이나 갈기를 빗는 모습은 어떤지……."

나는 이렇게 말하려 했지만 이런 스승 제자 놀이를 즐기지 않았기에 그냥 입을 다물었다. 더욱이 만일 내가 그의 제자라면 주제넘은 소리를 해선 안 되었다.

"여길 보게나." 오스만이 의사가 동료에게 흑사병의 농포를 보여 주듯 불만스럽고 심각한 목소리로 말했다. "보이나?"

그는 손에 든 돋보기를 말의 머리에 갖다 댔다. 그리고 돋보기를 그림 표면에서 떼어 천천히 눈 쪽으로 가져왔다. 돋보기가 확대한 모양을 잘 보려고 나는 머리를 가까이 가져갔다. 말의 코, 특히 콧구멍이 괴상했다.

"봤는가?"

나는 내가 본 것을 확신하기 위해 돋보기 바로 앞까지 눈을 가져가야만 했다. 그런데 장인 오스만도 동시에 나와 같은 동작을 하는 바람에, 그림에서 꽤 멀어진 돋보기의 바로 앞에서 서로의 뺨이 부딪혔다. 오스만의 건조한 턱수염이 따갑게 느껴졌다. 차가운 그의 뺨이 내 뺨에 와 닿자 순간적으로 두려운 마음이 들었다.

잠시 정적이 흘렀다. 이미 지쳐 버린 나의 눈에서 한 뼘 정도 떨어진 그 그림 속에서 뭔가 멋진 일이 일어나 존경과 감탄을 표해야 할 것 같은 기분이었다.

"코가 어떻다는 겁니까?"

한참 시간이 흐른 뒤에 내가 속삭였다.

"코를 이상하게 그렸어."

오스만이 그림에서 눈을 떼지 않은 채 대답했다.

"세밀화가의 손이 미끄러져 실수를 했나요? 일종의 결함입니까?"

우리는 여전히 그 코가 특이하게 그려진 그림을 바라보며 말을 하고 있었다.

"사람들이 궁금해하던, 중국의 위대한 화가들을 비롯하여 베네치아인들을 모방한 기법이란 게 바로 이건가?"

오스만은 비웃음 섞인 목소리로 말했다. 그가 조롱하는 대상이 에니시테라는 생각이 들어 나는 마음이 편치 않았다.

"작고한 에니시테는 어떤 결함이 재능이 없거나 기예가 부족하기 때문에 생긴 것이 아니라 화가의 영혼 깊은 곳에서 나온 거라면, 그것은 이미 결함이 아니라 개성이라고 말하곤 했습니다."

세밀화가의 솜씨나 그가 그린 대상인 말, 혹은 다른 그 무엇을 살펴보더라도 에니시테를 죽인 비열한 살인자를 색출하는 데 도움이 될 만한 징표는 이 코뿐이었다. 하지만 가련한 엘레강스의 옷에 들어 있던 말 그림은 물감이 번지는 바람에 콧구멍은 고사하고 코조차 식별하기 어려웠다.

우리는 오스만이 사랑하는 세밀화가들이 최근에 그린 말 그림을 여러 책 속에서 뒤져 결함이 있는 콧구멍을 가진 말 그림을 찾는 데 많은 시간을 보냈다. 곧 완성될 『축제의 서』는 여러 길드와 단체가 술탄 앞에서 벌인 거리 행진을 묘사한 것이기 때문에 250점의 그림 가운데 말 그림은 그리 많지 않았다. 그래서 사람들을 보내 일련의 견본 화집과 공책을 화원과 술탄의 개인 서고는 물론 하렘까지(모두 술탄의 허락을 받고) 뒤져 가져오게 했다.

어떤 젊은 황태자의 방에서 가져온 『승리의 서』에, 지게트와르 포위 공격 당시 죽은 쉘레이만 대제의 장례식을 묘사한 두 장짜리 그림이 있었다. 그 그림에서 우리는 장례 마차를 끄는 이마가 번쩍이는 갈색 말과 영양 같은 눈을 가진 회색 말, 쉘레이만 대제의 장례식을 위해 황금 안장과 멋진 안장 덮개를 얹은 슬픈 말을 보았다. 이것들은 거의 나비, 올리브, 황새가 그린 것이었다. 엄청나게 큰 바퀴가 달린 장례식 마차를 끌고 있든, 짙은 빨간색 천으로 덮인 주인들의 시신을 향해 눈물 어린 눈으로 인사를 하고 있든, 이 말들은 모두 옛 헤라트파 장인들의 작품을 모방한, 똑같이 한 발은 품위 있게 앞으로 내밀고 다른 한 발은 그 옆에 붙인 우아한 포즈로 서 있었다. 말들은 모두 긴 목을 나선형으로 꼬고 있었으며 꼬리는 묶여 있었고 갈기는 짧게 잘라 빗질이 돼 있었다. 하지만 그 어떤 말의 코에도 우리가 찾는 결함은 없었다. 장례식에 참석한 사람들, 그리고 근처 언덕에서 쉘레이만 대제를 향해 차렷 자세를 하고 있는 장군들과 학자들을 태운 수백 마리 말들의 코에도 결함이라곤 없었다.

그림을 보고 있는 동안 그 우울한 장례식의 슬픔이 우리에게도 전염되었다. 오스만과 많은 세밀화가들이 피땀 흘리며 제작한 이 멋진 책이 잘 보관되고 있지 않다는 사실과 황태자들과 희롱하고 있는 하렘 여인들의 그림 여기저기에 선이 그

어져 있고 글씨가 적혀 있는 것은 우리를 슬프게 했다. 술탄의 할아버지가 바로 옆에서 사냥을 하고 있는 나무 밑에는 "폐하, 우리는 이 나무 같은 인내로 당신을 사랑합니다. 기다리겠습니다."라는 글귀가 지독한 악필로 적혀 있었다. 언제 어떻게 제작되었다는 것을 소문으로만 들어 알고 있을 뿐, 이제껏 한 번도 보지 못했던 이 전설적인 책들을 우리는 패배감과 슬픔에 젖어 자세히 들여다보았다.

세 명의 장인도 제작에 참여한 『기예의 서』 제2권에는 포효하는 대포와 보병들 뒤에서 방패를 메고 칼을 빼 든 기병들을 태우고 분홍빛 고개를 넘어 전진하는 다양한 색깔의 말 수백 필이 있었다. 하지만 그 어떤 말의 코에도 결함은 없었다. "결함이라니, 말도 안 되지!"라고 화원장 오스만이 말했다. 같은 책에 있는, 궁전 정문인 '바브 휴마윤'과 관병식 광장 그림에서도 문지기들, 장교들, 디완의 서기관들이 탄 말들을 볼 수 있었다. 그러나 여기에도 우리가 찾는 표식은 없었다. 현 술탄의 증조할아버지인 술탄 셀림이 둘카디리드의 통치자와 벌였던 전쟁을 묘사한 그림에서는, 큐스큔 강변에 쳐 놓은 막사 주위로 빨간 꼬리의 사냥개와 엉덩이가 하늘로 치켜 올라간 새끼 영양들, 겁쟁이 토끼들이 뛰어다니고, 한가운데서는 사냥이 벌어지고 있었고, 꽃 같은 반점이 있는 호랑이 한 마리가 시뻘겋게 피투성이가 되어 있었다. 그러나 술탄이 탄 번쩍이는 갈색 말의 코에도, 맞은편의 빨간 언덕 뒤에서 팔에 사냥매를 얹고 기다리는 매잡이의 말에도 우리가 찾는 단서는 없었다.

날이 어두워질 때까지 오스만의 세밀화가들, 올리브, 나비,

황새 등이 최근 사오 년간 그린 수백 필의 말을 보았다. 크림의 왕 메흐멧 기라이의 우아한 귀와 밤색 반점을 가진 검은 말과 누런 말. 어떤 전쟁화에서 언덕 너머에서 다가오는, 목만 보이는 분홍색과 회색 말들. 튀니지에 있는 할큐 와드성(城)을 스페인 이교도들로부터 되찾은 하이다르 파샤의 말들과 그에게서 달아나려다 앞으로 넘어진 스페인 사람의 붉은 말과 연초록색 말. 또 나로 하여금 화원장 오스만에게 "누가 이렇게 서투르게 그렸습니까?"라고 묻게 만든 검은 말. 나무 아래에서 시동이 연주하는 우드 소리에 귀를 쫑긋 세우고 존경스레 귀 기울이고 있는 붉은 말. 쉬린이 달빛 아래 호수에서 목욕을 하는 동안 그녀를 기다리고 있는, 쉬린처럼 수줍음을 타는 우아한 말 셰브디즈. 마상 창 시합을 하는 사람들이 타고 있는 생기 넘치는 말들. 이유는 모르겠지만 오스만으로 하여금 "젊은 시절에 그것들을 아주 좋아했지. 그리고 좀 피곤했지."라고 말하게 만든 사나운 말들과 아름다운 조련사. 우상 숭배자들의 공격으로부터 예언자 엘리야를 보호하기 위해 신이 보낸 황금빛 말. 세 아들이 젊은 나이에 죽자 다른 아들을 불러 함께 나선 사냥에서 젊고 사랑스러운 황태자를 슬픈 눈으로 바라보는 쉴레이만 대제의 몸집은 크고 머리는 작은 혈통 좋은 갈색 말. 분노한 말. 뛰어다니는 말. 지친 말. 아름다운 말. 그 누구도 관심을 갖고 쳐다보지 않을 말들과 이 페이지들 밖으로 절대로 나오지 못할 수많은 말들. 그리고 자신들을 감금하고 있는 페이지들로부터 벗어나길 원하는 듯 테두리를 뚫고 나온 말들…… .

그 어떤 말의 코에도 우리가 찾는 결함은 없었다.

하지만 몰려드는 피로와 슬픔에도 불구하고 우리 마음속의 흥분은 전혀 가라앉지 않았다. 할 말을 잃은 채 우리가 보고 있는 그림의 아름다움에, 한순간 인간을 굴복시키는 마술 같은 색채에 빠져들었다. 오스만은 대부분 자신의 준비와 감독하에 그린 그 그림들에 놀라워하기보다는 새삼스럽다는 듯 감격해서 바라보았다. 한번은 "이건 카슴 파샤의 솜씨야!"라며 술탄의 할아버지인 쉴레이만 대제의 빨간 막사 아래쪽에 자라나고 있는 풀들을 가리켰다.

"그는 장인은 아니었네. 하지만 사십 년 동안 그림의 빈 곳에 잎 다섯 장에 꽃 하나인 물풀을 그렸고 이 년 전에 별세했지. 아주 작은 풀을 누구보다도 잘 그려서 그 작업은 항상 그에게 시키곤 했다네."

그렇게 말하곤 오스만은 잠시 입을 다물었다. 그러고는 "안타까워, 안타까워!"라고 혼잣말을 했다. 그의 말 속에서 나는 뭔가가 끝났다는 것을, 한 시대가 막을 내렸다는 것을 온 영혼으로 느낄 수 있었다.

주위가 어두워지기 시작할 즈음, 갑자기 방 안에 빛이 가득 차면서 영문을 알 수 없는 어떤 술렁거림이 느껴졌다. 심장이 쿵쿵 뛰면서 한순간 모든 것을 이해했다. 이 세상의 통치자인 술탄께서 방 안에 들어온 것이다. 나는 그의 발밑에 엎드렸다. 그의 옷자락에 입을 맞췄다. 현기증이 일었다. 나는 그의 눈을 똑바로 바라볼 수 없었다.

그는 벌써 화원장 오스만과 이야기를 나누고 있었다. 조금 전까지 나와 무릎을 맞대고 그림을 보았던 사람이 술탄과 대화를 나누는 것을 보자 내 마음속은 뿌듯한 불길로 가득 차올랐다. 믿을 수가 없었다. 하지만 술탄은 방금 전까지 내가 앉았던 곳에 앉아 있었고 오스만이 설명하는 것들을 내가 그랬던 것처럼 주의 깊게 듣고 있었다. 그의 옆에는 재무 대신 하즘 아아와 신분을 알 수 없는 사람 몇 명이 술탄과 화원장 오스만을 지켜보면서 펼쳐진 그림들을 뚫어지게 보고 있었다. 나는 용기를 내어 술탄의 얼굴과 눈을 오랫동안 바라보았다. 그의 모습은 어쩌면 그렇게 멋지던지! 얼마나 고귀하고 품위 있던지! 이제 내 심장은 흥분으로 두근거리지 않았다. 바로 그때 그가 나를 보았다. 서로 눈이 마주쳤다.

"에니시테를 정말 아꼈노라. 이제 편히 쉬고 있겠지."

그렇다, 그는 내게 말하고 있었다. 나는 너무 흥분해서 그의 말 일부를 놓쳐 버리고 말았다. "…… 짐은 많이 슬퍼했노라. 하지만 그가 준비한 이 멋진 그림들을 보니 다소 위로가 되는구나. 베네치아의 이교도들이 이것들을 보면 놀라서 짐의 지혜를 두려워할 것이다. 이제 저 말의 코를 보고 그 저주받을 살인자가 누군지 알아내라. 그러지 않으면 세밀화가들을 모조리 고문할 수밖에 없다."

이에 오스만이 대답했다.

"이 세상의 은신처이신 술탄이시여! 만약 저의 세밀화가들이 기억에만 의지해서 백지에다 단숨에 말을 그렸다면, 어쩌면 실수로 붓을 잘못 놀렸더라도 누구의 것인지 알아낼 수 있을 겁니다."

"물론 그 코가 '실수'로 그려진 것이라면 말이겠지."

술탄은 아주 영리하게 응수했다.

"전하, 이 일을 위해 오늘 밤 당장 그림 시합을 열도록 명하시는 건 어떻습니까? 밤중에 세밀화가들의 대문을 일일이 두드려, 말 그림 경연을 벌인다고 한다면……."

술탄은 '들었느냐?'라는 눈길로 궁궐 수비대장을 바라보았다. 궁궐 수비대장은 황급히 허리를 숙였고, 술탄은 돌연 다른 이야기를 꺼냈다.

"너희는 시인 네자미의 이야기에서 내가 가장 좋아하는 시합 얘기가 무엇인지 아느냐?"

몇몇 사람들은 "압니다."라고 했고, 또 몇몇은 "무엇입니까?"라고 했으며, 일부는 나처럼 조용히 있었다.

"백일장에 참가한 시인들의 시합 이야기도, 중국인과 그리스인 화가들의 거울 이야기도 나는 별로 좋아하지 않아. 나는 목숨을 걸고 시합을 한 의원들의 이야기를 가장 좋아하지."

잘생긴 술탄은 그렇게 말했다.

잠시 후, 사원에서 저녁 기도를 알리는 종소리가 울렸고, 나는 세큐레와 아이들, 나의 집을 떠올리며 어둠에 싸여 가는 궁전 문들을 지나 행복한 마음으로 걸음을 서둘렀다. 그러나 다른 한편으로는 술탄이 말한 그 의원들의 시합이 떠올라 두려운 생각이 들었다.

술탄 앞에서 시합을 벌인 두 명의 의원 가운데 분홍색 카프탄을 입은 한 명이 코끼리를 죽일 만큼 독성이 강한 초록색 알약을 만들어서 푸른색의 카프탄을 입은 다른 의원에게 주었다. 푸른색 카프탄을 입은 의원은 먼저 독이 든 알약을 먹고, 곧바로 푸른색 해독제를 꿀꺽 삼킨 다음 달콤하게 미소를 지어 보였다. 그에게는 아무 일도 일어나지 않았다. 이제 그가 경쟁자에게 죽음을 맛보게 할 순서가 되었다. 푸른색 카프탄을 입은 의원은 천천히 분홍색 장미를 꺾어 입술에 갖다 대고는 장미꽃 속에다 아무도 듣지 못하도록 작은 소리로 어둠의 시를 속삭였다. 그러고는 자신만만하게 분홍색 카프탄의 의원에게 장미 향기를 맡으라고 내밀었다. 분홍색 카프탄의 의원은 장미 안에다 속삭인 시의 힘이 너무나 두려워서, 향기 이외에는 아무런 특징도 없는 그 장미가 코에 닿자마자 겁에 질려 죽고 말았다.

43
나를 올리브라 부른다

저녁 기도 시간 전이었다. 누군가가 대문을 두드려 열어 보니 궁전에서 온 고문관의 부하였다. 말쑥하고 잘생긴, 웃는 얼굴의 젊은이였다. 그의 손에는 얼굴에 그림자를 드리우는 촛불, 종이, 그림 그릴 때 쓰는 받침이 들려 있었다. 그는 즉시 용무를 밝혔다. 술탄이 명령을 내렸다고 했다. 세밀화가들 중 말 그림을 누가 단숨에 가장 잘 그리는지 알아보는 시합을 연다고 했다. 당장 바닥에 앉아 화판을 무릎 위에 올려놓고 세상에서 가장 아름다운 말 그림을 단숨에 그리라는 명령이었다.

손님을 안으로 모셨다. 나는 얼른 달려가 고양이 귀의 털로 만든 가는 붓과 물감을 갖고 와서는 바닥에 앉았다. 그리고 잠시 멈췄다! 혹시 이 시합에 내 피와 목숨이 달린 계략이

나 음모가 있는 건 아닐까? 그러나 마음속은 그림을 그리고자 하는 의욕으로 가득했다. 그러면서도 옛 장인들과 똑같이 그릴까 봐 두려웠다. 그래서 애써 자제했다.

백지를 보면서 내 영혼의 근심이 정화되라는 뜻으로 잠시 뜸을 들였다. 오로지 내가 그릴 아름다운 말만을 생각하고, 내 모든 힘과 정신을 집중하기 위해서.

지금까지 내가 그리거나 보았던 모든 말 그림들을 눈앞에 떠올리기 시작했다. 그중 하나, 가장 완벽해 보이는 것이 있었다. 이제껏 아무도 그리지 못했던 그 말을 나는 지금 그리고자 했다. 오직 그 말만을 떠올리고 다른 모든 것은 지워 버렸다. 그 순간만큼은 나 자신을, 내가 이곳에 앉아 있다는 것을, 그림을 그린다는 사실조차 잊었다. 손이 저절로 물감 병에 붓을 담갔고 가장 적절한 양의 먹물을 묻혔다. 자, 손아, 지금 내 눈앞에 떠오른 이 멋진 말을 세상으로 데려오너라! 말과 나는 마치 하나가 된 듯했고 곧 이 세상의 어떤 장소에 나타나려 했다.

순간, 어떤 예감으로 나는 우리가 있게 될 장소를 테두리를 두른 그 백지 안에서 찾았다. 나는 상상 속에서 말을 그곳으로 몰아넣었다. 그러자 내 손은 스스로 자신 있게 뻗어 나가 말을 다리부터 그리기 시작했다. 재빨리 손을 놀려 가느다란 허리를 그리고 위쪽으로 올라갔다. 똑같은 단호함으로 무릎을 그리고 빠르게 가슴 밑에 도달하자 갑자기 신이 났다. 나는 붓을 놀려 우아하게 위로 올라갔다. 가슴이 얼마나 멋지게 그려졌는가! 붓 끝을 가늘게 해서 목을 그렸다. 내가 상상했던 말과 똑같았다. 붓을 전혀 떼지 않은 채 뺨을 그린 후,

약간 생각을 하며 힘찬 입에 도달했다. 붓이 입안으로 들어가서는 입을 조금 더 벌려 아름다운 혀를 밖으로 내놓았다. 코를 천천히(주저하지 마!) 그렸다. 똑바로 위로 올라가려는 순간, 언뜻 전체를 보았다. 내가 상상했던 것과 똑같이 그려지고 있었다. 귀, 아름다운 목의 멋진 곡선은 내가 아니라 손이 스스로의 의지에 따라 그린 것 같았다. 기억에 의지해 신속하게 말의 엉덩이를 그릴 때는 손이 저절로 멈춰 물감 병에 붓을 담가 먹물을 적셨다. 힘차게 위로 쳐들린 엉덩이의 거친 살결을 그리면서 나는 아주 흡족했다. 그림에 철저히 몰두했다. 문득 나 자신이 내가 그린 말 옆에 있다는 생각이 들었다. 신이 나서 꼬리를 그리기 시작했다. 이 말은 전쟁에 나가는 천리마 같은 말이었다. 매듭을 지은 꼬리를 그린 뒤, 즐겁게 위로 붓을 옮겼다. 꼬리와 궁둥이를 그리는 동안 나는 내 엉덩이와 항문에서 기분 좋은 시원함을 느꼈다. 그리고 재빨리 멋진 굴곡을 가진 엉덩이를, 뒤로 뻗은 왼쪽 발과 다리를 역시 빠르게 신나서 그렸다. 내 상상 속에 있는 것과 같이 왼쪽 앞발을 우아하게 들고 서 있는 말과 그것을 그린 내 손에 나도 모르게 반해 버렸다.

그림에서 손을 뗐다. 정열적이지만 슬픈 눈, 콧구멍, 안장 덮개를 잠시 주저한 끝에 순식간에 그렸다. 갈기는 사랑에 가득 찬 손으로 어루만져진 듯했고 한 올 한 올 빗은 듯이 그려졌다. 등자를 얹고 이마에는 하얀 점을 찍었다. 마지막으로 크기가 적당한 불알과 음경을 그려 넣어 그림을 완성했다.

멋진 말 그림을 그릴 때, 나는 바로 그 말이 된다.

44
나를 나비라 부른다

아마 저녁 기도 시간쯤 되었을 것이다. 누군가가 대문을 두드렸다. 그는 술탄이 여는 시합에 대해 설명했다. 나의 술탄이시여, 명을 따르겠나이다. 나보다 더 아름답게 말을 그릴 수 있는 사람이 누가 있겠는가?

그러나 다른 색은 쓰지 말고 묵화 스타일로 그려야 한다는 걸 알고는 한순간 주저했다. 왜 다른 물감을 쓰지 말라는 것일까? 내가 색을 가장 잘 칠해서인가? 어떤 그림이 가장 잘된 그림인지 판단하는 사람은 누구일까? 궁전에서 온, 어깨가 넓고 입술이 분홍빛인 아름다운 소년에게서 좀 더 정보를 얻어내려 애쓴 결과, 이 시합의 배후에 화원장 오스만이 관계되어 있음을 추론할 수 있었다. 의심할 것 없이 오스만은 나의 재능을 알고 있으며 화원의 장인들 중 나를 가장 좋아한다.

그러고 나서 백지를 마주 대하고 있자니 술탄과 오스만이 모두 좋아할 말의 자세, 시선, 분위기가 눈앞에 떠오르기 시작했다. 내가 그릴 말은 오스만이 십 년 전에 그린 말처럼 생기 넘치지만 엄숙하며, 술탄이 항상 좋아하는 말처럼 양 앞발이 공중에 떠 있어야만 한다.

상금으로 금화를 얼마나 줄까? 미르 무사비르는 이 그림을 어떻게 그릴까? 비흐자드라면 어떻게 그릴까?

뭔가가 순식간에 뇌리를 스쳤다. 그것이 무엇인지 미처 알아차리기도 전에 악마 같은 내 손은 붓을 잡아채서 그 누구도 상상할 수 없는 아름다운 말을, 공중으로 솟은 왼쪽 앞다리를 그리고 있었다. 발과 몸통을 단숨에 그린 다음 기세 좋게, 두 개의 곡선을 힘차게 그렸다. 만약 여러분이 지금 이 장면을 보고 있다면 이 예술가는 화가가 아니라 서예가라고 말할 것이다. 마치 다른 사람의 것인 양 스스로 움직이고 있는 내 손을 나는 경탄하며 바라보았다. 탄복할 만한 곡선미, 멋들어지게 통통한 배, 튼튼한 가슴팍, 백조 같은 목이 완성되었다. 이제 그림의 윤곽은 잡힌 셈이다. 나는 얼마나 재능이 뛰어난가! 손은 제가 알아서 행복하고 힘찬 말의 모습, 벌린 입과 목, 그리고 영리해 보이는 이마와 귀를 그렸다. 그리고 다시 한번, 마치 어떤 문자를 그리듯(보세요, 어머니. 얼마나 아름다운지요!) 곡선을 하나 더 그렸다. 이 얼마나 즐거운 일인가? 나는 거의 웃음을 터뜨릴 뻔했다. 뒷다리로 서 있는 말의 멋진 곡선이 완벽하게 그려진 목에서 안장까지 흘러 내려갔다. 내 손은 안장을 그리고 있었다. 이제 윤곽이 드러난, 마치 내 몸처럼 통통하고 둥근 몸을 가진 말을 자랑스레 쳐다보았다. 이 말을 보면 모두들 감탄할 것이다. 상을 타면 술탄이 내게 해 줄 달콤한 칭찬들을 상상했다. 내게 주머니 하나 가득 금화를 하사하겠지. 집에서 그 금화를 하나하나 세어 보는 모습을 상상하니 절로 미소가 지어졌다. 그사이, 힐끗 쳐다보니 내 손은 벌써 안장을 다 그렸고, 붓은 물감 병을 들락날락하고 있었다. 이윽고 나는 웃으면서 장난하듯 말의 엉덩이를 그렸다. 그리고 과감하게 꼬리의 윤곽을 그렸다. 엉덩이를, 당장이라도 덮치고 싶은 소년의 부드러운 엉덩이처럼, 기꺼이 손 안에 쥐고 싶을 정도로, 정말로 사랑스럽고 둥글게 그렸다. 내가 미소를 짓고 있는 사이, 영리한 나의 손은 뒷다리를 다 그리고 붓을 멈췄다. 이 세상에서 가장 아름답게 뒷다리로 서 있는 말이 완성되었다. 가슴속이 환희로 가득 찼다. 내가 말을 얼마나 잘 그렸던지, 나를 가장 기예 있는 화가로 추어올리고, 더욱이 화원장으로 임명하리라고 행복에 가득 차 상상하다가, 문득 어리석은 자들이 이렇게 말하리라는 것을 깨달았다. "도대체 이 그림은 얼마나 빨리, 게다가 즐겁게 그린 거야!"라고. 오로지 그 이유 때문에 내 멋진 그림을 진지하게 받아들이지 않을까 걱정이 되었다. 그래서 내가 이 그림에 정성을 들였다는 것을 보여 주기 위해 말갈기와 콧구멍, 이빨, 꼬리털, 안장 덮개를 세세하게 장식했다. 말의 이런 자세에서는 측면으로 말의 불알이 보일 수 있지만, 여자들이 마음을 빼앗길까 봐 그리지 않았다.

그런 다음 뿌듯한 마음으로 나의 말을 바라보았다. 뒷다리로 서 있는 말은 폭풍처럼 율동적이며 힘차고 강력했다! 살랑거리는 부드러운 곡선을 가진 글자의 한 획과도 같은 그 그림은 마치 금방이라도 바람을 타고 날아오를 것만 같았다. 하지만 말은 계속 그 자세를 유지했다. 세상 사람들은 이 그림을 그린 뛰어난 세밀화가를, 비흐자드나 미르 무사비르를 격찬하듯 격찬할 것이다. 그러면 나도 그들과 같은 대가가 되리라.

멋진 말 그림을 그릴 때, 나는 멋진 말 그림을 그렸던 위대한 옛 대가가 된다.

45
나를 황새라 부른다

저녁 기도 시간 직후였다. 커피숍에 가려고 외출 준비를 하는데, 누군가가 대문 앞에 와 있다고 알렸다. 가 보니 궁전에서 보낸 시동이었다. 시동은 세계에서 가장 아름다운 말을 그리라는 술탄의 명이 있었다고 설명했다. 내게 말 한 필을 그리는 데 몇 악체를 줄지 말한다면 당장이라도 너에게 이 세상에서 가장 아름다운 말 대여섯 마리를 그려 줄 텐데…….

하지만 나는 신중하게 행동했고, 시동에게 그런 말은 하지 않았다. 대문 앞에 서 있는 아이를 안으로 들이며 생각했다. 세상에서 가장 아름다운 말이란 것은 없는데 내가 어떻게 그것을 그릴 수 있겠는가. 전쟁터에 나가는 말, 몸집이 큰 몽골산 말, 족보 있는 아랍 말, 피투성이로 신음하는 용감한 말, 특히 돌을 실은 마차를 공사장으로 끌고 가는 불쌍한 짐마차용 말이라면 얼마든지 그릴 수 있다. 하지만 누가 그런 말들을 세상에서 가장 아름다운 말이라고 하겠는가? 술탄이 이 세상에서 가장 아름다운 말이라고 했다면 그것은 모든 걸작들의 규범과 원칙을 따르고 있으며 서 있는 모습이 과거 페르시아에서 수천 번 그려진 말들 중에서 가장 훌륭하게 그려진 말이라는 것은 물론 잘 알고 있다. 그렇다면 왜?

물론 내가 금화 한 주머니를 얻지 못하게 하기 위해서일 것이다. 평범한 말을 그리라고 했다면 누구도 나와 경쟁할 수 없다는 것은 다들 알고 있는 사실이다. 누가 술탄을 꼬드겼을까? 술탄은 모든 질투와 험담에도 불구하고 내가 가장 재능 있는 세밀화가라는 것을 잘 알고 있고, 내가 그린 그림을 좋아한다.

갑자기 내 손은 이 모든 정황을 극복하고 성공하기를 원하는 듯 분노에 차서 움직이기 시작했다. 말의 발끝부터 시작해서 단숨에 진짜 말을 그렸다. 여러분은 이런 말들을 거리와 전쟁터에서 보았을 것이다. 피곤해 보이지만 말끔하게 정돈된 말이었다. 그런 다음 여전히 식지 않은 분노의 감정으로 기병의 말을 그려 넣었다. 더 멋지게 그려졌다. 화원의 그 어떤 세밀화가도 이렇게 아름다운 것들을 그릴 수는 없다. 내가 기억하는 말을 한 마리 더 그리려고 했는데 '한 마리면 충분하다.'라고 궁전에서 온 시동이 말했다.

나는 종이를 받아 나가려는 소년을 붙들었다. 왜냐하면 그 저질들이 이 말 그림에 금화 한 주머니를 주지 말라고 할 게 뻔했기 때문이다.

내가 내 스타일로 그림을 그린다면 금화 한 주머니는 내 차지가 되지 않을 테고, 그 금화를 받지 못한다면 내 경력에 오점이 남게 되는 셈이다. 나는 곰곰이 생각했다. "얘야, 잠깐만 기다려라."라고 소년에게 말한 뒤, 안으로 들어가서 가짜지만 반짝거리는 베네치아 금화 두 개를 가져와 소년의 손에 쥐여 주었다. 소년은 두려움으로 눈이 커졌다. 나는 "넌 정말 용감한 아이로구나."라고 말해 주었다.

얼른 안으로 들어가 감춰 두었던 삽화 견본집들 중 하나를 꺼냈다. 이 공책에 몇 년 동안 보았던 가장 아름다운 그림들과 똑같은 그림들을 몰래 복사해서 감춰 뒀기 때문이다. 더욱이 국고에 있는 난쟁이 자페르에게 금화 열 개를 주면, 그 저질은 그곳에 감춰진 책들 중에서 가장 잘 그려진 나무, 용, 새, 사냥꾼, 전사를 복사해서 건네준다. 그림과 장식에서 자신들이 사는 세계를 보려고 하지 않고, 옛 장인들과 옛 얘기만을 기억하려는 이들에게 내 공책은 멋진 자료다.

궁전에서 온 소년에게 공책을 보여 주면서 페이지를 뒤적거려 말 그림들 중 가장 좋은 것을 골랐다. 그리고 그 견본 그림의 선 위에 바늘로 촘촘히 구멍을 냈다. 그런 다음, 그 밑에 깨끗한 종이를 놓고는 견본 그림 위에 석탄가루를 듬뿍 뿌려 구멍 밑으로 잘 빠져나가게 했다. 견본을 떼어 냈다. 석탄 가루가 점점이 밑에 있는 종이에 떨어지면서 아름다운 말의 모든 윤곽을 그대로 드러냈다. 마음에 들었다.

붓을 잡았다. 그 순간 마음에서 우러나는 영감으로 빠르고 단호하게 점들을 아름답고 섬세하게 연결시켰다. 말의 배, 아름다운 목, 코, 엉덩이를 그리면서 마음속에서 사랑을 느꼈다.

"이거야, 이 세상에서 가장 아름다운 말은. 다른 바보들은 그 누구도 이런 걸 그릴 수 없을 거야."

술탄이 이것을 이해해야 할 텐데. 궁전에 가서 이 그림을 어떻게 그렸는지 절대로 술탄에게 말해선 안 된다고 당부하고 소년에게 가짜 금화 세 개를 더 주었다. 아울러 금화 한 주머니를 포상으로 받으면 금화를 더 줄 수도 있다고 그에게 암시했다. 더욱이 소년이 입을 헤벌리고 바라보았던, 내 아내를 다시 볼 수도 있다고 말했다. 많은 사람들은 말을 그림으로써 훌륭한 세밀화가가 될 수 있다고 생각한다. 하지만 가장 훌륭한 세밀화가가 되기 위해서는 가장 멋진 말을 그리는 것만으로는 충분하지 않다. 술탄과 그의 주위에 있는 바보들에게 내가 가장 훌륭한 세밀화가라는 것을 믿게 만들어야 한다.

나는 멋진 말 그림을 그릴 때에만 나 자신이 될 수 있다.

46
나를 살인자라고 부를 것이다

내가 그린 말 그림의 스타일을 보고 내가 그린 것인지 알아보셨는지?

말 그림을 그리라는 전갈을 듣자마자 나는 그것이 그림 시합이 아니라 내가 그린 말을 보고 나를 찾아내려는 목적임을 간파했다. 거친 종이에 그린 말 그림 습작이 가련한 엘레강스의 시체에 남겨져 있었다는 것을 나는 알고 있다. 하지만 내게는 어떤 결함이나 화풍이 없기 때문에 그걸 보고 내가 누군지 찾아낼 수는 없을 것이다. 하지만 그래도 말을 그릴 때는 당혹스러웠다. 에니시테와 작업하면서 말을 그릴 때 나를 드러낼 어떤 단서를 남겼을까? 지금은 그것과는 다른 말 그림을 그려야만 했다. 그래서 이번에는 아주 다른 것을 생각했다. '나 자신을 억제하고' 다른 사람이 되고자 애썼다.

하지만 내가 누구인가? 화원의 화풍에 동참하기 위해 내 안에 있는 멋진 것들을 숨기는 사람인가? 아니면 내 안에 있는 말을 승리감에 도취해 그리는 사람인가?

문득 내 마음속에 있는 세밀화가의 존재가 두려웠다. 마치 내 속에 있는 다른 영혼이 나를 바라보고 있는 것 같아 그 영혼을 대하기가 부끄러웠다.

집에 있을 수 없다는 것을 알고 밖으로 나가 어두운 골목을 빠르게 걸었다. 세흐 오스만 바바는 자신의 저서 『성인의 삶』에서 진정한 수도승은 자기 내부의 악마를 따돌리기 위해 평생을 걸어야 하고, 그 어떤 곳에서도 오래 머물지 말아야 한다고 썼다. 하지만 그는 육십칠 년 동안 이 도시에서 저 도시로 떠돌아다닌 끝에, 악마로부터 도망치는 것에 지쳐 항복했다고 한다. 그 나이라면 장인 세밀화가가 눈이 멀고, 신의 어둠에 도달하고, 전혀 예기치 않게 자신만의 화풍이 생기는 동시에, 그 화풍으로부터도 벗어날 나이이다.

베야즈트에서, 닭 시장에서, 노예 시장의 텅 빈 광장에서, 수프 가게와 무할레비[7]를 파는 가게에서 풍기는 달콤한 냄새 속에서 나는 뭔가를 찾는 사람처럼 걸었다. 문 닫힌 이발소, 세탁소, 놀란 듯 나를 바라보며 돈을 세는 빵 가게 노인, 맛있는 냄새가 나는 피클과 소금에 절인 생선을 파는 어느 가게 앞을 지나다가, 나는 그 빛깔에 끌려 약초와 잡화를 파는 가게 안으로 들어갔다. 열정적으로 커피와 생강, 계피가 든 자

7) 단맛이 나는 터키식 디저트.

루, 형형색색의 껌 상자, 진열대에서 곧장 코로 밀려드는 아니스 열매의 향, 커민, 유향수(乳香樹), 사프란 더미를 불빛 아래서 넋을 잃고 바라보았다. 모든 것을 입에 넣고 싶기도 했고, 모든 것을 백지 위에 그리고 싶기도 했다.

지난주에 내가 두 번 배를 채웠던, 나 혼자 '슬픈 사람들의 식당'이라고 이름 붙인(실은 '비참한 사람들의 식당'이라고 해야 더 정확할 것이다.) 곳으로 들어갔다. 그 가게는 단골들을 위해 자정까지 문을 열어 두었다. 안에는 교수형을 받고 도망친 탈주범들, 말 도둑 같은 옷을 입은 몇몇 가련한 사람들, 불행과 절망 때문에 아편 중독자가 된 사람들을 비롯해 눈의 초점이 이 세상을 떠나 머나먼 천국을 헤매고 있는 애처로운 사람들, 두 명의 거지, 그리고 사람들로부터 떨어진 구석에 혼자 앉아 있는 젊은 신사가 있었다. 나는 알레포 출신 요리사에게 우아하게 인사를 건넸다. 고기를 채운 양배추 돌마[8]를 그릇에 담게 하고, 그 위에 요구르트 소스를 얹고 매운 고춧가루를 듬뿍 뿌리고는 신사 옆으로 가서 앉았다.

매일 밤 슬픔과 비참함이 나를 압도한다. 아, 형제들이여, 형제들이여, 우리는 독에 상하고, 썩고, 죽고, 살면 살수록 소모되고, 가난 속에 목까지 잠겨 있다. 어떤 밤에는 꿈에서 그 자가 우물에서 나와 내 뒤를 따라오는 모습을 본다. 하지만 우리는 땅속 깊숙이 그를 묻고 흙으로 덮었다. 무덤에서 일어날 리가 없다.

---

8) 안에 여러 종류의 소를 넣어 만든 터키 전통 음식.

코를 수프 접시에 파묻고 세상일을 다 잊은 것처럼 보이던 신사가 내게 말을 걸어온 것은 신이 내게 보낸 신호였을까? "예. 고기가 잘 다져졌군요. 이 양배추 돌마는 아주 맛있습니다."라고 나는 대답했다. 그리고 그의 신상에 대해 이것저것 물었다. 그는 최근에 하루 수업료로 은화 스무 개를 내는 신학교를 졸업했고, 지금은 아리피 파샤 휘하에서 서기관으로 일한다고 했다. 나는 그에게 왜 이 늦은 저녁 시간에 파샤의 저택이나 사원 혹은 집에서 부인의 품에 안겨 있지 않고 이 미혼의 흉한들이 우글대는 식당에 와 있는지 묻지 않았다. 그는 내게 어디서 왔으며 누구인지 물었다. 나는 잠깐 생각한 뒤 말했다.

"내 이름은 비흐자드요. 타브리즈의 헤라트에서 왔습니다. 가장 멋진 그림들은 내가 다 그렸지요. 믿을 수 없을 정도로 멋진 최고의 작품들을 말입니다. 페르시아, 아라비아 등 그림을 그리는 모든 이슬람 지역의 화원에서는 수백 년 동안 나에 대해 이렇게 말했지요. '비흐자드의 그림처럼 실물 같군요.'라고요."

물론 진짜 문제는 이것이 아니다. 나의 그림은 눈이 보는 것을, 정신이 보는 것을 묘사한다. 그림은 당신들이 잘 알고 있듯이, 눈을 즐겁게 하기 위한 것이다. 이 두 가지 생각을 결합시키면 나의 세계가 모습을 드러낸다. 이를테면 다음과 같다.

엘리프. 그림은 정신이 보는 것을 눈의 즐거움을 위해 재현하는 것이다.

람. 눈이 세상에서 보는 것은 정신이 허락하는 만큼 그림에 반영된다.

밈[9]. 따라서 아름다움이란 정신이 이미 알고 있는 것을 눈을 통해 세상에서 다시 발견하는 것이다.

돈을 내고 신학교를 졸업한 이 친구가, 내가 영혼 깊은 곳에서부터 솟아난 영감의 빛을 통해 이해했던 이 말을 과연 이해했을까? 그럴 리가 없다. 변두리 마을의 신학교에서 하루에 은화 스무 개를 받고 수업을 하는(요즘 이 돈으로는 빵 스무 개도 살 수 없다.) 호자에게서 배웠다면, 그의 무릎 아래 삼 년을 앉아 있었다 해도 비흐자드가 누구인지 알지 못하기 때문이다. 은화 스무 개를 받는 호자도 비흐자드가 누군지 모를 것이 분명하다. 그렇다면 설명을 해 줘야 할 것 같다.

"나는 모든 것을 그렸소. 모든 것을. 우리 예언자께서 사원 안에 있는 초록색 기도소 앞에서 네 명의 칼리프 후계자와 함께 앉아 있는 장면. 나중에 사도가 '부락'이라는 이름의 말 위에서 승천일 밤 7층의 천국을 오르는 장면. 실크로드에서 바다에 폭풍을 몰고 오는 괴물을 겁주려고 해안가 신전에서 북을 치는 알렉산드로스 대왕. 우드 소리를 들으며 수영장에서 벌거벗은 채 수영을 하는 하렘의 미녀들을 바라보며 자위행위를 하는 술탄. 스승의 모든 기술을 알고 있으므로 스승을

9) 코란 제2장 「바카라」에 나오는 구절로, '엘리프'는 '알라', '람'은 '자비', '밈'은 '영광'을 가리키는 아랍어의 머리글자.

이기겠다던 젊은 레슬링 선수가 마지막 기술을 감춰 놓고 있던 스승에게 술탄 앞에서 패하는 모습. 어린 레일라와 메즈눈이 학교(벽 장식이 섬세하게 되어 있지요.)에서 무릎을 꿇고 코란을 읽다가 서로 사랑에 빠지는 모습. 연인들이 서로의 눈을 도저히 들여다보지 못하는 광경. 돌을 층층이 쌓아 올려 지어지는 궁전. 죄인들이 고문을 당하는 모습. 독수리가 나는 모습. 까불고 있는 토끼들. 못된 호랑이들. 사이프러스와 플라타너스 나무들. 그리고 항상 그 꼭대기에 그려지는 까치들. 죽음. 시합하는 시인들. 승리를 축하하는 향연. 그리고 당신처럼 밥상에서 수프밖에 못 보는 사람들을 다 그렸다오."

말수 적은 서기관은 이제 두려워하지 않았다. 나를 재미있는 사람이라고 생각하는지 미소까지 지었다.

"당신도 신학교의 호자한테 들어 알고 있는 이야기일 거요. 시인 사디의 책 『장미 정원』에 나오는, 내가 아주 좋아하는 이야기요. 그러니까 다리우스왕이 사냥을 하다가 무리와 헤어져 언덕을 거닐고 있을 때였소. 왕 앞에 정체불명의 위험해 보이는 사내가 나타났다오. 당황한 왕이 얼른 활에 손을 댔는데, 염소수염을 한 그 남자가 '왕이시여, 제게 화살을 쏘지 마십시오.'라고 애원을 했다오. 그리고 이렇게 말했소. '어찌 저를 알아보지 못하십니까! 저는 전하께서 수백 마리 말과 망아지를 맡기신 조련사가 아닙니까? 전하는 벌써 몇 번이나 저를 보시지 않았습니까? 저는 전하의 말 수백 마리의 얼굴 생김과 기질, 그리고 색깔을 다 압니다. 그런데 전하께서는 어째서 당신의 종들 중에서도 저처럼 자주 마주친 자조차 기억하지 못하십니까?' 나는 이 장면을 그릴 때, 말 조련사가 다정하게 보살피던 검은색과 갈색 그리고 흰색 말들이 형형색색의 꽃으로 뒤덮인 천국 같은 초원을 배경으로 행복하고 평화롭게 서 있는 모습으로 그리곤 했소. 그래서 감수성이 무딘 독자조차도 시인 사디의 이야기가 주는 교훈을 이해하게 되었다오. 이 세상의 아름다움과 비밀은 오직 사랑을 가지고 기울이는 관심과 다정함에 의해 드러난다는 것을 말이오. 행복한 암말과 종마가 사는 그 천국에서 살고 싶다면 눈을 크게 뜨고 색깔과 세부 사항들, 그리고 풍자에 주의하여 이 세상을 보시오."

서기관은 재미있어하는 동시에 나를 두려워하는 눈치였다. 그는 수저를 던지고 자리를 뜨려 했지만 난 그를 놓아주지 않았다.

"장인 중의 장인 비흐자드는 그 그림에서 왕과 말 조련사, 그리고 말들을 빼어나게 표현했소. 백 년이 지난 지금도 화가들은 그가 그린 말들을 계속 베끼고 있소. 그의 상상 속 세계와 가슴으로부터 탄생한 그 말들은 이제 하나의 전형이 돼 버렸소. 나는 물론이고, 수백 명의 세밀화가들은 말을 그릴 때 자신들이 기억하고 있는 그 말들을 떠올린다오. 당신은 말 그림을 본 적이 있소?"

"학자 중의 학자이신 위대한 호자께서 보여 주신 어떤 비밀스러운 책에서 날개 달린 말 그림을 본 적이 있습니다."

그 호자를 비롯해 『낯선 피조물들』 따위를 진지하게 받아들이는 이 어릿광대 같은 놈의 얼굴을 수프 그릇에 처박아

익사시켜 버릴까? 아니면 그의 인생에서 본 유일한 말 그림(그게 형편없는 모사품인지 아닌지 누가 알겠는가.)을 침을 튀겨 가며 얘기하도록 그냥 내버려 둘 것인가? 나는 세 번째 방법을 택했다. 수저를 놓고 일어나 식당을 나와 거리로 나갔다. 한참을 걸어 버려진 수도원으로 들어가자 마음이 편안해졌다. 주위를 쓸고 닦았다. 그리고 아무것도 하지 않고 정적에 잠겼다.

그러다가 감춰 둔 곳에서 거울을 꺼내고는, 작은 책상에 몸을 기댔다. 품에서 종이 두 장과 화판을 꺼내어 앉은 자리에서 거울을 보며 내 얼굴을 목탄으로 그리기 시작했다. 인내심을 갖고 오랫동안 그렸다. 한참 뒤, 종이 위의 내 얼굴이 거울에 비친 얼굴과 비슷하지 않은 것을 보고 얼마나 슬펐던지 눈가에 눈물이 맺혔다. 에니시테가 입에 침이 마르도록 미사여구를 늘어놓으며 설명했던 베네치아 화가들은 어떻게 초상화를 그리는 것일까? 문득 나 자신을 그들의 위치에 놓고 그림을 그린다면, 어쩌면 날 닮은 그림을 그릴 수도 있겠다는 생각이 들었다.

하지만 곧 그 유럽의 화가들과 에니시테를 저주했다. 그렸던 걸 지우고 다시 내 얼굴을 그리기 시작했다.

한참 시간이 흐른 뒤, 처음에는 거리에 있는 나를, 다음에는 저질스러운 커피숍에 앉아 있는 나를 발견했다. 그곳에 어떻게 왔는지조차 생각나지 않았다. 안으로 들어갈 때 가련한 세밀화가들과 서예가들 사이에 뒤섞이는 것이 너무나 부끄러워 이마에서 진땀이 났다.

그들은 나를 구경하고 서로 경계하면서 한편으로는 비웃고 있는 것 같았다. 아니, 서로를 경계하도록 조장하면서 나를 가리키며 키득거리고 있는 듯했다. 아니, 실은 내 눈으로 보았다. 나는 자연스럽게 행동하려고 애쓰면서 한쪽 구석에 앉았다. 그리고 다른 장인들, 한때 화원장 오스만 휘하에서 함께 도제 생활을 했던 사랑하는 형제들을 찾았다. 그들도 오늘 밤 말 그림을 그렸으리라는 것과, 그 바보들이 그 시합을 심각하게 받아들여 안간힘을 썼으리라는 것을 확신했다.

이야기꾼은 이야기를 시작하지 않았다. 이야기할 그림도 아직 걸려 있지 않았다. 그래서인지 커피숍에 있는 사람들과 친숙해지는 것이 더 어려웠다.

알겠다. 여러분에게 그냥 사실을 털어놓겠다. 실은 나는 다른 모든 사람들처럼 농담을 던지고, 낯 뜨거운 이야기를 하고, 친구들과 과장되게 입을 맞추고, 숨겨진 의미가 있거나 풍자가 섞인 의미심장한 말을 던졌다. 그리고 젊은 수련 도제들의 안부를 묻고, 다른 사람들처럼 공동의 적을 무자비하게 헐뜯었다. 꽤 흥분해서는 손짓까지 해 가며 농담을 해 대고 옆 사람의 목에 입을 맞추기도 했다. 이런 행동들을 하면서도 내 영혼의 한구석은 무자비할 만큼 고요하다는 것을 알고 참을 수 없는 고통을 느꼈다.

그래도 짧은 시간 동안 말장난으로 나의 음경과 우리가 헐뜯은 사람들의 성기를 연필, 갈대, 커피숍의 기둥, 피리, 말뚝, 빗장, 파, 첨탑, 설탕이 듬뿍 뿌려진 손가락 모양 과자, 소나무, 그리고 두 번이나 모든 세상에 비유했으며, 이야기에 거론된 미소년의 엉덩이를 오렌지, 무화과, 카다이프[10], 베개, 그리고 아주 작은 개미집에 비유했다. 그런데 우리 동갑내기 세밀화가들 중 가장 우쭐거리는 자는 아주 서툴고 자신감 없는 말투로 자신의 물건을 고작 배의 기둥과 짐꾼의 막대기에 비유했다. 나는 늙은 세밀화가들의 발기하지 않는 물건에 대해, 새로 들어온 도제의 앵두 같은 입술에 대해, 그리고 돈을 (내가 그랬던 것처럼) 어떤 곳에(실은 "가장 역겨운 구석에다."라고 표현했다.) 숨기는 장인들에 대해 떠들어 댔다. 또 그들은 포도주 안에 장미 꽃잎이 아니라 아편을 넣어 마신다는 것과 타브리즈와 시라즈에 있는 최후의 대가들에 대해서, 알레포에서는 이미 커피와 와인을 섞어 마신다는 것도 얘기했으며 그곳 세밀화가들과 미소년들의 관계에 대해서도 풍자 섞인 암시를 했다.

때로는 내 마음속에 있는 두 영혼 중 하나가 끝내 승리하여 다른 영혼으로부터 벗어나게 되고, 그래서 그 고요하고 사랑 없는 내 모습을 어쩌면 잊을 수도 있겠다고 생각한 적도 있다. 그럴 때면 모두 함께 하나가 되어 보냈던 어린 시절의 명절날을 떠올렸다. 하지만 그 모든 농담들, 입을 맞추고 껴안는 인사를 아끼지 않았음에도 불구하고, 나를 군중 속에 슬픔과 외로움에 싸인 채 혼자 남게 하는 어떤 정적은 여전히 내 마음속에 있었다.

항상 나를 꾸짖고 무리에서 떨어져 나가게 만드는 그 고요

---

10) 터키 후식의 일종.

하고 무자비한 영혼(그것은 악령이었다. 영혼이 아니었다.)을 누가 내 마음속에 집어넣었는가? 악마인가? 하지만 나는 악마가 원하는 부도덕한 짓을 통해서가 아니라 정반대로 내 마음속에 있는 고요와 영혼을 움직이는 가장 순수한 이야기를 통해서 평온을 되찾곤 했다.

그 평온을 되찾을 수 있으리라 기대하며 포도주의 힘을 빌려 나는 두 가지 이야기를 하기 시작했다. 키가 크고 얼굴이 창백하지만 분홍빛이 감도는 한 도제 서예가가 초록빛 눈으로 내 눈을 뚫어지게 들여다보며 주의 깊게 내 이야기를 듣고 있었다.

세밀화가의 외로운 영혼을 위로해 주는 눈멂과 화풍에 관한 두 가지 일화

엘리프

실제 말을 보면서 말을 그리는 방법은 알려져 있는 것처럼 유럽 화가들이 처음 고안해 낸 것이 아니라 원래 카즈빈 출신의 대가 제말렛딘의 아이디어였다. 백양 왕조의 칸 우준 하산이 카즈빈을 정복한 후, 나이 든 장인 제말렛딘은 승리자 칸의 화원에 소속되는 것에 만족하지 않고, 그의 원정에 동행하여 그의 '역사'를 직접 눈으로 보고 전쟁 장면을 그리고 싶다고 청했다. 그렇게 해서 육십이 년 동안 단 한 번도 전쟁에 나가지 않고 말과 기병, 전쟁화를 그렸던 이 위대한 대가는 처음으로 전쟁터에 서게 되었다. 하지만 말들이 땀을 흘리고 격정적으로 소리 내며 서로 맞부딪치는 것을 보기도 전에, 적진에서 날린 대포에 맞아 그만 장님이 되고 양쪽 손목이 잘려 나가고 말았다. 진정한 대가들처럼 자신의 실명을 신의 은총으로 여겼던 늙은 대가는 손을 잃은 것도 그다지 큰 손해라고 생각하지 않았다. 세밀화가의 기억이란 어떤 이들이 끈질기게 주장하는 것과는 달리 손이 아니라 지성과 마음에 있다고 여겼으며, 신이 "보라!"고 했던 진정한 그림들과 광경들, 진짜 말과 결함 없는 말을 자신은 장님이 된 후에 비로소 보았다고 말했다. 그는 그 멋진 것들을 그림 애호가들과 나누기 위해, 키가 크고 창백하지만 분홍빛 피부에 초록색 눈을 가진 서예가 도제 하나를 휘하에 두었다. 제말렛딘은 신의 어둠 속에서 나타나는 멋진 말을 그리는 방법을 설명하며 도제에게 받아쓰도록 했다. 대가가 죽은 뒤, 그 아름다운 도제 서예가는 '말의 묘사', '말의 질주', '말의 사랑'이라는 제목으로 세 권의 책을 만들었다. 왼쪽 앞발부터 그리는 것을 특징으로 하는, 303마리의 말 그림이 들어간 이 이야기는 한때 백양 왕조의 영향력이 미쳤던 모든 나라에서 즐겨 찾는 책이 되었다. 이후 이를 모방한 새로운 글과 모방작들이 나왔고, 어떤 세밀화가는 도제와 학생들에게 암기시켜 실습서로 사용하기도 했다. 하지만 이 책들은 우준 하산의 백양 왕조가 멸망하고 헤라트 화풍이 페르시아 전역을 지배하게 된 후로 잊혀 버렸다. 물론 헤라트 출신의 케말렛딘 르자가 『장님의 말』이라는 자신의 책에서, 그 세 권의 책을 혹독하게 비판하면서 불태워야 한다고 주장한 것도 어느 정도 역할을 했다. 그의 이론은 구체적으로 이렇다. 카즈빈 출신 제말렛딘의 책 세 권에서 설명하고 있는 말들 중, 그 어떤 것도 신의 말이 될 수 없다. 그 이유는 늙은 장인이 그것들을, 아주 짧은 기간이라 할지라도, 진짜 전쟁 장면을 본 후에 설명했기 때문에 순수하지 않다는 것이다. 백양 왕조의 우준 하산의 보물은 정복자 메흐멧 술탄에 의해 약탈되어 이스탄불로 왔기 때문에, 그의 303마리의 말 이야기들 중 어떤 것은 때때로 이스탄불의 다른 책에서 찾아볼 수 있다. 따라서 그의 이야기에서 묘사된 것처럼 그려진 말을 보더라도 별로 놀랄 필요는 없다.

람

헤라트와 시라즈에서는, 장인 세밀화가들이 너무 많은 작업을 한 결과 말년에 장님이 되는 것을 장인의 과도한 열정의 징표로 보았을 뿐만 아니라, 동시에 위대한 장인의 노력과 기예에 대한 신의 대가라고 생각하여 자랑거리로 삼곤 했다. 이 때문에 한때 헤라트에서는 나이가 들었음에도 불구하고 장님이 되지 않은 장인들을 의심의 눈길로 바라보았기 때문에 많은 장인들이 늙으면 반드시 장님이 돼야 한다는 강박감에 시달렸다. 심지어 그들 중 몇몇은 일부러 장님이 되기도 했다. 아무튼 대부분의 장인들은 다른 샤를 위해 작업을 하거나 화풍을 바꾸기보다는 장님이 된 전설적인 장인들의 뒤를 따르는 것을 중시했다. 그런데 티무르의 미란 샤 가계의 자손들 중 한 명인 아부 사이드가 타슈켄트와 사마르칸트를 정복한 후 세운 화원에서는 실제로 장님이 되는 것보다 장님 흉내 내기가 더 많은 존경을 받기 시작했다. 아부 사이드에게 영감을 준 늙은 장인 카라 벨리는 눈이 보이지 않는 세밀화가가 어둠 속에서 신의 말을 본다는 것을 풀이하길, 세밀화가의 진정한 기예는 멀쩡한 눈을 가지고 있으면서도 세상을 장님처럼 볼 수 있는 능력을 뜻한다고 설명했다. 그는 67세에 눈으로 종이를 보면서도 마치 보지 않는 것처럼, 아무 생각 없이 무심코 말을 그리는 것으로 그것을 증명했다. 미란 샤는 이 전설적인 장인을 도와주려고 귀머거리 악사에게 우드를 켜게 하고 벙어리 이야기꾼에게 이야기를 하도록 하는 의식을 거행하고 카라 벨리에게 말 그림을 그리게 했다. 그가 그린 멋진 말은 위대한 장인이 그렸던 말과 아무런 차이도 없었다. 미란 샤를 놀라게 한 이 상황에 대해 전설적인 대가이자 기예를 갖춘 그 세밀화가는 자신은 눈을 뜨나 감으나 항상 똑같은 형태로, 신이 본 것처럼 말을 그릴 거라고 말했다. 앞이 보이는 사람과 앞을 보지 못하는 사람 사이에는 아무런 차이가 없다는 것이다. 손은 항상 같은 말을 그리게 마련이었다. 왜냐하면 그때는 '스타일'이라고 하는 유럽인들의 새 고안물이 없었기 때문이다. 위대한 장인 카라 벨리의 말 그림은 120년 동안 모든 이슬람 세밀화가들에 의해 모방되었고, 그 자신은 아부 사이드가 전쟁에서 패배하고 화원이 붕괴된 후, 사마르칸트에서 카즈빈으로 이주하였다. 그곳에서 이 년을 보냈을 때, 그는 코란에 쓰여 있는 "장님과 눈 뜬 사람이 어떻게 똑같을 수 있는가?"라는 구절을 비난하려 했다는 이유로 눈을 빼앗긴 뒤, 니잠 샤의 병사들에 의해 죽음을 맞았다.

이 밖에도 위대한 장인 비흐자드가 스스로 장님이 되었던 일, 헤라트에서 절대 떠나고 싶어 하지 않았던 이유, 강제로 타브리즈에 간 후 전혀 그림을 그리지 않았던 까닭, 세밀화가의 화풍은 곧 그가 속해 있는 화원의 것이라는 점, 오스만에게서 들은 수많은 전설 따위를 아름다운 초록색 눈을 가진 그 도제 서예가에게 이야기해 주고 싶었다. 하지만 내 정신은 어느새 이야기꾼에게로 쏠려 있었다. 그가 오늘 밤 악마에 관해 이야기하리라는 것을 나는 어떻게 알 수 있었을까?

'나'를 처음 말한 자는 악마다. '스타일'이 있는 것은 악마다. 동(東)과 서(西)를 나눈 것도 악마다라고 나는 말하고 싶었다.

눈을 감고 마음속에 떠오르는 대로 이야기꾼의 거친 종이에 악마를 그렸다. 내가 그림을 그릴 때 이야기꾼과 그의 조수, 다른 세밀화가들과 호기심 많은 사람들이 웃으며 나를 선동했다.

당신들이 보기에는 내게 스타일이 있는 것 같은가? 아니면 포도주 때문에 이러는 것으로 보이는가?

47
나는 악마다

나는 올리브기름에 튀긴 붉은 고추 냄새, 새벽녘 잠잠한 바다에 내리는 비, 열린 창가에 잠시 어른거리는 어떤 여인의 모습, 정적, 생각하기, 그리고 인내를 좋아합니다. 나는 나 자신을 믿으며, 나에 대해 떠들어 대는 사람들의 말을 대부분 신경 쓰지 않습니다. 하지만 오늘 밤은 나의 세밀화가와 서예가 형제들에게 나에 대한 험담과 거짓말, 소문이 난무하고 있다는 사실을 알리기 위해 이 커피숍에 왔습니다.

물론 여러분은 단지 내가 한 말이라는 이유로 정반대의 것을 믿을 준비를 하고 있다는 걸 압니다. 하지만 여러분은 내 말에 반대하는 것이 항상 옳지는 않다는 것을 알아챌 정도로 영리하며, 속지는 않지만 내가 하는 모든 말에 관심을 가질 만큼 예민하기도 합니다. 코란에 쉰두 번이나 나오는 나는 코란에서 가장 많이 언급되는 단어 중 하나라는 걸 여러분도 아시겠지요.

좋습니다, 그렇다면 신의 책인 코란부터 시작해 볼까요. 나에 관해 거기에서 언급된 것은 모두 옳습니다. 내가 겸손한 마음가짐으로 이 말을 하고 있다는 걸 여러분이 알아주셨으면 합니다. 왜냐하면 그 스타일이라는 문제가 있지요? 코란이 나를 깎아내리는 것 때문에 나는 늘 고통스러웠습니다. 이 고통은 나의 삶의 스타일입니다. 물론 이에 대해 논쟁을 하자는 건 아닙니다.

네, 그렇습니다, 신은 우리 천사들의 눈앞에서 인간을 창조했습니다. 그러고는 우리더러 자신의 피조물에게 복종하라고 요구했죠. 그래요, 「아으라프」 장에 쓰인 대로, 다른 모든 천사들은 신의 명령을 따랐지만 나만은 거부했습니다. 아담이 진흙으로 만들어진 반면, 나는 우리 모두가 다 아는 대로, 한 단계 위의 질료인 불로 만들어졌음을 지적했지요. 그래요, 나는 인간에게 복종하지 않았습니다. 신은 이런 나를, 맞아요, "잘난 체한다고" 여겼지요. 그래서 말했습니다.

"천국에서 내려가라. 이곳은 너 따위가 잘난 체할 수 있는 곳이 아니다."

"심판의 날까지, 죽은 자들이 부활할 때까지만 그 처분을 유예해 주십시오."

신은 내 청을 들어주었습니다. 나는 천국에서 떠나기 전까지, 내가 그에게 복종하지 않았다는 이유로 벌을 받게 만든 아담의 후예가 바른 길을 걷지 못하도록 만들겠노라 다짐했습니다. 그러자 신은 내가 타락의 길로 빠뜨린 사람들을 지옥에 보내겠다고 말했습니다. 이런 이야기를 계속 주고받았다는 것을 여러분은 아실 겁니다. 이 문제에 덧붙일 말은 별로 없습니다.

혹자들은 그 당시 신과 나 사이에 어떤 협상이 이루어졌다고도 말합니다. 그런 주장에 따르면, 내가 전지전능한 신이 자신의 종들을 시험하는 데 도움을 주었고, 그들의 신앙을 파괴하려고 했다는 겁니다. 선한 사람들은 옳은 판단을 내려 나쁜 길로 빠지지 않고, 악한 사람들은 육욕에 빠져 죄를 짓고 지옥의 구렁텅이에 빠집니다. 누구나 천국에 갈 수 있다고 하면 아무도 신을 두려워하지 않을 테고 그러면 세상이 선하게 유지될 수 없겠지요. 세상에는 선만큼이나 악, 정직만큼이나 죄도 필요하기 때문에 나의 역할은 아주 중요합니다. 신의 질서가 나 때문에 지켜지고 있고, 그것이 숭고한 신의 동의에 의해 이루어지는 것임에도 불구하고(신이 심판의 날까지 내가 천국에서 지내는 것을 왜 허락해 주었겠습니까?) 결국 나는 '나쁘고', 어떤 권리도 없다는 사실은 말 못할 나만의 고통입니다. 나의 입장에 서서 나를 대변한다고 주장했던 신비주의 사상가 할라즈만수르나 유명한 이맘 알 가잘리의 아우 아흐멧 가잘리 같은 사람들은 신의 허락과 바람으로 내가 만들어졌으므로 내가 조장하는 죄악들도 근본적으로는 신의 뜻이라고, 그리고 나 또한 신의 일부라고 쓰고 말했습니다.

이 멍청한 자들 중 몇몇은 당연히 책과 함께 화형에 처해졌습니다. 왜냐하면 선과 악은 엄연히 따로따로 존재하는 것이기 때문입니다. 두 가지 사이에 경계를 긋는 것이 바로 우리 모두의 과제입니다. 나는 신이 아닙니다. 당치도 않지요! 그 얼토당토않은 주장을 그 한심한 작자들의 머릿속에 집어넣은 건 제가 아닙니다. 그들 자신이 생각해 낸 겁니다.

또 하나 내가 이의를 제기하는 것은 바로 이것입니다. 나는 세상의 모든 악과 죄의 원천이 아닙니다. 많은 사람들은 나의 부추김이나 속임수 때문이 아니라 자신의 욕망, 욕정, 부족한 신념, 저질스러움 그리고 대부분은 아둔함 때문에 죄를 짓습니다. 나에게 모든 사악한 것들에 대한 면책권을 주고자 하는 신비주의자들의 노력이 쓸데없는 일인 것처럼, 모든 악이 나로부터 나온다는 생각 역시 코란에 위배됩니다. 손님에게 바가지를 씌우고 썩은 사과를 파는 과일 장수들, 거짓말하는 아이들, 아양 떠는 아첨꾼들, 추잡한 몽상에 잠기는 늙다리들, 딸딸이를 치는 소년들은 내가 부추겨서 그러는 게 아닙니다. 숭고한 신이시여, 특히 마지막 두 가지 짓거리는 정말로 제 책임이 아닙니다. 물론 사람들로 하여금 심각한 죄를 짓게 하려고 내 딴에는 무척 애를 쓰고는 있습니다. 하지만 어떤 호자들은 입 벌리고 하품하는 것이나 재채기하는 것, 심지어 방귀를 뀌는 것까지도 내가 부추긴 거라고 합니다. 정말이지 나란 존재를 전혀 이해하지 못하고 하는 소리들이지요.

"이해 못 하라지, 뭐. 넌 그들을 더 쉽게 속일 수 있을 거야."라고 말씀하실 분도 있겠지요. 맞습니다. 하지만 나에게도 자존심이 있다는 것을, 그리고 전능하신 신과 나의 사이가 벌어진 것도 바로 이 자존심 때문이라는 것을 여러분은 기억하셔야 합니다. 내가 자유자재로 변신을 하고, 특히 욕정을 불러일으키는 아름다운 여자의 모습을 하고서 신앙심 깊은 사람들을 유혹했다는 사실이 수만 권의 책에 숱하게 쓰여 있는데도 불구하고 여기 모이신 세밀화가 형제들은 왜 나를 자꾸만 뿔과 꼬리가 달린 추악하고 끔찍한 괴물로 그리는지, 그 이유를 좀 말씀해 주시겠습니까?

자, 이제 우리가 애초에 하려던 얘기를 시작해 볼까요. 예, 그림 말입니다. 이스탄불 거리를 가득 메우고 있는 어떤 설교자(여러분이 나중에 마음 아프지 않도록 나는 그 설교자의 이름은 거명하지 않겠습니다.)가 선동한 무리들은 노래하듯 기도하는 것, 수도원에 모여 서로 껴안고 악기의 반주에 맞춰 찬송가를 부르는 것, 커피를 마시는 것이 신의 말씀을 거역하는 행위라고 말합니다. 이 설교자와 그의 무리를 두려워하는 사람들 중 어떤 세밀화가들은 서양 화풍으로 그림을 그리는 것이 나의 부추김 때문이었다고 합니다. 사실, 수백 년 동안 나는 수없이 많은 비방을 들었습니다. 하지만 이것만큼 사실무근인 비방은 없었습니다.

태초의 시간으로 돌아가 볼까요. 사람들은 내가 이브로 하여금 선악과를 따먹도록 유혹했다는 것만 생각하고, 그 사건이 있게 된 전체적인 정황은 모두 잊어버린 것 같습니다. 사건은 신이 내가 잘난 체한다고 여겼기 때문에 시작된 것이 아닙니다. 아니고말고요. 모든 일의 시초는 신이 내게, 그리고 다른 천사들에게 인간에게 복종하라고 했을 때, 다른 천사들이 그 뜻을 따른 반면 나만은 정정당당하게 그의 말을 거절했기 때문이지요. 신은 불로 나를 창조해 놓고서 하잘것없는 진흙으로 만든 인간에게 복종하라고 했습니다. 이게 어디 말이나 됩니까? 여러분 생각에는 어떻습니까? 양심에 손을 얹고 생각해 보십시오. 예, 이해합니다. 이곳에서는 그 어떤 것도 비밀일 수 없다는 것을, 그분이 모두 듣고 계시리라는 것을. 여러분은 어느 날인가 그분 앞에 가게 되었을 때 문책을 당하지나 않을까 두려워하고 계시겠지요. 그러니 그분이 왜 여러분에게 왜 양심을 주었는지 묻지 않겠습니다. 두려워하는 게 당연하다고 말하겠습니다. 그런 질문은 물론이고 불과 진흙에 관한 논쟁조차 모두 잊겠습니다. 하지만 나는 결코 잊을 수 없으며, 또한 스스로 자랑스럽게 기억할 것입니다. 내가 인간 앞에 무릎을 꿇지 않았다는 사실을!

그런데 지금 유럽의 화가들이 하고 있는 일이 바로 이것입니다. 그들은 귀족들, 목사들, 부유한 상인들, 더욱이 여자들의 눈 색깔, 살결, 비할 데 없는 입술의 곡선, 젖가슴 골짜기에 드리워진 아름다운 그림자, 이마의 주름, 손가락에 낀 반지, 게다가 귓바퀴에 삐죽 솟은 보기 흉한 털까지 모든 것을 있는 그대로 보여 주는 것만으로는 만족하지 못합니다. 마치 인간이 그 앞에 무릎을 꿇어야 할 우월한 피조물이라도 되는 듯, 인간을 그림의 정중앙에 그려 넣고 그것을 우상처럼 벽에 걸어 놓습니다. 인간이 그 그림자까지 낱낱이 그려져야 할 정도로 중요한 피조물입니까? 어느 골목길에 있는 집들이 인간의 눈이 가진 미천한 지각 능력 탓에 갈수록 작아지는 모습으로 그려진다면 세상의 중심에 신이 아니라 인간이 자리 잡고 있는 셈이 아닙니까? 이런 것들은 전지전능하신 신이 더 잘 알고 있을 겁니다. 그런데 인간에게 복종하기를 거부하고, 이 때문에 끔찍한 형벌을 받고, 소외되고, 신의 눈 밖에 나고, 욕을 먹는 내가 이런 그림을 그리는 데 영감을 주었다고 주장하는 것은 정말 얼토당토않은 일입니다. 차라리 나 때문에 소년들이 자위를 하고, 나 때문에 사람들이 방귀를 뀐다는 얘길 듣는 편이 낫겠습니다. 이 문제에 대해 마지막으로 한 가지만 더 덧붙이겠습니다. 그러나 이 말은 사람들 앞에서 자신을 과시하려는 열망과 육욕, 그리고 돈에 환장한 자들, 혹은 터무니없는 열망 때문에 늘 정신 상태가 몽롱한 인간들이 들어 주길 바라고 하는 말은 아닙니다. 한량없는 지혜를 가진 숭고한 신만이 나를 이해할 겁니다. 천사들을 인간에게 복종시켜서 그들을 자만심에 가득 차게 만든 이는 바로 신, 당신이 아니십니까? 그들은 지금 당신의 천사들에게서 배운 것들을 행하고 있고, 자기 자신에게만 복종하며, 세계의 중심에 자기 자신을 배치해 놓고 있습니다. 모두가, 당신의 가장 충직한 종들조차도 서양 화풍으로 그려진 자신의 모습을 보고 싶어 합니다. 인간들이 이렇게 자기 자신을 숭배한다면 결국은 당신을 잊을 게 불 보듯 뻔한 일입니다. 게다가 그들은 자신들이 당신을 망각한 죄 또한 내게 뒤집어씌울 겁니다.

이런 모든 것에, 내가 여러분이 생각하는 것처럼 그렇게 연연하지 않는다는 것을 어떻게 설명할 수 있을까요? 그건 물론 수백 년 동안 무자비하게 돌팔매질을 당하고, 욕설을 듣고, 저주와 비난을 받았음에도 불구하고 내가 아직 온전히 두 발로

서 있다는 것으로 설명될 수 있겠지요. 내게 지칠 줄 모르고 욕을 해 대는 분노에 찬 천박한 적들이, 신께서 내가 최후의 심판의 날까지 천국에 머물도록 허락하셨음을 기억한다면, 우리 모두의 일이 한결 쉬워질 겁니다. 그들이 신으로부터 받은 수명은 고작 육칠십 년에 불과합니다. 하지만 내가 "커피나 마시며 수명을 연장하려고 노력하시오."라고 말한다면, 그들은 "아이고 악마가 이렇게 원하니 반대로 해야지."라며 커피를 전혀 마시지 않거나, 최악의 경우 물구나무를 선 채로 똥구멍에다 커피를 붓겠다고 덤비리라는 것을 나는 압니다.

웃지 마십시오. 사상이란 그 내용이 아니라 형식이 중요합니다. 다시 말하자면, 세밀화가가 무엇을 그렸느냐가 아니라 그것을 그린 방식이 중요하다는 말입니다. 하지만 이것은 추상적인 개념이어야만 합니다. 마지막으로 사랑 이야기를 하나 해 드리려고 했는데 시간이 너무 늦은 것 같군요. 오늘 밤 내게 목소리를 빌려준 이야기꾼은 모레, 수요일 밤에 이곳에서 벽에 여자 그림을 걸고 그 사랑 이야기를 감칠맛 나게 해 주겠다고 약속하는군요.

48
나는, 셰큐레

꿈속에서 아버지를 보았습니다. 내가 알아들을 수 없는 말로 뭐라고 했습니다. 끔찍했죠. 잠에서 깨어나 보니 셰브켓과 오르한이 양쪽에서 나를 꼭 껴안고 있었어요. 애들 체온 때문에 땀이 났죠. 셰브켓은 손을 내 배 위에 올려놓고 있었고 오르한은 땀에 젖은 머리를 내 가슴에 기대고 있었습니다. 가까스로 애들을 깨우지 않고 침대에서 빠져나와 방에서 나왔습니다.

복도를 지나 조용히 카라의 방문을 열었습니다. 방 한가운데 염을 해 뉘어 놓은 시체처럼 보이는 하얀 침대가 촛불에 비쳤어요. 촛불을 든 손을 좀 더 앞으로 뻗었어요. 초의 오렌지색 불빛이 수염을 깎지 않은 카라의 피곤한 얼굴과 벌거벗은 어깨를 비췄습니다. 그는 오르한이 그러듯이 배추벌레처럼 동그랗게 몸을 말고 잠들어 있었습니다. 잠자는 숲속의 미녀 같은 표정이었죠.

"이 사람이 내 남편이야."

나는 혼잣말을 했습니다. 그러나 그는 나와는 너무나 먼 이방인 같았습니다. 후회가 밀려들었습니다. 손에 단검이 있었다면 그를 찔러 죽였을 거예요. 아니, 그러고 싶었다는 게 아니라, 어릴 때 누구나 한번씩 그런 생각을 해 보는 것처럼 그를 죽이면 어떻게 될까 하는 생각이 불현듯 떠올랐다는 거죠. 그가 십수 년 동안 저만을 생각하고 살았다는 말은 믿지 않아요. 그의 얼굴에 나타난 순진한 아이 같은 표정도.

그의 어깨를 건드려 깨웠어요. 그는 나를 보자마자 마법에 걸린 듯, 흥분했다기보다는 내가 원해서 그러는 것처럼, 잠깐이었지만 두려워하는 모습이었습니다. 그가 잠에서 완전히 깨기 전에 물었습니다.

"꿈에서 아버지를 보았어요. 아주 끔찍한 말을 했어요. 당신이 아버지를 죽였다더군요."

"당신 아버지가 살해될 때 우린 함께 있지 않았소?"

"그건 나도 알아요. 하지만 당신은 아버지가 혼자 있을 거라는 걸 알고 있었어요."

"몰랐소. 아이들과 하이리예는 당신이 밖으로 보냈잖소. 내 결백은 하이리예와 에스테르도 다 아는 사실이오."

"때로는 내 마음속의 어떤 목소리가 왜 모든 게 나쁘게 돌아가는지, 그 비밀을 내게 말해 줄 것만 같아요. 그 소리가 나올 것 같아 입을 열어 보지만 꿈속에서처럼 목소리가 나오지 않아요. 당신도 더 이상 내가 어렸을 때 알던 그 착하고 순진한 카라가 아니에요."

"당신 아버지가, 그리고 당신이 그 순진한 카라를 내쫓았잖소."

"아버지한테 복수를 하기 위해 나와 결혼했다면 이제 복수를 한 셈이네요. 하지만 어쩌면 그것 때문에, 나는 당신을 전혀 좋아하지 않는 것 같아요."

"모르겠소."

그가 말했다. 하지만 슬픈 목소리는 아니었습니다.

"어젯밤에 아이들이 나더러 들으라는 듯 '카라, 카라, 궁둥이는 우웩!' 하고 떠들더군. 당신은 잠시 아래층에 있었지."

"때려 주지 그랬어요?" 나는 그가 정말로 아이들을 때려 주길 바라는 것처럼 말했어요. 하지만 곧바로 당황하며 말을 바꿨죠. "애들에게 손찌검을 하면 당신을 죽여 버릴 거예요."

그러자 그가 쓴웃음을 지으며 말했습니다.

"침대로 들어와요. 금방이라도 얼어 죽을 것 같군."

"영원히 당신 침대에 들어가지 않을지도 몰라요. 어쩌면 우리는 결혼하지 말았어야 했는지도 몰라요. 사람들은 우리 결혼이 합법적이지 않다고 말해요. 밤에 잠들기 전에 하산의 발소리를 들었어요. 잊지 마요, 죽은 남편과 함께 살 때 몇 년간 하산의 발소리를 들었어요. 아이들도 그를 좋아해요. 게다가 그는 무자비해요. 빨간 검도 갖고 있어요. 조심해요."

카라의 시선이 너무 피곤해 보이는 데다 또 단호했기에 그 말이 그를 위협하지 못하리라는 걸 깨달았습니다.

"우리 둘 중에 좀 더 희망적이고, 또 좀 더 슬픈 사람은 당신이에요. 나는 불행해지지 않으려고, 아이들을 보호하려고 발버둥 치고 있어요. 당신은 자신을 증명하기 위해 분투하고 있고요. 하지만 그것은 나를 사랑하기 때문은 아니에요."

그는 나를 얼마나 사랑하는지, 아무도 없는 대상들의 숙소에서, 벌거벗은 산중에서, 눈 오는 밤이면 언제나 나를 생각했다고 장황하게 설명했어요. 그 말을 해 주지 않았다면 나는 아이들을 깨워서 전남편의 집으로 돌아갔을 거예요. 갑자기 마음속에 있던 말을 그에게 털어놓았어요.

"때로는 전남편이 돌아올지도 모른다는 생각이 들어요. 당신과 한밤중에 같은 방에서 자는 것이, 그리고 그걸 아이들에게 들키는 게 두려운 게 아니라 우리가 서로를 품에 안자마자 전남편이 문을 두드릴까 봐 두려워요."

밖에서, 대문 바로 옆에서 사생결단이라도 내듯 싸우는 고양이들의 울음소리가 들려왔습니다. 그리고 긴 정적이 흘렀죠. 갑자기 울고 싶어졌어요. 손에 들고 있던 촛대를 작은 탁자 위에 놓지도 못했고, 방을 나가 아이들 곁으로 돌아가지도 못했어요. 아버지의 죽음에 그가 어떤 관련도 없다는 것을 확인할 때까지 이 방에서 나가지 않겠다고 생각했죠.

"당신은 우리를 우습게 보고 있어요. 결혼하자마자 훨씬 거만해졌다고요. 당신은 내 남편이 돌아오지 않아서 나를 동정했고, 지금은 아버지가 살해되어서 우리를 동정하고 있어요."

"셰큐레 부인."

그가 조심스레 말했어요. 그가 그렇게 말문을 여는 것이 나는 마음에 들었어요.

"그게 사실이 아니라는 건 당신도 알고 있을 거요. 당신을 위해서라면 난 뭐든지 할 거요."

"그러면 침대에서 나와서 나처럼 서서 기다려요."

내가 뭔가를 기다리고 있다는 것을 왜 그에게 말했을까요?

"못하오."

그가 이불을, 입고 있는 잠옷을 가리키며 부끄러운 듯 말했죠. 그가 옳았어요. 그래도 나는 내 말을 듣지 않아서 화가 났어요.

"당신은 아버지가 살해되기 전에 이 집을 도둑고양이처럼 드나들었어요. 지금은 내게 셰큐레 부인이라고 하지만, 당신조차 무슨 말인지 모르는 걸 우리보고 알아 달라고 하는군요."

나는 온몸을 떨고 있었습니다. 분노 때문이 아니라 다리와 등허리와 목을 얼음장처럼 감싸는 추위 때문에요.

"침대로 들어와요. 그리고 내 아내가 되어 주오."

"아버지를 죽인 불한당을 어떻게 찾아낼 거예요? 그자를 찾는 게 오래 걸리면 이 집에서 내가 당신과 머무는 건 옳지 않아요."

"에스테르와 당신 덕분에 화원장 오스만이 집중적으로 말 그림을 뒤지고 있소."

"오스만은 돌아가신 아버지의 불구대천의 원수였어요. 하늘에 계신 아버지는 지금 살인자를 찾기 위해 그의 도움을 구하는 걸 보고 슬퍼하고 계실 거예요."

그가 갑자기 침대에서 벌떡 일어나 내게로 다가왔습니다.

나는 꼼짝도 하지 못했죠. 그런데 뜻밖에도 그는 내 손에 들린 촛대의 초를 손으로 끄고는 가만히 있었습니다. 사방이 칠흑처럼 어두워졌습니다.

"이제 당신 아버지는 우리를 볼 수 없소. 여기엔 우리 둘밖에는 없어. 셰큐레, 지금 내게 말해 봐요. 이곳에, 십이 년 만에 돌아온 나를 사랑해 줄 거라고, 당신 마음에 나의 자리를 마련해 놓았다고. 내가 느낄 수 있게 해 주시오. 우리는 결혼했소. 당신은 결혼을 하고 나더니 나를 사랑하지 않으려 하는군."

그가 속삭이는 목소리로 말했습니다. 그래서 나도 소곤소곤 대답했죠.

"당신과는 어쩔 수 없이 결혼한 거예요."

어둠 속에서도 내 말이 그의 가슴을 못처럼 찌르고 있다는 것을 알 수 있었습니다.

"당신을 사랑했다면 어린 시절에 벌써 좋아했을 거예요."

"어둠 속에 있는 아름다운 그대여. 당신은 집에 오가는 세밀화가들을 모두 지켜봤고, 그들에 대해 잘 알고 있을 거요. 당신 생각에는 누가 살인자 같소?"

그가 딴청을 피우면서 상황을 즐기는 것을 보고 나는 기분이 좋아졌습니다. 그는 역시 나의 남편이 될 만한 사람이에요.

"추워요."

내가 그렇게 말했던가요? 기억이 잘 나지 않아요. 우리는 입을 맞추기 시작했습니다. 어둠 속에서, 손에는 여전히 촛대를 쥔 채로 그를 껴안았습니다. 그리고 벨벳 같은 그의 혀를 내 입안으로 받아들였죠. 나의 눈물, 나의 머리카락, 나의 잠옷, 나의 떨림, 그리고 그의 몸, 모든 것이 아름다웠습니다. 추위 속에서 내 코를 따스한 뺨에 대 주는 것도 좋았습니다. 그러나 겁쟁이 셰큐레는 스스로를 제어했습니다. 입맞춤을 하는 동안 잠깐 자제력을 잃긴 했지만, 결국은 손에 들고 있던 촛대를, 날 바라보고 있을 아버지를, 전남편을, 침대에서 자고 있는 아이들을 떠올렸습니다.

"집 안에 누군가가 있어요."

그렇게 소리치고는 카라를 밀쳐 버리고 복도로 뛰어나갔습니다.

49
내 이름은 카라

여명 속에서 누구의 눈에도 띄지 않게, 죄지은 손님처럼 조용히 집에서 나와 진흙땅인 길거리를 오랫동안 걸었다. 베야즈트에 와서는 사원 마당에서 손발을 씻고 사원 안으로 들어가 기도를 올렸다. 안에는 사십 년 동안의 수련으로, 기도를 올리면서 계속 잠을 잘 수 있는 노인과 이맘 외에는 아무도 없었다. 졸면서 꾸는 꿈과 불행한 기억들 사이에서 때때로 신이 우리에게 관심을 집중한다고 느껴지는 순간이 있다. 그럴 때 우리는 기대와 흥분에 들떠, 요행히 술탄의 손에 청원서를 건넨 사람처럼 신에게 뭔가를 갈구한다. 나는 신을 향해, 사랑하는 사람들로 가득 찬 행복한 가정을 갖게 해 달라고 기도했다.

집에 도착했을 때, 내 머릿속에 있던 에니시테의 자리에는 일주일 만에 화원장 오스만이 천천히 자리 잡아 가고 있는 것을 느꼈다. 그는 고집이 세고, 거리감이 느껴졌지만 책 장식과 그림 경륜에 있어서는 너무나 심오했다. 그 대가는 오랫동안 세밀화가들 사이에서 두려움, 경외심 그리고 사랑을 불러일으켰던 인물이라기보다는 마치 내성적인 늙은 수도승 같았다.

화원장 오스만의 집에서 궁전으로 갈 때, 그는 약간 등을 구부린 채 말을 몰았고, 나는 그 말 옆에서 마찬가지로 약간 등을 구부리고 걸었다. 어쩌면 우리는 옛날이야기에 삽입된, 값싼 그림 속의 늙은 수도승과 포부 넘치는 종자와 비슷했을 것이다.

궁전에 도착했을 때, 고문관과 그의 부하들이 우리보다 더 들뜬 모습으로 기다리고 있었다. 술탄은 세 명의 세밀화가들이 그린 말 그림을 우리가 아침에 본다면 의심할 여지 없이 저 주받은 살인자를 색출할 수 있을 거라고 믿었다. 그래서 그들에게 그 살인자를 고문할 준비를 하고 있으라고 명령했던 것이다. 그래서 우리는 모든 사람에게 본보기를 삼으려고 할 때 고문이 행해지는 샘물 앞이 아니라, 극비리에 심문이나 고문, 사형이 집행되는, 술탄 전용 정원에 있는 은밀한 작은 집으로 안내되었다.

고문관의 부하라고는 믿어지지 않을 정도로 우아하고 정중한 젊은이가 자신감 넘치는 모습으로 앉은뱅이책상 위에 종이 세 장을 올려놓았다.

화원장 오스만이 돋보기를 꺼내자 내 심장은 쿵쿵 뛰었다. 그는 돋보기와 돋보기로부터 항상 같은 거리를 유지하는 눈으로 마치 평원 위를 우아하게 나는 독수리처럼 세 장의 멋진 말 그림을 천천히 둘러보았다. 사냥할 영양을 포착한 독수리처럼 말들의 코 위에 천천히 돋보기를 멈추고 자세히 살펴보았다.

잠시 후, 그가 침착한 목소리로 말했다. "여기에는 없습니다."

"뭐가 없다는 거요?" 고문관이 물었다.

나는 화원장 오스만이 심사숙고하리라고, 갈기에서 발굽까지 말의 모든 외관을 자세히 살펴볼 거라고 생각했다.

"그 저주받을 세밀화가는 어떤 흔적도 남기지 않았습니다. 밤색 말을 그린 사람이 누군지 이 그림으로는 알 수가 없습니다."

나는 그가 내려놓은 돋보기를 들고 말들의 콧구멍을 보았다. 화원장 오스만이 옳았다. 에니시테가 준비하던 책을 위해 그려졌던 밤색 말의 이상한 콧구멍과 비슷한 것은 어디에도 없었다.

어떻게 사용하는지도 알 수 없는 기구를 가지고 밖에서 기다리고 있는 고문관들이 생각났다. 열린 문 사이로 그들을 보려 했을 때, 그들 중 한 명이 귀신이라도 본 것처럼 뒷걸음쳐서 뽕나무들 사이로 숨는 것이 보였다.

바로 그때 회색빛 아침을 밝히는 빛처럼, 이 세상의 토대인 술탄이 집 안으로 들어왔다.

화원장 오스만은 그 말 그림들에서 아무것도 알아내지 못했음을 술탄에게 밝혔다. 하지만 그 멋진 말 그림 중 첫 번째 그림에서 말이 뒷다리로 서 있는 모습, 두 번째 그림과 세 번째 그림에 나오는, 우아하게 서 있는 말의 자태, 오래된 책에 어울릴 법한 당당하고 품위 있는 말의 모습이 술탄의 주의를 끄는 것을 막을 수는 없었다. 오스만은 각각의 말 그림을 어떤 세밀화가가 그렸는지에 대한 자신의 추측을 말했다. 밤에 각 세밀화가의 집을 방문했던 시동은 오스만의 추측이 맞다는 것을 증언했다. 화원장 오스만이 말했다.

"제가 세밀화가들을 손바닥 들여다보듯 훤히 알고 있는 것에 놀라지 마십시오, 전하. 그렇게 훤히 알고 있는 저의 세밀화가들에게서 어떻게 제가 전혀 알지 못하는 선(線)이 나왔는지 저도 놀라고 있습니다. 왜냐하면 장인 세밀화가의 결점도 각기 근거를 가지고 있기 때문입니다."

"그게 무슨 뜻인가?" 술탄이 물었다.

"이 세상의 은신처이자 번영이신 전하, 제 생각에 이 밤색 말의 코에 있는 비밀스러운 표시는 무의미하고 엉뚱한 세밀화가의 결점이 아니고, 그 뿌리가 아주 먼 과거의 다른 그림, 다른 기법, 다른 화풍, 어쩌면 다른 말에까지 이르는 것 같습니다. 술탄께서 지하에, 철로 만든 궤짝에, 보물 창고 속 상자에 넣어 두신 수백 년 된 책들을 조사하도록 허락해 주신다면, 우리가 결함으로 간주하고 있는 기법의 출처를 확인하고, 그것이 세 명의 세밀화가 중 누구의 붓에서 나온 것인지 알아낼 수 있을지도 모릅니다."

"나의 국고에 들어가길 원한단 말인가?" 술탄이 놀라며 물었다.

"예."

그건 하렘에 들어가겠다고 하는 것만큼이나 뻔뻔스러운 바람이었다. 하렘과, 보물이 보관되어 있는 국고는 술탄 궁전의 천국 같은 뜰에 있을 뿐만 아니라, 술탄의 가슴속에서도 가장 소중한 자리를 차지하고 있었다.

이제야 용기를 내어 쳐다볼 수 있게 된 술탄의 잘생긴 얼굴이 어떻게 변할까 생각하고 있는데 그가 갑자기 자리를 떴다. 화가 난 것일까? 화원장 오스만의 건방진 행동 때문에 우리 모두, 심지어 다른 세밀화가들까지 벌을 받는 건 아닐까?

앞에 놓인 세 장의 말 그림을 보면서 다시는 셰큐레를 못 만나고, 그녀와 한 침대에서 자 보지도 못한 채 죽음을 당하는 것을 상상했다. 그 아름다운 그림들이 바로 눈앞에 있는데도 불구하고, 마치 다른 세계의 것처럼 멀게 느껴졌다.

어렸을 때 궁전의 심장부인 엔데룬에 들어와 그곳에서 교육받고 자라는 것이 곧 술탄의 종이 되는 것과 그를 위해 죽을 수도 있다는 것을 의미한다면, 서예가가 된다는 것 또한 신의 노예가 되는 것과 신의 아름다움을 위해 죽을 수도 있다는 것을 의미한다는 것을 끔찍한 정적 속에서 깨달았다.

한참 뒤, 재무 대신의 부하들이 우리를 바뷰스셀람 문을 향해 데리고 올라가자, 내 머릿속은 죽음, 즉 죽음의 고요함에 대한 생각으로 가득 찼다. 그런데 수많은 대신들이 사형으로 목숨을 잃은 바뷰스셀람 문을 지날 때, 문지기들은 우리를 쳐다보지 않는 것 같았다. 어제는 천국처럼 내 눈을 부시게 했던 디완 광장도, 탑도, 공작새들도 내게 아무런 느낌을 주지 못했다. 나는 곧 우리가 더 안쪽으로, 술탄의 비밀 세계의 심장부인 엔데룬으로 가고 있다는 걸 알게 되었다.

그리하여 총리대신들조차 허락 없이는 들어갈 수 없는 문을 지나갔다. 나는 이야기 속에 들어간 아이처럼 내 앞에 나타날지도 모를 경이로움 혹은 괴물들과 맞부딪치지 않기 위해 땅에서 눈을 떼지 않았다. 알현실은 보이지도 않았다. 그래도 문득 시선을 돌리니 하렘의 벽, 다른 나무들과 별 차이 없는 평범한 플라타너스, 번쩍이는 푸른 공단으로 지은 카프탄을 입은 키 큰 남자가 눈에 들어왔다. 우리는 높은 기둥들 사이를 지나갔다. 유달리 크고 위에 현란한 문양이 조각된 육중한 문 앞에 멈춰 섰다. 문턱에는 번쩍이는 카프탄을 입은 국고 담당관들이 서 있었다. 그중 한 명이 자물쇠를 열기 위해 몸을 굽혔다.

재무 대신이 말했다.

"술탄께서 당신들이 국고에 들어가는 것을 허락하셨소. 아무도 보지 못했던 책들, 금박을 입힌 책장과 경이로운 그림을 보고 사냥꾼처럼 살인자의 흔적을 추적해 주시오. 술탄께서는 화원장 오스만, 당신에게 사흘간의 여유를 주셨소. 벌써 하루는 지나가 버렸고 나머지 이틀 동안, 즉 목요일 정오까지 세밀화가들 중 저주받을 살인자가 누구인지 색출해 주시오. 색출해 내지 못할 시에는 고문관이 이 일을 해결할 거라고 말씀하셨소."

먼저, 그들은 어떤 열쇠도 허가 없이 자물쇠에 들어간 적이 없음을 증명하기 위해 자물쇠에 씌워 놓는 천을 벗겨 냈다. 국고 문지기와 두 명의 관리는 봉인이 멀쩡한 것을 보고 고갯짓으로 신호를 주고받았다. 봉인이 부서지면서 열쇠가 구멍에 들어가자, 자물쇠가 정적을 채우는 철컥 소리와 함께 열렸다. 화원장 오스만의 얼굴이 갑자기 잿빛으로 변했다. 표면이 다양한 문양으로 장식된 육중한 나무 문 중 한쪽이 열리자, 고색창연한 검은빛이 그의 얼굴에 와 닿았다. 재무 대신이 말했다.

"술탄께서는 왕실 사서나 물건 목록을 기입하는 비서들이 이곳에 불필요하게 드나드는 걸 원치 않으시오. 지금은 왕실 사서가 죽어서 그 대신 책을 지키는 사람이 없소. 그래서 술탄께서는 당신들과 함께 제즈미 아아 한 사람만 들어가라고 명령하셨소."

제즈미 아아라는 사람은 적어도 일흔 살은 돼 보이는, 눈이 반짝거리는 난쟁이였다. 그는 머리에 돛 모양의 장식을 하고 있었는데 그 장식은 그 난쟁이 자신보다 더 이상하게 생긴 것이었다.

"제즈미 아아는 이곳 내부를 자기 집처럼 잘 알고 있소. 책과 물건의 위치를 누구보다도 잘 알고 있지."

늙은 난쟁이는 이 말에도 별로 자랑스러워하지 않았다. 그는 궁전의 시동들이 날라 들여오고 있는 은으로 된 굽이 달린 화로, 손잡이가 자개로 된 요강, 등잔, 그리고 촛대를 눈으로 점검하고 있었다.

재무 대신은, 우리가 안으로 들어간 후에 문은 다시 밖에서 잠기고 셀림 1세의 칠십 년 된 옥새로 봉해질 것이며, 저녁기도 시간이 끝난 뒤에 우리가 나갈 때 국고 담당관들 앞에서 다시 봉인이 제거되고 문이 열릴 것이라고 말했다. 또한 여기서 나갈 때는 속옷 속까지 수색할 것이니 옷, 호주머니, 허리띠 속에 '실수로라도' 어떤 것도 넣지 말라고 당부했다.

우리는 일렬로 늘어선 국고 담당관들 사이를 지나 안으로 들어갔다. 안은 얼음장 같았다. 문이 닫히자, 갑자기 사방이 깜깜해졌다. 콧구멍 속까지 파고드는 곰팡이, 먼지, 그리고 습기 냄새가 났다. 사방에 물건들, 궤짝들, 투구들이 서로 겹쳐 놓인 채 빽빽이 들어차 있었다. 아주 가까이에서 거대한 전투를 보고 있는 듯한 느낌이었다.

벽에 난 창의 두꺼운 창살, 그리고 높은 벽을 따라 나 있는 계단의 난간, 2층의 나무 통로의 난간을 통해 비쳐 들어오는 이상한 빛에 눈이 익숙해졌다. 방은 벽에 걸린 벨벳 천, 카펫, 킬림 때문에 온통 붉은색이었다. 나는 이 모든 부(富)가 수많은 전쟁과 피, 그리고 도시와 보고의 파괴로 얻은 결과라는 사실을 생각했다.

"두려우십니까?" 내 마음속의 감정을 캐내려는 듯 난쟁이가 물었다. "이곳에 처음 들어오는 사람은 누구나 두려워하지요. 밤마다 이 물건들의 영혼이 속삭이며 말을 건답니다."

내가 두려웠던 것은 이 믿을 수 없이 많은 물건 속에 묻혀 있는 정적이었다. 우리는 등 뒤로 달그락거리며 자물쇠가 봉인되는 소리를 들으면서 꼼짝 않고 멍하니 있었다.

나는 검, 상아, 카프탄, 은 촛대, 공단으로 만든 깃발을 보았다. 자개함, 쇠로 만든 궤짝, 중국산 화병, 벨트, 류트, 갑옷, 비단 베개, 지구본, 장화, 모피 코트, 코뿔소 뿔, 껍질에 그림을 그린 타조 알, 총, 화살, 철퇴, 서랍장도 보였다. 그리고 사방에 쌓여 있는 천이며 카펫이며 공단은 마치 널빤지로 덮여 있는 2층에서, 난간에서, 붙박이장에서, 작은 벽 속 창고에서 내 머리 위로 흘러내리는 것만 같았다. 천, 상자, 술탄의 카프탄, 검, 커다란 분홍빛 초, 머리에 감는 터번, 진주로 뒤덮인 베개, 금장식이 달린 안장, 다이아몬드 손잡이가 달린 언월도(偃月刀), 루비 손잡이가 달린 철퇴, 누빈 터번, 터번 깃털 장식, 이상한 시계들, 물병과 단검들, 상아로 만든 말과 코끼리 조각상, 다이아몬드로 장식된 뚜껑이 달린 물담배, 자개장, 말에 다는 깃털 장식, 굵은 구슬을 꿰어 만든 묵주, 루비와 터키석으로 장식된 투구 위로 한 번도 본 적 없는 이상한 빛이 비치고 있었다. 위쪽 창문에서 희미하게 스며드는 그 빛은 마치 어느 여름날 사원 첨탑의 창문을 통해 들어오는 햇빛처럼 어두운 방 안을 떠도는 먼지들을 비추고 있었다. 하지만 그것은 햇빛이 아니었다. 그 이상한 빛 때문에 그곳의 공기는 손으로 만질 수도 있을 것만 같았다. 그 빛 때문에 모든 물건이 마치 같은 재료로 만들어진 것만 같았다. 한동안 다 같이 방의 정적에 대한 두려움을 느낀 뒤, 그 추운 방을 지배하고 있는 빨간색을 바래게 하고 모든 물건들에 이해할 수 없는 동일성을 부여하는 것은 빛과 함께 모든 곳을 덮고 있는 먼지라는 사실을 알게 되었다. 눈으로 이 기괴하고 서로 구분할 수 없는 물건들 사이를 헤엄치면서 똑같은 물건을 두 번, 세 번 보아도 그 정체를 알 수 없자, 나는 이 엄청난 양의 물건들이 더더욱 무섭게 느껴졌다.

제즈미 아아가 벽에 파인 화덕 놓는 자리에다 익숙한 손놀림으로 화로를 내려놓았다.

"책들은 어디에 있나?" 화원장 오스만이 속삭였다.

"어떤 책들 말입니까?" 난쟁이가 물었다. "아라비아에서 온 것들 말인가요, 코란 말인가요? 천국에 계신 셀림 1세가 타브리즈에서 가지고 온 것들인가요, 사형당한 뒤 재산을 몰수당한 파샤들의 책들인가요? 아니면 베네치아 대사들이 술탄의 선조들에게 선물로 가지고 온 책들인가요, 아니면 정복자 메흐멧 술탄 때부터 내려오는 기독교 책들 말인가요?"

"삼십 년 전, 샤 타마스프가 천국에서 고이 잠들어 계신 술탄 셀림에게 선물로 보냈던 것 말일세."

난쟁이는 우리를 커다란 나무 장롱 앞으로 데리고 갔다. 화원장 오스만은 문을 열고 안에 있는 장서들을 보는 동안 안절부절못했다. 책 한 권을 펴고 발간사를 읽고는 책장을 넘기기 시작했다. 나도 그와 함께 각각이 모두 세세하고 정성스레 그려진, 눈초리가 약간 위로 올라간 그림들을 놀라서 바라보았다.

"칭기즈 칸, 차가타이 칸, 툴루이 칸, 쿠빌라이 칸은 중국의 지배자들이다."

이렇게 읽은 뒤 책을 덮고 화원장 오스만은 다른 책을 꺼내 들었다.

우리 눈앞에 페르핫이 연모하는 여인 쉬린을 사랑의 힘으로 말 등에 태우고 옮기는 장면을 묘사한 멋진 그림이 나타났다. 연인들의 열정과 슬픔을 강조하기 위해 들어간 산의 바위들과 구름들 그리고 페르핫의 사랑의 증인이 되어 준 세 그루의 고고한 사이프러스 나무의 잎사귀들이 슬픈 누군가의 떨리는 손에 의해 너무나 아프게 그려져 있었다. 낙엽으로 표현된 그 눈물과 슬픔이 그림을 보는 순간 화원장 오스만과 나에게 전이되었다. 이 감동적인 장면은 보통 장인들이 그리는 것처럼 페르핫의 힘을 나타내려는 것이 아니라, 사랑의 슬픔은 전 세계에서 동시에 느껴진다는 걸 설명하기 위해 그려졌다.

"팔십 년 전 타브리즈에서 그려진 비흐자드의 모사들 중 하나일세."

화원장 오스만은 그 장서를 제자리에 놓고 다른 것을 펼쳤다. 그것은 『칼릴라와 딤라』에서 고양이와 쥐의 억지 우애를 묘사한 그림이었다. 땅에서는 담비의, 하늘에서는 매의 공격을 동시에 받아 궁지에 몰린 가련한 쥐가 사냥꾼의 덫에 걸린 가련한 고양이에게 구원을 청한다. 그들은 이렇게 협상을 한다. 고양이가 친구처럼 행동하며 쥐를 사랑스럽게 핥으면 담비와 매는 고양이가 무서워서 사냥을 포기한다. 그리고 쥐는 고양이를 조심스레 덫에서 구해 낸다. 내가 세밀화가의 감성을 다 이해하기도 전에 화원장 오스만은 그 책을 다른 책들 사이에 끼워 넣고, 다른 책을 아무렇게나 펼쳤다.

한 손을 우아하게 펴고 뭔가를 물으면서 다른 손으로는 초록색 코트로 덮인 무릎을 잡고 있는 신비스러운 여인과 그녀 옆에서 반쯤 돌아서서 그녀의 말을 주의 깊게 듣고 있는 남자의 멋진 그림이었다. 나는 그들 사이에 흐르는 우정, 사랑, 그리고 친밀감을 질투하며 바라보았다.

화원장 오스만은 그 책을 놓고 다시 다른 책을 펼쳤다. 서로 영원한 적인 페르시아와 투르키스탄 군대의 기병들이 갖가지 갑옷, 투구, 무릎 보호대, 활, 화살과 살통 등을 장착하고 있었다. 그들은 목까지 갑옷으로 싸인 아름다운 말을 타고 노란 먼지로 뒤덮인 들판에서 반듯이 줄지어 서서, 끝이 형형색색으로 장식된 창을 겨누고 있었다. 그들은 목숨을 바쳐 전투를 감행하기 전에, 앞에 나가 대표전을 펼치는 지휘관들의 결투를 인내심 있게 바라보고 있었다. 나는 오늘 그려졌건 백 년 전에 그려졌건, 전쟁 장면이건 사랑 장면이건 신실한 믿음을 가진 세밀화가가 그림을 통해 전달하려는 것은 자신의 의지와의 싸움과 그림에 대한 사랑이라고 나 자신에게 말하려 했다. 즉 세밀화가가 그리는 건 곧 그의 인내라고 말하려는 순간, 오스만이 말했다.

"이것도 아니야." 화원장 오스만은 그 두꺼운 책을 덮었다.

우리는 어떤 화집에서, 높은 산과 구름이 서로 뒤섞이는, 영원히 계속될 것만 같은 풍경화를 보았다. 나는 그림이 이 세상을 바라보는 방식은, 그것을 상상 속 세계처럼 묘사하는 것이라고 생각했다. 화원장 오스만은 이 중국 그림이 부하라에서 헤라트로, 헤라트에서 타브리즈로, 타브리즈에서 우리 술탄의 궁전으로 옮겨지면서 책이 제본되었다 다시 분해되고, 다른 그림들과 함께 새로 제본되어 어떻게 지금의 형태가 되었는지 설명해 주었다.

우리는 또 끔찍하면서도 너무나 잘 그려진 전쟁과 죽음의 그림들을 보았다. 샤 마젠데란과 함께 있는 뤼스템, 아프라시

압의 군대를 공격하는 뤼스템, 갑옷 안에 몸을 숨긴, 정체가 알려지지 않은 수수께끼의 전쟁 영웅 뤼스템……. 다른 화집에서는 사지가 절단된 시체들, 피에 흠뻑 젖은 단검들, 죽음의 빛이 눈에서 번쩍이는 병사들, 서로를 무자비하게 베어 대고 있는 전사들을 보았다. 화원장 오스만은 휘스레브가 달빛 아래서 목욕하는 쉬린의 모습을 지켜보는 장면, 두 연인 레일라와 메즈눈이 오랜 헤어짐 끝에 다시 만나 기절하는 모습, 세상에서 도망쳐 행복의 섬에서 단둘이 살게 된 살라만과 압살이 나무, 꽃, 새 들과 어울려 행복에 겨워하는 그림을 보았다. 그리고 진정한 장인답게 가장 형편없는 그림에서조차 세밀화가의 약점, 혹은 색들 사이의 자연스러운 대화, 그림 한구석의 이상한 점 등을 지적했다. 그 이상한 점은 나도 발견할 수 있었다. 휘스레브와 쉬린이 시녀들의 달콤한 이야기를 듣고 있을 때, 그 장면에 절대 불필요한 재수 없는 부엉이가 나뭇가지에 앉아 있었다. 어떤 괘씸하고 짓궂은 세밀화가가 그려 넣은 걸까? 잘생긴 유수프의 아름다움을 바라보며 달콤한 오렌지 껍질을 벗기다가 그만 손가락을 벤 이집트인 여자들 사이의, 여장을 한 저 아름다운 소년은 누가 그린 걸까? 이스펜디야르의 화살에 실명하는 장면을 그린 세밀화가는 나중에 자신이 장님이 되리라는 걸 추측할 수 있었을까?

우리의 숭고한 예언자가 승천할 때 주위를 둘러싼 천사들, 토성(土星)을 상징하는, 검은 피부색에 팔이 여섯 개 달린 긴 수염 노인, 어머니와 유모의 시선 아래 자개로 장식된 요람에서 편안히 잠들어 있는 아기 뤼스템을 보았다. 다리우스왕이 알렉산드로스 대왕의 품에서 고통스럽게 죽는 모습, 베흐람 귀르 샤가 러시아 공주와 빨간 방에 갇혀 있는 모습, 시야부시가 코에 비밀스러운 서명이 있는 검은 말을 타고 불길을 뛰어넘는 모습, 아들에 의해 살해당한 휘스레브의 슬픈 장례식을 보았다. 재빨리 책을 뽑았다가 제자리에 되돌려 놓으면서도 화원장 오스만은 때때로 세밀화가의 이름을 알아차리고 내게도 가르쳐 주었다. 꽃들 사이, 건물 폐허, 혹은 유령이 숨어 있는 검은 우물 한구석에 부끄럽게 숨어 있는 서명을 찾아냈고, 그 서명과 책으로부터 누가 누구에게서 무엇을 인용했는지 밝혀냈다. 어떤 책에서는 여러 장의 그림을 볼 수 있으리라 기대하며 오랫동안 책장을 넘기기도 했다. 때로는 긴 정적 속에서 희미하게 책장을 넘기는 소리만 들렸다. 때로는 화원장 오스만이 "아!" 하고 탄식하며 자신이 무엇 때문에 놀랐는지 밝히지 않은 채 입을 다물고 있기도 했다. 어떤 그림의 배치, 나무들과 기병들의 배열 모습이 전혀 다른 책, 다른 이야기의 다른 장면에서도 보았던 것임을 그림을 펼쳐 내게 보여 주면서 상기시켰다. 네자미가 쓴 『함세』를 그 옛날 티무르의 아들 로흐 샤 시대, 즉 거의 거의 200년 전에 만들어진 책의 그림과 타브리즈에서 칠팔 십 년 전에 만들어졌다는 책의 그림과 비교하면서, 세밀화가들이 서로의 작품을 전혀 보지 않고서도 똑같은 그림을 그리는 지혜에 대해 내게 물었다. 그리고 자기가 먼저 그 답을 얘기해 주었다.

"그림을 그리는 것은 곧 기억하는 것이라네."

오래된 책을 펴고 또 덮으면서 걸작들을 보고 슬퍼하고(왜냐하면 이제는 누구도 그런 그림을 그리지 못하기 때문이다.) 형편없게 그려진 그림들 앞에서 즐거워하며(왜냐하면 사실 모든 세밀화가들은 형제였기 때문이다!) 세밀화가들이 기억하는 것, 예컨대 옛날 나무 그림, 천사들, 우산들, 호랑이들, 천막들, 용들 그리고 슬픈 왕자들을 보여 주며 이런 것을 암시했다. 즉 한때 신께서 이 세상을 내려다보고는, 자신이 본 것의 아름다움을 믿고 우리 종들에게 그것을 남겨 줬다는 것이다. 세밀화가들과 그림을 사랑하며 세상을 바라보는 사람들의 임무는 알라가 우리에게 준 장엄한 아름다움을 기억하는 것이었다. 각 시대의 세밀화가들 중에서도 가장 위대한 세밀화가들은 인생을 걸고 눈이 멀 때까지 작업을 했다. 커다란 노력과 영감으로 신이 우리에게 "보라."라고 한 그 경이로운 꿈에 도달하여 그것을 그리려 했던 것이다. 그들이 한 일은 태초의 황금 같은 기억을 떠올리려는 인류와 닮아 있다. 하지만 불행히도 가장 위대한 세밀화가들조차 지친 노인들, 또는 과도한 작업 때문에 장님이 된 세밀화가들처럼 그 멋진 광경의 일부분만을 희미하게 기억할 수 있었다. 서로의 그림을 전혀 보지 않았으면서도, 게다가 수백 년이라는 시간적 격차에도 불구하고 옛 장인들이 나무 한 그루, 새 한 마리, 목욕탕에서 몸을 씻는 왕자, 슬픔에 잠긴 처녀가 창가에 서 있는 모습을 간혹 기적처럼 똑같이 그리는 까닭은 바로 여기에 있다.

시간이 많이 지난 뒤, 국고의 붉은빛이 약간 어두워지고 샤타마스프가 우리 술탄의 조부에게 선물로 보낸 책들을 다 보았을 때, 화원장 오스만이 이렇게 말했다.

“새의 날개, 나무에 매달린 나뭇잎, 유연하게 굽은 처마 가장자리, 하늘에 떠 있는 구름, 어떤 여자의 웃는 모양이 장인에게서 도제로, 현세대에서 후세대로 가르쳐지고 암기되면서 수 세기 동안 전수되었네. 장인 세밀화가는 스승에게서 배운 것이 원형이라고 믿었기 때문에 그것이 불변한다는 것을 코란의 불변성만큼이나 진심으로 믿었고, 코란을 외우듯 기억 속에 그 세부적인 것들을 각인시켰지. 하지만 그렇다고 해서 장인이 그 세부적인 것을 전부 사용한다는 것은 아닐세. 세밀화가의 눈을 멀게 한 화원, 까다로운 스승의 습관, 색에 대한 감각, 술탄의 감각 따위가 그렇게 하도록 내버려 두지 않지. 그는 새의 날개, 여인의 웃음…….”

“그리고 말의 코.” 나는 무심코 말을 가로챘다.

“그래, 말의 코…….” 화원장 오스만은 전혀 웃지도 않고 말했다. “이런 것들을 그릴 때, 장인은 자기 영혼의 심연에 가라앉아 있는 것과 똑같이 그리지는 못하네. 자기가 몸담고 있는 화원의 관습의 범위 안에서, 모두가 추구하는 것과 똑같은 형태로 그리고 말지. 알겠나?”

지금까지 여러 가지 판본을 보았던 네자미의 『휘스레브와 쉬린』에서, 왕좌에 앉은 쉬린이 그려진 페이지에서 궁전 벽에 새겨져 있는 어떤 비문을 읽었다.

> 숭고한 신이시여, 부디 승리자 티무르 칸의 아들인 우리의 고귀하신 술탄, 공정하신 왕의 힘과 권력과 영토를 보호하시어, 영원히 행복하고(왼쪽 돌에 새겨져 있었다.) 부유하게 하소

서.(오른쪽 돌에 새겨져 있었다.)

"세밀화가의 기억에 말의 코가 새겨지게 한 그림은 어디서 찾아야 합니까?"

"우린 샤 타마스프가 선물로 보낸 『왕서』를 찾아야만 하네. 알라가 세밀화에 손을 대었던, 그 영광스러운 전설의 시대로 돌아가야 하네. 앞으로 더 많은 책을 봐야 할 걸세."

화원장 오스만의 진짜 목적은 이상한 코를 가진 말을 찾는 게 아니라, 몇 년 동안 이 보고에서 잠자고 있던 멋진 그림들을 최대한 많이 보는 것일지도 모른다는 생각이 들었다. 나는 집에서 날 기다리고 있을 셰큐레에게 돌아가기 위한 핑계를 찾으려고 안달이 나 있었다. 그래서 화원장 오스만이 그 얼음장 같은 보고에서 가능한 한 오래 머물고자 한다는 사실을 믿고 싶지 않았다.

그리하여 늙은 난쟁이가 보여 주는 다른 붙박이장들, 다른 궤짝들을 열고 새로운 책들을 보기 시작했다. 나는 비슷비슷한 그림들을 보는 데 다소 질려 있었다. 휘스레브가 쉬린을 보러 성 창문 밑으로 오는 장면은 더 이상 눈에 띄지 않길 바랐다. 휘스레브가 탄 말의 코에는 눈길조차 주지 않고 화원장 오스만의 곁을 떠나 화로 옆에 가서 몸을 덥히기도 했고, 다른 방에 있는 옷감, 황금, 전리품, 검은 갑옷 더미 사이를 경외감과 놀라움 속에 걷기도 했다. 한번은 화원장 오스만이 내는 소리를 듣고 새로운 걸작이, 혹은 이상한 코를 가진 말이 나왔을 거라 생각하고 그의 곁으로 뛰어갔다. 먼 옛날, 술탄 시대의 유산인 우샥산(産) 카펫 위에 웅크리고 앉아 있는 화원장 오스만은 약간 떨리는 손으로 책을 붙잡고 있었다. 나는 지금까지 비슷한 것조차 본 적이 없는 그림, 노아의 방주에 음흉한 악마가 타고 있는 그림을 보았다.

우리는 티무르 칸 시대부터 저 까마득한 쉴레이만 대제 시대까지 다양한 국가의 왕좌에 앉았던 수백 명의 왕과 술탄들이 영양들, 사자들, 토끼들 사이에서 행복하고 즐겁게 사냥하는 모습을 구경했다. 낙타 뒷다리의 무릎에 묶은 나무판자를 계단으로 사용하여 불쌍한 동물을 능욕하는 파렴치한을 보고 악마조차 경악하며 부끄러워하는 것을 보았다. 바그다드를 통해 들어온 아랍어로 된 어떤 책에서는 전설에 나오는 새의 다리를 잡고 미끄러지듯 바다를 건너는 상인을 보았다. 그 다음 책의 첫 장에서는 셰큐레와 내가 가장 좋아하는 장면인, 쉬린이 나무에 걸린 휘스레브의 그림을 보고 사랑에 빠지는 모습을 보았다. 그러고 나서는 얼레, 쇠로 만든 공, 새, 그리고 코끼리 등 위에 앉은 작은 아랍식 조각상으로 만들어진 복잡한 시계의 내부에 생명을 불어넣은 삽화도 보았다.

이 책에서 저 책으로, 이 그림에서 저 그림으로 옮겨 다니면서 우리가 얼마나 많은 그림을 보았는지는 알 수 없었다. 우리가 본 그림과 이야기가 보여 주는, 영원히 멈춰진 황금의 시간이 보고의 곰팡내 나고 습기 찬 시간과 섞여 버린 것 같았다. 몇 세기 동안 왕, 왕자, 칸, 술탄의 화원에서 그려진 그 그림들은 상자 속에서 오랜 세월을 보낸 끝에, 이제 우리 주위를 둘러싸고 있는 투구, 손잡이가 다이아몬드로 된 장검과 단검,

갑옷, 멀리 중국에서 온 찻잔들과 먼지 쌓인 우아한 우드, 그림에서만 보았던 진주 베개와 킬림, 그리고 다양한 종의 말들과 함께 살아나 움직일 것만 같았다.

"몇 세기 동안 수천 명의 세밀화가가 똑같은 그림을 은밀하게, 서서히 그림으로써 역시 은밀히, 서서히 변하는 세상을 반영했다는 걸 이제야 알게 되었네."

나는 화원장 오스만이 무슨 말을 하는지 완전히 이해하지 못했음을 시인했다. 오스만은 최근 200년 동안 부하라, 헤라트, 타브리즈, 바그다드 그리고 멀리 이스탄불에서 그려진 수천 점의 그림에 몰두하느라 말 콧구멍으로 실마리를 찾는 일 따위는 안중에도 없었다. 우리는 이 땅에서 몇 세기 동안 그림과 테두리 장식에 매달린 장인들의 영감, 기예, 그리고 인내에 대해 경탄에 찬 슬픈 의식을 치르고 있었던 것이다.

이 때문에 저녁 기도 시간이 되어 보고의 문이 열렸을 때, 오스만은 나에게 밖에 나가고 싶지 않다고, 이곳에서 아침까지 촛불 아래에서 그림을 봐야만 술탄이 부여한 임무를 수행할 수 있다고 말했다. 그래서 그는 밖에서 우리를 기다리고 있던 국고 담당관들에게 자신의 결정을 알리고 재무 대신의 허락을 구했다. 나는 잠자코 그의 결정에 따른 것을 후회했다. 셰큐레와 집이 너무나 그리웠다. 그녀가 홀로 아이들과 함께 어떻게 밤을 보낼 것이며, 수리한 창의 덧문은 어떻게 닫고 잘까 생각했다. 마치 바늘방석 위에 앉아 있는 것만 같았다.

한쪽만 열려 있는 보고의 문 사이로 희미한 안개 속에 있는 듯한 엔데룬 마당의 젖은 삼나무와 그 행복한 정원이 보였다.

술탄이 자신들의 소리를 듣고 불편해할까 봐 벙어리처럼 손동작으로 의사를 표시하는 젊은 시동 둘이 바깥의 멋진 생활로 나를 유혹했다. 하지만 난 부끄러움과 죄책감으로 얼어붙어 있었다.

50
우리는 두 명의 수도승

술탄의 조상들이 수백 년 동안 수백 개의 나라를 정복하고 약탈해 꽉 채운 보고의 가장 은밀한 구석에 있는 한 화집에 우리 둘의 그림이 있다는 소문이 있습니다. 이 소문은 추측건대 난쟁이 제즈미 아아가 퍼뜨린 것 같습니다. 그가 세밀화가 조합에까지 퍼뜨린 걸로 봐서는 우리의 이야기를 우리 방식으로 이야기해도 이 아름다운 커피숍에 있는 여러분 가운데 화를 내실 분은 없으리라고 봅니다.

우리가 죽은 후 110년이 흘렀고, 이교도들의 은신처이며 악마의 소굴로 불리는 우리 수도승들의 거처는 폐쇄된 지 사십 년이 지났습니다. 구제불능의 페르시아 지지자들의 소굴이라는 이유 때문이었죠. 하지만 우리는 여러분 앞에 있지 않습니까? 왜 그럴까요? 우리가 서양 화풍으로 그려졌기 때문에 그렇습니다. 이 그림에서 보이는 것처럼, 어느 날 우리 두 명의 수도승은 술탄의 나라의 어느 도시에서 다른 도시로 걸어가고 있었습니다.

우리는 맨발에다 대머리이며 반은 벌거벗은 몸에 조끼와 사슴 가죽을 걸치고 있습니다. 허리에는 벨트를 차고 손에는 끝이 구부러진 지팡이, 목에는 사슬에 매단 동냥 그릇이 걸려 있으며, 한 사람의 손에는 장작을 팰 도끼, 다른 한 사람의 손에는 신이 동냥 그릇에 무엇을 주시든지 먹을 수 있는 수저가 들려 있습니다.

지금 잘생긴 나의 친구이자 애인인 형제와 함께 평소처럼 논쟁을 하고 있습니다. 누가 먼저 동냥 그릇의 음식을 먹을까? 내가 먼저, 아니야 네가 먼저 하고 실랑이를 벌이고 있는데, 우물가 여관에서 이상한 유럽인이 우리를 불렀습니다. 그는 우리 둘에게 베네치아 은화를 주고 우리 모습을 그리기 시작했습니다.

그 유럽인은 이상했습니다. 우리가 마치 술탄의 천막이라도 되는 양 종이 중앙에다가 그렸습니다. 머리에 떠오르는 생각이 있어 친구에게 말했습니다. 정말로 가난한 수도승처럼 보이기 위해 눈의 검은자위는 눈꺼풀 안으로, 흰자위는 바깥으로 나오게 해 장님처럼 보이려 했습니다. 이 상태에서, 바깥 세계가 아닌 머릿속 세계를 바라보는 것은 수도승의 천성이지요. 우리의 머릿속은 대마초 연기로 가득했기 때문에 머릿속에서 보이는 광경은 유럽인 화가가 보는 광경보다 훨씬 더 멋졌습니다.

그런데 밖의 상황은 한층 더 나빠졌습니다. 왜냐하면 어떤 호자 선생의 고함 소리가 들려왔기 때문입니다.

오해는 하지 마십시오. 호자 선생이라고는 했지만, 일주일 전 아름다운 커피숍에서 오해한 것처럼 절대로 에르주룸 출신의 설교자인 누스렛 호자도, 아버지가 누군지 모르는 후스렛 호자도, 나무 위에서 악마와 그 짓을 한 시바스 출신의 호자도 아니었습니다. 모든 것을 나쁘게만 해석하는 사람들은 만약 한 번만 더 호자 선생을 이야깃거리로 삼으면 이야기꾼 선생의 혀를 자르고 커피를 머리에 쏟아붓겠다고 했지요.

120년 전에는 커피도 없었기 때문에 우리가 언급한 호자는 씩씩대며 화를 냈습니다.

"야, 이 유럽 이교도 놈아, 왜 이놈들 그림을 그리느냐? 도둑질하고 구걸이나 하며 돌아다니는 이 저질스런 칼렌데리들은 대마초를 피우고, 포도주를 마시며, 서로를 능욕한다. 반벌거숭이 모습을 한 것만 봐도 알 수 있잖아. 기도가 뭔지도 모르고, 집도 가족도 나라도 모르는 패륜아들이야. 우리 나라에는 아름다운 것들도 많은데 왜 하필 이 나쁜 놈들을 그리고 있느냐? 우리에게 무슨 해라도 입히려고 그러느냐?"

그 이교도가 말했습니다.

"아니요, 당신들의 나쁜 부분을 담은 그림이 더 돈이 되기 때문이라오."

우리는 그 화가의 판단력에 놀라고 말았습니다.

"돈이 되면 악마도 아름답게 그릴 테냐?"

호자 선생이 교활하게 논쟁을 걸어 왔지만, 이 그림을 보면 알 수 있듯이 유럽인 화가는 진짜 장인이었기 때문에, 그리고 그림과 돈에만 신경을 썼기 때문에 그의 말에 넘어가지 않았습니다.

그는 그렇게 우리를 다 그린 뒤, 말안장 뒤에 달린 가죽 손가방에 넣고 자기 나라로 돌아갔습니다. 하지만 오스만 제국의 승리의 군대가 도나우 강가에 있는 그의 도시를 정복하고 약탈한 덕분에 우리는 되돌아와 이스탄불의 궁전 보고에 들어왔습니다. 그곳에서 몇 번이나 모사되어 은밀한 공책으로, 다른 책으로 옮겨져 결국 커피를 마시고 기운을 돋우는 이 행복한 커피숍에 왔습니다. 그리고 지금 이런 얘기를 할까 합니다.

그림, 죽음 그리고 이승에서의 우리의 장소에 관한 짧은 보고서

조금 전에 언급한 콘야 출신의 호자 선생은 자신의 설교 기록을 모은 두꺼운 책에서 이렇게 주장했다고 합니다. "칼렌데리들은 이 세상에 불필요한 찌꺼기다. 이승의 인간들은 1. 유명인들, 2. 상인들, 3. 농부들, 4. 예술가들, 이렇게 넷으로 나누어진다. 그들은 그중 어디에도 들어가지 않는다. 따라서 그들은 찌꺼기다."

또 이렇게 주장했다고도 합니다. "그들은 짝을 지어 돌아다니고, 항상 누가 먼저 동냥 그릇의 음식을 먹을지 논쟁을 벌인다."라고 했다는데, 이 말이 누가 누구를 먼저 강간할 것인가라는 말의 음흉한 비유라는 것을 모르는 사람들도 깔깔대고 웃었습니다. 그 호자 선생은 우리, 모든 미소년들, 도제들 그리고 세밀화가들과 같은 길을 걷는 분이므로 우리의 비밀을 폭로할 수 있었던 것입니다.

진짜 비밀

하지만 진짜 비밀은 이겁니다. 그 유럽 이교도가 우리를 그릴 때 얼마나 달콤하게, 또 주의 깊게 보았던지, 우리는 그의 모델이 되었다는 게 아주 좋았습니다. 그는 세상을 육안으로 보고 그대로 그리는 잘못을 저질렀고, 그래서 눈이 보이는 우리를 장님처럼 그렸지만 우린 신경 쓰지 않았습니다. 지금 우리는 아주 만족합니다. 호자 선생에 의하면 우리는 지금 지옥에 있어야 마땅하며, 무신론자에 의하면 썩은 시체고, 지금 이곳에 모인 여러 영리한 세밀화가들의 말에 따르면 그림입니다. 그림인 우리가 마치 살아 있는 것처럼 여러분 앞에 있으니 얼마나 좋습니까. 우리는 존경하는 호자 선생과 만난 뒤, 콘야에서 시바스까지 여관 셋과 여덟 마을을 구걸하며 지나갔습니다. 그리고 어느 날 밤, 너무 춥고 눈이 많이 내려서 우리 두 수도승은 서로 껴안고 잠을 자다가 얼어 죽었습니다. 죽기 전, 꿈에서 우리가 그림으로 그려지고, 수천 년을 산 다음에 다시 천당으로 가는 광경을 보았습니다.

51
내가 화원장 오스만이다

부하라에서는 그 옛날 압둘라 칸 시대부터 전해 내려오는 이야기가 인구에 회자되곤 한다. 의심 많은 통치자였던 이 우즈베크의 왕은 그림 한 점을 두 명 이상의 세밀화가가 그리는 것에는 이의를 제기하지 않았지만, 세밀화가들이 서로의 그림을 모방하는 것은 좋아하지 않았다고 한다. 모방이 성행하면 세밀화가가 그림 속에서 불경을 저질렀을 때, 범인을 잡는 것이 불가능하기 때문이었다. 더 중요한 이유도 있었다. 세밀화가들이 서로의 작품을 베끼면 점차 어둠 속에서 신의 기억을 찾으려 하기보다는, 다른 화가의 그림을 어깨너머로 훔쳐보며 게으름을 피우게 된다는 게 압둘라 칸의 생각이었다. 한번은 남쪽 시라즈와 동쪽 사마르칸트에서 두 명의 유명한 장인이 전쟁과 포악한 왕을 피해 도망쳐 왔다. 압둘라 칸은 그들을 반가이 맞았지만 그들이 서로의 그림을 보는 것을 금지하고 궁전의 각기 다른 구역에 화실을 배정했다. 그래서 위대한 두 장인은 정확히 삼십칠 년 사 개월 동안 서로의 그림이 얼마나 멋진지, 어떻게 다른지, 어떤 면에서 이상하리만큼 비슷한지 마치 전설을 듣듯이 압둘라 칸에게서 이야기를 들었다. 그들은 서로의 그림이 너무나 궁금했다. 그래서 이 우즈베크왕이 거북이처럼 오래 살다가 마침내 죽자, 늙은 두 세밀화가는 서로의 그림을 보기 위해 서로의 방으로 뛰어갔다. 그런데 같은 방석의 가장자리에 나란히 앉아 압둘라 칸의 이야기로만 알고 있던 각자의 그림을 보았을 때 두 사람은 실망을 금치 못했다. 왜냐하면 그들이 본 그림은 압둘라 칸에게서 들었던 것처럼 전설적이지도 않았고, 최근에 본 다른 그림들처럼 특징도 없고, 빛도 없고, 흐려 보였기 때문이다. 그들은 그림이 흐려 보이는 게 사실은 자신들의 실명이 진행되고 있었기 때문이란 걸, 완전히 장님이 된 후에도 이해하지 못했다. 그들은 자신들이 평생을 속고 살았다고 판단하고, 꿈이 그림보다 더 아름답다고 믿으며 죽어 갔다.

나는 깊은 밤, 이 국고의 추운 방에서 사십 년 동안 상상만 해 왔던 책장들을 추위로 곱은 손가락으로 넘겨 보면서, 그 잔인한 부하라 이야기의 주인공들보다 훨씬 더 행복했다. 평생 전설로만 알았던 책들을 장님이 되어 죽기 전에 직접 손으로 만져 본다는 사실이 나를 정말로 행복하게 했다. 나는 때때로 어떤 그림이 내가 들었던 것보다 더욱 아름답다고 느끼면 "감사합니다, 감사합니다, 감사합니다, 신이시여."라고 중얼거렸다.

예를 들어 팔십 년 전, 이스마일 샤가 강을 건너 헤라트와 호라산을 우즈베크인들로부터 무력으로 수복하고, 동생인 삼 미르자를 헤라트의 통치자로 임명했을 때, 동생은 이를 축하하기 위해 책을 준비시켰다. 에미르 휘스레브가 델리 궁전에서 목격한 것과 비슷한 전설을 담은 '별들의 조우'라는 제목의 책을 다시 쓰고 그림을 넣게 했다. 이 책에 있는 어떤 그림은, 내가 전설에서 들었던 것처럼, 두 통치자가 어떤 강가에서 만나 승리와 만남을 축하하는 모습을 보여 준다. 이 두 통치자의 얼굴은 책이 설명하는 델리의 술탄, 케이쿠바드와 그의 아버지인 벵갈의 통치자, 부우라 칸을 닮았을 뿐만 아니라, 책을 만든 원인이 된 이스마일 샤와 그의 동생 삼 미르자와도 닮았다. 어떤 이야기를 기억하고 그림을 보건, 술탄의 천막에서 그 이야기의 주인공들의 얼굴이 계속 떠올려지고 있다는 것이 확실해지자, 나는 이 기적 같은 그림을 볼 수 있게 해 주신 신에게 감사했다.

또한 동시대의 위대한 장인, 세흐 무함마드가 그린 그림에는 술탄을 향한 경외심이 순수한 사랑의 경지에 이른 가엾은 종이 나온다. 그 종은 술탄이 폴로 경기를 할 때, 혹시 공이 자기 쪽으로 오면 주워서 술탄에게 주려는 기대로 오랫동안 자리를 지키고 있었다. 그리하여 정말 공이 자신에게 굴러 오자 바닥에서 공을 주워 술탄에게 바치는 모습이 그려져 있다. 내가 수천 번도 넘게 들었던 것처럼 위대한 왕에게, 존귀한 술탄에게 가련한 종이 느끼는, 혹은 장인에게 젊고 아름다운 도제가 느끼는 사랑, 경외, 순종이 섬세하게 묘사돼 있었다. 종이 공을 잡고 내미는 손가락, 술탄의 얼굴을 도저히 볼 용기를 못 내는 그의 표정을 보면 세상에서 가장 큰 행복은 위대한 장인에게 복종하는 도제가 되는 것임을 알 수 있다. 나는 이런 사실을 모르는 사람들 때문에 마음이 아팠다.

내가 책장을 넘기며 수많은 새, 말, 병사, 연인, 낙타, 나무, 구름 등을 주의 깊게, 서둘러 보고 있을 때, 행복한 난쟁이는 부유함을 과시하고 싶어 하는 옛날 왕들처럼 서슴없이 자랑을 해 대며 궤짝에서 수없이 많은 책들을 꺼내 보였다. 멋진 책들, 평범한 책들, 그리고 뒤섞인 화집 가운데 어떤 철 궤짝 구석에서 나온 책 두 권이 눈에 띄었다. 하나는 앵두빛의 시라즈 스타일로 제본된 것이었고, 다른 하나는 중국의 영향을 받아 겉장에 진한 니스 칠을 한 것이었다. 이 두 권은 각 페이지가 너무나 비슷해서 처음 보았을 때는 서로 모방한 것이라고 생각했다. 어떤 것이 진본이고, 어떤 것이 모사본인지 알아보려고 세밀화가의 신상을 찾기 시작했다. 숨겨진 서명을 찾다가 나는 소스라치게 놀랐다. 그것들은 장인 세흐 알리가 흑양 왕조의 칸인 지한 샤와 백양 왕조의 칸인 우준 하산을 위해 제작한 전설적인 책이었던 것이다. 지한 샤가 자신을 위해 만든 책과 똑같은 것을 다른 사람을 위해 만들지 못하도록 자신을 장님으로 만들자, 그 위대한 장인은 우준 하산에게 피신하여 단지 기억만으로 더 좋은 그림을 그렸다고 했다. 그 전설적인 두 책들 가운데 장님이 되고 나서 그린 두 번째 책은 꾸밈없이 순수하며, 장님이 되기 전에 그린 첫 번째 책은 생생하고 활력이 넘치는 것을 보자, 장님의 기억은 삶의 냉혹한 단순함을 표현하기는 하지만, 삶의 생기가 없다는 생각이 들었다.

내가 위대한 장인이고, 모든 것을 보고 계신 존귀한 신께서 물론 이 사실을 알기 때문에 나도 언젠가는 장님이 되리라는 걸 안다. 하지만 지금 나는 장님이 되길 원하는가? 목이 잘리기 전에 마지막으로 한 번 더 세상의 풍경을 보고 싶어 하는 사형수처럼 "이 그림들을 마음껏 보게 해 주십시오."라고 존귀한 신에게 고했다. 왜냐하면 그 멋지고 두려운 어둠 속의 보고에서 신의 존재를 아주 가깝게 느꼈기 때문이다.

눈멂과 관련된 전설과 우화, 신의 불가사의한 힘이 책 속에서 자주 눈에 띄었다. 시라즈 출신의 세흐 알리 리자는 쉬린이 휘스레브의 그림을 보고 사랑에 빠지는 장면에 등장하는 플라타너스 나무의 잎사귀를 하나하나 그려 넣어서 하늘이 뒤덮이게 만들었다. 그 그림에서 중요한 건 플라타너스가 아니라고 말하는 한 멍청이에게, 그는 이 그림에서 중요한 건 아름다운 젊은 여인의 열정이 아니라 화가의 열정이라고 대답했다. 그는 자신의 주장을 증명하기 위해 쌀알 위에 똑같은 그림을, 플라타너스 잎사귀들까지 포함하여 모두 그리려 했다. 쉬린의 아름다운 시녀들의 발밑에 있는 서명을 내가 잘못 본 게 아니라면, 지금 내가 보고 있는 것은 그 장님 대가가 '종이에' 그린 그림이다. 그가 쌀알에 그리던 그림은 반밖에 그리지 못했는데, 작업을 시작한 지 칠 년 삼 개월 만에 그가 실명했기 때문이다. 다음 페이지에는 뤼스템이 끝이 갈라진 화살로 알렉산드로스의 눈을 멀게 하는 장면이 인도 화풍을 아는 작가의 솜씨로 그려져 있었는데, 어찌나 화려하고 생생한지 진정한 세밀화가의 눈멂, 영원한 슬픔과 은밀한 욕망이 행복한 축전을 향한 전주곡처럼 감상자에게 다가왔다.

나는 수십 년 동안 들은 전설을 자기 눈으로 보기를 원하는 사람의 설렘만큼이나, 얼마 후에 앞을 보지 못하리라는 예감을 느끼는 노인의 성급함으로 이 모든 그림과 책을 다급히 감상했다. 옷감들, 먼지의 색, 그리고 초의 이상야릇한 빛 아래 내가 경탄의 소리를 질러 대자, 카라와 난쟁이는 가끔씩 내 옆으로 와서 어깨 너머로 멋진 그림들을 훔쳐보았다. 나는 나 자신을 주체하지 못하고 그들에게 설명을 해 줬다.

"이 빨간색은 타브리즈 출신의 위대한 장인인 미르자 선생의 빨간색일세. 그는 이 빨간색을 만드는 비법을 무덤까지 가지고 갔지. 그는 카펫의 가장자리, 사파위왕의 터번에 있는 알레비 종파의 표시, 그리고 보게나, 이 그림에 있는 사자의 복부, 미소년의 카프탄을 모두 빨간색으로 칠했네. 신께서는 자신의 창조물들이 피 흘릴 때 외에는 이 멋진 빨간색을 보여 주지 않으시지. 그래서 우리는 지치도록 인간이 만든 천이나 거장들의 그림에서 다양한 빨간색을 찾아다녀야 하는 것이네. 하지만 신께서는 바위 밑에 사는 희귀한 곤충에 그 비밀을 숨겨 두셨지." 그리고 나는 한마디 덧붙였다. "그 덕분에 지금의 우리는 그 비밀을 알 수 있게 된 것이라네."

"이걸 보게나."

나는 또다시 자신을 억제하지 못하고 어떤 가잘[11] 모음집에 들어가도 어울릴 법한 사랑, 우정, 봄, 행복에 관한 멋진 그림들을 보여 주었다. 우리는 갖가지 색으로 피어난 봄 나무들, 천국의 정원에나 있을 것 같은 사이프러스 나무, 그리고 정원에 앉아 포도주를 마시며 시를 읊는 행복한 연인들을 보았다. 곰팡이와 먼지 냄새가 나는 추운 국고 안에서도 봄꽃들과 행복한 연인들의 부드러운 피부의 향기가 나는 듯했다.

"연인들의 팔, 아름다운 맨발, 주위를 날아다니는 새들의 기쁨을 이토록 진실하게 그려 낸 세밀화가가 배경의 사이프러스 나무를 얼마나 거칠게 그렸는지 보게!"

나는 이렇게 말한 뒤, 계속 말을 이어 갔다.

"이건 까다로울 뿐만 아니라 싸움질을 잘했던 부하라 출신의 뤼트피의 그림일세. 그는 당신이 그림에 대해 뭘 아냐며 걸핏하면 왕이나 칸과 싸우곤 했지. 그래서 어떤 도시에서도 오래 머물지 못하고 이곳저곳을 떠돌아다녔다네. 결국 자기 그림을 제작해 줄 만한 통치자가 없다고 판단한 그 위대한 장인은 엉뚱하게도 벌거숭이 산이나 통치하는 어떤 칸의 화원에 들어갔다네. '나라는 작을지 모르지만 이 칸은 그림에 대해 좀 아는 게 있어.'라면서, 일생의 마지막 이십오 년을 그곳에서 보냈지. 그 칸이 장님이라는 걸 뤼트피가 알고 있었는지는 오늘날 논쟁의 주제나 농담거리가 되고 있지."

---

11) 이슬람 문학에서 보통 짧고 우아한 형식으로 사랑이라는 주제를 다룬 서정시.

자정이 훨씬 지나 내가 다시 "이 장을 보게나."라고 말하자, 촛대를 든 그 두 사람이 즉시 뛰어왔다.

"저 먼 티무르의 자손 시대부터 오늘까지 헤라트에서 이곳으로 오는 동안 150년간 주인이 열 번 바뀐 책이네."

우리는 발간사에 적힌 서명들, 헌사들, 역사적 사실들, 그리고 발간사 페이지의 각 귀퉁이를 빼곡히 채우고 있는, 현실에서는 서로의 목을 졸랐던 술탄들의 이름을 돋보기로 확대해 들여다보았다.

"이 책은 신의 도움으로, 헤라트 출신의 무자페르의 아들인 서예가 술탄 벨리의 손에 의해, 헤지라 849년 헤라트에서 세계의 통치자 바이순구루의 동생인 무함마드 주키의 부인 이스멧위드 뒤니아를 위해 제작되었지."

그 책은 나중에 백양 왕조의 술탄 할릴의 수중으로, 그다음에는 그의 아들 야쿱 베이에게, 그다음에는 북쪽 우즈베키스탄의 술탄들에게 넘어갔다. 그들 모두는 한동안 그 책으로 즐거운 시간을 보내면서 한두 장 그림을 뜯어 내고 그 자리에 다른 그림을 추가했다. 그 책의 첫 번째 주인은 자신의 아름다운 아내의 얼굴을 책에 추가했으며, 헤라트를 정복한 이스마일 샤의 동생인 삼 미르자는 책에 헌사를 써서 형에게 선물로 주었다. 책을 헤라트로 가져간 이스마일 샤는 새로운 헌사를 써서 다른 사람에게 선물하려고 놔두었다. 돌아가신 술탄 셀림 1세가 찰디란 전투에서 이스마일 샤를 이기고 타브리즈에 있는 일곱 천국 궁전을 약탈했을 때, 이 책은 술탄의 무적의 군대와 함께 사막과 산과 강들을 지나 이곳 이스탄불의 보고에 도달하게 되었다.

이 늙은 세밀화가의 관심과 흥분을 카라와 난쟁이가 얼마만큼이나 공유하고 있을까? 나는 새로운 책을 펼치고 책장을 넘길수록 크고 작은 수많은 도시에서, 기후와 지형이 서로 다른 여러 지역에서, 포악한 샤, 칸, 수령의 지휘 아래 기예를 발휘하다가 장님이 된 수많은 세밀화가들의 슬픔을 마음 깊이 느꼈다. 고문의 방법과 기구를 묘사한 어떤 조악한 그림을 보니, 도제 시절 우리 모두 맞았던 매, 뺨이 새빨갛게 될 때까지 자로 맞았던 따귀, 짧게 깎은 머리를 종이에 광택을 내는 대리석으로 맞았을 때의 아픔이 떠올랐다. 나는 이런 책이 왜 오스만 제국의 보고에 있는지 이해할 수가 없었다. 세상에 신의 정의를 보여 주기 위해 재판관의 감독하에 행해졌던 필수적인 의식으로서 고문을 바라보는 것이 아니라, 우리 민족의 잔인함과 사악함을 자기네 종교 신도들에게 보여 주기 위해 금화 몇 푼을 주고 세밀화가들을 부리는 이교도 여행자들이 있었다. 곤장, 매, 십자가에 매달기, 목매달기, 거꾸로 매달기, 갈고리에 걸기, 말뚝에 꿰찌르기, 대포에 넣고 쏘기, 못 박기, 목 조르기, 목 자르기, 배고픈 개들에게 먹이기, 채찍질, 자루에 넣기, 찬물에 넣기, 머리카락 뽑기, 손가락 부러뜨리기, 피부 가죽을 얇게 벗기기, 코 베기, 눈알 뽑기 등의 그림을 그리면서 느꼈을 세밀화가의 저열한 희열이 창피했다. 도제 시절 내내 잔인하게 곤장을 맞고, 성마른 장인의 기분을 맞춰 주기 위해 주먹으로 맞고, 우리 안의 악마를 죽이고 그림의 악령과 싸우기 위해서라며 몇 시간 동안 몽둥이와 자로 맞았던 우리 같은 진정한 세밀화가만이 곤장과 고문 그림을 그리면서도 깊은 희열을 느끼고, 아이가 연에 색칠을 하듯 이 고문 기구들을 화려한 색으로 치장할 수 있을 것이다.

지금으로부터 수백 년이 흐른 후에, 우리가 그린 세밀화를 통해 우리의 세계를 바라보는 사람들은 아무것도 이해하지 못할 것이다. 그림을 가까이하고 이해하기 위해 인내해 본 적이 없는 사람들은 내가 추운 보고에서 그림을 보며 느끼는 수치심, 행복, 고통, 눈의 즐거움을 전부 이해하지는 못한다. 추위 때문에 감각을 잃은 나의 손가락과 자개 손잡이가 달린 내 충실한 돋보기와 왼쪽 눈은 계절에 따라 세계를 이동하는 황새처럼 그림 위를 읽으며 지나갔다. 오랫동안 볼 수 없었던, 어떤 것은 전설로만 들었던 그림을 보고 어떤 세밀화가가 누구의 영향을 받았는지, 지금은 화풍이라고 부르는 것이 처음에는 어떤 화원, 어느 왕의 작업장에서 만들어졌는지, 그리고 어떤 전설적인 장인이 누구를 위해 작업을 했는지 뚫어지게 바라보았다. 예를 들어, 헤라트에서 페르시아 전국으로 전파되었다고 알고 있는 중국 화풍의 구름이 카즈빈에서도 그려졌음을 알고 피곤한 목소리로 "아!" 하고 탄성을 내뱉기도 했다. 하지만 내가 더 깊은 곳에서 느낀 고통은 여러분과 나누기 어려운 슬픔과 부끄러움, 그리고 일찍이 달덩이 같은 얼굴, 사슴 같은 눈, 버들가지 같은 몸매를 가졌지만, 도제 시절 장인들에게 잔인하게 혹사당했던 세밀화가들이 그림 때문에 느꼈던 고통, 절망, 흥분, 희망, 스승들과 나눈 연정, 그림에 대한 공통된 사랑, 세월이 흐른 뒤 경험하게 되는 망각과 눈멂에 관한 것들이었다.

나는 술탄을 위해 몇 년간 전쟁과 축제 그림을 그려 왔다. 그래서 잊고 있었던, 우아하고 섬세한 감정을 가진 그림의 세계에 슬픔과 부끄러움을 갖고 조용히 미끄러져 들어갔다. 어떤 화집에서는 책 한 권을 안고 있는, 빨간 입술에 허리가 가는 페르시아 소년을 보고, 금과 권력에 약한 왕들이 잊고 있는 것들, 즉 모든 아름다움은 신의 것이라는 사실을 기억해 냈다. 다른 화집에서는 에스파한 출신의 한 젊은 장인이 그린 서로 사랑하는 두 명의 젊은 연인을 보고서, 내 도제들의 그림에 대한 사랑이 떠올라 눈물을 흘렸다. 앵두 같은 입술, 아몬드 같은 눈, 오뚝한 코와 버들가지 같은 몸매를 가진 아름다운 처녀가 있었다. 처녀는 그녀처럼 발이 작고 피부가 투명하며 호리호리하고 근육이 적은 젊은이와 함께 있었다. 젊은이는 입을 맞추고픈 충동을 불러일으키고, 죽고 싶은 마음까지 들게 하는 가느다란 팔을 단정하게 드러내 놓고, 사랑의 힘과 그녀를 향한 사랑을 증명하기 위해 살갗을 태워 만든 세 개의 작고 깊은 사랑의 징표인 문신을 내보였다. 처녀는 그것을 마치 세 송이의 아름다운 꽃을 보듯 감탄하며 바라보고 있었다.

심장이 이상하리만치 빠르게 뛰기 시작했다. 타브리즈에서 그려진 묵화풍의 그림에 나오는 대리석 피부를 가진 미녀, 소년들, 가슴이 작은 가냘픈 소녀들이 그려진, 반쯤은 외설적인 그림을 볼 때는 도제 시절 초창기, 그러니까 육십 년 전에 그런 그림을 보았을 때처럼 이마에 땀이 송송 맺혔다. 장인 대

열에 낀 후, 결혼을 하고서 몇 년이 지났을 때 화원에 도제 후보로 온 소년을 본 적이 있었다. 그때 천사 같은 얼굴에 아몬드 같은 눈, 장미꽃 같은 피부를 지닌 그 소년을 보면서 깊은 상념과 그림에 대한 사랑을 느꼈던 기억이 떠올랐다. 그 순간, 그림을 그리는 것이 부끄러움과 슬픔이 아니라 지금 느끼고 있는 이 바람과 관계가 있음을, 그리고 장인 세밀화가의 기예는 신에 대한 사랑으로, 신에 대한 사랑은 그가 본 세계에 대한 사랑으로 변하는 것을 너무나 강렬하게 느꼈다. 그래서 나는 품에 작업대를 안고 등이 굽도록 보낸 모든 세월과 예술을 배우기 위해 맞았던 모든 매, 그림을 그리며 눈이 멀기로 했던 결심, 그림 때문에 겪었던 모든 고통이 행복한 희열의 승리로 바뀌는 듯했다. 금지된 것을 보는 것처럼 그 멋진 그림을 조용히, 오랫동안, 변하지 않는 희열로 바라보았다. 오랜 시간이 흐른 뒤에도 여전히 바라보고 있었다. 눈에서 눈물 한 방울이 떨어져 볼을 타고 흘러내려 수염 속에 파묻혔다.

두 사람 중 한 사람이 촛대를 들고 천천히 다가오는 것을 보고 화집을 놓았다. 그리고 한참 전, 난쟁이가 내 옆에 놓았던 책들 중 하나를 무작정 펼쳤다. 그것 또한 왕을 위해 특별히 제작된 화집이었다. 우거진 녹음 옆에서 서로 사랑하는 두 사슴이 보였다. 재칼 한 마리가 적의를 품고 그것을 질투하고 있었다. 책장을 넘겼다. 헤라트 출신의 장인만이 그릴 수 있는 밤색 말과 붉은 말이 나타났다. 아, 얼마나 아름다운가! 다시 책장을 넘겼다. 자신 있는 모습으로 앉아 있는 서기관 같은 남자를 보았다. 칠십 년도 더 지난 그림이었다. 얼굴을 보고는 누구인지 알 수가 없었다. 왜냐하면 모든 사람이 다 닮았기 때문이다. 그림의 분위기, 앉아 있는 남자의 수염이 몇 가지 색으로 칠해진 것을 보고 뭔가가 떠올랐다. 심장이 빠르게 뛰기 시작했다. 그림의 멋진 손을 누가 그렸는지 깨달았다. 심장이 나보다 먼저 느끼고 있었다. 오로지 그만이 이렇게 아름다운 손을 그릴 수 있다. 위대한 장인 비흐자드의 솜씨였다. 마치 그림에서 내 얼굴을 향해 빛이 뿜어져 나오는 듯했다.

전에 몇 번 위대한 장인 비흐자드가 그린 그림을 본 적이 있다. 하지만 어쩌면 그 그림들은 혼자서가 아니라 다른 장인들과 함께 보았기 때문에, 또한 과연 위대한 비흐자드의 진짜 작품인지 확신이 없었기 때문에 지금처럼 눈부시지 않았던 것 같다.

보고의 곰팡이 냄새 나는 무거운 어둠이 갑자기 밝아진 듯했다. 그 아름답게 그려진 손과 조금 전에 보았던, 사랑의 표시처럼 강한 인상을 줬던 가늘고 멋진 팔이 머릿속에서 합쳐졌다. 이 아름다움을 장님이 되기 전에 내게 보여 준 신에게 감사했다. 내가 곧 장님이 된다는 걸 내가 어떻게 알고 있을까? 나도 모르겠다! 촛대를 들고 내가 펼친 그림을 보고 있던 카라에게 문득 그 느낌을 말하려 했지만 내 입에서는 다른 말이 나왔다.

"이 아름다운 손을 보게나. 비흐자드의 솜씨라네."

젊었을 때 모두를 각기 사랑해 줬던, 그 부드럽고 우단 같은 피부의 아름다운 도제들에게 그랬듯이 내 손은 자동적으로 카라의 손을 잡았다. 그의 손은 가지런하고 튼튼했다. 내 손보다 따스했다. 핏줄이 느껴지는 팔목은 내가 좋아하는 것처럼 가늘고 넓었다. 젊었을 때 나는 도제 소년의 손을 쥐고 붓을 어떻게 쥐어야 하는지 가르쳐 주곤 했다. 그럴 때마다 소년의 두려워하는 달콤한 눈을 사랑스럽게 바라보곤 했다. 나는 그런 시선으로 카라를 바라보았다.

"우리 세밀화가들은 모두 형제일세. 하지만 지금 모든 것이 끝나 가고 있네."

"무슨 뜻입니까?"

많은 세월을 한 통치자, 한 왕자를 위해 보내고 그들의 화원에서 옛 장인의 화풍으로 멋진 그림들을 그리고, 화원의 화풍을 만들었던 위대한 장인은 후원자였던 왕이 전쟁에서 패해 약탈자들이 도시에 입성하면, 새 주인이 화원을 해산시키고 책의 제본을 뜯어 엉망진창으로 만드는 것을 목도해야만 했다. 나는 내가 오랫동안 믿고 자식처럼 좋아했던 사소한 것들, 그 모든 것들이 경시되고 엉망이 되리라는 것을 알았기에 "지금 모든 것이 끝나고 있어."라고 장님이 되길 바라는 심정으로 말한 것이다. 하지만 카라에게는 그렇게 말하지 않았다.

"이건 위대한 시인 압둘라 하티피의 그림이네. 그는 정말로 위대한 시인이었지. 이스마일 샤가 헤라트에 입성했을 때, 모든 사람이 그에게 아첨을 했지만 하티피는 자신의 거처에서 꼼짝도 하지 않았다네. 그래서 이스마일 샤는 그를 찾아 도시 외곽에 있는 그의 집에 가야만 했어. 이것이 하티피의 초상이라는 건 장인 비흐자드의 묘사가 아니라 그림 밑의 글씨로 알 수 있다네. 그렇지?"

카라가 아름다운 눈으로 "예."라고 말하며 나를 바라보았다.

"그림에 그려진 시인의 눈을 보면 다른 얼굴들처럼 평범한 얼굴이라는 걸 알 수 있네. 죽은 압둘라 하티피가 지금 이곳에 있어도 이 그림의 얼굴로는 그를 전혀 알아볼 수 없을 것일세. 하지만 우리는 완전히 이 그림을 신뢰할 수 있어. 그림의 분위기, 하티피의 자세, 색, 금박, 그리고 비흐자드가 그린 이 아름다운 손에는 너무나 멋진 뭔가가 있으므로 이것이 어떤 시인의 초상이라는 게 확실해지지. 왜냐하면 우리 세계의 그림은 의미가 형식보다 우선하기 때문이라네. 술탄이 죽은 자네의 에니시테에게 주문한 책처럼 유럽인과 베네치아인 화가들을 모방해 그림을 그리기 시작하면, 의미의 세계가 끝나고 형식의 세계가 시작될 걸세. 그러니 유럽 화풍을 모방하는 것은……."

"저의 에니시테는 살해당했습니다!"

카라가 무례한 어조로 말했다.

내 손 안에 있는 카라의 손을, 그것이 마치 미래에 멋진 그림을 그릴 도제 소년의 작은 손인 것처럼 어루만졌다. 우리는 한동안 조용히, 존경스럽게 비흐자드의 걸작을 바라보았다. 이윽고 카라가 제 손을 내 손안에서 빼냈다.

"이전 장에 있는 갈색 말의 코를 그냥 지나쳤습니다."

"거기에는 별 게 없다네."

다시 보라는 의미에서 이전 장을 펼쳤다. 말들의 코에는 특이한 것이 전혀 없었다.

"코가 이상한 말들은 언제 찾으실 건가요?"

카라가 아이처럼 물었다.

하지만 자정이 지나고 새벽이 될 때쯤 난쟁이와 내가 샤 타마스프의 전설적인 『왕서』를 철 궤짝 안에 있는 비단과 초록색 공단 밑에서 찾아내어 꺼낼 때, 카라는 빨간색 우샤산(産) 카펫 위에 웅크리고 진주로 장식된 벨벳 베개에 잘생긴 머리통을 기댄 채 자고 있었다. 그 전설적인 책을 오랜만에 다시 보자마자 난 내게 새로운 하루가 시작됐음을 즉시 깨달았다.

책은 너무나 크고 무거웠다. 제즈미 아아와 내가 겨우 들어서 옮길 수 있을 정도였다. 이십오 년 전 멀리서 보기만 했던 그 장서를 직접 만져 보니 가죽으로 싼 장정 안쪽이 나무로 되어 있었다. 쉴레이만 대제가 죽자, 샤 타마스프는 타브리즈를 세 번이나 정복한 술탄에게서 해방되었다고 기뻐하면서, 왕위를 이어받은 술탄 셀림에게 낙타 가득 선물과 멋진 코란을 실어 이 아름다운 책과 함께 보내왔다. 이 책은 먼저 300명의 페르시아 사절단과 함께, 당시 술탄이 사냥하며 겨울을 보내던 에디르네 시(市)로 보내졌다. 그리고 다른 선물과 함께 낙타와 당나귀 등에 실려 이스탄불에 왔고, 국고에 들어가기 전 당시 세밀화가장이었던 카라 메미와 우리 세 명의 세밀화가들이 그 책을 보러 갔다. 마치 인도에서 온 코끼리, 아프리카에서 온 기린을 보러 가는 이스탄불인들처럼 헐레벌떡 궁전에 뛰어갔던 그날, 우리는 위대한 장인 비흐자드가 노환 때문에 헤라트에서 타브리즈로 갔다는 것을, 또한 장님이 됐기 때문에 그 책의 제작에 전혀 관여하지 않았다는 사실을 장인 카라 메미에게서 들었다.

그 당시 예닐곱 개의 그림이 든 평범한 책을 보고도 감탄하던 오스만 제국 세밀화가들에게 230점의 대형 그림이 있는 이 책을 보는 것은 마치 모든 사람이 잠든 뒤에 절묘한 궁전을 거니는 것 같았다. 믿을 수 없을 정도로 다양한 장들을 천상의 정원을 바라보는 것처럼 조용하고 경건한 마음으로 묵묵히 감상했다.

그리고 25년이 흐른 지금, 나는 이 전설적인 『왕서』의 두꺼운 책 표지를 궁전의 커다란 문을 열듯 조용히 펼쳤다. 그런데 경건하게 사각사각 책장을 넘기는 동안 내게는 경외심보다는 슬픈 마음이 앞섰다. 그 이유는 이렇다.

1. 이스탄불의 모든 장인 세밀화가들이 이 책의 그림에서 도용을 일삼았다는 이야기가 떠올라 그림에 집중할 수가 없었다.

2. 책에서 대여섯 점의 그림마다 나타난 걸작의 한구석에서라도 비흐자드가 그린 손을 우연히라도 볼 수 있을까 하는 생각에 신경이 쓰여 책에 집중할 수가 없었다.(타흐무라스가 악마와 거인의 머리 위를 얼마나 단호하고 우아하게 철퇴로 내리치는가 보라! 그 악마와 거인은 먼 훗날 평화시에, 알파벳과 그리스어, 그리고 다른 여러 언어를 그에게 가르쳐 줬을 텐데.)

3. 말들의 콧구멍과 카라와 난쟁이의 존재도 내가 그림을 보는 것에 전념할 수 없게 하는 장애물이었다.

모든 장인 세밀화가들에게 신의 은총처럼 다가오는 벨벳

장막 같은 어둠이 내 눈앞에 내려오기 전에 이 전설적인 책을 마음껏 볼 수 있도록 신께서 내게 주신 행운에도 불구하고, 그것을 가슴이 아니라 이성으로 봐야 한다는 것은 당연히 슬픈 일이었다. 갈수록 추워지는 보고의 방에 새벽빛이 도달하기 전까지 이 최상의 책에 있는 259장의 그림들을 다 보았다. 이성으로 보았다. 그리고 이성에만 관심이 많은 아랍 학자들처럼 내가 본 것을 분류해서 말해 보겠다.

1. 비열한 살인자가 그린 콧구멍을 가진 말은 보지 못했다. 뤼스템이 투란에서 말 도둑들을 추적할 때 만났던 형형색색의 말들. 페르시아의 술탄이 허락해 주지 않아 페리둔 샤를 태우고 티그리스강을 헤엄쳐 건넜던 멋진 말들. 부왕이 막내아들 이레치에게 가장 아름다운 나라인 페르시아를 남겨 주었다고 하여 막내 동생을 질투한 장남 투르가 악랄하게 이레치의 목을 벨 때, 멀리서 이를 바라보던 슬픈 회색 말. 갑옷, 방패, 부러지지 않는 검, 눈부신 투구로 무장한 하자르인, 이집트인, 베르베르인, 아랍인이 포함된 알렉산드로스의 영웅적인 군대의 말들. 신이 주신 운명을 거부한 데 대한 벌로 코피가 멈추지 않게 된 야즈드기리디왕이 약수로 치료하고 있을 때 초록색 호숫가에서 그를 밟아 죽인 전설적인 말. 예닐곱 명의 세밀화가가 그린 수백 필의 전설적인 말들. 이 가운데 내가 찾는 콧구멍을 가진 말은 찾을 수 없었다. 하지만 보고에 있는 다른 책들을 보기 위한 시간이 아직 하루 이상 남아 있다.

2. 지난 이십오 년 동안 장인 세밀화가들 사이에서 잡담처

럼 오갔던 이야기가 있다. 한 세밀화가가 술탄의 특별한 허락을 받아 이 근접하기 힘든 보고에서 이 멋진 책을 발견한 뒤, 말, 나무, 그림, 꽃, 새, 정원, 전쟁, 사랑 장면을 견본으로 모사해 도용했다는 이야기였다. 어떤 세밀화가가 멋지고 굉장한 것을 그릴 때마다 그를 질투하는 세밀화가들은 이 이야기를 들먹이곤 했다. 그것은 타브리즈에서 온, 페르시아풍 그림이라고 치부해 경시하기 위해서였다. 그 당시에 타브리즈는 이미 우리 술탄의 나라가 아니었다. 나의 작품에 대해서도 언급되었던, 당연히 내게 분노와 자긍심을 불러일으켰던 그 비방의 화살이 다른 사람에게 겨눠졌을 때, 나도 믿곤 했다. 왜냐하면 이십오 년 전, 딱 한 번 그 책을 보았던 우리 네 명의 세밀화가들은 그날 본 것을 머릿속에 저장하고 그것을 이십오 년에 걸쳐 떠올리며 그림에 반영시켰기 때문이다. 나는 이 책이나 다른 책들을 국고에 숨겨 놓고 우리에게 보여 주지 않은 지나치게 의심 많은 술탄들의 냉혹함 때문이 아니라, 우리의 그림 세계가 얼마나 편협한지 깨달았기 때문에 슬픔을 느꼈다. 헤라트의 장인들, 타브리즈의 신진 장인들을 포함하는 페르시아의 세밀화가들은 확실히 우리 오스만 제국의 세밀화가들보다 훨씬 더 완벽한 그림과 걸작들을 그렸다.

문득 이틀 뒤에 나와 함께 나의 모든 세밀화가들이 고문을 당하면 좋겠다는 생각이 들었다. 그리고 내 앞의 그림들 중에서 내 손안에 들어온 첫 번째 그림 속 인물의 눈을 연필깎이 끝으로 무정하게 후벼 팠다. 그 그림은 인도 사신이 가져온 장기 세트와 돌을 보고 배우자마자, 금세 인도의 장기 명인을 이졌다는 페르시아 학자의 이야기를 묘사한 것이었다. 완전히 페르시아식 거짓말이었다! 장기를 두는 사람들, 그들을 구경하는 왕과 신하들의 눈도 하나씩 후벼 팠다. 앞 장으로 다시 넘어가 전쟁하는 왕들, 멋진 갑옷을 입은 현란한 군대의 병사들, 땅바닥에서 뒹구는 잘려 나간 머리의 눈도 무자비하게 하나하나 후벼 팠다. 세 장에 걸쳐 이런 작업을 한 뒤, 연필깎이를 허리춤에 넣었다.

손이 떨렸다. 하지만 기분은 그리 나쁘지 않았다. 오십 년간 화가로 지내면서 이런 괴상한 일을 저지르는 미치광이들을 본 적이 있었다. 그들이 무엇을 느꼈는지 내가 지금 이해할 수 있을까? 내가 후벼 판 눈 안에서 책장 가득 피가 배어 나오길 바랐다.

3. 그것은 내 인생의 마지막에 고통과 위안을 주었다. 샤 타마스프가 가장 기예 있는 장인들에게 십 년에 걸쳐 제작하게 한 그 아름다운 책에는 장인 비흐자드의 붓이 닿지 않았다. 그의 그 아름다운 손 그림은 어디에도 있지 않았다! 이것은 그가 왕의 총애를 잃고 말년에 헤라트에서 타브리즈로 갔을 때, 이미 장님이 되어 있었음을 증명하는 것이다. 그리하여 전 생애를 작업한 끝에 옛 장인들의 완벽함에 도달한 그가 다른 화원들과 왕의 요구에 다시는 자신의 그림을 맞추지 않기 위해서 스스로를 장님으로 만들었다는 걸 또 한 번 기쁘게 알게 되었다.

그사이 카라와 난쟁이가 손에 들고 있던 두꺼운 책을 펼쳐 내 앞에 놓았다.

"아니야, 이건 아니야." 나는 고집불통처럼 보이지 않으려고 유념하면서 말했다. "이건 몽골의 『왕서』라네. 알렉산드로스가 철기병의 철마들 가운데 기름을 뿌리고 불을 붙이자, 철마들이 등불처럼 타오르고 콧구멍에서 불길을 뿜으며 적군을 공격하는 그림일세."

우리는 중국 그림 속에서 나온, 불길에 타고 있는 철의 군대를 보았다.

"제즈미 아아. 우리는 지금으로부터 이십 년 전, 이 그림을 선물한 페르시아의 샤 타마스프가 보낸 사신들을 『술탄 셀림의 연대기』에 그려 넣었다네……."

제즈미 아아가 즉시 『술탄 셀림의 연대기』를 찾아 우리 앞에 놓았다. 페르시아 대사들이 술탄 셀림에게 다른 선물들과 함께 『왕서』를 봉헌하는 장면을 묘사한, 그 반짝이는 색들로 채색된 그림들 사이에서, 오래전에 읽었으나 너무 놀라운 나머지 잊어버렸던 문장을 발견했다.

> 이것은 헤라트의 존경받는 장인, 세밀화의 대가 중의 대가인 비흐자드가 자신의 눈을 멀게 할 때 사용한, 터키석과 자개로 장식된 황금 바늘이다.

나는 난쟁이에게 어디서 이 책을 찾았는지 물었다. 우리는 곧 보고의 먼지 쌓인 어둠 속에서 궤짝, 옷감, 카펫 무더기를 지나 장롱 사이, 계단 밑을 구불구불 돌아 걸었다. 커졌다 작아졌다 하는 우리의 그림자가 방패, 상아, 호랑이 가죽 위를 지나는 걸 보았다. 이상한 빨간색 옷감과 벨벳으로 뒤덮인 방들 중 하나에서 책을 꺼낸 철 궤짝을 찾았다. 그 안에는 여러 책들, 은실과 금실로 수놓인 덮개, 가공하지 않은 실론 석(石)과 루비로 장식된 단검들, 샤 타마스프가 보낸 선물들, 즉 에스파한 비단 카펫, 상아로 만든 장기 세트 등이 들어 있었다. 중국 용, 나뭇가지, 자개로 장식된 우산과 티무르 시대의 유물임을 한눈에 알아볼 수 있는 필통도 눈에 띄었다. 뚜껑을 열어 보았다. 종이 태운 냄새, 장미 향수 냄새와 함께 손잡이가 터키석과 자개로 장식된 황금 바늘이 있었다. 나는 그 바늘을 들고 유령처럼 내 자리로 돌아왔다.

나는 혼자 남아 『왕서』 위에 바늘을 놓고 바라보았다. 그 황금 바늘은 장인 비흐자드가 자신을 장님으로 만든 바늘이었다. 나는 소름이 끼쳤다. 비흐자드가 자신을 장님으로 만든 바늘이었기 때문이 아니라, 그의 기적의 손으로 잡았던 물건을 봤기 때문이었다.

샤 타마스프는 왜 이 끔찍한 바늘을 선물용 책에 붙여 술탄 셀림에게 보냈을까? 어렸을 때 비흐자드로부터 그림 수업을 받았고 청년 시절에 세밀화가들을 총애했던 샤 타마스프는 나이가 들어 시인들과 세밀화가들을 멀리하고 신앙과 예배에 전념했다. 그 때문일까? 빼어난 장인들이 십 년 동안 작업한 멋진 책을 양도한 것도 그래서일까? 장인 세밀화가의 마지막이 스스로 장님이 되는 것이라는 사실을 모든 사람에게 알리려는 의도로 바늘을 보낸 것일까? 아니면 한때의 풍문처럼 이 전설적인 책을 한번 본 사람은 이제 세상의 다른 것은 보고 싶어 하지 않는다는 것을 말하기 위해서였을까? 하지만 나이 든 대부분의 통치자들이 다 그렇듯이 젊었을 때의 그림에 대한 자신의 집착에 죄책감과 후회를 느낀 샤 타마스프에게는 이 책이 더 이상 걸작으로 보이지 않았을 것이다.

나는 꿈을 이루지 못하고 늙어 버린 불행한 세밀화가들의 이야기를 떠올렸다. 흑양 왕조의 통치자 지한 샤의 군대가 시라즈에 입성하려 할 때, 그 도시에 살고 있던 전설적인 세밀화가장인 이븐 휘삼은 "나는 다른 방식으로는 그리지 않을 것이다."라고 말한 뒤, 도제에게 뜨거운 다리미로 자신의 눈을 지지게 했다. 술탄 셀림 1세의 군대는 이스마일 샤를 격퇴하고 타브리즈에 입성해, 왕의 거처인 일곱 천국의 궁전을 약탈하고 많은 세밀화가들을 이스탄불로 데려왔었다. 그들 가운데 나이 든 페르시아 세밀화가는, 알려진 것처럼 오는 도중에 생긴 병 때문이 아니라, 오스만 화풍으로는 그림을 그리지 않겠다며 복용한 약 때문에 장님이 되었다고 한다. 나는 나의 세밀화가들에게 교훈을 주려는 뜻으로, 그들이 좌절할 때마다 비흐자드가 어떻게 자신을 장님으로 만들었는지 말하곤 했다.

다른 방법은 없었을까? 장인 세밀화가가 새로운 화풍을 채용해야만 했다고 하더라도, 단지 그림의 구석구석에 약간만 사용하는 데 그쳤다면 어느 정도는 옛 화원과 장인의 화풍을 고수할 수 있지 않았을까?

섬세하게 가늘어지는 바늘의 날카로운 끝에 얼룩이 있었다. 하지만 나의 피곤한 눈은 그것이 핏자국인지 아니면 다른 것인지 알아낼 수 없었다. 돋보기를 가까이 대고 슬픈 사랑의 장면을 바라보듯 오랫동안 바늘을 들여다보았다. 비호자드가 어떻게 스스로 장님이 되었는지 상상하려 했다. 바늘로 눈을 찔러도 즉시 장님이 되는 건 아니라고 들었다. 자연스럽게 장님이 되는 노인들처럼 때로는 몇 날, 몇 달이 걸려 벨벳 같은 어둠이 서서히 퍼진다고 한다.

나는 옆방으로 가면서 뭔가를 보고 멈춰 섰다. 그것이 그 안에 있었다. 손잡이가 꽈배기 모양이며, 흑단 색의 두꺼운 틀 위에 손으로 쓴 글씨가 아름답게 장식된 상아 거울이었다. 자리에 앉아 거울을 들고 내 눈을 비춰 보았다. 육십 년 동안 그림을 그리고, 또 보았던 내 눈동자에 황금 촛대의 불길이 너무나 아름답게 물결치고 있었다.

장인 비흐자드는 어떻게 그 일을 실행했을까? 다시 한번 나 자신에게 물었다.

거울에 눈동자를 고정시킨 뒤, 눈 화장을 하는 여인의 익숙한 손처럼 내 손은 스스로 바늘을 찾아냈다. 마치 그림을 그릴 타조 알에 구멍을 내는 것처럼, 주저 없이 용감하게, 조용히, 그리고 단호하게 오른쪽 눈동자에 바늘을 찔렀다. 내가 한 일을 느꼈기 때문이 아니라 보았기 때문에 가슴이 덜컥 내려앉았다. 바늘을 손가락의 3분의 1 깊이로 눈에 찌른 후 빼냈다.

손에 든 거울 틀에 적힌 싯구에서 시인은, 거울을 보는 사람에게는 영원한 아름다움과 광명을, 거울에게는 영원한 생명을 기원하고 있었다.

나는 미소를 지으며 방금 한 일을 다른 쪽 눈에도 실행했다.

나는 오랫동안 꼼짝 않고 그대로 있었다. 세상을, 모든 것을 바라보았다.

세상의 색은 생각했던 것처럼 어두워지지 않았다. 단지 천천히 서로 섞이는 것 같았다. 하지만 여전히 거의 모든 것을 볼 수 있었다.

잠시 후, 차가운 햇빛이 국고의 짙은 빨간색, 핏빛 옷감 사이로 내려왔다. 재무 대신과 다른 사람들이 다시 같은 의식을 행하며 봉인을 뜯고 자물쇠와 문을 열었다. 제즈미 아아는 요강과 램프, 화로를 바꾸고 갓 구운 빵과 말린 오디를 받은 다음, 우리가 술탄의 책에서 이상한 코 모양의 말을 계속 찾을 거라고 그들에게 말했다. 이 세상에서 가장 아름다운 그림들을 보면서 신이 본 세상을 기억하는 것보다 더 멋진 일이 어디 있을까?

52
내 이름은 카라

아침에 재무 대신과 관리들이 의식을 행하며 문을 열었을 때, 국고 내실을 뒤덮은 붉은 벨벳의 색에 눈이 너무 익숙해진 나머지, 술탄 전용 마당에서 안으로 들어오는 겨울 아침의 빛이 어떤 끔찍한 것처럼 보였다. 나도 장인 오스만처럼 그 자리에서 꼼짝 않고 있었다. 만약 움직이면 국고 내실의 그 곰팡이, 먼지 그리고 손으로 만져질 듯한 공기가 우리가 찾는 실마리와 함께 문을 통해 밖으로 도망쳐 버릴 것만 같았다.

장인 오스만은 열린 문 옆에 두 줄로 서 있는 관리들의 머리 사이로 들어오는 빛을 마치 처음으로 보는 것처럼 이상한 감탄에 휩싸여 바라보고 있었다.

나는 밤에 샤 타마스프의 『왕서』를 뒤적이던 그를 자세히 살폈다. 그때도 지금 같은 경탄의 표정이 그의 얼굴에 때때로 나타나곤 했다. 벽에 어린 그의 그림자가 때때로 가볍게 떨렸고, 조심스레 눈을 손에 든 돋보기로 가져갔다. 입술에는 기분 좋은 비밀을 말하려는 듯한 부드러운 모양이 나타났고, 그림을 감탄스럽게 바라볼 때마다 입술이 저절로 움직였다.

다시 문이 닫힌 뒤, 나는 계속해서 강해지는 불안감 속에서 내실 안을 안달하며 이리저리 걸어다녔다. 보고에 있는 책에서 충분한 정보를 얻을 수 없을 것이고, 시간도 충분치 않다는 생각이 들었다. 장인 오스만이 집중하고 있지 않다고 느껴졌을 때 그에게 나의 근심을 말했다.

장인 오스만은 자신의 도제들을 쓰다듬는 데 익숙한 진정한 장인처럼 나의 손을 다정하게 잡았다.

"우리 같은 사람들은 세상을 신이 보는 것처럼 보기 위해 노력하고 신의 정의에 은신하는 것 외에는 다른 방도가 없네. 이 그림들과 물건들 사이에 있으니, 이 두 가지가 서로 가까워지는 것이 마음속 깊이 느껴진다네. 신이 보는 것처럼 세상을 보면 볼수록 그의 정의가 우리에게 다가오지. 장인 비흐자드가 스스로 눈을 멀게 한 바늘을 보게나……."

그가 잔인한 바늘의 이야기를 설명할 때, 나는 그것을 더 잘 보려고 돋보기를 눈에 가까이 대고 그 기분 나쁜 물건의 뾰족한 끝을 유심히 바라보았다. 거기에는 분홍빛 물기가 묻어 있었다.

"옛 장인들은 일생을 다 바친 기예, 색, 화풍을 바꾸는 것을 커다란 양심의 문제로 보았네. 이 시대의 장인들처럼 어느 날은 동양의 샤가 보라는 대로, 다른 날은 서양의 통치자들이 보라는 대로 사물을 보는 것은 영광스럽지 못하다고 여겼지."

그의 눈은 나의 눈을 보고 있지도, 앞에 있는 책장을 보고 있지도 않았다. 마치 그 모든 것 너머에 있는, 다다르지 못할 먼 곳의 어떤 하얀 것을 응시하고 있는 듯했다. 그의 앞에 놓여 있는 『왕서』의 어떤 책장에서는 페르시아와 투르키스탄의 군대가 격렬히 대적하고 있었다. 말들이 부딪쳐 기사들의 창이 갑옷을 뚫고 몸을 찢었으며, 머리와 팔이 떨어져 나가고 두 동강이 난 피투성이 몸이 땅 위에 뒹굴었다. 격분하여 정신이 나간 용감한 전사들이 축제의 즐거움과 빛깔에 휩싸여 칼을 빼들고 서로를 죽이고 있었다.

"승리자의 화풍을 강요당한 옛 장인들은 자존심을 지키기 위해 과감하게 바늘로 눈을 찔러 스스로 장님이 된 뒤, 신의 순수한 어둠이 포상처럼 눈을 뒤덮기 전에 자기 앞에 있는 멋진 그림들을 몇 시간, 혹은 며칠 동안 꼼짝 않고 보곤 했네. 머리를 들지 않고 오래 바라보았기 때문에 때로는 눈에서 떨어지는 핏방울로 그림에 얼룩이 졌지. 그러면서 그림의 세계와 의미는, 용감한 장인들의 눈이 서서히 흐려지며 어떤 달콤한 부드러움 속에 멀게 되는 과정에서, 그들이 경험한 사악함의 자리를 대신하게 되었네! 얼마나 행복한 일인가! 그들이 장님의 어둠에 도달할 때까지 어떤 그림을 보고 싶어 했는지 아나?"

눈동자가 작아지고 흰자위가 갈수록 커지는 듯한 그의 눈은 어린 시절의 추억을 기억하려는 것처럼 먼 곳을, 국고 내실 밖의 어떤 지점을 뚫어지게 보는 듯했다.

"헤라트 출신의 옛 장인의 화풍으로 그려진, 휘스레브가 말을 타고 쉬린의 여름 별장에 가서 그녀를 애타는 사랑으로 기다리는 장면일세."

그는 옛 장인들의 눈멂을 칭송하는 슬픈 시를 낭송하듯 그 그림을 설명하려는 것 같았다. 하지만 나는 이상한 충동을 느끼고 그의 말을 잘랐다.

"어르신, 제가 항상 보고 싶었던 건 제 연인의 우아한 얼굴입니다. 그녀와 결혼한 지 사흘이 지났습니다. 지난 십이 년 동안 그녀만을 그리워했습니다. 쉬린이 휘스레브의 그림을 보며 사랑에 빠지는 장면은 제게 항상 그녀를 떠올리게 했습니다."

장인 오스만의 표정은 나의 이야기도, 그 앞에 있는 피가 낭자한 전쟁 장면도 안중에 없는 듯했다. 마치 서서히 다가올 어떤 희소식이라도 기다리고 있는 듯했다. 그가 나를 보고 있지 않다는 걸 확신한 나는 그의 앞에 있는 바늘을 갖고 그곳을 빠져나왔다.

목욕탕과 벽 하나를 사이에 둔 국고의 세 번째 내실에는, 많은 유럽의 왕과 통치자들로부터 선물로 받았지만 이내 고장이 난 수백 개의 괴상하고 커다란 시계들이 쌓여 있었다. 그곳에서 나는 장인 오스만이 비흐자드가 스스로를 장님으로 만들었다고 한 바늘을 유심히 살펴보았다.

먼지 낀 고장 난 시계들의 황금 테두리, 크리스털 유리, 다이아몬드에 비친 붉은 햇빛 아래 분홍빛 물기가 묻은 황금 장식 바늘 끝이 가끔씩 빛났다. 전설적인 장인 비흐자드가 정말

이것으로 눈을 멀게 했단 말인가? 장인 오스만은 비흐자드가 한 그 끔찍한 일을 자신에게도 실행했을까? 커다란 시계들 중 하나에 부착된, 색색으로 칠해진 손가락 크기의 장난꾸러기 모로코인이 나를 보며 마치 "예!"라고 대답하는 듯했다. 이 터번을 쓴 모로코인은 시계가 작동하던 시절에, 종이 울릴 때마다 그 울리는 횟수만큼 고개를 끄덕여서 술탄과 하렘의 여자들을 즐겁게 했을 것이다.

나는 수많은 평범한 책들을 훑어보았다. 그것들은 난쟁이가 말한 것처럼 참수형을 당해 재산을 몰수당한 파샤들의 물건들이었다. 얼마나 많은 파샤들이 처형을 당했는지 그 장서들은 헤아릴 수 없이 많았다. 난쟁이는 무자비한 기쁨을 보였다. 재산과 권력에 취해서 자신이 종인 것도 잊어버리고, 술탄이나 샤가 된 양 자신들의 이름으로 책을 제작하고 금가루로 장식을 하게 한 파샤들이 참수형을 당하고 재산이 몰수된 건 아주 당연한 일이라고 말했다. 나는 그림이 들어간 시집에도 그려져 있는, 쉬린이 휘스레브의 그림을 보고 사랑에 빠지는 장면을 오랫동안 바라보았다.

그림 속의 그림, 그러니까 쉬린이 소풍을 나가서 본 휘스레브의 그림은 항상 불명확했다. 그림 속의 그림처럼 아주 작은 것들을 세밀화가들이 충분히 잘 그리지 못해서가 아니었다. 세밀화가들 대부분은 손톱, 쌀알, 심지어 머리카락 위에도 그림을 그릴 정도로 섬세하다. 그렇다면 아름다운 쉬린이 보고 사랑에 빠진, 그 잘생긴 휘스레브의 얼굴, 그 눈을 왜 명확하게 그리지 않는 걸까? 오후 무렵의 어느 때쯤, 어쩌면 나의 절망감을 잊기 위해 갖가지 화집들을 닥치는 대로 넘기면서 장인 오스만에게 그것을 물어봐야 겠다고 생각하고 있을 때, 옷감 위에 그려진 어떤 신부 행렬 그림에 들어 있는 말이 내 시선을 사로잡았다. 순간적으로 심장이 멈추는 듯했다.

그 말은 이상한 코를 갖고 있었다. 등에 새침데기 신부를 태우고 날 바라보고 있었다. 내게 무슨 비밀이라도 속삭이는 듯했다. 소리를 지르고 싶었지만 꿈속인 것처럼 소리가 나오지 않았다.

책을 낚아채듯 들고서 물건들, 궤짝들 사이를 지나 장인 오스만에게 뛰어갔다. 그리고 그 그림을 그의 눈앞에 펼쳐 놓았다.

그가 그림을 보았다.

그의 표정에서 어떤 번뜩임도 나타나지 않자 나는 초조해졌다.

"말의 코가 에니시테가 제작하던 책의 것과 똑같습니다."

그가 돋보기를 말 위에 가져갔다. 코가 책장에 닿을 정도로 얼굴을 가까이 대고 돋보기를 움직였다. 정적이 계속되는 것을 참을 수가 없었다.

"이 그림은 에니시테의 책에 그려진 화풍의 말은 아닙니다. 하지만 코는 똑같습니다. 이 그림을 그린 세밀화가는 세상을 중국인들이 보는 것처럼 보려고 했습니다." 나는 잠시 멈췄다가 계속 말했다. "이건 신부 행렬입니다. 중국 그림 같지만 그림을 그린 자는 중국인이 아니라 우리 나라 사람입니다."

지금 장인의 돋보기는 그림에, 코는 돋보기에 붙어 있는 것 같았다. 그는 보기 위해서 눈뿐만 아니라 머리, 목의 힘줄, 노쇠한 등, 어깨를 전부 사용했다. 한동안 정적이 흘렀다.

"말의 콧구멍에 상처를 냈군."

한참 뒤, 그가 숨을 헐떡이며 말했다.

나는 머리를 그의 머리에 기댔다. 서로 뺨을 대고 오랫동안 말의 콧구멍을 바라보았다. 나는 순간 찢어진 말의 콧구멍뿐만 아니라, 슬프게도 장인 오스만이 보지 못한다는 사실까지 알아챘다.

"보이시죠, 그렇죠?"

"약간은. 어떤 그림인지 자네가 설명해 보게나."

"제가 보기에 이건 슬픈 신부 같습니다. 신부가 코가 찢어진 갈색 말을 타고, 자신도 잘 모르는 호위들, 길동무들과 함께 가고 있습니다. 남자들의 얼굴이 특이하군요. 딱딱한 표정, 무시무시한 검은 턱수염, 위로 치켜 올라간 눈썹, 팔자수염, 큰 몸집, 단순하고 엷은 천으로 만든 가운, 얇은 신발, 곰의 털로 만든 모자, 도끼와 검으로 보건대 이들은 트란속사니아에 살고 있는 흑양 왕조 투르크멘족입니다. 밤에 등불과 횃불을 들고 하녀를 대동하고 길을 떠나는 걸 보면 갈 길이 먼 이 아름다운 신부는 슬픈 중국 공주인 것 같습니다."

장인 오스만이 말했다.

"신부가 완벽하게 아름답다는 걸 강조하기 위해서 세밀화가가 신부 얼굴을 중국인들처럼 하얀 화장을 한 것으로 그리고 눈도 중국인들처럼 위로 치켜 올라가게 그렸을 수도 있지."

"어찌 됐건 초원 한가운데에서 한밤중에 사나운 외국인들에게 호위를 받으며 이방의 나라로 향하는 이 슬픈 미녀가 가엾군요." 나는 이렇게 말한 뒤, 그에게 물었다. "신부가 탄 말의 찢어진 콧구멍을 보고 우리 세밀화가들 중에서 누구인지 알아낼 수 있을까요?"

"우선 화집을 넘기면서 보이는 걸 설명해 주게나."

난쟁이도 낮은 의자에 앉았다. 우리 셋은 내가 넘기는 책장에 시선을 집중했다.

우리는 그 슬픈 신부 그림의 화풍으로 그려진 아름다운 중국 여자들을 보았다. 그들은 정원에 모여 우드를 연주하고 있었다. 중국 집들, 긴 여행을 떠난 슬픈 대상(大商)들, 초원의 나무들, 추억처럼 아름다운 초원의 풍경을 보았다. 중국풍의 구불구불 구부러진 나무들, 활짝 핀 봄꽃들, 가지에 앉아 있는 의기양양한 나이팅게일을 보았다. 호라산 화풍의 천막에 앉아 시, 포도주, 사랑에 관해 이야기하는 왕자들, 멋진 정원들, 팔에 멋진 매를 얹고 근사한 말 위에 당당하게 앉아 사냥을 나가는 잘생긴 귀족들도 있었다. 용을 거대한 창으로 죽이는 용감한 왕자의 행동을 풍자한 그림은 세밀화가가 왜 첨가한 것일까? 촌장 앞에서 치료를 기대하는 가엾은 시골 사람들의 빈곤함을 보면서 세밀화가는 어떤 즐거움을 느꼈을까? 교미를 하려고 달라붙어 있는 개들의 슬픈 눈을 그릴 때와 그 개들을 보며 웃는 여자들의 벌어진 입을 사악한 빨간색으로 칠할 때 중 언제 더 큰 희열을 느꼈을까? 우리는 악마들도 보았다. 그 괴물들은 헤라트 출신의 옛 장인들, 『왕서』를 그린 세밀화가들도 자주 그렸던 신령이나 거인과 비슷했다. 하지만 세밀화가의 장난 섞인 기교는 그들을 더 못되고 더 공격적이고 더 인간적으로 만들었다. 우리는 키는 사람만 하지만 보기 흉하게 일그러진 몸, 여기저기 솟아 있는 뿔, 고양이 꼬리를 가진 끔찍한 악마들을 보고 웃었다. 눈썹이 풍성하고, 바보 같은 얼굴에 큰 눈, 날카로운 이빨과 손톱, 노인처럼 쭈글쭈글한 짙은 색의 피부를 가진 발가벗은 악마들이었다. 그들은 서로 몸싸움을 하고, 커다란 말을 훔쳐 자신들의 신에게 제물로 바치기 위해 가져가고, 펄쩍펄쩍 뛰면서 놀고, 나무들을 자르고, 가마 탄 아름다운 공주들을 납치하고, 용들을 잡고, 보물들을 약탈했다. 다양한 책에서 악마를 그렸던 '검은 펜'이라고 알려진 세밀화가가 머리를 밀고, 누더기 같은 옷을 입고, 사슬을 달고, 손에는 지팡이를 든 칼렌데리들을 그렸다고 내가 말하자, 장인 오스만은 그들의 특징을 일일이 말해 달라고 하고는 주의 깊게 내 말을 들었다. 그러고는 이렇게 말했다.

"숨을 잘 쉬고, 멀리 달리게 하려고 말의 콧구멍을 찢는 것은 수백 년도 넘게 이어져 온 몽골의 관습이라네. 말을 타고 아라비아, 페르시아, 중국을 정복한 훌라구 칸의 군대는 바그다드에 입성해 사람들을 죽이고 약탈을 일삼은 뒤에, 책들을 티그리스 강에 던졌지. 당시의 유명한 서예가이자 나중에 세밀화가가 된 이븐 샤키르는 학살을 피해 사람들이 남쪽으로 갈 때, 반대로 몽골 군대가 온 북쪽으로 갔다네. 그 당시는 코란이 그림을 금지했다고 하여 책에 그림을 넣지 않았고 세밀화가들도 중시되지 않았지. 우리 직업의 가장 커다란 비밀인, 세상을 사원 첨탑에서 내려다보는 것, 보이든 보이지 않든 지평선을 고집하는 것, 구름에서 벌레까지 모든 걸 중국인이 보는 것처럼 생동감 넘치고 낙관적인 색들로 그리는 것은 전부 그의 덕분일세. 우리의 수호성인이자 모든 세밀화가들의 장(長)인 이븐 샤키르가 몽골 군대의 심장부를 향한 그 전설적인 여행 도중에 계속 북쪽으로 이동하기 위해 말의 콧구멍에 대해 연구했다고 나는 들었네. 비가 와도 눈이 와도 상관하지 않고 1년 만에 도착한 사마르칸트에서 그가 그린 말은, 내가 보고 들은 바에 의하면 어떤 것도 코에 구멍이 뚫려 있지 않았다네. 왜냐하면 그에게 완벽한 말이란 그가 완숙한 시기에 본 강하고 용감한 몽골 말이 아니라, 그의 젊은 시절과 함께 두고 온 아랍 말이었기 때문이지. 그래서 에니시테의 책을 위해 그려진 말의 괴상한 코를 보았을 때 내게 몽골 말도, 몽골인들이 호라산과 사마르칸트에 퍼뜨린 관습도 떠오르지 않았던 걸세."

장인 오스만은 마치 이 두 가지만을 마음의 눈으로 볼 수 있는 것처럼, 때로는 책을, 때로는 나를 보면서 계속 설명했다.

"몽골 군은 말의 코를 뚫는 습관과 중국 그림 이외에도 이 책에 있는 악마들까지 페르시아와 이스탄불에 전파시켰지. 이 악마들이 지하의 어둠의 힘이 보낸 악의 전령이고, 우리 인간들의 생명과 우리가 소중히 여기는 것들을 빼앗고, 우리를 어둠과 죽음의 지하로 데려간다는 얘기는 자네들도 들었을 걸세. 그 지하 세계에는 구름, 나무, 물건, 개, 책 등 모든 것들에 혼이 있고 말을 한다고 하지."

늙은 난쟁이가 맞장구를 쳤다.

"예, 그렇습니다. 신이 증인이시지요. 제가 여기서 밤을 보낼 때면 이 시계나 중국 접시, 혹은 계속 소리를 내는 크리스털 그릇뿐만 아니라, 총, 검, 방패 그리고 피 묻은 투구들의 혼들이 불안해하며 말을 건답니다."

"그런 믿음은 호라산에서 페르시아까지, 그리고 멀리 우리 이스탄불까지 우리가 그림으로 보았던 칼렌데리들이 가지고 왔지. 술탄 셀림 1세가 이스마일 샤를 이기고 타브리즈와 일곱 천국의 궁전을 약탈할 때, 티무르의 자손인 베디위자만 미르자는 이스마일 샤를 배신했다네. 그는 칼렌데리들과 함께 오스만 군대에 동참했지. 눈 오는 겨울날 타브리즈에서 이스탄불로 돌아온 술탄 셀림은 찰디란에서 패한 이스마일 샤의, 하얀 피부에 눈초리가 올라가고 아몬드 같은 눈을 가진 아름다운 부인 두 명을 데려왔네. 그리고 타브리즈의 전 주인인 몽골인들, 일한국인들, 젤라이리드인들, 흑양 왕조 사람들이 남긴 책들, 그리고 패배자 이스마일 샤가 다른 우즈베크인들, 페르시아인들, 투르크멘인들, 티무르 제국 사람들에게서 약탈하여 타브리즈의 일곱 천국 궁전의 도서관에 보관해 둔 모든 책들도 가져왔네. 나는 우리 술탄과 재무 대신이 여기서 날 데리고 나갈 때까지 그 모든 책들을 볼 걸세."

하지만 그의 시력은 장님처럼 목표물을 파악하지 못하는 지경에 이른 듯했다. 자개 손잡이가 달린 돋보기도 보기 위해서가 아니라 그냥 습관 때문에 쥐고 있었다. 우리는 잠시 아무 말도 하지 않았다. 장인 오스만은 모든 이야기들을 슬픈 동화처럼 듣고 있던 난쟁이에게 어떤 책에 대해 자세히 설명하고 찾아오라고 했다. 난쟁이가 자리를 뜨자 나는 장인에게 다정하게 물었다.

"그렇다면 에니시테의 책에 있는 말 그림은 누가 그린 걸까요?"

"문제가 되는 말 두 마리 모두 코에 구멍이 뚫려 있었네. 하지만 사마르칸트에서도, 트란속사니아에서도 코에 구멍이 뚫린 말은 중국 화풍으로 그려졌지. 에니시테의 책에 나오는 아름다운 말은 헤라트 출신 장인의 멋진 말처럼 페르시아 화풍로 그려져 있었네. 다른 곳에서는 거의 볼 수 없는 우아한 말이지! 예술적인 말이지 몽골 말이 아니란 말일세."

"하지만 콧구멍은 진짜 몽골 말처럼 찢어져 있지 않습니까?"

나는 속삭이듯 물었다.

"그건 몽골인들이 퇴각하고 티무르와 그 자손들의 통치가 시작된 후, 200년 전 헤라트에서 옛 장인들 중 한 명이 말 그림을 그리면서 한때 그가 직접 보았던 몽골 말이나, 혹은 코에 구멍이 뚫린 말을 그린 다른 세밀화가의 영향을 받아서 마찬가지로 코에 구멍이 뚫린 멋진 말 그림을 그린 게 확실하네. 어떤 샤를 위해 그린, 어떤 책의, 어떤 장에 있었던 건지는 아무도 모르지. 하지만 그 책과 그림이 어떤 궁전에서, 어쩌면 샤의 하렘에서 총애를 받던 후궁이 너무나 애지중지해서 한때 전설이 되었다는 것만은 확실하네! 그렇기 때문에 모든 평범한 세밀화가들이 코가 뚫린 그 말 그림을 질투하여 서로 모방해 그렸던 게 틀림없네. 그렇게 해서 그 멋진 말과 함께 말의 콧구멍도 모델이 되어 세밀화가들의 기억에 새겨졌겠지. 세월이 흐른 뒤, 그 세밀화가들은 주인들이 전쟁에서 패배하는 바람에 다른 하렘에 가야 하는 슬픈 여자들처럼 새로운 샤와 왕자들을 찾아 도시와 나라를 바꾸면서 기억 속에 담아 두었던 콧구멍이 우아하게 찢어진 말의 이미지도 함께 가져갔을 거야. 대부분의 세밀화가의 기억 한편에 새겨진 그 콧구멍 뚫린 말은 다른 화원, 다른 화풍, 다른 장인들 때문에 전혀 그려지지 못하고 잊혔을지도 모르지. 하지만 어떤 세밀화가들은 자신의 새 화원에서도 코에 구멍이 뚫린 말을 그리는 것에 그치지 않고 '옛날 장인들은 이렇게 그렸지.'라면서 잘생긴 도제들에게도 가르쳐 주었을 걸세. 그래서 몽골인들과 그들의 튼튼한 말들이 페르시아와 아랍인들의 땅에서 물러가고 난 뒤에도, 파괴되고 불탄 도시들에서 새 생명이 태어난 지 수 세기가 지난 후에도, 몇몇 화가들은 이러한 형태가 견본이라고 믿으면서 계속 이 형태의 말을 그려 나갔던 것이네. 몇몇 화가들은 정복자 몽골인들의 기병대나 몽골 말의 콧구멍에 대해서 전혀 아는 바가 없으면서도 '이것이 정본이야.'라는 생각으로 우리 세밀화가들처럼 계속 말 그림을 그렸을 거라고 나는 아직도 확신하네."

나는 감탄하며 말했다.

"어르신께서 생각하신 것처럼 시녀 감별법이 해답을 알려 줬군요. 모든 세밀화가에게는 역시 숨겨진 서명이 있군요."

그가 자랑스럽게 말했다.

"모든 세밀화가가 아니라 모든 화원이라네. 아니, 모든 화원은 아니겠군. 어떤 불행한 화원에서는 마치 불행한 가정이 그렇듯이 몇 년간 수많은 사람이 다른 의견을 내놓는 바람에 행복은 조화에서 비롯된다는 것, 조화가 행복이라는 것을 아무도 이해하지 못한다네. 어떤 이들은 중국인처럼, 어떤 이들은 투르크멘인처럼, 또 어떤 이들은 시라즈인처럼, 어떤 이는 몽골인들처럼 그림을 그리려 하므로 몇 년 동안 싸움만 하는 부부처럼 공통의 화풍을 갖지 못한다네."

지금 그의 얼굴에는 자랑스러워하는 기색이 확연히 드러나 있었다. 오랫동안 그의 얼굴에서 보았던 '슬프고 고통스러운 노인' 같은 표정 대신, 자기 손안에 모든 힘을 쥐고 싶어 하는 모순된 자의 분노에 찬 시선이 엿보였다.

"어르신. 어르신께서는 여기 이스탄불에서, 세계 각지에서 온 다양한 성격과 기질, 종파의 세밀화가들을 이십 년 동안 조화롭게 화합시켜 오스만 제국의 화풍을 만들어 내셨습니다."

조금 전 내 온 가슴으로 느꼈던 경외심이 왜 그에게 말을 꺼내면서 위선적으로 변해 버렸을까? 감탄할 만한 기예와 장인 정신을 가진 사람을 면전에서 칭찬할 때, 그 말이 진심이려면 그 사람이 힘과 권력을 잃고 다소 불쌍한 처지에 놓여 있어야만 하는 걸까?"

"이 난쟁이는 도대체 왜 안 오는 건가?"

그는 아첨과 칭찬에 기분이 좋으면서도 그런 기분을 드러내지 않으려는 권력자처럼 이렇게 말했다. 대화의 주제를 바꾸길 바라는 것처럼 말이다.

"어르신께서는 페르시아 전설과 화풍의 위대한 장인이면서도 오스만 제국의 위상과 힘에 걸맞은 세밀화의 세계를 창조하셨습니다. 어르신께서는 오스만 제국의 칼의 힘, 오스만 제국의 승리의 낙관적 색, 물건과 도구에 대한 관심, 편안한 삶의 자유를 예술로 승화시키셨습니다. 어르신, 제 인생에서 가장 커다란 영광은 어르신과 함께 지금 여기서 전설적인 옛 장인들의 걸작들을 보고 있는 겁니다……."

나는 오랫동안 그에게 이런 말들을 속삭였다. 폐허가 된 전쟁터에 가까운 국고 내실의 어수선함, 차가운 어두움, 우리가 붙어 앉아 있다는 사실이 나의 속삭임을 한층 친밀하고 비밀스럽게 만들었다.

잠시 후 얼굴 표정을 전혀 제어하지 못하는 장님처럼, 장인 오스만의 눈에 어떤 희열 속으로 자신을 내던진 노인의 표정이 나타났다. 나는 어떤 때는 진심으로, 어떤 때는 장님들에게서 느끼는 역겨움으로 소름이 돋는 걸 느끼며 그 늙은 장인을 장황하게 칭찬했다.

그가 차가운 손가락으로 내 손을 잡고 팔을 쓰다듬고 얼굴을 어루만졌다. 그의 손가락으로부터 그의 힘과 나이가 전이되는 것 같았다. 집에서 나를 기다리고 있을 셰큐레가 생각났다.

우리는 책들을 앞에 펼쳐 놓은 채로 얼마 동안 꼼짝도 하지 않고 서 있었다. 나의 칭찬과 그의 자화자찬, 그리고 연민의 감정이 우리를 지치게 만들어서 잠시 휴식을 취하는 듯했다. 우리는 서로에 대해 창피함을 느꼈다.

그가 다시 물었다.

"난쟁이가 왜 안 오는 거지?"

나는 음흉한 난쟁이가 구석에 숨어 우리를 훔쳐보고 있다고 확신했다. 나는 그를 찾고 있는 것처럼 어깨를 좌우로 움직였지만, 내 시선은 장인 오스만을 주의 깊게 관찰하고 있었다. 그가 눈이 먼 걸까, 아니면 자신을 비롯해 모든 사람들에게 자신이 눈이 멀었다는 것을 믿게 하려는 걸까? 기예도 재능도 없는 옛 시라즈 장인들은 나이가 들면 존경을 받고 싶어서, 재능 없음을 들키고 싶지 않아서 장님인 척했다고 한다.

그가 말했다.

"나는 여기서 죽고 싶네."

"위대한 어르신, 그림이 아니라 돈에, 옛 장인들이 아니라 유럽의 모방꾼들에게 가치를 부여하는 이 불행한 시대에 어르신의 말씀이 너무나 지당하여 눈물이 납니다. 하지만 적들로부터 장인 세밀화가들을 보호하는 것도 어르신의 의무입니다. 제발 말씀해 주십시오, 시녀 방법으로 어떤 결론을 얻으셨습니까? 그 말을 그린 세밀화가는 누구입니까?"

"올리브라네."

그가 너무나 쉽게 말했기 때문에 나는 놀랄 새도 없었다. 우리는 잠시 아무 말도 하지 않았다. 잠시 후 그가 조용히 말했다.

"하지만 자네의 에니시테도, 가련한 엘레강스도 올리브가 죽이지 않았다고 나는 확신하네. 이 말을 올리브가 그렸다고 생각한 것은 그가 옛 장인들의 화법을 가장 잘 고수하고 있으며, 헤라트 전설들과 화풍을 가장 잘 알고 있고, 그리고 그의 스승들의 계보가 사마르칸트까지 거슬러 올라가기 때문이네.

그러면 자네는 올리브가 몇 년 동안 그린 다른 말 그림에는 왜 콧구멍 뚫린 말이 없었느냐고 묻고 싶을 걸세. 아까 내가 어떤 세부적인 것, 새의 날개, 나뭇잎이 나무에 매달려 있는 모습 등은 스승에게서 도제로 몇 세대에 걸쳐 기억 속에 전승되면서도 세밀화가의 변덕이나 단호함, 화원이나 술탄의 취향과 분위기로 인해 전혀 밖으로 표출되지 않을 수도 있다고 말한 적이 있었지. 그러니까 이 말은 사랑하는 올리브가 어린 시절 페르시아 장인들에게 직접 배워서 결코 잊을 수 없게 된 말이었던 거라네. 이 말이 멍청이 에니시테의 책에 갑자기 나타났다는 건 신이 내게 내린 잔인한 장난이네. 우리는 헤라트의 옛 장인들을 충분히 본보기로 삼지 않았는가? 투르크멘 세밀화가가 아름다운 여자의 얼굴을 상상하면서 오직 중국 여자만을 그리는 것처럼 우리도 아름다운 그림이라고 하면서 헤라트의 옛 장인들의 걸작들을 생각하지 않았느냐는 말일세. 우리 모두는 헤라트파의 추종자들이지. 모든 위대한 세밀화가들은 헤라트의 비흐자드로부터 자양분을 받았고, 그 헤라트를 지원한 것은 몽골인들과 중국인들이었지. 헤라트의 전설을 그토록 고수하는 올리브가 옛 화풍에 자신보다 더 맹목적으로 집착한 가련한 엘레강스를 왜 죽였겠는가?"

"그럼 누구지요? 나비인가요?"

"황새!" 그가 말했다. "내 마음이 그렇게 말하고 있네. 그건 그의 욕심과 미친 듯한 근면함을 내가 잘 알고 있기 때문이네. 한번 들어 보게나. 금박을 칠하던 가련한 엘레강스는 서양 화풍을 모방한 에니시테의 책이 비종교적이고 신성 모독적이라는 걸 알고 두려워했을 거야. 한편으로 그 바보는 에르주룸 출신 설교자의 헛소리를 열심히 들을 정도로 멍청이이기 때문에(금박 칠하는 장인들은 화가들보다 더 신에게 가까이 있지. 하지만 불행하게도 지루한 바보들이지.) 다른 한편으로는 어리석은 에니시테의 책이 술탄의 비밀스럽고 중요한 일이라는 것도 알고 있었기 때문에 두려움과 의심이 서로 상충되었겠지. 술탄을 믿을 것인가, 아니면 에르주룸 출신 설교자를 믿을 것인가? 내가 손바닥처럼 잘 알고 있는 이 가련한 녀석은 자신을 갉아먹고 있던 그 고민을 다른 때 같았으면 내게 달려와 털어놓았을 거야. 하지만 서양의 모방자인 에니시테의 책을 위해 금박을 칠하는 것이 나를, 우리 화원을 배반하는 것임을 그의 새대가리로도 아주 잘 알고 있었기에 다른 사람을 찾았겠지. 그는 황새의 뛰어난 재능을 보고, 그의 지능과 도덕성도 훌륭할 것이라는 판단을 내리는 우를 범했네. 그리고 그 교활하고 야심 많은 황새에게 비밀을 털어놓았지. 나는 황새가 자신에 대한 엘레강스의 선망을 가지고 그를 이용해 먹는 것을 자주 보았네. 그들 사이에 어떤 논쟁이 있었든지 간에 황새가 엘레강스를 죽였을 거야. 그리고 에니시테는 엘레강스로부터 이미 사정을 들어 알고 있던 에르주룸파들이 복수를 위해, 자신들의 힘을 보여 주기 위해 죽였을 거고. 내가 이 일로 인해 가슴이 아프다고는 말하지 못하겠네. 몇 년 전, 에니시테는 술탄을 꼬드겨 세바스티아노라는 베네치아 화가에게 그분의 모습을 이교도들의 왕처럼 서양 화풍으로 그리게 했고, 그 저질스러운 그림을 무슨 견본이나 되는 듯 내 앞에 놓고는, 내게 똑같은 그림을 그리라는 수치스러운 일을 강요했다네. 술탄에 대한 두려움 때문에 나는 불명예스럽지만 모방해야만 했네. 내가 그 그림을 그리지 않았더라면, 어쩌면 에니시테의 죽음을 슬퍼하며 그를 죽인 저질스러운 놈을 잡으려고 안간힘을 썼겠지. 하지만 내가 고심하는 문제는 자네의 에니시테가 아니라 나의 화원일세. 에니시테 때문에 내가 자식보다 더 사랑하고, 이십오 년이 넘게 정성껏 가르쳐 온 나의 세밀화가들이 나를, 그리고 우리의 모든 회화 전통을 배반했고, 술탄이 원한다는 이유로 서양 화가들을 의욕적으로 모방하기 시작했네. 이 불명예스러운 놈들은 몽땅 고문을 당해도 싸지! 우리 세밀화가들은 우리에게 일감을 주는 술탄이 아니라, 우리의 기예와 예술의 종이 되어야 하네. 그래야만 천국에 갈 수 있지. 이제 혼자서 책을 보고 싶군."

그는 패배의 책임을 지고 참수를 당하게 된 피곤한 파샤가 슬프게 마지막 소원을 말하듯, 마지막으로 그렇게 말했다. 그는 어느새 나타난 난쟁이가 가져온 책들을 펼치고는, 꾸중하는 듯한 말투로 자신이 원하는 장을 찾으라고 명령을 내렸다. 그의 비난 섞인 어조는 화원 전체가 알고 있고 익숙한 세밀화가장의 그것이었다.

나는 자리를 옮겨 진주로 장식된 베개, 개머리판에 보석이 박히고 총신은 녹이 슨 장총과 서랍들 사이를 지나 구석에서 장인 오스만을 구경했다. 조금 전 그의 말을 듣고 있을 때 내 마음을 갉아먹던 의심이 온몸을 감쌌다. 가엾은 엘레강스, 그리고 나의 에니시테를, 서양 화풍을 모방한 술탄의 책을 제작하지 못하게 하려고 장인 오스만이 암살을 사주했을 수도 있다는 생각이 들었다. 너무나 설득력 있는 생각이었기 때문에 조금 전 그에게 경외심을 느낀 나 자신을 질책하기도 했다. 물론 지금 전적으로 그림에 몰입해 있는, 장님이든 아니면 반쯤 장님이든 쪼글쪼글한 늙은 얼굴로 그림을 바라보고 있는 이 위대한 장인에게 어쩔 수 없이 깊은 존경심을 느끼기도 했다. 하지만 그가 화원의 옛 화풍과 질서를 유지하고 에니시테의 책에서 벗어나 다시 술탄의 유일한 총아가 되기 위해, 세밀화가들뿐만 아니라 나 또한 쉽게 고문관의 손에 넘길 수 있다는 생각이 떠오르자, 나는 이틀간 그에게 느낀 사랑으로부터 벗어나기 위해 모든 상상력을 동원했다.

많은 시간이 흘렀다. 머릿속이 혼란스러웠다. 내 마음속에 있는 악마를 진정시키고, 혼란스러운 영혼의 주의를 분산시키려고 궤짝에서 꺼낸 장서들을 닥치는 대로 보았다.

수많은 사람, 남자, 여자가 손가락을 입안에 넣고 있었다. 경악하는 모습을 나타내는 동작으로, 최근 200년간 사마르칸트에서 바그다드까지 모든 화원에서 이 동작이 묘사되었다. 적군을 구석에 몬 영웅 케이휘스레브가 검은 말을 타고 신의 도움으로 아무다리야강의 급류를 무사히 건너갈 때, 그를 뗏목에 태우지 않은 악질 뱃사공이 손가락을 입안에 넣고 있다. 오래된 은박이 벗겨져 검게 변한 호수에서 목욕을 하는, 달빛 같은 피부의 쉬린의 아름다움을 보고 휘스레브가 놀라 손가락을 입에 넣고 있다. 내가 더 집중해서 본 것은 반쯤 열린 궁전의 문을 통해, 성탑의 도달할 수 없는 창문 커튼 사이로 보이는 아름다운 하렘 여인들이 입에 넣고 있는 손가락이었다. 페르시아 군대에 패해 왕관을 빼앗긴 테자브가 도망칠 때, 궁전의 하렘 창문에서 미녀 중의 미녀인 에스피누이가 슬픔과 경악으로 손가락을 입에 넣고 그를 바라보고 있다. 그녀는 눈빛으로 '날 적군의 손에 남겨 두고 가지 마세요.'라고 애원하고 있다. "나를 능욕했어요."라는 거짓말로 유수프를 감옥에 갇히게 한 줄레이하는 당황했다기보다는 사악함과 욕정의 표시로 자신의 손가락을 아름다운 입에 넣고 있다. 그리고 어느 가잘의 한 구절에 묘사되어 있는, 행복하지만 슬픈 연인들이 천국 같은 정원에서 사랑과 포도주의 힘으로 넋을 잃고 있을 때, 마음씨 나쁜 하녀는 질투심 많은 손가락을 빨간 입속에 넣고 그들을 훔쳐보고 있다.

이 행동은 모든 세밀화가들의 공책과 기억 속에 담겨 있는 견본임에도 불구하고 그녀들의 긴 손가락은 매번 다른 우아한 모습으로 입에 들어가 있었다.

이런 그림들을 본 것이 내게 얼마나 위안이 되었는지는 모르겠다. 날이 어두워지기 시작할 무렵 장인 오스만에게 가서 말했다.

"어르신, 허락해 주신다면 이번에 문이 열리면 보고를 하러 나가겠습니다."

"무슨 말인가! 우리는 아직 밤, 그리고 아침까지 시간이 있네. 자네의 눈은 이 세상에 존재하는 가장 아름다운 그림들을 보는 일에 너무 빨리 만족해 버렸군!"

그는 이 말을 하면서도 책장에서 얼굴을 떼지 않고 있었지만, 눈동자의 색깔이 희미해져 가는 걸로 보아 그가 서서히 장님이 되고 있음을 알 수 있었다.

"우리는 이미 말 콧구멍의 비밀을 알아냈습니다."

나는 용기를 내어 말했다.

"아, 그렇지! 이제 남은 일은 술탄과 재무 대신이 알아서 하겠지. 어쩌면 우리 모두를 용서하실 수도 있을 거야."

그가 술탄과 재무 대신에게 황새가 살인자라고 말할 것인가? 나는 두려워서 묻지 못했다. 왜냐하면 나를 밖으로 내보내 주지 않을까 봐 두려워하고 있었기 때문이다. 최악의 경우 나를 벌하게 할지도 모른다는 생각마저 들었다.

"비흐자드가 자기 눈을 찌른 바늘이 없어졌네."

"아마 난쟁이가 제자리에 가져다 두었겠지요. 보고 계신 그 그림은 정말 너무나 아름답군요."

그의 얼굴은 어린아이처럼 환해졌고, 미소가 떠올랐다.

"휘스레브가 밤에 말을 타고 쉬린에게 가서, 그녀를 향한 사랑으로 애태우며 기다리는 장면이지. 옛 헤라트파 장인들의 화풍이라네."

그는 마치 그림이 보이기라도 하는 것처럼 바라보고 있었다. 하지만 그의 손에는 돋보기조차 들려 있지 않았다.

"밤의 어둠 속에서 나무의 잎사귀들, 봄꽃, 그리고 별들이 마음을 밝혀 주기라도 하듯 일일이 빛나는 그 아름다움, 벽 장식에서 엿보이는 겸손한 인내, 금박 사용의 우아함, 그림 배열의 섬세한 균형이 보이는가? 잘생긴 휘스레브의 말은 여인처럼 가냘프고 우아하지. 위쪽, 창가에 있는 연인 쉬린은 고개를 숙이고 있지만 매우 자랑스럽다는 표정이야. 세밀화가가 애정을 가지고 그린 미묘한 색깔과 질감에서 나오는 빛 속에서 연인들은 영원히 그곳에 머물러 있을 것만 같지. 보이나? 고개는 약간만 서로를 향하고 있지만 몸은 반이나 우리 쪽으로 돌아서 있네. 왜냐하면 자신들이 서 있는 곳이 그림 속이라는 것을, 우리에게 보여지고 있다는 걸 알고 있기 때문이야. 이 때문에 그들은 우리가 주위에서 늘 보는 것들을 닮지 않으려고 한다네. 정반대로 자신들이 신의 기억에서 나왔다는 걸 암시하고 있지. 그래서 이 그림 속에서는 시간이 멈춰져 있는 거야. 그들이 그림에서 설명하고 있는 이야기가 아무리 빠르게 전개될지라도 그들은 잘 교육받은 수줍고 예의 바른 처녀처럼 손, 팔, 가냘픈 몸, 눈, 그 무엇으로도 갑작스러운 행동은 하지 않은 채 영원히 서 있을 거라네. 그들에게 있어 짙은 푸른색의 방 안에 있는 모든 것은 얼어붙어 있다네. 하늘의 새는 어둠과 별들 사이를 빠르게 고동치는 연인들의 심장처럼 퍼덕이며 날고 있지만, 동시에 이 비할 데 없는 순간에 하늘에 못 박힌 것처럼 영원히 멈춰 있을 걸세. 신의 벨벳 같은 어둠이 눈앞에 커튼처럼 내려오는 것을 감지한 헤라트파의 옛 장인들은 몇 날 며칠을 꼼짝 않고 이런 그림을 보다가 장님이 되면, 자신들의 영혼이 결국 그 영원한 시간에 도달하리라는 것을 아주 잘 알고 있었다네."

저녁 기도 시간, 국고의 문이 같은 절차에 따라 많은 사람들이 모인 가운데 열렸을 때, 장인 오스만은 여전히 움직이지 않은 채 그림 속 하늘에 떠 있는 새를 주의 깊게 바라보고 있었다. 하지만 그의 눈동자에 나타난 창백한 색을 눈치챈 사람들은 앞에 놓인 음식을 두고 엉뚱한 방향으로 가는 장님들처럼 장인 오스만이 이상한 각도로 그림을 바라보고 있다는 걸 발견했다.

장인 오스만은 국고에 더 머물 것이며, 제즈미 아아가 줄곧 같이 있었음을 안 국고의 병사들은 내 몸을 샅샅이 뒤지지 않았다. 그래서 그들은 내 속옷 속에 든 바늘을 찾아내지 못했다. 궁전 뜰을 지나 이스탄불 거리로 나와서, 어떤 통로로 들어간 나는 전설적인 비흐자드를 눈멀게 한 그 바늘을 속옷 안에서 꺼내 천으로 된 넓은 벨트 사이에 넣었다. 그리고 거리를 달음질쳤다.

국고 내실의 추위가 얼마나 뼛속까지 파고들었던지 거리에 달콤한 봄기운이 제철보다 빨리 온 것처럼 느껴졌다. 옛 대상들의 숙소에서 열리는 시장에서 하나씩 문을 닫는 식료품 가게, 이발소, 약초상, 채소 가게, 장작 가게 앞을 지날 때, 걸음을 늦추고 기름등잔을 밝힌 따스한 가게들 안의 통, 덮개, 당근, 항아리 들을 유심히 바라보았다.

에니시테의 골목(나는 아직도 '나의 골목'이라는 말은 둘째 치고 '셰큐레의 골목'이라고도 말하지 못한다.)은 이틀밖에 지나지 않았는데도 생소하고 먼 곳처럼 느껴졌다. 하지만 무사히 나의 셰큐레와 상봉한다는 기쁨, 그리고 살인자를 색출했으므로 오늘 밤, 사랑하는 여인의 침대에 들어갈 수 있다는 생각이 온 세상을 친근하게 느껴지게 했다. 석류나무와 닫혀 있는 덧창이 보이자, 맞은편 시냇가를 향해 소리치는 농부처럼 큰 소리를 내지 않으려고 자신을 억제해야만 했다. 나는 세큐레를 보자마자 "야비한 살인자가 누군지 알아냈어."라고 말하고 싶었다.

대문을 열었다. 문의 삐걱거리는 소리 때문인지, 우물의 두레박에서 물을 마시는 참새의 태평함 때문인지, 아니면 집 안이 어둡기 때문인지 나는 십이 년간 혼자 산 남자의 이리 같은 날카로운 감각으로 집에 아무도 없다는 걸 즉시 알아챘다. 혼자 남았음을 가슴 아프게 인식했지만 그래도 모든 문, 서랍, 심지어 냄비 뚜껑까지 열어 보았다. 궤짝도 열고 안을 들여다보았다.

정적 속에서 내가 유일하게 들을 수 있었던 건 빠르게 뛰는 내 심장 박동 소리뿐이었다. 할 일을 다 끝낸 늙은이처럼 궤짝 바닥에 숨겨 놓았던 검을 꺼내 허리에 차자 한순간 마음이 편해졌다. 펜으로 일을 한 그 많은 세월 동안, 내게 마음의 평안과 균형(걷는 균형조차)을 준 건 뜻밖에도 손잡이가 상아로 된 이 검이었다. 책은 우리의 슬픔에 스스로 위안이라고 착각하는 깊이를 더해 줄 뿐이다.

마당으로 내려갔다. 참새는 가 버리고 없었다. 침몰한 배를 떠나듯, 내리는 어둠의 정적에 집을 맡기고 밖으로 나갔다.

지금, 자신을 믿는 나의 가슴은 '뛰어가서 그들을 찾아.'라고 말하고 있었다. 나는 뛰었다. 사람들이 붐비는 곳을 피해 지름길로 택한 사원 뜰을 지나는데, 재미있는 일이라도 생긴 줄 알았는지 개들이 신나게 뒤를 쫓아왔다. 나는 발걸음을 늦췄다.

53
저는 에스테르랍니다

저녁 식사 준비를 하느라 편두콩 수프를 끓이고 있는데, 남편 네심이 "대문에 누가 왔는데?"라고 말했어요. "수프가 바닥에 눌어붙지 않게 해 줘요."라고 말하고 남편 손에 국자를 쥐여 준 뒤, 그 늙은 손을 잡아 냄비를 두어 번 저어 줬죠. 그렇게 시범을 보여 주지 않으면 젓지는 않고 몇 시간이고 쥐고만 있을 것이기 때문이에요. 대문에서 카라를 보고 연민을 느꼈어요. 그의 표정을 보니 무슨 일인지 물어보기조차 두려웠어요.

"안으로 들어오지 말아요. 지금 옷 갈아입고 나갈 테니."

라마단 축제 기간이나 오래 걸리는 결혼식에 초대되었을 때 입는 분홍색과 노란색으로 된 옷을 입고 보따리를 들었죠. 가련한 네심에게는 "수프는 돌아와서 먹을게요."라고 말해 두었습니다.

가난한 집 냄비처럼 가끔씩 굴뚝으로 연기를 뿜는 유대인 마을을 카라와 함께 벗어나는 찰나였어요.

"셰큐레의 전남편이 전쟁에서 돌아왔대요."

카라에게 이렇게 말해 줬습니다.

카라는 마을을 완전히 벗어날 때까지 아무 말도 하지 않았어요. 그의 얼굴은 해 저무는 빛깔인 잿빛이었어요. 시간이 한참 흐른 후 그가 물었어요.

"지금 어디들 있지?"

저는 비로소 셰큐레와 아이들이 집에 없다는 것을 알게 되었어요.

"자기들 집에 있겠죠, 뭐."

자기들 집이란 셰큐레가 이전에 살던 집을 의미하기 때문에 카라의 가슴이 찢어지리라는 걸 알고, 두 번째 말로 희망의 문을 열어 줬죠.

"아마 그럴 거예요."

"당신은 전쟁에서 돌아온 그녀의 남편을 봤나?"

그가 제 눈을 들여다보며 물었죠.

"저는 그가 돌아온 것도, 셰큐레가 집을 나가는 것도 못 봤어요."

"집을 나간 건 어떻게 알았지?"

"당신 얼굴을 보고요."

"나한테 모든 걸 말해 줘."

그가 단호하게 말했어요.

그는 이 에스테르가 눈은 창문에 두고, 귀는 길을 향해 열려 있으며, 환상을 꿈꾸는 많은 처녀들에게 남편을 찾아 주고 많은 불행한 집들의 문을 마음 편히 두드릴 수 있으려면, 절대로 모든 걸 다 말하면 안 된다는 걸 이해할 수 없을 만큼 고민에 차 있었어요.

"셰큐레의 시동생인 하산이 당신 집에 몰래 들어와(제가 당신 집이라고 말했더니 그는 기뻐하더군요.) 셰브켓에게 아버지가 전쟁에서 곧 돌아올 것이며 오후에 집에 도착할 거라고, 집에서 엄마와 아이들을 보지 못하면 아주 슬퍼할 거라고 말했대요. 셰브켓이 이 말을 엄마에게 전달했지만 신중한 셰큐레는 아무 결정도 내리지 않았대요. 그런데 오후에 셰브켓이 집을 도망쳐 나와 하산과 함께 할아버지 곁으로 갔다더군요."

"자네는 이것들을 어디서 들었나?"

"하산이 이 년 내내 셰큐레를 자기 집으로 되돌아오게 하기 위해 술수를 쓰고 있었다고 셰큐레가 말하지 않았나요? 한때 하산은 저를 통해 셰큐레에게 편지를 보냈답니다."

"셰큐레가 그에게 답장을 한 적이 있나?"

"저는 이스탄불의 온갖 종류의 여자들을 다 알아요. 셰큐레처럼 가정과 남편 그리고 정조를 소중하게 여기는 여자는 없어요."

제가 자랑스럽게 말했죠.

"하지만 지금 그녀의 남편은 나야."

그의 목소리는 제게 늘 슬픈 느낌을 주는, 자신 없는 남자의 목소리였어요. 셰큐레가 어느 쪽으로 가든, 나머지 한쪽이 무너지기 시작하고 있었어요.

"하산은 셰브켓이 아버지를 기다리기 위해 집에 갔고, 엄마가 불법적으로 결혼한 거짓말쟁이 남편 때문에, 그러니까 새아버지 때문에 불행하며, 결코 되돌아가지 않겠다고 했다고 쪽지에 적어 제게 줬어요. 셰큐레에게 전해 달라고."

"셰큐레는 어떻게 했나?"

"온 밤을 가련한 오르한과 함께 당신을 기다렸어요."

"하이리예는?"

"하이리예는 당신의 아름다운 부인에게서 도망치려고 몇 년 동안 기회를 찾고 있어요. 작고한 에니시테의 품에도 그것 때문에 안겼지요. 하산은 셰큐레가 살인자와 유령에 대한 두려움 때문에 혼자 밤을 지새울 거라는 걸 알고 제게 셰큐레에게 전해 달라고 편지 한 통을 더 줬어요."

"뭐라고 썼는데?"

"다행스럽게도 불쌍한 저 에스테르는 읽고 쓸 줄 모릅니다만, 분노에 떠는 양반들, 신경질적인 아버지들이 물어 오면 이렇게 대답합니다. 저는 편지는 못 읽지만, 그 편지를 읽는 아름다운 처녀의 얼굴은 읽을 줄 안다고요."

"그녀의 얼굴에서 뭘 읽었지?"

"속수무책을요."

한동안 우리는 아무 말도 하지 않았어요. 작은 그리스 정교 교회의 지붕에 앉아 밤을 기다리는 부엉이를 보고 있었죠. 저의 옷과 보따리를 보고 웃는 마을의 코흘리개 아이들을 보았어요. 밤이 시작되는 걸 알고 몸을 벅벅 긁으며 사이프러스 나무들이 있는 공동묘지를 지나 즐겁게 마을로 내려가는 더러운 개를 보았어요.

"천천히 좀 가요!" 잠시 후 카라를 향해 이렇게 외쳤어요. "저는 이 보따리를 들고는 당신처럼 비탈길을 잘 올라갈 수 없어요. 그런데 지금 저를 어디로 데려가는 거죠?"

"당신이 나를 하산의 집으로 데려가기 전에, 그 보따리를 풀게 해서 몰래 사모하는 연인을 위해 꽃무늬가 있는 손수건, 비단 허리띠, 은실로 장식된 지갑을 사 줄 관대한 용사에게 데려가는 길이오."

가련한 상황에서도 카라가 여전히 농담을 할 수 있다는 건 좋은 일이었어요. 하지만 그의 농담에서 심각한 생각을 즉시 읽을 수 있었어요.

"폭도들을 모을 작정이라면 하산의 집으로 데려가 주지 않겠어요. 전 부수고 싸우는 건 끔찍이도 무서워한답니다."

"자네가 여느 때의 영리한 에스테르처럼 행동한다면 싸우고 부수는 일은 없을 거요."

우리는 악사라이 동(洞)을 지나 그 뒤에 있는 랑가 채소밭으로 가는 길로 들어섰어요. 카라는 진흙탕 길 위쪽에 있는, 한때는 번창했던 마을에 있었던 이발소로 들어갔어요. 저는 깨끗한 얼굴에 손이 예쁜 소년이 기름등잔 아래서 면도를 하는 주인과 이야기하고 있는 걸 보았어요. 얼마 지나지 않아 이발사, 아름다운 소년 조수, 그리고 두 명의 남자가 악사라이에서 우리와 합류했어요. 손에는 검과 도끼가 들려 있었죠. 세흐자데바시 동(洞)에서는 길거리에서 깡패 같은 짓을 하기에는 전혀 어울리지 않는 신학교 소년 학생 하나가 손에 검을 들고 어둠 속에서 합류했어요.

"이 도시에서, 벌건 대낮에 집에 들이닥칠 생각이에요?"

제가 물었더니, 카라는 농담하는 것이 즐거운 듯한 목소리로 말했어요.

"지금은 대낮이 아니고 밤이야."

"사내들을 모았다고 해서 그렇게 자신을 믿지는 마세요. 이렇게 무장을 하고 돌아다니는 남자들을 근위병들이 보지 못해야 할 텐데."

"아무도 우릴 보지 못할 거야."

"어제 에르주룸파 사람들이 선술집과 사기르카피에 있는 수도원에 들이닥쳐 사람들을 때렸대요. 어떤 노인이 머리에 장작을 맞고 죽었다고 하더군요. 이 칠흑 같은 어둠 속에서 당신들을 그들과 한패라고 생각할 수도 있어요."

"자네가 죽은 엘레강스의 집에 가서, 고맙게도 그 부인의 물감이 번진 말 그림을 보고 셰큐레에게 말해 줬더군. 엘레강스는 그 에르주룸 출신의 설교자와 가까운 사이였나?"

"그 집에 가서 뭔가 알아내려고 한 건 가련한 셰큐레에게 도움이 되지 않을까 싶어서였죠. 그리고 그 집에는 사실 플랑드르에서 온 옷감을 보여 주려고 갔어요. 저 같은 천한 유대인 여자의 머리로는 이해할 수 없는 당신들의 그 법이나 정치적 일에 말려들고 싶어서가 아니라."

"에스테르, 자네는 정말 영리하군."

"그러니까 당신에게 이 말도 해 드리죠. 그 에르주룸 출신 설교자의 추종자들은 앞으로 더욱더 날뛸 거고, 많은 사람들이 죽을 거예요. 그들을 조심하세요."

차르시카프 동(洞) 뒤에 있는 골목에 들어서자 두려움에 심장이 빨리 뛰기 시작했어요. 앙상하고 젖은 밤나무와 뽕나무 가지들이 반달의 희미한 빛을 받아 반짝였어요. 정령들과 귀신들이 내뿜는 바람이 내 보따리 가장자리에 붙은 레이스를 펄럭이게 하고 나뭇가지들 사이에서 휘파람을 불어 우리의 냄새를 마을에 드러누워 있는 개들에게 실어 갔어요. 개들이 하나둘 짖기 시작하자 카라에게 하산의 집을 알려 줬어요. 우리는 그 집의 어두운 지붕과 덧문을 조용히 바라봤어요. 카라는 사람들을 집 주변, 빈 채소밭, 대문 양쪽, 그리고 집 뒤편의 무화과나무 뒤에 배치시켰어요.

"저기, 혐오스런 타타르인 거지가 있어요. 장님이지만 이 골목을 드나드는 사람들을 이장보다 더 잘 알아요. 술탄의 버릇없는 원숭이처럼 계속 자위행위를 하지요. 10악체만 주면 술술 말을 해 줄 거예요."

저는 카라가 먼저 그에게 돈을 준 뒤, 검을 목에 대고 위협하는 걸 멀리서 구경했어요. 나중에 무슨 일인지, 집을 감시하던 이발소의 조수 소년이 도끼 손잡이로 거지를 때리기 시작했어요. 곧 그만두겠지 생각하며 구경만 하는데 타타르인이 울부짖는 거예요. 타타르인을 죽이기 전에 뛰어가서 그를 구해 냈죠.

이발소 소년이 말했어요.

"우리 엄마를 저주했다고요."

"하산은 집에 없다는군. 이 장님의 말이 맞긴 맞나?"

카라가 말했어요. 그리고 그 자리에서 쓴 편지를 제게 내밀었어요.

"이걸 집에 들어가 하산에게 전해 줘. 하산이 없으면 그의 아버지에게."

"셰큐레에게는 아무것도 쓰지 않았나요?"

편지를 건네받으면서 물었어요.

"그녀에게 따로 편지를 쓰면 이 집의 남자들을 선동하는 꼴이 돼. 그녀에게는 아버지를 죽인 야비한 살인자를 찾았다고 전해 줘."

"그 말, 정말이에요?"

"당신은 그렇게만 전해."

저는 여전히 질질 짜고 있는 타타르인 거지를 혼내며 당장 그치라고 했어요. "내가 당신을 구해 줬다는 걸 잊지 마!"

이런 일에 제가 왜 말려든 걸까요? 이 년 전, 에디르네카프 동(洞)에서 자신과 정혼한 여자가 다른 남자와 결혼하자, 상처받은 남자가 결혼한 두 사람을 연결시켜 준 방물장수 여자의 귀를 잘라 죽여 버린 사건이 있었어요. 할머니께서는 투르크인은 대부분 끔찍하게 사람을 죽인다고 제게 말하곤 했죠. 남편 네심이 지금 집에서 먹고 있을 콩 수프가 그리웠어요. 마음속에서는 발이 뒷걸음질 쳤지만, 실제로는 셰큐레가 있을 집으로 걷고 있었죠. 호기심이 저를 괴롭히고 있었어요.

"방물장수가 왔어요! 명절용으로 중국에서 온 비단옷 있어요!"

덧창 사이로 새어 나오는 오렌지색 불빛이 움직이는 걸 느꼈어요. 대문이 열렸죠. 하산의 점잖은 아버지가 저를 안으로 안내했어요. 집 안은 부잣집처럼 따스했습니다. 불빛 아래 놓인 밥상 옆에 아이들과 함께 앉아 있던 셰큐레가 저를 보고 일어섰어요.

"셰큐레, 남편이 왔어요."

"어떤 남편 말이지?"

"새 남편. 무기를 든 사람들과 함께 집을 에워싸고 있어요. 하산과 싸울 준비를 하고 왔어요."

"하산은 집에 없네."

점잖은 시아버지가 말했어요.

"잘되었네요. 이 편지를 읽어 보세요."

저는 술탄의 잔인한 의지를 하달하는 거만한 사신처럼 카라의 편지를 건네주었어요. 점잖은 시아버지가 편지를 읽고 있을 때, 셰큐레가 말했죠.

"에스테르, 이쪽으로 와, 콩 수프를 줄게, 몸이 따스해질 거야."

처음에는 "별로 먹고 싶지 않아요."라고 말하려 했어요. 왜냐하면 이곳을 자기 집처럼 편하게 여기는 듯한 그녀의 말투가 마음에 들지 않았기 때문이죠. 하지만 그녀가 저와 따로 보길 원하는 걸 알아채고 수저를 집어 들고 그녀 뒤를 따라갔어요. 그녀가 제게 속삭이듯 말했죠.

"카라에게 이 모든 게 셰브켓 때문이라고 말해 줘. 어제, 살인자가 무서워서 오르한과 함께 뜬눈으로 밤을 새웠어. 오르한은 밤새 떨었지. 게다가 내 아이가 가 버렸잖아. 어떤 엄마가 아이와 헤어지겠어! 그리고 카라가 집에 돌아오지 않자, 사람들이 술탄의 고문관들이 그를 실토시키고 아버지의 죽음에 그가 연루됐다는 소식을 전해 주더라고."

"아버지가 살해당할 때 카라와 함께 있었잖아요?"

그녀가 아름다운 검은 눈을 크게 뜨고 제게 말했어요.

"에스테르, 제발 나를 도와줘."

"여기로 왜 돌아왔는지 말해야, 저도 상황을 알고 도와주지 않겠어요?"

"여기로 왜 돌아왔는지 나는 안다고 생각해?" 그녀가 순간 울 것 같은 표정을 지었어요. "카라가 셰브켓을 거칠게 대했어. 그리고 하산이 애들 아버지가 돌아왔다고 해서 나도 그 말을 믿었던 거야."

하지만 그녀의 눈을 보고 저는 그녀가 거짓말을 하고 있다는 것을 알았고, 그녀도 제게 발각되었음을 알았어요.

"하산에게 속았어!"

그녀가 속삭였어요. 그 말은 자신이 하산을 좋아한다는 걸 제가 느끼기를 바라고 한 말이라는 걸 알았죠. 하지만 자신이 카라와 결혼했기 때문에 하산을 더 많이 생각하게 됐다는 걸 그녀는 알고 있을까요?

문이 열렸어요. 빵 가게에서 사 온, 새로 구운 구수한 냄새가 나는 빵을 들고 하이리예가 안으로 들어왔어요. 저를 보고 전혀 반가워하지 않는 꼴을 보자, 에니시테의 죽음 때문에 팔 수도, 내칠 수도 없는 골치 아픈 유산이 셰큐레에게 남겨졌음을 깨닫게 되었어요. 방으로 들어가는 빵을 뒤따라 셰큐레가 아이들에게 돌아가자 저는 사실을 알 수 있었어요. 아이들의 친아버지도, 하산도, 카라도 모두 셰큐레가 찾고 있는, 사랑할 수 있는 남편이 아니었어요. 어려운 것은 두려움 때문에 눈이 동그래진 저 아이들이 좋아할 만한 아버지를 찾는 일이었죠. 사실 셰큐레는 모든 좋은 남편을 좋은 마음으로 사랑할 준비가 되어 있었어요. 저는 서슴없이 그녀에게 말했어요.

"찾고자 하는 걸 가슴으로 찾고 있군요. 하지만 이성으로 결정을 내려야 해요."

"지금 당장 아이들과 함께 카라에게 돌아가겠어. 하지만 조건이 있어." 그녀는 이렇게 말하고 잠시 말을 멈췄어요. "셰브켓과 오르한에게 잘해 줘야 해. 내가 이곳으로 피신했다고 해서 앞으로 이 일을 들춰서는 안 돼. 그리고 우리 결혼의 조건을, 그는 뭔지 알 거야, 따라야 해. 그는 나를 어젯밤에 살인자, 도둑, 불운, 그리고 하산에게 혼자 남겨 두었어."

"아버지의 살인자는 아직 잡지 못한 것 같아요. 하지만 당신에게 잡았다고 말하라고 했어요."

"나, 카라에게 갈까?"

제가 아직 대답을 하기도 전에, 손에 들고 있던 편지를 다 읽은 그녀의 시아버지가 말했어요.

"카라에게 전하게. 나는 아들이 없는 상황에서 며느리를 되돌려주는 책임을 질 수 없다고 말일세."

"어떤 아들이요?"

저는 심술궂게, 하지만 부드러운 목소리로 물었어요.

"하산 말이네." 그는 점잖은 사람이라서 부끄러워했어요.

"큰아들이 페르시아에서 돌아오고 있다고 하더군, 목격자들이 있어."

"하산은 어디 있지요?"

저는 물었어요. 셰큐레가 준 수프를 두 수저 떠먹으면서요.

그는 거짓말을 못 하는 사람 좋고 바보스러운 아이 같은 표정으로 말했어요.

"세관에 있는 서기들, 짐꾼들 그리고 사람들을 모으러 갔네. 어제 에르주룸파들이 한 짓 때문에 근위병들도 오늘 밤 거리를 순찰하고 있다더군."

전 대문으로 걸어 나가며 이렇게 말했어요.

"그들은 보지도 못했는걸요, 뭘. 그게 마지막으로 하실 말씀인가요?"

그에게 겁을 주려고 일부러 이렇게 말했죠. 하지만 셰큐레는 그 말이 실은 자신에게 한 말이라는 걸 훤히 알고 있었어요. 그녀의 머리가 복잡하게 돌아가고 있는 건 아닐까요? 혹시 모든 걸 숨기고 있는 건 아닐까요? 예를 들면 하산이 사람들을 데리고 돌아오기를 기다리고 있는 건 아닐까요? 사실 셰큐레가 결정을 하지 못하고 있는 걸 보고 마음이 놓였어요.

"우리는 카라를 원하지 않아. 너도 여기 다시는 오지 마, 이 뚱보야."

셰브켓이 용감하게 말했어요.

"그러면 예쁜 네 엄마가 좋아하는 레이스 달린 식탁보, 꽃과 새를 수놓은 손수건, 네가 좋아하는 셔츠용 빨간 옷감은 누가 갖고 오지?"

이렇게 말하면서 방 한가운데에 보따리를 놓았죠.

"제가 돌아올 때까지 열어 보고 원하는 옷감을 골라 봐요."

그렇게 말하고 방을 나갈 때 갑자기 슬퍼졌어요. 지금까지 셰큐레의 눈에 그렇게 눈물이 가득한 걸 본 적이 없었거든요. 밖의 추위에 익숙해질 찰나, 진흙 길에서 카라가 검을 든 손으로 저를 막았어요.

"하산은 집에 없어요. 어쩌면 셰큐레가 돌아온 걸 축하하려고 시장에 포도주를 사러 갔을지도 몰라요. 어쩌면 그들이 말한 대로 사람들을 데리고 올지도 모르고요. 그러면 서로 싸우세요. 그는 미쳤거든요. 게다가 그 빨간 검이라도 손에 쥐면……."

"셰큐레는 뭐라던가?"

"시아버지가 '그렇게는 안 돼, 며느리를 줄 수 없어.'라고 말했어요. 하지만 당신은 그가 아니라 셰큐레를 두려워하죠. 머리가 혼란스러운 당신 부인은 아버지가 살해된 지 이틀 만에, 살인자에 대한 두려움, 하산의 위협, 게다가 당신이 갑자기 사라진 것 때문에 이 집으로 돌아온 것 같더군요. 사람들이 에니시테의 죽음에 당신도 연루되었다고 말했나 봐요. 하지만 셰큐레의 전남편이 돌아온다는 말은 사실이 아니에요. 하산의 그 거짓말은 셰브켓과 시아버지만 믿는 것 같더군요. 셰큐레는 당신에게 돌아갈 마음이 있어요. 하지만 조건이 있지요."

저는 카라의 눈을 들여다보며 조건들을 일일이 말했어요. 그는 진짜 사신과 이야기하는 것처럼 공식적인 태도로 그 조건들을 수락했어요.

"저도 조건이 있어요. 지금 저 집으로 다시 들어갈 거예요." 저는 셰큐레의 시아버지가 있는 창문의 판자를 손으로 가리켰어요. "잠시 후 이곳과 대문으로 들이닥치세요. 제가 소리를 지르면 멈추고요. 하산이 오면 주저하지 말고 그와 싸우세요."

이런 말들은 물론 사신으로서는 적합한 말이 아니었어요. 하지만 저 에스테르는 자신을 그 직무에 바치고 있었어요.

"방물장수요!"

제가 외치자마자 대문이 금세 열렸죠. 저는 곧장 셰큐레의 시아버지 앞으로 갔어요.

"모든 마을, 이 지역의 재판관도 모두 셰큐레가 이미 이혼했고, 코란에 의거해 합법적으로 다시 결혼했다는 걸 알고 있어요. 죽은 어르신의 아들이 다시 살아나 천당에서, 예언자 모세의 곁에서 돌아오더라도 셰큐레와는 이미 이혼한 몸인걸요. 결혼한 여자를 유괴해서 여기 가두고 있는 셈이지요. 카라가 이에 대한 벌을 재판관보다 먼저 내리겠다고, 자기 사람들과 함께 벌을 주겠다고 전하라는군요."

"잘못된 일을 하는 거야." 시아버지가 부드럽게 말했어요. "셰큐레는 우리가 유괴한 게 아닌걸. 신에게 감사하게도 나는 이 아이들의 할아버지야. 하산은 삼촌이고. 셰큐레는 혼자 남겨져서 우리에게 피신한 거야. 셰큐레가 원한다면 지금 당장 아이들과 돌아가도 돼. 하지만 이곳은 며느리가 아이들을 낳고 행복하게 키운 자기 집이란 걸 잊지 말게."

저는 즉각 셰큐레에게 물었어요.

"셰큐레 아가씨, 아버지 집으로 돌아가고 싶나요?"

그녀는 행복한 집이라는 시아버지의 말 때문에 울기 시작했어요.

"아버지는 이제 안 계셔."

그녀가 말했어요. 아니면 제가 잘못 들은 걸까요? 아이들이 그녀의 치마에 매달렸어요. 그리고 곧 그녀의 품에 안겼죠. 모두 얼싸안고 울음을 터뜨렸어요. 이 에스테르는 바보가 아니랍니다. 그녀는 그렇게 우는 것으로, 어떤 선택을 하기 전에 양쪽 모두를 조종하려 한다는 걸 아주 잘 알고 있었어요. 하지만 진심으로 운다는 것도 알고 있었어요. 왜냐하면 저도 울기 시작했기 때문입니다. 잠시 후에 보니 뱀 같은 하이리예도 울고 있었어요.

그 집에서 울지 않는 단 한 사람, 초록색 눈의 시아버지를, 그 순간 카라와 그가 데리고 온 사람들이 공격하기 시작했어요. 창문의 나무판자를 치고 억지로 문을 열려고 했죠. 두 남자가 대문에 붙어서 망치 같은 것으로 치며 열려고 했어요. 망치로 칠 때마다 집 안에 대포를 쏘는 듯한 소리가 울렸어요.

저는 저의 눈물로 인해 용기를 얻어 셰큐레의 시아버지에게 말했어요.

"어르신은 인생의 쓴맛, 단맛을 다 보신 점잖은 분이잖아요. 문을 열고 셰큐레가 스스로 이곳에 왔다고 말하셔서 밖에 있는 미친 개들을 멈추게 하세요."

"내 집으로 피난 온 의지할 데 없는 여자를, 더욱이 며느리를 자네라면 거리로 내몰아 저런 개들에게 넘기겠나?"

"그녀가 원하는 일인걸요."

저는 울어서 막힌 코를 보라색 손수건으로 닦았어요.

"그렇다면 대문을 열고 나가도 돼."

저는 셰큐레와 아이들 곁에 앉았어요. 문을 열려고 하는 그 끔찍한 소음이 더 많이 울 수 있는 핑계가 되어 주었죠. 아이들은 더 큰 소리로 울기 시작했고 이 때문에 저와 셰큐레도 더 소리 내어 흐느꼈죠. 하지만 우리 둘 다 집을 부술 듯이 내리치는 타격, 밖에서 들려오는 위협에 가득 찬 외침에 대한 계산을 하고 있었어요.

"아름다운 셰큐레, 시아버지께서 허락하셨어요. 남편 카라는 모든 조건들을 받아들인다고 했고. 당신을 밖에서 애타게 기다리고 있어요. 이제 이 집은 당신이 올 곳이 못 돼요. 외출복을 입고 베일을 쓰고 아이들을 데리고 가서 대문을 열어요. 이제 집으로 돌아가는 게 좋겠어요."

저의 이 말에 아이들은 더 요란하게 울기 시작했고 셰큐레도 예외가 아니었어요.

"하산이 무서워. 복수가 두렵기도 하고. 그는 거칠거든. 그리고 난 이곳에 내 발로 왔잖아."

"당신은 어쩔 수 없었잖아요. 당연히 어딘가로 가야만 했어요. 남편은 벌써 용서하고 당신을 받아들인다고 했어요. 하산도 어떻든 간에 몇 년 동안 잘 지내 왔으니까 앞으로도 그럴 거예요."

저는 그녀에게 미소를 지어 보였어요.

"하지만 대문을 내가 열 수는 없어. 그렇게 되면 내가 원해서 돌아가는 게 되잖아."

"셰큐레, 그렇다고 제가 문을 열 수도 없어요. 당신도 알잖아요. 그렇게 되면 당신들 일에 간섭하는 셈이 돼요. 그러면 제가 당할 보복은 더 엄청날 거예요."

그녀도 제 말에 수긍했어요.

"그렇다면 아무도 문을 열 수가 없잖아. 그냥 문을 부수고 들어와서 강제로 우리를 데려가게 하지 뭐."

저는 그것이 셰큐레와 아이들을 위해 가장 좋은 해결책이라는 걸 알았지만 두려움을 느끼지 않을 수 없었어요.

"아이고, 그렇다면 피를 흘리게 될 텐데요. 재판관이 조정하지 않으면 피를 흘리게 될 거예요. 이런 유혈극에 관한 재판은 몇 년 동안이나 계속돼요. 명예롭게 살기를 바라는 사람이라면 그 누구도 문을 부수고, 집을 습격하고, 여자를 데려간 자들을 가만두지 않을 거예요."

저의 일리 있는 설득에 셰큐레가 아이들을 얼싸안고 있는 힘껏 울기 시작했어요. 그녀가 얼마나 영악하고 계산적인지 다시 한번 후회하며 깨닫게 됐죠. 제 마음속에서 들리는 목소리는 모든 걸 그만두고 이 자리를 떠나라고 말하고 있었어요. 하지만 부서질 듯 두드리고 있는 문으로 이제는 나갈 수가 없었어요. 사실 그들이 문을 부수고 안으로 들어오는 것도 무서웠지만 부수지 않는 것도 무서웠어요. 왜냐하면 저를 믿고 일을 진전시키는 걸 두려워하는 카라의 동료들이 어느 순간 뒤로 물러설 수도 있고, 그것이 시아버지에게 용기를 줄 수도 있다고 생각됐기 때문이에요. 셰큐레를 얼싸안고 보니까 그녀가 거짓으로 울고 있다는 걸 알게 되었어요. 하지만 거짓으로는 흉내 낼 수 없을 만큼 심하게 떨고 있었죠.

저는 대문으로 다가가 있는 힘껏 소리를 질렀어요.

"제발 이제 멈춰요!"

대문 밖의 움직임도, 집 안의 울음소리도 한순간에 멈췄어요. 저는 아이들에게 이야기하듯 달콤한 목소리로 말했어요.

"셰큐레, 오르한에게 문을 열라고 해요. 그 애는 집에 돌아가고 싶어 해. 아무도 그 애에게 화를 내지는 못할 거예요."

제 말이 채 끝나기도 전에 오르한이 엄마의 느슨해진 팔에서 빠져나와, 이 집에서 오랫동안 산 사람처럼 먼저 빗장을, 다음에는 나무로 된 손잡이를, 그리고 마지막으로 걸쇠를 열고 두 걸음 뒤로 물러났어요. 스르르 열리는 대문 틈 사이로 밖의 한기가 밀려 들어왔어요. 너무나 조용해서 저 멀리서 게으른 개가 하릴없이 짖는 소리를 모두 들을 수 있었죠. 셰큐레가 자기 품으로 돌아온 오르한에게 입을 맞추자, 셰브켓이 "하산 삼촌에게 다 말할 거야."라고 했어요.

셰큐레가 일어나서 외투를 손에 들고 보따리를 싸는 것을 보고 저는 안도의 숨을 내쉬며 웃지 않으려고 애를 썼어요. 앉아서 콩 수프를 두 수저 더 떠먹었어요.

카라는 영리했어요. 그 집으로 전혀 접근하지 않았죠. 도중에 셰브켓이 친아버지 방에 들어가 안으로 빗장을 걸고 나오지 않았어요. 우리가 도움을 요청했는데도 카라는 집 안으로 한 발자국도 들어오지 않았죠. 다른 사람들도 들어가지 못하게 했어요. 셰큐레가 손잡이에 루비가 박힌 하산 삼촌의 단검을 가져가도 된다고 허락하고 나서야 셰브켓도 그 집에서 나가는 것에 동의했지요.

"아가야, 하산과 그의 빨간 검을 조심하거라."

시아버지가 패배감과 복수심보다는 진정으로 염려하는 투로 말했어요. 손자들의 머리에 코를 대고 일일이 냄새를 맡으며 입맞춤을 했죠. 그리고 셰큐레의 귀에 뭔가를 속삭였어요. 셰큐레가 마지막으로 한 번 더 대문, 벽, 화덕을 둘러보더군요. 이곳이 그녀가 첫 남편과 함께 인생의 가장 행복한 세월을 보낸 곳이라는 것을 한 번 더 상기했어요. 그랬던 집이 지금은 불행하고 외로운 두 남자의 거처이며 죽음의 냄새를 풍긴다는 것을 셰큐레는 어떻게 생각하고 있을까요? 그녀가 제 마음을 상하게 했기 때문에 돌아가는 길에는 그녀와 팔짱을 끼지 않았어요.

그래도 아이 두 명과 하녀 한 명, 유대인 여자 한 명, 그리고 과부 한 명을 서로 가깝게 만든 것은 밤의 추위와 어둠이 아니라, 생소한 마을과 지나다니기 어려운 골목, 그리고 하산에 대한 두려움이었어요. 카라 패거리의 보호를 받으며 길을 걷던 우리는 근위병들, 호기심 많은 마을 깡패들, 도둑들, 그리고 하산과 부딪치지 않기 위해, 마치 보물을 운반하는 대상(隊商)처럼 샛길, 아무도 없는 한적한 산골 마을들을 지나갔어요. 어떨 때는 눈도 안 보이는 칠흑 같은 어둠 속에서 서로 부딪히거나 벽에 부딪히며 길을 찾았죠. 유령, 정령, 지하에서 솟아 나온 악마가 우리를 잡아채 갈 것 같아 서로를 꼭 껴안았어요. 손으로 더듬던 벽과 닫힌 덧문들 바로 뒤에서 밤의 한기 속에 자는 사람들의 코 고는 소리, 기침 소리, 마구간 속 가축들의 신음 소리가 들렸어요.

가장 가난하고 허름한 지역들, 이민자들과 불운한 민족들이 살고 있는 마을을 제외한 이스탄불의 모든 골목을 돌아다녀 본 이 에스테르는 가끔 우리 일행이 아무리 돌고 돌아도 끝나지 않는 골목들 사이에서 길을 잃을 수도 있다고 생각했지만, 낮에 보따리를 들고 지나다니던 어떤 골목들은 그래도 기억할 수 있었어요. 재단사 거리의 벽들, 누룰라흐 호자의 정원과 붙어 있는, 웬일인지 계피 냄새가 나는 마구간의 똥 냄새, 곡예사 거리에 있는 화재 터, 매잡이 거리, 광장에 있는 쿄르하지 우물 등을 알아보았어요. 그런데 우리는 셰큐레의 죽은 아버지의 집이 아니라 전혀 다른 방향으로 가고 있었어요.

분노에 휩싸이면 무슨 일을 저지를지 전혀 알 수 없는 하산과 그 악마 같은 살인자로부터 가족을 보호하려고 카라가 은신처를 마련해 놓았다는 걸 알게 되었어요. 그곳이 어딘지 알게 된다면 여러분에게는 당장, 하산에게는 내일 아침에 말하게 되겠죠. 제가 나쁜 사람이어서가 아니라, 셰큐레가 하산의 관심을 끌고 싶어 한다는 걸 확실히 알았기 때문이에요. 하지만 영리한 카라는 이제 저를 전혀 믿지 않았어요.

노예 시장 뒤편의 어두운 거리에 도달했을 때, 거리 끝에서 고함 소리와 비명 소리가 들려왔어요. 도끼, 칼, 몽둥이가 서로 부딪치는 소리, 어디를 다쳤을 때 나는 신음 소리도 들렸죠.

카라는 자기 장검을 신임하는 어떤 남자에게 주었어요. 그리고 셰브켓의 손에 들린 단검을 억지로 빼앗아 그 애를 울렸죠. 그는 셰큐레, 하이리예, 아이들을 이발소 소년과 다른 두 사람과 함께 그곳에서 멀어지게 했어요. 신학교 학생이 지름길로 저를 집에 데려다줄 거라고 했지요. 저를 그들과 함께 있지 못하게 한 겁니다. 그건 우연이었을까요, 아니면 그들이 숨을 곳을 제게 알리지 않기 위해서였을까요?

우리가 지나가야 할 좁은 골목 끝에 커피숍 같은 작은 상점이 있었어요. 고함을 지르며 그 안을 들락날락하는 군중들이(처음에는 약탈을 하고 있다고 생각했어요.) 커피숍을 난장판으로 만들고 있었죠. 커피 잔, 커피 끓이는 주전자, 유리컵, 작고 낮은 테이블을 조심스레 밖에 내다 놓더니 나중에는 우리 눈앞에서 깨 버리더군요. 이 일을 저지하려는 사람이 구타를 당하기도 했지만 다행히 별일은 없었어요. 저는 처음에는 근심 많은 사람들이 말한 것처럼 커피 때문에 일어난 일인 줄 알았어요. 그들은 커피의 해악, 즉 눈과 위를 나쁘게 만들고 머리를 몽롱하게 하여 인간에 대한 믿음을 상실하게 한다는 걸 강조하고, 유럽인들의 독인 그것을 아름다운 여장을 한 악마가 예언자 무함마드에게 주었다가 거절당했다는 에피소드도 얘기해 줬어요. 마치 밤의 여흥으로 교양을 배우는 것 같았죠. 집에 돌아가면 남편에게 "독을 많이 마시면 안 돼요."라고 잔소리를 할 생각도 했답니다.

주위에 미혼자들의 방과 싼 여관들이 많았기 때문에, 그리고 생각 없이 도시에 불법으로 들어온 건달패들이 구경을 하러 모여들었기 때문에 커피를 적으로 생각하는 이 사람들은 더욱 용기를 얻었어요. 그때서야 그들이 그 유명한 설교자인 에르주룸 출신의 누스렛 호자의 추종자들인 걸 알았어요. 그들은 이스탄불에 있는 포도주와 매춘과 커피의 소굴을 철거할 것이며 예언자의 길을 벗어난 사람들과, 사원 의식이라고 하면서 음악에 맞춰 춤을 추는 자들에게 벌을 줄 거라고 말했어요. 종교의 적들, 악마와 결탁한 사람들, 우상을 숭배하는 사람들, 무신론자들, 화가들에게 욕을 퍼부었죠. 그곳이 벽에 그림을 걸고 종교와 에르주룸 출신의 호자를 비방하고 부도덕한 짓을 하던 커피숍이란 것이 그제야 생각났어요.

커피숍 안에서 얼굴과 눈이 피범벅이 된 종업원 아이가 나왔어요. 그는 바닥에 쓰러질 것 같았지만 셔츠 소맷부리로 이마와 볼에 묻은 피를 닦더군요. 그리고 우리 구경꾼들 사이에 섞여 습격을 구경하기 시작했어요. 군중들은 두려워하면서 약간 뒤로 물러섰어요. 군중들 사이에 있던 카라 역시 누군가를 보고 주저하고 있는 걸 저는 알아챘어요. 그리고 에르주룸파들이 주변을 정리하고 있을 때, 수비대 혹은 손에 몽둥이를 든 사람들이 이곳으로 오고 있다는 것을 알았어요. 횃불이 꺼졌고 군중들은 당황해하고 있었어요.

카라가 저의 팔을 잡고 신학교 학생을 따라가게 했어요. "뒷골목으로 가게나."라고 말했죠.

"이 아이가 자네를 집으로 데려다줄 걸세."

신학교 학생도 빨리 그곳을 벗어나고 싶어 했어요. 우리는 서둘러 그곳에서 멀어졌지요. 저는 카라가 염려스러웠어요. 지금 이 장면에서 에스테르가 사라지면 여러분에게 더 이야기를 할 수 없을 텐데…….

54
저는 여자예요

여러분은 "이봐, 이야기꾼 선생, 당신은 모든 걸 흉내 낼 수 있지만 여자 역할만은 못 할걸."이라고 말합니다. 하지만 저는 정반대를 주장합니다. 그렇습니다. 우리는 여러 도시를 돌아다니며 자정까지 결혼식과 잔치, 커피숍에서 목이 쉬도록 모든 걸 흉내 내고 이야기를 하기 때문에 결혼할 처지가 못 됩니다. 하지만 그렇다고 해서 우리가 여자들을 전혀 모르는 것은 아닙니다.

저는 여자들을 아주 잘 압니다. 특히 네 명의 여자들과는 개인적으로 만나고, 얼굴도 보고, 이야기도 나누었습니다. 그 여자들은 다음과 같습니다.

1. 돌아가신 어머니. 2. 사랑하는 이모. 3. 항상 저를 때리는 형의 부인으로, 저를 보고 "방에서 나가." 하고 말했죠.(저의 첫

사랑은 그녀였습니다.) 4. 여행 중에 콘야 시(市)에서 열린 창으로 잠깐 보았던 여자. 그녀와는 이야기도 못해 봤지만 몇 년이 지났는데도 여전히 그녀를 향한 욕망을 간직하고 있습니다. 지금은 어쩌면 죽었을지도 모르겠군요.

얼굴을 드러낸 여자를 보고, 그녀와 이야기하고, 그녀의 인간적인 면을 보는 것은 우리 남자들의 욕정과 정신적 고통의 원인이 되기 때문에 우리 종교가 명령하듯 여자들, 특히 아름다운 여자들은 결혼 전까지 전혀 보지 않는 게 좋습니다. 욕정을 해소하기 위해 어쩔 수 없이 여자를 무색하게 하는 아름다운 소년들을 찾는 것이 유일한 해결책입니다. 그리고 이것은 나중에는 달콤한 습관이 됩니다. 유럽의 도시에서는 여자들이 얼굴뿐만 아니라, 가장 매력적인 부분인 반짝이는 머리카락 그리고 목덜미, 팔, 심지어 제가 들은 것이 맞다면 아름다운 다리의 일부까지 드러내고 돌아다닌다고 하더군요. 그러면 남자들의 바지 앞부분이 자주 일어서고 부끄러움과 고통 속에서 어렵게 걸어야 할 것이므로 당연히 사회가 마비되고 말 겁니다. 유럽의 이교도들이 오스만 제국과 맞서 싸워서 매일 성을 하나씩 빼앗기는 것도 이것 때문입니다.

아름다운 여자들을 멀리하는 것이 영혼의 행복과 평안을 위해 현명한 길이라는 것은 어릴 때 알게 됐지만, 저는 그럴수록 여자들에게 호기심을 갖게 되었습니다. 그 당시 어머니와 이모 말고 다른 여자들은 보지 못했기 때문에 저의 호기심은 은밀한 형태를 띠게 되었고, 여자들이 어떻게 느끼는지 알기 위해서는 그녀들의 행동을 따라 하고, 그녀들이 먹는 걸 먹고,

말을 흉내 내고, 여자 옷을 입어야 한다고 생각했습니다. 그래서 어느 금요일, 어머니, 아버지, 형, 이모 등 가족들 모두 파흐렝기 해안가에 있는 할아버지의 장미 정원으로 갈 때, 저는 아프다는 핑계로 집에 남았습니다.

"들판에서 개나 나무, 말을 흉내 내면서 우리를 즐겁게 해 주렴. 집에서 혼자 뭐 할 거니?" 하고 지금은 돌아가신 어머니가 말했습니다.

"엄마 옷을 입고 여자가 될 거야." 이렇게는 말할 수 없었죠. 그래서 "배가 아파요."라고 했어요.

"겁쟁이처럼 그러지 마라. 가자, 가서 레슬링이나 하자꾸나."

아버지가 말했습니다. 하지만 듣지 않았죠.

지금 여러 서예가들과 세밀화가 여러분께 가족이 나가고 난 뒤, 돌아가신 어머니와 이모의 속옷과 옷을 입었을 때 제가 뭘 느꼈는지, 여자가 된다는 게 어떤 것인지, 그날 제가 느꼈던 비밀들을 하나하나 다 설명해 드리지요. 먼저 이걸 당장 말씀드리겠습니다. 우리가 여러 번 책에서 읽고 설교자들로부터 들었던 것과는 정반대로, 사실 여자가 된다고 해서 자신이 악마처럼 느껴지지는 않습니다.

오히려 정반대지요. 장미꽃이 수놓인 어머니의 양모 속옷를 입자 마음속에 달콤한 선함이 퍼졌습니다. 어머니처럼 감수성이 예민해졌죠. 이모가 아까워서 입지도 않던 연두색 비단 블라우스를 맨몸에 느끼자 모든 아이들, 특히 저 자신에 대한 사랑의 감정이 솟아올랐습니다. 모두에게 음식을 장만해 주고, 모든 사람에게 젖을 물려 주고 싶었습니다. 내게 젖

가슴이 있으면 어떨까 생각하며, 정말로 궁금했던 것, 가슴이 큰 여자가 된다는 게 어떤 느낌인지 알기 위해서 가슴에 많은 것들, 양말, 수건 따위를 쑤셔 넣었습니다. 그 커다란 돌출부를 보자, 네, 그렇습니다, 악마처럼 자랑스러운 느낌이 들었습니다. 남자들이 가슴만 보고 뒤쫓아 올 것을, 그걸 자기들 입속에 넣기 위해 애원할 것을 알았기 때문에 저 자신이 아주 강한 사람처럼 느껴졌습니다. 저는 강해지고 싶었던 걸까요? 머리가 복잡했습니다. 저는 강해지고 싶은 동시에 동정받기를 원했습니다. 그리고 제가 전혀 모르는 돈 많고 힘세고 영리한 남자가 저를 미친 듯이 사랑해 주기를 원했습니다. 그러면서도 그가 두려웠습니다. 어머니의 혼수 함 바닥에 있는, 나뭇잎 장식이 수놓인 스카프 옆의 향기 나는 양말 안에 숨겨진 꽈배기 모양의 금팔찌를 끼고, 목욕탕에서 돌아오는 길에 볼을 더 빨갛게 하려고 바르는 볼연지를 바르고, 이모의 초록색 외투를 입고, 머리를 묶은 뒤에 같은 색의 얇은 베일을 머리에 쓰고 테두리가 자개로 된 손거울에 제 모습을 비춰 보았습니다. 저는 소스라치게 놀랐습니다. 눈과 속눈썹은 전혀 만지지 않았음에도 불구하고 저의 눈과 속눈썹은 여자처럼 변해 있었습니다. 손거울에는 눈과 볼만 비쳤지만 저는 아주 아름다운 여자였습니다. 그것이 저를 아주 행복하게 했습니다. 그리고 이 사실을 저보다 먼저 알아차린 저의 페니스는 벌써 일어서 있었습니다. 그것은 저를 불행하게 했습니다.

제 아름다운 눈에서 흘러내리는 눈물 한 방울을 손거울로 비추며 바라보았습니다. 그 순간 제 마음속에서 시 한 편이 고통스럽게 떠올랐습니다. 지금까지도 그 시를 잊지 않고 있습니다. 그 순간, 동시에 저는 숭고한 신이 주신 영감으로 그 시를 리듬에 맞춰 노래처럼 부르며 슬픔을 잊으려고 했습니다.

나의 주저하는 가슴은 동쪽에 있을 때는 서쪽에
서쪽에 있을 때는 동쪽에 있고 싶어
남자면 여자, 여자면 남자가 되고 싶어
이렇게 나의 가슴속 다른 한 부분은 말하네
사람이 된다는 것은 얼마나 어려운가, 더 가혹한 것은 인간 같은 삶
앞으로도 뒤로도, 동쪽과도 서쪽과도 즐기고 싶네

마음속에서 우러나온 이 시를 에르주룸파 형제들은 절대 듣지 않았으면 합니다. 그들은 마구 화를 낼 겁니다. 그런데 제가 왜 두려워하고 있을까요? 어쩌면 화를 내지 않을 수도 있습니다. 험담을 하려는 의도는 아닙니다만, '절대로 그 유명한 설교자 후스렛이 아닌' 그 숭고한 분은 결혼이라는 걸 하긴 했지만, 그 역시 당신들 예민한 서예가들처럼 우리 여자들보다 미소년들을 더 좋아한다고 합니다. 저는 제가 들은 것을 말하는 것뿐입니다. 하지만 저는 그를 나쁘게 생각하기 때문에 별로 신경 쓰지 않습니다. 그는 늙었습니다. 이빨은 다 빠지고, 그에게 가까이 갔던 미소년들이 말했듯이 입 냄새도, 실례지만 곰의 똥구멍처럼, 아주 더럽다고 합니다.

알았습니다. 잔말은 그만두고 저의 진짜 고민으로 돌아가

겠습니다. 제가 아주 아름답다는 것을 알자마자 저는 빨래나 설거지를 하거나, 하녀들처럼 밖에 나가고 싶지 않아졌습니다. 빈곤, 눈물, 불행, 거울을 보고 실망하며 우는 것, 슬픔 등은 못생긴 여자들의 것입니다. 저를 애지중지할 남편을 찾아야 합니다. 그는 누구일까요?

저는 아버지가 온갖 핑계를 대고 집으로 불러들이는 고관의 자제들, 도련님들을 벽에 있는 구멍을 통해 훔쳐보기 시작했습니다. 저의 상황이 모든 세밀화가들이 사랑했던, 아들이 둘 있고 입이 작은, 우리 모두 알고 있는 그 여자의 상황과 비슷했으면 합니다. 그 가엾은 셰큐레의 이야기를 하는 편이 좋을 듯합니다. 그런데, 잠깐만! 여러분에게 약속을 했죠? 수요일 밤에 다음 이야기를 해 주겠다고.

악마가 여자에게 말하게 한 사랑 이야기

이 이야기는 사실 아주 단순합니다. 우리 이스탄불의 가난한 마을 중 하나인 케메루스투에서 일어난 일입니다. 이 마을의 유지인 아흐멧 선생은 와스프 파샤의 비서이며 두 자녀를 둔 점잖은 남자였습니다. 어느 날 그는 열린 창으로 검은 눈에 큰 키, 은백색 피부의 가냘픈 보스니아 태생의 미녀를 보고 사랑에 빠지고 맙니다. 그런데 그 여자는 이미 결혼한 몸이었고 아흐멧에게는 전혀 관심이 없었습니다. 그녀는 자신의 잘생긴 남편을 사랑했습니다. 그래서 불쌍한 아흐멧은 자신의 고민을 아무에게도 말하지 못하고 상사병에 걸려 바싹 말라 버렸습니다. 그리스에서 포도주를 사 와서 마셔 보기도 했지만 결국 자신의 사랑을 마을 사람들에게 감출 수 없게 되었습니다. 마을 사람들도 사랑 이야기를 좋아하기 때문에, 그리고 아흐멧을 사랑하고 존경하기 때문에 처음에는 그의 사랑에 존경을 표했습니다. 한두 마디 농담을 하고는 모른 척했습니다. 하지만 해결책 없는 사랑의 고통을 감당하지 못한 아흐멧은 매일 밤 술에 취해, 은백색 피부의 미녀가 남편과 행복하게 사는 집 앞에 앉아 어린아이처럼 오래오래 울었습니다. 마을 사람들은 고통 속에 있는, 그 사랑에 빠진 사람을 때려서 내치지도, 위로하지도 못했습니다. 이윽고 아흐멧도 점잖은 사람답게 누구를 비난하거나 괴롭히지 않고 속으로 혼자 우는 법을 배웠습니다. 하지만 그의 속수무책의 슬픔이 점차 마을에 스며들고 모든 사람의 슬픔과 불행이 되었습니다. 기분을 우울하게 만드는, 멈추지 않고 흐르는 마을 광장의 샘물 같은 슬픔의 원천이 되었습니다. 처음에는 슬픔, 다음에는 불운, 더 나중에는 재수 없다는 생각이 마을에 퍼지기 시작했고 모든 사람이 이를 받아들이게 되었습니다. 어떤 이들은 다른 곳으로 이사를 가고, 어떤 이들은 사업에 실패했고, 어떤 이들은 의욕을 상실했습니다. 마을이 텅 빈 후, 어느 날 상사병에 걸린 아흐멧도 부인과 아이들을 데리고 다른 곳으로 이사를 갔습니다. 은백색 피부의 미녀와 남편만 그 마을에 남았죠. 재앙은 그들의 사랑을 식게 하고 사이를 벌어지게 했습니다. 그들은 죽을 때까지 함께 살기는 했지만 전혀 행복하지 못했습니다.

사랑과 여자가 얼마나 위험한지 말해 주기 때문에 제가 이 이야기를 아주 좋아한다고 얘기하려고 했는데, 아이고, 잊어버렸군요. 내가 정신이 있는 거야, 없는 거야. 제가 지금 여자이니 다른 걸 말하는 게 더 좋았을 법한데. 예를 들면 이런 것 말입니다. 오, 사랑은 얼마나 아름다운 것인가!

그런데, 지금 안으로 들어오는 저 이방인들은 누구지요?

55
나를 나비라 부른다

군중들을 보고 에르주룸파들이 우리 익살스러운 세밀화가들을 죽이고 있다는 걸 알게 되었다.

카라도 습격 사건을 구경하는 군중들 사이에 끼어 있었다. 손에는 단검이 들려 있고, 그의 옆에는 이상한 남자 몇 명, 유명한 방물장수 에스테르, 손에 보따리를 든 다른 여자들도 있었다. 커피숍에서 나오는 사람들을 무자비하게 때리고 커피숍이 엉망으로 부서지는 모습을 보고 나는 도망치고 싶은 마음이 들었다. 잠시 후에 다른 군중이, 아마도 술탄의 상비군들이 도착했고, 에르주룸파들은 횃불을 끄고 도망쳤다.

커피숍의 어두운 문 앞에는 이제 아무도 없었고 누구도 안을 들여다보지 않았다. 나는 안으로 들어갔다. 사방에 깨진 물건들이 가득했다. 커피 잔, 접시, 컵, 그릇, 유리 조각을 밟으며 걸었다. 벽의 높은 곳에 매달려 있는 등불은 그 모든 소란에도 불구하고 꺼지지 않았다. 하지만 넘어져 있는 작은 탁자들, 긴 의자에서 떨어져 나온 나뭇조각들이 아니라, 천장에 생긴 그을음을 밝게 비추고 있었다.

나는 방석들을 겹쳐 놓고 그 위에 올라가 등불을 잡았다. 그 빛 덕분에 바닥에 사람들이 누워 있다는 것을 알아챘다. 첫 번째 사람은 얼굴이 피로 물들어 있어 누군지 알아볼 수가 없었다. 다른 사람에게로 갔다. 두 번째 사람은 신음하고 있었다. 아이 같은 그의 신음 소리를 듣고 나는 뒤로 물러섰다.

누군가가 안으로 들어왔다. 카라였다. 우리는 바닥에 누워 있는 세 번째 사람을 보려고 함께 몸을 구부렸다. 얼굴에 등불을 가까이 대자 우리가 어렴풋이 알아채고 있던 것이 확인되었다. 이야기꾼이 죽어 있었다.

여자 분장을 한 그의 얼굴에는 핏자국이 없었다. 하지만 턱과 눈, 붉은색으로 칠한 입술이 뭉개져 있었고, 목은 세게 졸려서 온통 멍이 들어 있었다. 손은 양쪽 뒤를 향해 뻗어 있었다. 누군가가 여자 행색을 한 이 노인의 양팔을 뒤로 잡고, 다른 누군가가 얼굴에 주먹을 날린 다음 목을 졸랐다는 걸 추측하는 건 별로 어렵지 않았다. 그들은 “설교자 에펜디를 비방하는 놈의 혀를 잘라 버려.”라고 말했을까?

“등불을 이리 좀 가져오게나.”

카라가 말했다. 손에 들고 있던 등불의 빛이 진흙탕 속에 깨져 있는 커피 분쇄기와 체, 저울과 컵 파편들에 비쳤다. 이야기꾼이 매일 밤 그림을 걸었던 구석에서 카라는 그의 허리띠, 마술용 손수건, '펑' 소리가 나는 마술 지팡이 등을 뒤적였다. 그는 내 얼굴에 등불을 갖다 대고 그림을 찾고 있다고 말했다. 그렇다, 화기애애한 분위기에서 나도 그림 두 점을 그려 준 적이 있다. 그러나 우리는 고인이 머리카락을 완전히 밀어 낸 대머리에 쓰고 있던 페르시아풍 두건만을 찾았을 뿐이다.

우리는 누구와도 맞닥뜨리지 않고 좁은 통로로 연결된 뒷문을 통해 밤의 어둠 속으로 나갔다. 습격 때문에 안에 있던 군중과 세밀화가들이 이 문을 통해 도망갔을 것이다. 그래도 뒤집힌 화분들, 뒹굴고 있는 커피 자루들을 보니, 여기서도 싸움이 있었다는 걸 알 수 있었다.

커피숍이 습격을 당한 것, 이야기꾼이 잔인하게 살해당한 사실이 무서운 밤의 어둠 속에서 카라와 나를 가깝게 해 주었다. 두 블록을 지났다. 카라가 손에 들고 있던 등불을 내게 주었다. 그러고는 단검을 꺼내 내 목에 갖다 댔다.

"자네 집으로 가세. 그곳을 수색하고 싶네. 그래야만 내 마음이 편할 것 같아."

"우리 집은 이미 수색당했네."

나는 이렇게 말하고는 입을 다물었다.

나는 마음속으로 그에 대한 분노가 아닌 경멸감을 느꼈다. 카라가 나에 관한 저질스런 소문을 믿는다는 건 그가 어쩔 수 없는 평범한, 질투심으로 가득한 사람이란 걸 증명하지 않는가? 그는 단검도 별로 자신감 있게 쥐고 있는 것 같지 않았다.

우리 집은 우리가 커피숍 뒷문으로 나와 걸었던 골목에서 정반대 되는 방향에 있었다. 이 때문에 군중들과 맞닥뜨리지 않기 위해 마을 골목을 왼쪽에서 오른쪽으로 돌아, 쓸쓸하고 젖은 나무들의 우울한 냄새가 나는 빈 정원을 지나 넓은 포물선을 그리며 걸었다. 커피숍에서 끊임없이 소음이 들려왔다. 거리에서도 에르주룸파들과 그들을 쫓는 술탄의 상비군들, 동네 야경꾼과 젊은이들이 뛰어다니는 소리가 들려왔다. 길의 절반을 지나 어떤 지점에 도달했을 때 카라가 말했다.

"이틀 동안 장인 오스만과 국고의 내실에서 옛 장인들의 그림을 보았네."

나는 한동안 아무 말도 하지 않다가 거의 소리치듯 말했다.

"세밀화가가 나이가 들어 비흐자드와 같은 반열에 오른다 해도 그가 보는 것은 단지 눈을 즐겁게 하고 영혼에 만족과 흥분을 가져다줄 뿐이지. 기예를 발전시켜 주지는 않아. 왜냐하면 그림은 눈이 아니라 손으로 그리는 것이기 때문이지. 장인 오스만의 나이는 물론 내 나이에도, 손이란 새로운 것을 배우기가 어려운 법이라네."

나는 나를 기다리고 있을 아름다운 아내가, 내가 혼자가 아니라는 것을 알고 카라와 마주치지 않도록 소리 내어 말했다. 손에 단검을 든 이 자만심 가득한 바보를 진지하게 생각해서 그런 것은 아니었다.

대문을 지날 때 집 안에서 흔들리는 불빛을 본 것 같았다. 하지만 지금은 다행스럽게도 사방이 컴컴했다. 신의 기억을 찾으며 그림을 그리고 나서, 눈이 피곤해지면 이 세상에 둘도 없이 아름다운 아내와 사랑을 나누는 천국 같은 내 집에, 손에 단검을 든 놈이 억지로 들어오게 내버려 둔다는 것은 너무나 수치스러운 일이었다. 나의 은밀한 곳을 무자비하게 침범당하는 느낌이었다. 나는 카라에게 꼭 복수하겠다고 마음먹었다.

카라는 나의 종이, 거의 완성한 그림(빛에서 벗어나려고 술탄에게 은총을 비는 죄인들을 그린 것이다.), 물감, 작업대, 칼, 갈대를 자르는 나무판, 붓, 글씨 쓰는 판 등 주위의 모든 것을, 또한 나의 종이, 종이에 광을 내는 돌, 연필깎이, 필통과 종이를 담는 통, 서랍, 궤, 방석, 종이 자르는 가위, 부드러운 빨간 방석, 카펫 등을 두 번 세 번 등불을 갖다 대며 살폈다. 그는 내 집이 아니라, 내가 그림을 그리는 방을 뒤지고 있었다. 하지만 내가 감추고 싶은 것을, 아내가 지금 우리를 지켜보고 있는 다른 방에다 감출 수도 있다는 생각은 해 보지 않았단 말인가?

"에니시테의 책의 마지막 그림이 있다고 하더군. 그를 죽인 사람이 그 그림을 훔쳐 갔다고 알고 있네."

"그건 다른 그림과는 달랐어. 작고한 자네의 에니시테는 내게 그 그림 한구석에 나무 그림을 그리게 했네. 그 그림 가운데에 누군가의 그림이 들어갈 예정이었지. 아마도 술탄의 초상화를 넣을 작정이었겠지. 하지만 그 그림은 그려지지 않았네. 서양인들이 그리는 것처럼 그 그림에서는 배경에 있는 대상들이 작아지기 때문에 에니시테는 내게 나무를 작게 그리라고 주문했어. 그림이 진행될수록 마치 그림이 아니라 우리가 창문에서 세상을 보고 있는 듯한 인상을 받았지. 테두리

도안의 금박이 창틀을 대신한다는 건 서양인들의 원근법으로 제작된 그림을 보고 나서야 알게 되었고."

"테두리 도안과 금박은 엘레강스가 했지."

"묻는 게 그거라면, 내가 그를 죽이지 않았다고 이미 말했지 않나?"

"죽인 사람이 누가 죽였다고 말하겠나?"

카라는 재빨리 그렇게 응수하곤 커피숍이 습격당했을 때 내가 그곳에서 뭘 하고 있었는지 물었다.

카라는 내가 앉아 있는 방석에서 약간 떨어진 곳에, 종이들과 내가 그린 그림들 사이에 내 얼굴을 밝힐 수 있게 등불을 놓고는 자신은 방 안 어둠 속에서 그림자처럼 종종걸음으로 거닐었다.

여러분에게 이미 내가 말한 것들, 커피숍에는 아주 가끔 가곤 하며 그때는 그곳을 우연히 지나가고 있었다는 것 외에, 벽에 걸린 그림들 중 두 점은 내가 그렸지만 사실, 커피숍에서 일어나는 일을 그다지 좋아했던 것은 아니라고 말했다.

"그림이 세밀화가의 기예와 그림에 대한 사랑, 신에게 도달하려는 바람이 아니라, 삶의 악을 저주하고 벌을 주기 위한 것이라면 그건 결국 자신을 저주하고 벌주게 될 거야. 저주하는 것이 에르주룸 출신의 설교자든 악마든 말이야. 그 커피숍에 오는 사람들이 에르주룸파들을 적으로 삼지 않았더라면 오늘 밤 습격당하지 않았을지도 모르네."

"그래도 자네는 그곳에 다녔지 않나?" 그 비열한 놈이 말했다.

"가곤 했지, 왜냐하면 그곳이 즐거웠기 때문이야."

그는 내가 얼마나 정직하게 말하고 있다고 생각할까? 나는 계속 말을 이었다.

“우리 아담의 후손들은 어떤 것이 추하고 잘못된 것인 줄 도덕과 이성으로 알면서도 그것들을 즐기기도 하지. 하지만 그 싸구려 그림, 모방작, 악마에 관한 이야기, 돈, 개 이야기들을 들으며 즐겼다는 사실이 부끄럽기도 했다네.”

“그렇다면 그 신앙 없는 자들이 가는 커피숍에 왜 갔나?”

나는 솔직하게 대답했다.

“좋아. 어떤 의심이 내 마음을 갉아먹곤 했는데 그걸 말해 주지. 내가 화원의 세밀화가들 중 가장 기예가 뛰어나고 가장 재능이 있다는 건 장인 오스만뿐만 아니라 술탄께서도 아시네. 그래서 다른 세밀화가들의 질투심이 너무나 두려웠네. 갑작스럽게 그들에게 봉변을 당할까 봐 가끔씩 그들이 가는 곳에 나가고 그들과 동고동락하며 비슷한 사람이 되려고 했어. 알겠나? 내가 에르주룸파라고 불리기 시작한 뒤부터 그 소문을 믿지 말라고 일부러 그 커피숍에도 들락거렸지.”

“장인 오스만은 자네가 때로는 자신의 기예와 재능을 사죄하려고 그렇게 행동했다고 말씀하셨네.”

“장인 오스만이 나에 대해 또 어떤 얘기를 했나?”

“자네가 그림을 위해 인생을 포기했다는 걸 보여 주려고 쌀알이나 손톱 따위에 작고 엉뚱한 그림들을 그렸다고도 하셨네. 신이 부여한 재능이 부끄러워 항상 남의 마음에 들려고 노력한다고도 하셨고.”

“장인 오스만은 비흐자드의 수준이지.” 나는 진심으로 말했다. "그리고 뭐 다른 말은?"

"자네의 결점도 주저하지 않고 말씀하셨네." 그자가 말했다.

"그걸 말해 주겠나?"

"기예가 있음에도 불구하고 그림에 대한 사랑 때문이 아니라 남의 눈에 들려고 그린다고 하셨어. 그림을 그릴 때 자네를 가장 기쁘게 하는 것은 보는 사람들이 느낄 즐거움을 상상하는 거라고 말씀하셨지. 그림은 자신의 즐거움을 위해 그려야 하는데도 말이야."

그림이 아니라 서기, 대필, 아첨 따위에 일생을 바치는 이 명성 없는 자에게 장인 오스만이 나에 관한 이야기를 그렇게 뻔뻔하게 피력했다는 사실이 내 자존심을 상하게 했다. 카라가 계속 말을 이었다.

"장인 오스만이 말씀하시길, 가장 위대한 세밀화가는 자신이 일생을 걸고 얻은 화풍과 기법을 새 주인이 된 샤의 권력이나, 새 왕자의 기분, 혹은 다른 시대의 감각에 복종하려고 포기하는 일이 없어. 그리고 그런 이유 때문에 그림의 화풍이나 기법을 바꾸지 않으려고 스스로 용감하게 눈을 멀게 한다고 하셨네. 하지만 자네들은 술탄이 원한다는 핑계로 나의 에니시테의 책을 위해 유럽 화가들을 열광적으로, 치욕스럽게 모방했다고 말씀하셨지."

"위대한 장인 오스만은 나쁜 뜻으로 그렇게 말씀하시지는 않았을 걸세. 손님에게 보리수 차를 끓여 드려야지."

그렇게 말하고 옆방으로 갔다. 사랑하는 아내가 방물장수 에스테르에게서 산 중국산 비단으로 된 잠옷을 입고 내게 달려들면서 "손님에게 보리수 차를 끓여 드려야지!"라고 내 말을 되풀이하며 내 물건에 손을 뻗쳤다.

침상에 가까운 장롱 밑, 장미꽃 냄새가 나는 시트들 사이에 있는, 손잡이가 루비로 된 검을 집어 칼집에서 검을 꺼내 들었다. 칼날이 어찌나 날카롭던지 칼날 위에 비단 손수건을 떨어뜨리면 순식간에 두 조각이 나고, 금박 입힌 종이를 떨어뜨려도 자로 잰 듯 반듯하게 잘려 나가는 칼이었다.

검을 감추고 작업실로 다시 돌아왔다. 카라는 나를 심문한 일이 만족스러웠던지, 단검을 들고 빨간 방석 주위를 빙빙 돌고 있었다. 나는 반쯤 그린 그림을 방석 위에 놓았다.

"이걸 보게나."

그는 호기심에 가득 차서 다가왔다.

나는 그의 등 뒤로 가서, 검을 빼 들고 단숨에 그를 덮쳐 넘어뜨렸다. 그의 머리카락을 쥐고 머리를 바닥에 누르고는 밑에서 검을 그의 목에 갖다 댔다. 내 무거운 몸으로 카라의 마른 몸을 짓이기면서 그의 머리를 검의 날카로운 날에 닿을 정도로 턱과 손으로 눌렀다. 나의 한 손에는 그의 더러운 머리카락이 가득 쥐어져 있었으며, 검을 쥔 다른 한 손은 그의 부드러운 피부에 닿아 있었다. 그는 영리하게도 전혀 움직이지 않았다. 왜냐하면 내가 단숨에 그를 피 흘리게 할 수도 있었기 때문이다. 그의 곱슬머리, 다른 때 같았으면 모욕적으로 내리치고 싶을 만큼 유혹적인 목덜미, 못생긴 귀에 그렇게 가까이 있다는 사실이 나를 더 화나게 했다.

"자네를 지금 당장 죽이지 않으려고 안간힘을 쓰고 있다네."

나는 무슨 비밀이라도 말해 주듯 그의 귀에 대고 속삭였다. 그가 말 잘 듣는 아이처럼 아무 말 없이 내 말을 듣는 것이 마음에 들었다.

"『왕서』를 통해 이 전설을 잘 알고 있겠지. 페리둔 샤는 나라를 세 개로 나눌 때, 가장 안 좋은 나라를 큰아들과 둘째 아들에게 주고, 가장 좋은 나라인 페르시아를 막내아들 이레치에게 주었네. 복수를 다짐한 차남 투르는 자신이 질투하던 동생 이레치를 속여 그의 목을 자르기 전에, 그의 머리카락을 내가 지금 잡고 있는 것처럼 잡고, 역시 내가 하고 있는 것처럼 온몸으로 동생 위에 엎어졌지. 내 몸의 무게가 느껴지나?"

그는 대답하지 않았다. 하지만 희생양처럼 나를 바라보는 그의 눈을 통해 내 말을 듣고 있다는 걸 알았다. 또 한 가지 영감이 떠올랐다.

"난 그림뿐만 아니라, 검을 목에 대고 섬세하게 머리를 베는 것도 페르시아 화풍을 고수하지. 내가 아주 좋아하는 그 장면의 또 다른 재현을 샤 시야부시의 죽음을 묘사한 그림에서도 보았지."

조용히 내 말을 듣고 있던 카라에게 시야부시가 어떻게 형제들에 대한 복수를 준비했는지, 어떻게 모든 궁전과 재산을 불태우고 부인과 이별한 뒤 말을 타고 원정을 나갔는지, 또 어떻게 전쟁에서 패하여 시체들로 뒤덮인 전장의 먼지 속에 머리채를 잡혀 끌려가 지금의 카라와 같은 꼴을 당했는지 말했다. 그 전설적인 샤가 그런 꼴이 되자 그의 친구들과 적들은 죽일까, 용서해 줄까 논쟁을 하기 시작했고, 샤는 얼굴이 땅에

눌린 채로 그 논쟁을 고스란히 들었다고 장황하게 설명했다. 그러고는 나는 희생양에게 물었다.

"자네는 그 그림을 좋아하나? 바닥에 엎어져 있던 시야부시에게 게루이가 나처럼 뒤에서 다가와 목에 검을 대지. 그리고 머리카락이 비틀린 채 시야부시의 목이 잘려 나가네. 잠시 후 흘러나올 자네의 붉은 피는 지금은 건조한 땅에 검은 먼지를 피워 올리겠지만 나중에는 그 자리에서 꽃이 피어날 걸세."

나는 잠시 입을 다물었다. 먼 곳에서, 골목 사이에서 고함을 지르며 달리는 에르주룸파들의 목소리를 들었기 때문이다. 바깥의 재앙과 공포는 땅에 겹쳐 누워 있는 우리를 순식간에 가깝게 만들었다. 나는 카라의 머리카락을 더욱 꽉 움켜쥐며 말했다.

"하지만 그 모든 그림들을 보면, 우리처럼 몸이 겹쳐 있으면서 서로를 증오하는 두 사람을 어떻게 우아하게 그릴 것인가에 대한 어려움을 느낄 수 있지. 머리를 자르는 그 마법적이고 환상적인 순간 이전의 배반, 질투, 전쟁의 소용돌이가 그림에 지나치게 배어 있어. 카즈빈의 가장 위대한 장인들조차 서로 겹쳐 있는 두 남자를 그릴 때 힘에 겨워 모든 것을 뒤섞고 말았지. 하지만 우리를 보게나. 자네와 나는 훨씬 정돈되어 있고 우아하지 않나?"

"자네 칼이 내 목을 베고 있네."

카라가 신음하며 말했다.

"말해 줘서 고맙네그려. 하지만 난 베고 있지 않아. 조심하고 있다네. 우리의 이 아름다운 자세를 흐트러뜨릴 만한 어떤 짓도 하고 있지 않아. 옛 거장들은 모든 사랑, 죽음, 전쟁 장면에서 서로 얽히고설켜 있는 몸을 마치 한 몸처럼 그려서 눈물을 자아냈다네. 보게나. 내 머리가 자네 목덜미에 마치 자네 몸의 일부인 양 파고들어 있지 않나? 자네 머리카락과 목덜미의 냄새를 맡고 있다네. 나의 다리는 자네 다리 양쪽에 얼마나 조화롭게 뻗어 있는지, 누가 보면 우리를 다리 넷 달린 우아한 동물이라고 생각할 수도 있을 거야. 자네의 등과 엉덩이에 내 몸무게의 균형이 느껴지지 않나?"

잠시 정적이 흘렀다. 하지만 나는 검을 누르지 않았다. 왜냐하면 피를 흘리게 할 수 있기 때문이었다. 나는 그의 귀에 대고 속삭였다.

"대답하지 않으면 귀를 물어 버릴 거야."

그의 눈을 보고 대답할 준비가 되어 있다는 걸 알고 같은 물음을 되풀이했다.

"내 무게의 균형을 느끼고 있나?"

"그래."

"아름답나? 우리가 아름답나? 우리가 옛 장인들의 걸작에 나오는, 우아하게 서로를 죽이는 전설의 영웅들처럼 아름답나?"

"모르겠네. 거울을 볼 수 없으니까 말이야."

안에 있는 방에서 우리를 몰래 지켜보고 있는 아내가 등불 아래 있는 우리를 어떻게 보고 있을지 상상하자, 흥분 때문에 정말 카라의 귀를 깨물 수도 있다는 생각이 들어 두려웠다.

"내 집에 단검을 들고 와서 나를 심문한 카라, 지금 나의 힘을 느끼고 있는가?"

"자네가 맞네, 맞아."

"묻고 싶은 게 있으면 또 물어보게나."

"장인 오스만이 자네를 어떻게 쓰다듬었는지 말해 주게."

"도제 시절, 내가 지금보다 더 마르고 가냘프고 아름다웠을 때 내가 지금 자네 위에 올라타고 있는 것처럼 장인 오스만도 내 위에 올라타곤 했네. 내 팔을 어루만지고 때로는 아프게도 했지. 하지만 그의 지식, 기예 그리고 힘을 열성적으로 좋아했기 때문에 나는 그런 걸 좋아했고 나쁘다는 생각은 하지 않았어. 그를 사랑했기 때문이야. 장인 오스만을 사랑하는 건 내게 그림 그리기, 색, 종이, 연필, 그림의 아름다움, 그려지는 모든 것 그리고 세상과 신을 사랑하는 곳으로 통하는 길이었지. 장인 오스만은 내게 아버지보다 더한 존재야."

"자네를 많이 때렸나?"

"아버지가 자식을 때릴 때처럼 정의감으로 때렸지. 장인이 도제를 때릴 때처럼 아프게, 벌을 줘서 나를 가르치기 위해 때리곤 했지. 내 손톱을 내리치던 자의 아픔과 두려움 때문에 많은 것을 더 잘, 더 빨리 배웠다는 걸 난 알고 있네. 도제 시절, 그가 내 머리카락을 잡고 벽에 머리를 내동댕이치지 않게 하려고 물감을 쏟거나 금물을 낭비하지 않았고, 말 앞발의 굴곡을 빨리 외웠고, 화공의 결점을 덮었으며, 붓을 제때에 손질하고 모든 주의와 영혼을 책에 집중시키는 걸 배우곤 했지. 나의 기예와 숙련은 내가 맞은 매 덕분이라는 걸 알기 때문에 지금의 나도 내 도제들을 맘 놓고 때리고 있네. 심지어 부당하게 때린 매도 도제의 자존심만 상하게 하지 않는다면 결국 그

도제에게 이롭게 마련이지.”

“그래도 자네가 잘생기고 눈빛이 달콤한 천사 같은 성품의 도제를 때릴 때 희열을 위해 가끔 정도를 벗어날 경우, 장인 오스만도 자네에게 똑같은 짓을 했다는 걸 느끼겠지. 그렇지 않나?”

“한번은 종이에 광택을 내는 대리석으로 귀 뒤를 어찌나 세게 때렸던지, 며칠 동안 귀가 울리고 정신이 아득해지곤 했지. 따귀도 얼마나 세게 때렸던지 매번 눈에서 눈물이 나오고 아팠다네. 그런 것들을 아직도 기억하지. 하지만 그래도 장인을 사랑하고 있네.”

“아니야. 자네는 그에게 화가 나곤 했어. 에니시테의 그림을 그린다고 나섰을 때, 마음 깊은 곳에 쌓여 있던 자네의 분노와 복수심을 자네도 알았을 거야.”

“자네는 세밀화가들을 잘 모르는군그래. 정반대야. 어린 시절 스승에게 맞은 매는 스승과 제자를 죽을 때까지 깊은 사랑으로 묶어 준다네.”

“지금 자네가 내게 하는 것처럼 투르가 이레치의 목 뒤에다 검을 댄 것, 그리고 시야부시가 잔혹하고 끔찍하게 목을 잘린 것은 형제간의 질투 때문이었어. 형제간의 질투는 『왕서』를 보면 항상 공정치 못한 아버지에 의해 유발되잖나…….”

“그건 그렇지.”

“자네들을 서로 불신하게 만든 불공정한 아버지는 지금 자네들을 배반할 준비를 하고 있어.” 카라는 건방지게 말하고는 “아, 그만둬! 목을 베고 있잖아.”라고 신음했다. 그는 아파서 목소리를 높였다. "그래, 내 목을 베서 희생양처럼 피를 흘리게 하는 건 좋지만, 그건 한순간의 일이야. 하지만 내가 지금부터 말하는 걸 듣지 않고 계속 이런다면, 자네가 그럴 수 있다고도 믿지 않지만, 아, 이제 그만해, 자네는 앞으로 몇 년간 지금 내가 하려는 말을 떠올리게 될 거야. 검을 좀 느슨하게 해 줘."

나는 검을 쥔 손을 약간 느슨하게 했다. 카라가 말했다.

"자네들을 어린 시절부터 봐 오면서 신의 선물인 자네들의 재능이 봄꽃처럼 피어나 기예로 바뀌는 걸 행복하게 지켜보았던 장인 오스만은 지금 평생을 바친 화원과 화풍을 보호하려고 자네들에게 등을 돌리고 있네."

"화풍이라는 게 얼마나 추한 건지 이해하라는 뜻에서, 엘레강스에 대해 묻던 날 자네에게 세 가지 우화를 말해 주었지."

나의 말에 카라는 조심스럽게 대꾸했다.

"그건 세밀화가의 화풍에 관한 우화였네. 장인 오스만에게 급한 건 화원의 화풍을 보호하는 거야."

그는 엘레강스와 에니시테를 죽인 불한당을 색출하는 걸 술탄이 얼마나 중요시하고 있는지, 이 때문에 그들에게 국고까지 열어 줬으며, 장인 오스만은 이 기회를 이용해 에니시테의 책을 비방하고 자신을 배반한, 유럽 화가들을 모방하기 시작한 화가들을 벌하려 한다는 걸 장황하게 설명했다. 코가 뚫린 말의 스타일 때문에 올리브를 의심하고 있다는 것, 하지만 세밀화가장의 유력한 후보로서 가장 죄가 의심스러운 황새를 사형 집행인들에게 넘기려 한다는 것도 말해 주었다. 나는 그가 검의 위협 때문에 사실을 말하고 있다는 걸 알았다. 그가 아이처럼 너무나 이야기에 열중해 있었기 때문에 그에게 입을 맞추고 싶었다. 나는 내가 들은 것들이 전혀 두렵지 않았다. 왜냐하면 황새가 우리 사이에서 사라진다는 건 곧 장인 오스만의 사후(신이여, 그가 오래 살게 하소서!) 내가 세밀화가장이 된다는 의미이기 때문이다.

나를 불안하게 한 것은 그가 말한 모든 것이 실현되는 것이 아니라 혹시 실현되지 않을 수도 있다는 가능성이었다. 이야기 중간에 느낀 바에 따르면, 장인 오스만이 황새뿐만 아니라 나를 희생시킬 수도 있기 때문이었다. 믿을 수 없는 가능성을 생각함으로써 나는 천애 고아가 된 것 같은 공포 속으로 끌려 들어갔다. 그것을 떠올릴 때마다 나는 카라의 목에 검을 쑤셔 넣고 싶은 충동을 자제해야만 했다. 나는 '에니시테의 책을 위해 유럽 화가들에게서 얻은 영감으로 엉뚱한 그림을 몇 점 그린 것이 어떻게 배반 행위란 말인가?'라는 의문에 대해 카라, 혹은 나 자신과 논쟁하고 싶지 않았다. 엘레강스의 죽음 뒤에 황새와 올리브가 있으며, 그들의 음모가 나를 겨냥한 게 아닐까 하는 생각도 들었다. 나는 카라의 목에서 검을 떼어 내면서 말했다.

"함께 올리브 집에 가서 샅샅이 뒤져 보세. 만약 마지막 그림이 그에게 있으면 최소한 이제 우리가 누구를 두려워해야 하는지는 알 수 있을 거야. 그도 범인이 아니라면 우리에게 합류시켜 다 함께 황새의 집으로 쳐들어가세."

나를 믿어 달라고, 그리고 우리 둘의 검이면 무기가 충분하다고 말했다. 그리고 보리수 차 한 잔도 대접하지 못해서 미안하다고도 했다. 커피숍에서 가져온 등불을 바닥에서 집으며 우리는 의미 있는 시선을 교환했다. 손에 들고 있던 등불을 그에게 들이댔다. 그리고 그의 목에 난 작은 상처가 우리의 우애의 표시가 될 거라고 말했다. 카라의 목에는 피가 약간 배어 나와 있었다.

거리에서는 여전히 에르주룸파들과 그들을 쫓는 사람들의 소리가 들려왔다. 하지만 아무도 우리에게 관심을 갖지 않았다. 올리브의 집에는 생각보다 빨리 도착했다. 대문이 잠겨 있었다. 우리는 대문과 덧창을 다급하게 두드렸다. 아무도 없었다. 우리가 너무나 시끄럽게 했기 때문에 안에 누가 있다면 잠을 잘 수 없을 게 분명했다. 우리 둘 다 생각하고 있던 것을 카라가 말했다.

"안으로 들어가 보세."

카라가 검의 무딘 가장자리로 대문의 철 빗장을 억지로 비틀었다. 그리고 온몸의 무게를 실어 빗장을 부러뜨렸다. 안에서 몇 년 동안 쌓인 듯한 습기, 더러움, 그리고 외로움의 냄새가 났다. 등불 밑에서 흐트러진 침대를 보았다. 아무 생각 없이 던져 놓은 천으로 된 허리띠, 조끼, 터번 두 개, 내의, 낙시벤디 종파에 속한 니메툴라흐 선생의 페르시아어-투르크어 사전, 나무로 된 터번 걸이, 나사 천, 실과 바늘, 사과 껍질이 꽉 찬 구리 그릇, 방석 여러 개, 벨벳 침대보, 물감, 붓 그리고 세밀화가의 그림 재료들이 흩어져 있었다. 작업대 위의 메모지, 정성스레 잘라 층층이 쌓아 놓은 인도산 종이, 그림이 그려진 페이지들을 보려고 다가가려다가 겨우 스스로를 자제했다.

왜냐하면 카라가 나보다 더 열중하고 있었기 때문이며, 또한 장인 세밀화가가 자신보다 기예가 모자라는 다른 세밀화가의 재료를 뒤적이는 건 옳지 않다고 생각했기 때문이다. 올리브는 생각만큼 재능 있는 사람이 아니다. 단지 의욕이 많을 뿐이다. 자신의 부족한 기예를 옛 장인들을 향한 숭배로 보충하려 할 뿐이다. 하지만 옛 전설들은 세밀화가의 상상력을 타오르게 할 뿐이며 실제로 그림을 그리는 것은 손이다.

카라가 빨래 바구니를 비롯해서 모든 궤짝, 상자 속을 샅샅이 뒤질 때, 나는 아무것에도 손대지 않고 올리브의 부르사산(産) 수건, 검은 빗, 더러운 목욕 타월, 장미 물병, 인도 목판화 무늬의 우스운 허리띠, 누비로 된 겉옷, 옆이 찢어지고 무겁고 더러운 여성용 겉옷, 쭈글쭈글한 구리 쟁반, 그가 받는 돈에 비하면 지나치게 싸고 추레한 물건들과 더러운 카펫을 둘러보았다. 올리브는 아주 구두쇠든지, 아니면 돈을 감추거나 탕진하는 사람 같았다.

나는 어떤 영감이 들어 말했다.

"영락없는 살인자의 집이군. 기도용 깔개조차 없잖아."

하지만 난 머릿속으로 다른 생각을 하고 있었다. '행복해지는 방법을 모르는 자의 물건들…….' 그러나 한편으로는 불행이나 악마와 친한 것이 그림에는 더 나을 수도 있다고 슬프게 느꼈다.

"어떻게 행복해지는지 알고 있어도 일부러 행복해지지 않을 수도 있지."

카라가 말했다.

그는 어떤 궤짝에서 꺼낸, 뒤에 두꺼운 종이를 붙인 거친 사마르칸트산 종이에 그려진 그림들을 내 앞에 놓았다. 우리는 저 먼 호라산의 지하에서 나온 그 유쾌한 악마, 나무, 미녀, 개 그리고 내가 그린 죽음의 그림을 보았다. 그것들은 살해된 이야기꾼이 매일 밤 역겨운 이야기를 할 때 벽에 걸었던 그림들이었다. 카라가 물었기 때문에 내가 그린 죽음의 그림을 지적해 주었다. 카라가 말했다.

"에니시테의 책에도 같은 그림이 있네."

"매일 밤 벽에 걸 그림을 세밀화가들에게 그리게 하는 게 더 좋다는 걸 이야기꾼도, 커피숍 주인도 알고 있었어. 우리 세밀화가들에게 거친 종이에 서둘러 그림을 그리게 하고, 세밀화가들끼리 하는 농담거리를 조금 묻고는 자기들이 약간 이야기를 꾸며 즉시 이야기해 주곤 했지."

"왜 나의 에니시테의 책을 위해 그린 이 죽음의 그림을 이야기꾼에게도 그려 주었나?"

"이야기꾼이 주문한 것처럼 이건 그저 그림일 뿐일세. 에니시테의 책에 그린 것처럼 정성스럽게 그린 게 아니라 손 가는 대로 서둘러 그린 거라네. 다른 세밀화가들도 이렇게, 어쩌면 사람들을 웃기려고, 그 비밀의 책을 위해 그린 것보다 더 거칠고 단순한 그림을 그려 줬다네."

"이 말은 누가 그렸나? 말의 코가 찢어져 있군."

카라가 물었다. 우리는 등불을 가까이 대고 경탄하며 말 그림을 바라보았다. 에니시테의 책을 위해 그린 말과 비슷했다.

하지만 더 빨리, 무성의하게, 그리고 더 싼 감각을 위해 그려진 것이었다. 마치 어떤 자가 세밀화가에게 돈을 조금 더 주고 서둘러 그리게 했을 뿐만 아니라 더 거칠게, 더 생생한 말을 그리도록 강요한 것 같았다.

"이 말을 누가 그렸는지는 황새가 더 잘 알 거야. 그 자만심에 가득 찬 바보는 세밀화가들에 대한 험담을 듣지 않고는 못 배기기 때문에 매일 밤 커피숍에 가곤 했지. 이 말을 황새가 그렸다고 확신하네."

나는 그렇게 말했다.

56
나를 황새라 부른다

한밤중에 나비와 카라가 우리 집에 왔다. 그림들을 일일이 펼쳐 놓고 누가 어떤 그림을 그렸는지 말해 달라고 했다. 어렸을 때 '누구의 터번일까요?' 놀이를 했던 것이 기억난다. 종이에 기마병, 재판관, 사형 집행인, 고문관, 서기의 관모(冠帽)와 터번을 그려 놓고, 다른 종이에는 이들의 관직명을 쓰고서 보이지 않도록 뒤집어 놓은 다음 짝을 맞추는 놀이였다.

개 그림은 내가 그린 것이라고 말했다. 우리는 이야기꾼에게 개 이야기를 설명해 줬다. 램프 불빛에 아른거리는 '죽음'의 그림은 지금 내 목에 단검을 대고 있는 사랑스런 나비가 그렸다고 말했다. 올리브가 아주 흥분한 상태로 '악마'를 그린 것도 기억해 냈다. 악마에 대한 이야기도 어쩌면 고인이 된 이야기꾼이 말했을 것이다. 나무 그림은 내가 그리기 시작했고 커피솝에 드나드는 세밀화가들 모두가 나무 잎사귀를 그렸다. 나무 이야기도 들었다. 빨강도 마찬가지다. 종이에 빨간 물감이 떨어졌는데, 인색한 이야기꾼은 그것도 벽걸이 그림으로 쓸 수 있느냐고 물었다. 우리는 빨간 물감을 더 떨어뜨렸다. 나중에 세밀화가들은 그림 구석에 빨간색으로 된 뭔가를 그리는 것으로 만족하지 않고, 이야기꾼이 우리에게 이야기를 꾸며 줄 수 있도록 각기 설명을 덧붙였다. 이 아름다운 말은 참 잘도 그렸는데, 올리브가 그렸다. 슬픈 '여자'는 나비가 그린 것으로 기억한다. 그 순간 나비가 내 목에서 단검을 떼고는 자기가 여자 그림을 그린 걸 방금 기억해 냈다고 카라에게 말했다. 시장에 있는 돈은 우리 모두가 그렸고, 수도승 두 명은 물론 칼렌데리 혈통인 올리브가 그렸다. 그들의 종파는 구걸과 미소년을 능욕하는 걸 일삼았으며, 교주 에브하두드 디니 키르마니는 250년 전에 그것에 관한 책에서 얼굴이 아름다운 사람들에게서 신의 완벽함을 본다고 시를 읊었다.

장인 세밀화가 형제들이여, 집이 이렇게 지저분하고 어지러워 미안하네. 자네들에게 향기로운 커피도, 달콤한 오렌지도 대접할 수가 없다네. 왜냐하면 아내가 안에서 잠을 자고 있으니까. 그들이 흥분하여 뚜껑을 열고 바닥까지 뒤진 바구니와 궤짝에 든 아마포, 천으로 된 끈, 인도 비단과 망사로 지은 여름용 허리띠, 페르시아풍 무늬의 천과 여성용 망토, 카펫, 방석, 다양한 책 제작을 위해 내가 준비한 그림, 제본된 책이 흩어져 있었다. 그들이 그것들 사이에서 자신들이 찾는 것을 발견하지 못하고 허겁지겁 옆방으로 가지 말아야 내 손에 피를 묻히지 않을 텐데.

그래도 내가 그들을 아주 두려워하는 것처럼 행동하는 것에 희열을 느꼈다는 것을 고백하겠다. 세밀화가의 기예는 지금 이 순간의 아름다움에 집중하고 모든 것을 세세하고 심각하게 받아들일 뿐만 아니라, 동시에 지나치게 심각하게 여겨지는 이 세계에서 한 걸음 뒤로 물러나 마치 거울 안을 들여다보는 것처럼 농담거리를 늘어놓는 데 의존하고 있다.

그들이 물었기 때문에 또 이렇게 설명해 줬다. 에르주룸파들이 습격했을 당시, 커피숍은 여느 저녁처럼 붐볐으며, 그 안에 나와 올리브, 선 긋기 전문가 나스르, 서예가 제말, 젊은 보조 세밀화가 두 명, 현재 이들과 밤낮을 같이 보내고 있는 젊은 서예가들, 미소년 중의 미소년 도제 라흐미, 다른 신참자들, 시인, 술주정꾼, 대마초 중독자, 방랑승 예닐곱 명, 커피숍 주인을 꼬드겨 이 유쾌하고 재치 있는 사람들 사이에 끼는 데 성공한 사람들 등 모두 마흔 명이 넘게 있었다고 말이다. 습격이 시작되자 소동이 일어났고, 커피숍 주인이 모은, 부도덕한 일에 관심이 많은 이 구경꾼들은 죄의식으로 인해 당황하여 앞문, 뒷문을 통해 도망치기 시작했다. 아무도 커피숍 주인과 여장을 한 가엾은 늙은 이야기꾼을 변호할 생각을 하지 못했다. 나는 이 재난을 슬퍼하고 있는가? 그렇다! 일생을 진심으로 그림에 바친 나 화공 무스타파는, 물론 황새라고도 불리지만, 매일 밤 세밀화가 친구들과 한자리에 모여 이야기, 농담, 조롱, 미사여구, 시 암송, 풍자를 나누는 것이 필요한 일이라고 생각한다. 질투 때문에 고통을 겪고 있으며 눈이 촉촉하고 통통한, 소년 같은 분위기의 멍청한 나비의 눈을 바라보며 말했다. 여전히 아이처럼 눈이 아름다운 우리의 나비는 도제 시절에는 더욱더 감상적이고 피부가 고운 사람이었다.

그들이 또 묻기에 나는 설명해 주었다. 도시와 마을을 돌아다니며 일하던 늙은 이야기꾼이 세밀화가들이 애용하는 커피숍에서 이야기를 시작한 둘째 날, 어떤 세밀화가가 커피에 취해 재미 삼아 벽에 그림을 걸었고, 이를 안 입심 좋은 이야기꾼이 마치 자신이 벽에 걸린 그림 속에 있는 개라도 되는 것처럼 1인극을 시작했던 일, 그리고 이것이 인기를 끌자 매일 밤 세밀화가들이 그린 그림들과 이야기꾼의 귀에 속삭여 준 농담으로 그 일이 계속되었다고 이야기해 줬다. 에르주룸 출신 설교자에 관한 비방도 세밀화가들을 즐겁게 하고 커피숍에 새 손님들을 많이 오게 했기 때문에 에디르네 출신의 커피숍 주인도 그 공연을 고무시켰다.

그들은 이야기꾼이 매일 밤 걸었던 우리 앞의 그림들을 우리 형제 올리브의 빈집에서 발견했으며, 이 일을 어떻게 봐야 할지 물었다. 나는 그런 건 생각할 필요도 없다고 잘라 말했다. 커피숍 주인도 올리브처럼 칼렌데리이며 거지에다 도둑, 야만스러운 비열한 놈이라고 말했다. 나는 설교자의 말, 특히 그가 금요 예배 시간에 열변을 토하며 주장한 이야기 때문에 두려움에 떨던 순진한 엘레강스가 커피숍에서 벌어지는 일을 에르주룸파들에게 털어놓았을 거라고 말했다. 또는 추측건대 엘레강스가 사람들에게 해악을 끼치는 짓을 그만두라고 경고하자, 커피숍 주인과 같은 종파인 올리브가 그 불운한 금박 입히는 화공을 죽였을 거라고 말했다. 에니시테는 엘레강스의 죽음에 분노한 에르주룸파들이, 어쩌면 엘레강스에게서 에니시테의 책에 관한 말을 들었기 때문에, 살인의 책임을 그에게 돌려서 죽였을 것이며, 오늘은 두 번째 복수, 즉 커피숍 습격을 감행한 거라고 말했다.

모든 뚜껑을 열고, 돌멩이 하나까지 남김없이 들춰 내는 즐거움으로 내 물건들을 샅샅이 뒤지던 나비와 심각한 카라(그는 유령 같았다.)는 내가 설명하는 이 모든 말에 귀를 기울였을까? 장식이 된 호두나무 궤짝 안에서 나의 장화, 갑옷 그리고 원정 장비들이 나오자 나비의 어린애 같은 얼굴에 질투심이 떠올랐다. 그래서 모든 사람들이 다 알고 있는 것을 다시 자랑스럽게 선언했다. 군대의 원정을 따라가서 대포의 포격, 적군의 성곽, 이교도 군사의 옷 색깔, 냇가에 늘어져 있는 시체들, 잘린 머리들, 갑옷 입은 기병들의 줄지은 공격을 유심히 보고 『승리의 서』에 그린 첫 이슬람 세밀화가가 바로 나라고!

나비가 갑옷을 어떻게 입는지 보여 달라고 했다. 나는 전혀 주저하지 않고 검은 토끼털로 된 내의, 셔츠, 바지, 그리고 팬티를 벗었다. 그들이 화로 불빛 아래 나를 바라보는 것에 기분 좋아하면서 갑옷 안에 입는 길고 깨끗한 속옷, 추울 때 갑옷 밑에 입는 빨간 나사로 된 두꺼운 셔츠와 양모 양말을 착용하고, 노란 가죽으로 된 장화와 게트르[12)]를 신었다. 또한 보관함에서 갑옷의 가슴받이를 꺼내 즐겁게 걸쳤다. 시종에게 명령

12) 고무줄이 든 천을 양쪽에 댄 장화.

을 하듯 등을 돌리고 나비에게 갑옷 끈을 꽉 묶게 했고, 어깨 보호대도 명령하여 달게 했다. 나는 팔 보호대, 장갑, 낙타털로 만든 칼 차는 벨트를 매고, 마지막으로 의식 때 입는 장식술이 달린 투구를 쓰면서 이제부터는 옛날처럼 전쟁 장면을 그리지 못할 거라고 자랑스레 말했다.

"이제 마주 보고 정렬하고 있는 양쪽 군대의 기병들을 그릴 때, 같은 견본을 변형해서 그리는 일은 있을 수 없어. 오스만 제국의 화원에서 그리는 전쟁 장면은 내가 보고 그린 방법대로 군대, 말, 갑옷 그리고 피범벅의 시체가 서로 뒤섞인 모습으로 그려질 거야!"

"세밀화가는 자신이 본 것이 아니라, 신이 본 것을 그리네." 나비가 질투하며 말했다.

"그렇지, 하지만 숭고한 신께서도 우리가 보는 것을 보네." 내가 대꾸했다.

"신은 물론 우리가 보는 것을 보지. 하지만 신은 우리가 보는 방식으로 지각하지 않는다네. 우리가 어리둥절해하며 바라보는 복잡한 전쟁 장면을 전지전능한 신은 서로 가까이 마주 보고 대치하고 있는 두 군대로 지각하지."

나비는 나를 나무라듯 말했다. 물론 내가 해 줄 말은 정해져 있었다. 나는 "신을 믿고 오로지 그가 우리에게 보여 준 것을 그리지, 보여 주지 않은 것이 아니라."라고 말하고 싶었다. 하지만 말하지 않았다. 나비가 나를 유럽의 모방자라고 비난하거나 단검 끝으로 내 갑옷을 시험한다는 핑계로 내 투구와 등을 사정없이 칠까 봐 입을 다문 것은 아니다. 그건 나 자신을 자제하고 이 아름다운 눈을 가진 바보와 카라를 설득한다면 우리가 올리브의 음모에서 벗어날 수 있을 거라고 계산했기 때문이다.

그들은 자신들이 찾는 것을 우리 집에서 찾을 수 없다고 생각했는지 내게 뭘 찾고 있는지를 말했다. 그것은 비열한 살인자가 훔쳤다는 그림 한 점이었다. 나는 그 영리한 살인자가 이제는 절대로 찾지 못할 곳에 그 그림을 숨겼을 거라고(내 머리에 올리브가 떠올랐다.) 말했다. 하지만 그들이 내 말을 얼마나 주의해서 들었을까? 콧구멍이 찢어진 말 그림에 대해, 그리고 술탄이 장인 오스만에게 준 사흘이 곧 끝난다는 것에 대해 카라가 장황하게 설명했다. 내가 콧구멍이 찢어진 말이 뭘 설명하는지 끈질기게 묻자, 카라는 장인 오스만이 실마리로 그 말 그림을 올리브와 연관시켰지만, 정작 혐의는 야심 많은 나에게 돌렸다고 내 눈을 뚫어지게 보며 말했다.

그들은 처음에 내가 살인자라고 믿고 그것을 증명하러 이곳에 온 것이었다. 하지만 내가 생각하기에 그들이 이곳에 온 이유는 완전히 그것만은 아니었다. 그들은 외로움과 자포자기 때문에 내 집 문을 두드린 것이다. 대문을 열었을 때 내게 겨눈 나비의 단검은 떨리고 있었다. 그는 누구인지 도대체 알 수 없는 비열한 살인자가 옛 친구처럼 웃으며 자신들을 어두운 구석에 몰아 목을 자를까 봐 두려움에 떨고 있었다. 또한 장인 오스만, 술탄, 그리고 재무 대신이 서로 짜고 자신들을 사형 집행인에게 양도할까 봐 잠을 이루지 못했고, 밖에 있는 에르주룸파 패거리들도 그들의 사기를 떨어뜨렸을 것이다. 이런 혼란 속에서 그들은 내가 친구가 되어 주길 원하고 있을 것이다. 그러나 장인 오스만은 그들에게 이와 정반대되는 것을 말했다. 지금 나는 그들이 진심으로 바라는 것처럼 그것과 또 정반대되는 것이 옳다는 걸 그들에게 진심으로 보여 주어야만 한다.

장인 오스만이 오해를 하고 있으며 노망이 들었다고 말한다면 나비는 곧장 내게 적의를 품을 것이다. 왜냐하면 물기가 촉촉한, 속눈썹이 아름다운 이 세밀화가의 눈에는 그를 총애하는 위대한 장인을 향한 사랑의 희미한 불꽃이 보였기 때문이다. 나의 청년 시절, 그 두 사람의 도제와 장인 간의 친밀감은 다른 세밀화가들의 질투심 섞인 조롱의 대상이 되곤 했다. 하지만 그들은 그런 건 전혀 신경 쓰지도 않고 모두가 보는 앞에서 오랫동안 서로의 눈을 바라보고 향기를 맡았다. 나중에 장인 오스만은 연필이 가장 날래고 색감이 가장 성숙한 사람은 나비라고 잔인하게 말하곤 했다. 대부분 옳았던 그런 평가는 질투심 많은 세밀화가들 사이에서 연필, 붓, 잉크병, 필통을 저속한 암시와 악의로 가득한 비유, 외설적인 은유로 사용하는 끝없는 말장난의 원인이 되었다. 이 때문에 오늘날 장인 오스만이 자신의 후임으로 나비를 앉히고 싶어 한다는 걸 감지한 사람은 단지 나 한 사람만이 아니었다. 장인 오스만이 다른 사람들에게 나의 호전적이고 비사교적인 면 그리고 고집스러움에 대해 언급할 때, 실은 그의 머리에 그런 계획이 있다는 걸 옛날부터 알고 있었다. 내가 올리브와 나비보다 훨씬 더 유럽 화풍에 가까운 경향이 있다는 걸 "옛 장인들은 절대 이렇게 그림을 그리지 않았네."라고 말하면서, 내가 술탄의 새로운 요구에 등을 돌리지 않을 거라고 짐작했다.

이 시점에서 내가 카라와 강하게 결합할 수 있다는 걸 알고 있다. 왜냐하면 우리의 의욕적인 새신랑은 죽은 에니시테의 책을 완성하는 것을 단지 아름다운 세큐레의 가슴을 정복하고 그녀 아버지의 자리를 차지하기 위해서만이 아니라, 술탄의 눈에 들기 위한 가장 빠른 수단으로써 간절히 원하고 있기 때문이다.

그래서 나는 전혀 예상 외의 문제를 거론하며 이야기를 시작했다. 즉 에니시테의 책은 그 무엇과도 비교할 수 없는 행복의 기적이라고 말했다. 그 걸작, 술탄의 명령으로 제작하는 책이 작고한 에니시테 에펜디가 의도한 대로 완성된다면 온 세계가 오스만 제국 술탄의 힘, 부유함, 우리 세밀화가들의 기예, 우아한 능력에 놀라게 될 것이다. 그들은 우리와 우리의 힘, 우리의 잔인함을 두려워할 것이며, 또한 우리가 어떻게 유럽 화가들의 화풍을 모방하고 어떻게 산뜻한 색과 가장 하찮은 세부 사항까지 보았는지를, 결국 가장 영리하신 술탄만이 감지할 수 있는 것을, 그리고 우리가 그린 그림의 세계에서 우리가 옛 장인들과 어깨를 나란히 하고 있음을 두려워하며 느낄 것이다.

나비는 내 갑옷이 진짜인지 아닌지 알기 바라는 아이처럼 단검으로 갑옷을 두드렸고, 다음에는 갑옷의 강도를 시험하려는 친구처럼 치기 시작했다. 그리고 나중에는 위의 두 가지 핑계로 갑옷을 뚫고 내게 상처를 입히려는 듯이 끈질기게 내려치기 시작했다. 그는 사실, 내가 자기보다 기예가 더 뛰어나다는 것을 알고 있고, 더욱이 장인 오스만도 이를 알고 있다는 것을 고통스럽게 느끼고 있을 것이다. 나비는 신이 주신 천부적인 재능을 지닌 뛰어난 장인이었으므로 그의 질투심은 나 자신을 한층 더 자랑스럽게 만들었다. 나는 그처럼 스승의 '갈대'를 쥐지 않고, 나 자신의 갈대의 힘으로 장인이 되었기 때문에 그에게 나의 우위를 억지로 받아들이게 할 수도 있다고 생각했다.

나는 목소리를 높여 안타깝게도 술탄과 죽은 에니시테의 기적의 책을 음해하는 사람들이 있다고 설명했다. 장인 오스만은 우리 모두의 아버지이며 스승이었다. 우리는 모든 것을 그에게서 배웠다! 하지만 술탄의 국고 안에서 흔적을 찾아 그 비열한 살인자가 올리브임을 밝히고도 알 수 없는 이유로 그를 숨기려고 한다. 나는 집에 없는 올리브가 페네르카프 근처에 있는 버려진 수도원에 숨어 있는 게 분명하다고 말했다. 타락과 풍기 문란의 소굴인 그 수도원은 페르시아와의 끝없는 전쟁 때문에 술탄의 부친 시대에 폐쇄되었다. 언젠가 올리브는 자신이 그 수도원의 '파수꾼'임을 자랑스럽게 떠벌렸다. 만약 나를 믿지 않고 내 말의 배후에 무슨 음모가 있다고 생각한다면 단검을 손에 든 사람은 그들이니 당장 나를 응징할 수 있을 거라고 말했다.

나비가 단검으로 내 갑옷이 견딜 수 없을 정도의 타격을 가했다. 나는 내 말에 타당성이 있다고 말한 카라를 향해 아이처럼 고함을 질렀다. 나는 그의 뒤로 피하며 갑옷을 입은 팔로 나비의 목을 감고 내 쪽으로 당겼다. 그리고 다른 한 손으로 나비의 팔을 비틀어 단검을 떨어뜨렸다. 그건 정확히 말해서 싸움도, 놀이도 아니었다. 『왕서』에 나오는 비슷한 장면을 이야기했다. 별로 알려지지 않은 장면이다.

하라만산 기슭에서 페르시아 군대와 투르키스탄 군대가 완전 무장을 하고 대치한 지 사흘째 되는 날에, 투르키스탄인들은 매일 투르키스탄 장수들을 죽여 댄 페르시아 전사가 누구인지 알아내려고 모략꾼 셴길을 전쟁터에 보냈다네."

나는 이야기를 시작했다.

"셴길이 그 전사에게 도전장을 던지자 그도 이를 받아들였지. 양쪽 군대가 정오의 햇빛 아래 갑옷을 반짝이며 숨을 죽이고 있는데, 갑옷으로 무장한 두 전사의 말이 빠른 속도로 서로에게 달려갔어. 갑옷에서 튕기는 불꽃이 말의 살갗을 태웠지. 셴길은 화살에 능했고, 페르시아 전사는 검과 말을 아주 잘 다뤘지. 결국 페르시아 전사는 투르키스탄인 셴길이 탄 말의 꼬리를 잡아 그를 땅으로 떨어뜨렸네. 그가 도망갈 때 뒤따라가서 그를 붙잡고 뒤에서 목을 감았지. 그 전사가 누구인지 궁금했던 셴길은 패배를 인정하며 며칠 동안 궁금했던 것을 자포자기 상태로 물었네. '자네는 누군가?' 그 전사가 대답했다네. '나는 죽음이다.'라고. 그 사람이 누군지 말해 주겠나?"

"전설적인 뤼스템이지."

나비가 어린아이처럼 즐거워하며 대답했다. 나는 그의 목에 입을 맞추며 말했다.

"우리 모두가 장인 오스만을 배반했네. 그가 우리에게 벌을 주기 전에 올리브를 찾고, 우리끼리 똘똘 뭉쳐서 그림의 영원한 적, 그리고 우리를 고문관에게 넘기려는 자들에게 대항해야 할 거야. 어쩌면 올리브의 버려진 수도원에 도착했을 때 무자비한 살인자가 우리 중 한 명이 아니란 걸 알게 될지도 모르지."

가련한 나비는 아무 말도 하지 않았다. 그가 아무리 기예가 뛰어나고, 자신감 있고, 뒤가 든든하다 하더라도, 그리고 남을 증오하고 질투한다 하더라도, 서로에게 기대는 모든 세밀화가들처럼 싫은 지옥에 가는 것을, 이 세상에 홀로 남는 것을 두려워하고 있었다.

페네르카프로 가는 길에 초록빛이 감도는 이상한 노란빛이 공중에 감돌았다. 그건 달빛이 아니었다. 그 빛으로 인해 사이프러스 나무, 회교 사원의 둥근 지붕, 돌담, 목조 건물 그리고 화재 터로 이루어진 예전의 이스탄불의 밤 풍경이 적군의 성과 같은 생소한 분위기를 자아냈다. 언덕에 올라가 보니, 저 멀리 베야즈트 사원 뒤편의 어떤 곳에서 화재가 났음을 알 수 있었다.

칠흑 같은 어둠 속에서 우리처럼 성곽으로 가는, 밀가루 자루로 반쯤 찬 우마차가 지나가는 걸 잡아 금화 두 닢을 주고 올라탔다. 카라는 그림을 갖고 있었기 때문에 조심스럽게 앉았다. 우마차에 누워 화재의 불빛이 밝혀주는 낮은 구름들을 바라보고 있을 때, 내 투구에 첫 빗방울이 떨어졌다.

길을 다 와서, 황량한 마을의 버려진 수도원을 찾아 나섰다. 그 바람에 주변의 개를 모두 깨우고 말았다. 돌로 만든 집들에 불이 켜졌다. 하지만 네 집이나 돌아다니고 나서야 대문이 열렸다. 두건을 쓴 중년 남자가 호롱불 아래 유령이라도 만난 듯 우리를 바라보며 버려진 수도원의 위치를 설명해 줬다. 하지만 그는 나쁜 정령, 악령, 유령 때문에 그리 평온한 방문은 되지 못할 거라고 명랑하게 덧붙였다.

수도원 정원에서는 썩은 나뭇잎 냄새를 풍기는, 비 따위는 전혀 아랑곳하지 않는 자만심 가득한 사이프러스 나무의 정적이 우리를 맞이했다. 나는 먼저 수도원의 나무로 덧댄 벽 사이를, 다음에는 작은 창문과 덧문 틈새를 비집고 안을 들여다보았다. 안에는 기름등잔 아래에서 기도를 올리는, 혹은 우리를 의식하고 기도를 올리는 척하는 누군가의 무서운 그림자가 있었다.

57
나를 올리브라 부른다

기도를 멈추고 일어나 그들에게 문을 열어 주는 게 옳을까, 아니면 기도가 끝날 때까지 그들을 빗속에서 기다리게 하는 것이 옳을까? 그들이 나를 주시하고 있다고 생각하니 기도에 집중할 수가 없었지만 그래도 끝까지 진행했다. 문을 여니 나비, 황새, 카라가 내 앞에 나타났다. 내 목에서 기쁨의 비명 소리가 터져 나왔다. 흥분해서 나비를 껴안고 그의 어깨에 머리를 묻으며 신음했다.

"우리에게 무슨 일이 일어난 건가? 우리에게서 뭘 원하는 건가? 왜 우리를 죽이려는 건가?"

화가로서의 나의 생애 내내 모든 장인 세밀화가들에게서 보았던, 무리에서 떨어져 있는 것에 대한 불안감이 그들에게서 느껴졌다. 수도원 안에서조차 서로 떨어질 줄 몰랐다.

"두려워 말게. 우리는 여기에 며칠간 숨어 지낼 수 있을 걸세."

"우리가 두려워하는 사람이 우리 가운데 있다는 게 더 두렵다네." 카라가 말했다.

"나도 그것이 생각할수록 두렵네. 나도 소문을 들어 알고 있으니까." 내가 말했다.

궁궐 수비대장의 부하들을 통해 세밀화가 조합에 퍼진 그 소문은 엘레강스와 에니시테를 죽인 살인자가 그 책을 위해 혼신의 힘을 쏟은 우리들 중 한 명이라는 것이다.

카라는 내게 에니시테의 책을 위해 몇 장의 그림을 그렸는지 물었다.

"첫 그림은 악마였네. 백양 왕조의 화원에서 옛 장인들이 허다하게 그렸던 지하 세계의 악마를 그려 주었지. 그리고 이야기꾼과 나는 같은 수피즘 수행자였기 때문에 그를 위해 두 명의 방랑승을 그려 주었네. 자네의 에니시테에게 그 그림을 책에 포함시키라고 권했지. 오스만 제국 땅에 그 수도승들의 자리도 있다는 걸 그에게 납득시켰어."

"그게 전부인가?" 카라가 물었다.

그게 전부라고 말하자 카라는 도제의 도둑질을 포착한 장인처럼 거드름을 피우며 문 쪽으로 갔다. 그는 밖에서 비에 젖지 않은 종이 한 뭉치를 가져와, 새끼들에게 상처 입은 새를 갖고 온 어미 고양이처럼 우리 세 명 앞에 놓았다.

나는 카라의 손에 들린 그것을 즉각 알아보았다. 오늘 밤, 커피숍에 습격이 있었을 때 내가 훔쳐 온 그림들이었다. 어떻게 내 집에 들어가서 그것들을 가져왔는지 나는 묻지 않았다.

오히려 나는 나비, 황새와 함께 죽은 이야기꾼을 위해 우리가 그린 그림들을 한 장 한 장 침착하게 카라에게 제시했다. 결국 말 한 필, 고개를 떨어뜨리고 있는 아름다운 말 한 필의 그림만 남게 되었다. 나는 말 그림이 그려졌다는 걸 전혀 모르고 있었다. 나를 믿어 주길 바란다.

"이 말 그림은 자네가 그린 게 아닌가?" 카라가 회초리를 든 선생님 같은 말투로 물었다.

"내가 그리지 않았네."

"에니시테의 책에 있는 말 그림은?"

"그 말도 내가 그린 게 아닐세."

"화풍으로 보건대 그 말은 자네가 그린 걸로 밝혀졌어. 게다가 장인 오스만이 그런 결론을 내렸지."

"나에게는 화풍이 전혀 없어. 이 말은 현재 불고 있는 바람에 반대하기 위해 자랑스레 말하는 것이 아닐세. 나의 무죄를 증명하기 위해서 하는 말도 아니야. 왜냐하면 화풍이 있다는 것이 내게는 살인자가 되는 것보다 더 나쁘기 때문이지."

"자네에게는 옛 장인들, 다른 사람들과 구별되는 특징이 있네." 카라가 말했다.

나는 그에게 미소를 지었다. 그는 내게 여러분 모두가 알고 있을 이야기를 하기 시작했다. 술탄과 재무 대신이 머리를 맞대고 살인을 중지시키기 위한 해결책을 찾았으며, 장인 오스만은 자신에게 주어진 사흘 동안 시녀 방법에 따라, 말들의 콧구멍을 보려고 국고에 들어가 비밀스러운 책들을 샅샅이 살펴보았다고 이야기했다. 우리 모두의 인생에서 어떤 일이 막

일어나려 할 때, 오랫동안 절대로 잊지 못할 어떤 것을 경험하고 있다는 느낌을 받는 순간이 있다. 그런 순간이 내게 닥치고 있었다.

슬픈 비가 내리고 있었다. 나비는 비 때문에 우울한 듯 슬프게 단검을 쥐고 있었다. 갑옷의 등이 밀가루보다 더 하얀 황새는 손에 등불을 들고 있었다. 수도원 벽에 유령 같은 그림자가 비쳤다. 이 장인 세밀화가들은 나의 형제들이었다. 나는 그들을 너무나 사랑했다! 나는 내가 세밀화가인 것이 행복했다.

나는 카라에게 물었다. "장인 오스만과 나란히 앉아 며칠 동안 옛 장인들의 걸작들을 바라본 것이 어떤 행복인지 자네는 아나? 그가 자네에게 입맞춤을 하던가? 자네의 잘생긴 얼굴을 쓰다듬던가? 손을 잡던가? 그의 기예와 지식에 탄복했는가?"

"장인 오스만은 옛 장인들의 걸작들을 보면서 내게 자네의 화풍에 대해 가르쳐 주었네. 화풍은 세밀화가가 원해서 선택하는 게 아니라 세밀화가의 과거가, 잊었던 기억이 비밀스러운 결점을 드러내는 거라고 가르쳐 주었지. 한때는 대단히 부끄러워하면서 우리를 옛 장인들과 구분되지 않도록 숨겼던 비밀스러운 결점과 약점이 유럽의 화풍이 전 세계에 퍼지면서 이제는 '개성'이니 '스타일'이니 하며 찬미될 거라고 말했지. 앞으로 결점을 자랑하는 바보들 때문에 세상은 더 다채로워지겠지만 더 바보 같아질 것이며, 물론 더 결점이 많아지겠지."

자신이 말한 것을 자랑스럽게 믿고 있는 것으로 봐서 카라도 그 새로운 바보들 중 한 명임을 알 수 있었다.

내가 물었다. "술탄의 책에서 수년 동안 수백 마리의 말의 콧구멍을 내가 평범하게 그린 이유를 장인 오스만이 설명해 주던가?"

"자네들이 아주 어렸을 때부터 자네들에게 주었던 사랑과 매 때문에, 자네들의 아버지이자 애인이었기 때문에, 그는 자네들 모두가 자신을, 그리고 서로를 닮았다는 걸 이해하지 못해. 그는 자네들이 아니라 오스만 제국 화원만의 화풍이 있기를 바랐지. 자네들은 그가 자네들 위에 드리운 경외의 그림자 때문에 자신들의 결점을, 원형에서 벗어난 것들을, 그 차이들을 잊고 있었어. 그러다가 자네는 장인 오스만의 눈에 띄지 않게 다른 사람을 위한 그림을 그릴 때, 그만 자기 내면에 숨어 있던 말의 이미지를 그리고 만 거야."

"돌아가신 어머니는 아버지보다 더 영리한 여자였어. 화원에서는 장인 오스만뿐만 아니라, 다른 가혹하고 모진 장인들도 매를 때리고 위협을 일삼았지. 그래서 다시는 화원에 돌아가지 않겠다고 집에서 울던 어느 날 밤, 어머니는 이 세상에는 두 부류의 사람들이 있다고 말씀하셨네. 첫 번째는 어린 시절 맞은 매의 영향으로 항상 억눌려 있는 사람들. 그런 사람들은 언제까지나 억눌려 있을 거라고 어머니는 말씀하셨지. 왜냐하면 매는 그 목적대로 인간 내부의 악마를 죽이기 때문이야. 두 번째 부류는 매로 인해 내부의 악마를 죽이지 않고, 오히려 그를 위협하고 잘 길들인 운 좋은 사람들이지. 물론 그들도 어린 시절의 나쁜 기억을 절대로 잊지는 못한다네. 아무튼 어머니는 이 이야기를 아무에게도 하지 말라고 했지, 두 번째 부류에 속하는 사람들은 악마와 잘 지내는 것을 배웠기 때문에 교활하고, 모르는 것을 통찰하고, 친구를 만들고, 적을 식별하고, 등 뒤에서 돌아가는 음모를 제때 감지한다고 하셨네. 이 말에 나도 한 가지 덧붙이지. 그들은 누구보다도 그림을 잘 그린다네. 장인 오스만은 내가 나뭇가지를 조화롭게 그리지 못한다고 호되게 뺨을 때렸어. 눈에서 쓰라린 눈물이 흐를 때 내 눈앞에 숲이 떠올랐어. 책장의 맨 마지막 실수를 보지 못했다고 격분해서 내 머리를 때린 적도 있네. 그 직후에 그는 눈의 습관에서 벗어나라는 뜻으로 거울을 책장 위에 놓고는 내 뺨을 자신의 뺨에 대고 거울에 비쳐 거꾸로 보이는 책장에 드러난 나의 실수들을 조목조목 깊은 사랑으로 지적해 주었지. 나는 그 사랑과 그때 그의 모습을 절대로 잊지 못하네. 모든 사람 앞에서 나를 꾸짖고, 자로 팔을 때려서 내가 자존심이 상해 울며 잠들고 일어난 날 아침, 그는 내 팔에 사랑의 입맞춤을 해 줬다네. 그래서 나는 어느 날엔가 내가 전설적인 세밀화가가 될 거라고 확신할 수 있었지. 아무튼 그 말 그림은 내가 그리지 않았네."

"에니시테를 죽인 살인자가 훔친 마지막 그림을 우리(황새와 자기 자신을 가리키는 말이었다.)가 이 수도원에서 찾아낼 거야. 자네는 그 마지막 그림을 보았나?"

"그건 술탄도, 옛 세밀화가들을 따르는 우리 세밀화가들도, 신앙심 있는 이슬람교도도 받아들일 수 있는 그림이 아니야."

나는 이렇게 말하고서 입을 다물었다.

나의 대답은 그를 더욱더 간절하게 만들었다. 그는 황새와 함께 수도원 사방을 샅샅이 뒤지기 시작했다. 나는 그들의 일을 쉽게 해 주려고 한두 번 그들 곁으로 갔다. 천장에서 빗물이 새는 수도승 방에 있는 구덩이에 빠지지 않게 주의를 주고, 원하면 뒤지라는 식으로 이곳저곳을 가리켜 주었다. 삼십 년 전, 수도원의 신자들이 벡타시야 파(派)에 가담하여 해산되기 전에 셰이크 종파가 머물던 작은 방의 열쇠를 갖다주기도 했다. 그들이 큰 기대를 걸고 들어간 그 방은 벽도 없고 빗물이 샜다. 그들은 그것을 보고 아예 뒤질 생각도 하지 않았다.

갑자기 머리가 혼란스러워졌다. 빗소리를 들으며 오랫동안 생각했다. 말을 타고 지나가는 통치자와 총리대신에게 군중들 속을 빠져나와 탄원서를 건네려는 사람처럼 황새와 카라에게 다가갔다. 어두운 현관과 넓은 문을 통해 한때는 부엌이었던 끔찍한 곳으로 그들을 안내했다. 그들에게 폐허 속에서 뭔가를 찾았는지 물었다. 물론 그들은 찾지 못했다. 한때 오갈 데 없는 사람들과 가난한 사람들에게 줄 음식을 요리하던 그곳에는 솥, 냄비, 프라이팬 등이 뒹굴고 있었다. 나는 거미줄, 먼지, 진흙, 고양이와 개의 분비물, 부서진 파편으로 뒤덮인 이 소름 끼치는 곳을 아예 청소할 엄두조차 내지 못했다. 항상 그렇듯이 어디에서 불어오는지 알 수 없는 강한 바람이 호롱불을 마구 흔들고 있었다. 그래서 우리의 그림자도 때로는 밝게, 때로는 어둡게 비쳤다.

"자네들은 수색을 하면서도 내 숨겨 둔 보물은 찾지 못했군."

나는 이렇게 말하면서 삼십 년 전에는 화덕이었던 곳에 덮인 재를 손등으로 쓸어 냈다. 그리고 돌출된 화덕의 뚜껑 손잡이를 잡고 삐걱거리는 소리를 내며 잡아당겼다. 화덕에 작은 구멍이 보였다. 나는 그곳에 호롱불을 갖다 댔다. 그때 카라보다 황새가 먼저 달려들어 안에 있던 가죽 자루들을 낚아챈 것을 절대로 잊지 못할 것이다. 그는 화덕 구멍 앞에서 당장 자루를 열려고 했지만, 내가 큰 방으로 되돌아가고 카라도 그곳에 남는 것이 두려워 뒤를 따르자, 자신도 가늘고 긴 다리를 움직여 우리를 뒤쫓았다.

자루 속에서 깨끗한 양모 양말, 헐렁한 바지, 빨간 속옷, 점잖은 긴소매 셔츠, 비단 셔츠, 면도기, 빗 등의 물건들이 나오자 그들은 순간적으로 주저했다. 카라가 연 다른 무거운 자루에서는 쉰두 개의 베네치아 금화, 최근 몇 년간 화원에서 훔친 금가루, 모두에게 숨겨 왔던 견본 화집, 일부는 내가 그리고 일부는 여기저기서 모아 온 음화들, 돌아가신 사랑하는 어머니의 유품인 루비 반지와 한 줌의 흰 머리카락, 품질 좋은 연필과 붓이 하나씩 나왔다.

내가 바보 같은 자존심으로 말했다. “자네들이 생각하는 것처럼 내가 살인자라면 이 숨겨 둔 자루에서 마지막 그림이 나왔을 거야.”

“왜 이런 것밖에 없는 거야?” 황새가 물었다.

“술탄의 상비군이 자네 집을 수색했을 때처럼 내 집을 수색할 때, 평생을 모은 이 금화들 가운데 두 개를 뻔뻔스럽게 자기들 호주머니에 챙기더군. 그 비열한 살인자 때문에 우리를 또 수색할 거라고 생각했는데 내 생각이 맞았어. 아무튼 그 마지막 그림을 내가 훔쳤다면 여기에 보관해 놓았을 거야.”

이 마지막 말을 한 건 실수였다. 그래도 그들이 수도원의 어두운 구석에서 내가 그들을 죽일 거라는 생각에서 벗어나 나를 두려워하지 않으리라는 걸 감지했다. 여러분도 내 말을 믿었는가?

하지만 이번에는 내 마음에 어떤 불안감이 쌓였다. 어린 시절부터 알고 지내 온 세밀화가 친구들이 내가 오랫동안 구두쇠처럼 돈을 모아 왔고, 금을 모아 숨기고 있고, 더욱이 외설적인 그림과 견본 노트를 갖고 있는 것을 봤기 때문이 아니다. 내가 불안했던 것은 그런 모든 것들을 내가 혼란에 빠진 와중에 친구들에게 보여 줬기 때문이다. 되는대로 사는 사람의 비밀만이 이렇게 쉽게 드러나는 법이다.

잠시 후 카라가 말했다.

"장인 오스만이 어떤 말을 하기 전에, 우리 중 누군가를 지적하기 전에 수비대장에게 넘겨져 고문을 받으면 뭐라고 말할지 결정해 보세."

우리가 어리석음과 낙담으로 의기소침해 있다는 걸 느꼈다. 황새와 나비는 호롱불의 희미한 빛 아래 내 공책에 있는 음화들을 보고 있었다. 그들은 어떤 것도 신경 쓰고 있지 않는 분위기였다. 더욱이 두려울 정도로 행복해 보였다. 어떤 것인지 확연히 기억나는 어떤 그림을 보고 싶은 충동을 느끼고 자리에서 일어났다. 그 두 사람 뒤에 서서 내가 그린 외설적인 그림을, 마치 이제는 먼 과거가 된 추억을 떠올리는 것처럼 흥분한 채로 조용히 바라보았다. 곧 카라도 동참했다. 그 그림을 우리 네 사람이 함께 보고 있는 것이 왠지 모르게 내 마음을 편안하게 만들었다.

"보지 못하는 사람과 보는 사람이 같을 수 있는가?"

한참 뒤에 황새가 말했다. 우리가 보고 있는 것이 외설이라고 할지라도 신께서 우리에게 부여한 보는 기쁨은 숭고하다고 암시하는 걸까? 하지만 황새는 그런 것들을 전혀 이해하지 못한다. 왜냐하면 코란을 읽지 않기 때문이다. 코란의 이 구절을 헤라트파의 옛 장인들이 자주 언급했다고 알고 있다. 위대한 장인들은 이 말을 종교에서 그림을 금하고 있으며 화가들은 심판의 날에 지옥으로 간다고 해석하는 자들의 위협에 대항하여 사용하곤 했다. 하지만 이 마법 같은 순간 이전까지, 나비의 입에서 자연스럽게 흘러나온 말은 한 번도 들어 본 적이 없었다.

"보지 못하는 사람과 보는 사람이 같지 않다는 것을 보여 주는 그림을 그리고 싶네, 나는!"

"보지 못하는 사람과 보는 사람이 누군데?" 카라가 순진하게 물었다.

"보지 못하는 사람과 보는 사람은 같지 않아." 나비가 계속 말했다. "어둠과 밝음은 같지 않다. 그림자와 더운 곳도 같지 않다. 산 사람들과 죽은 사람들도 같지 않다!"

문득 엘레강스, 에니시테, 그리고 오늘 밤 죽은 이야기꾼의 운명이 생각나서 등골이 오싹해졌다. 다른 사람들도 나처럼 두려웠을까? 한동안 아무도 움직이지 않았다. 황새는 여전히 손에 내 공책을 펼쳐 들고 있었다. 그는 여전히 내가 그린 음화를 보고 있었지만 마치 그것을 보고 있지 않는 듯했다!

황새가 말했다. "나도 심판의 날을 그리고 싶네! 죽은 자의 부활을, 죄인과 죄를 짓지 않은 사람이 구분되는 것을. 그런데 코란은 왜 그릴 수 없지?"

젊은 시절, 화원의 같은 방에서 일할 때, 우리는 늙은 장인들이 피곤한 눈을 쉬어 주듯이, 이따금씩 작업대와 낮은 책상에서 고개를 들고 불현듯 머리에 떠오른 색다른 주제를 이렇게 시작하곤 했다. 지금 우리 앞에 펼쳐진 공책을 보면서 그러는 것처럼, 그 당시에도 마음에서 우러나온 이야기를 할 때 우리는 서로를 쳐다보지 않았다. 눈을 쉬게 하려고 열린 창으로 밖을 보고 있었기 때문이다. 행복한 도제 시절의 그 아름다운 날들을 상기하는 흥분 때문인지, 코란을 오랫동안 읽지 않아 진심으로 느낀 후회스러움 때문인지, 아니면 밤에 커피숍에서 보았던 살인에 대한 공포감 때문인지는 잘 모르겠지만, 내 차례가 오자 혼란스러워져 어떤 위험에 처한 것처럼 심장이 빠르게 뛰기 시작했다. 머리에 다른 것이 떠오르지 않아, 이렇게 말해 버렸다.

"코란의 「바카라」 장 끝에 이런 구절이 있지. 나는 정말로 그것들을 그리고 싶네. '신이시여, 망각을 했거나 잘못을 저질렀을 때 저희를 벌주지 마소서. 저희 선조들에게 무거운 짐을 지웠던 것처럼 저희가 짐을 짊어지지 않도록 해 주소서. 신이시여, 저희가 지탱할 수 있을 정도의 짐만 주소서. 저희의 죄를 사하여 주소서. 저희에게 축복을 주소서!'"

나의 목소리는 갈라졌고 전혀 예상치 않은 순간에 흐르는 눈물 때문에 부끄러웠다. 이는 어쩌면 도제 시절 우리 자신을 보호하고 민감한 감성을 드러내 보이지 않으려고 우리가 항상 준비했던 조롱이 두려웠기 때문일 것이다.

눈물이 곧 멈출 거라고 생각했다. 하지만 나 자신을 제어할 수가 없었다. 흐느껴 울기 시작했다. 울면 울수록 그들이 형제애, 파멸감, 그리고 슬픔에 휩싸이는 것을 느꼈다. 술탄의 화원에서는 이제 유럽 화풍의 그림이 그려질 것이며 평생을 바친 우리의 화풍과 책은 천천히 잊힐 것이다. 에르주룸파들이 우리를 몰아세워 학대하거나 술탄의 고문관들이 우리를 불구로 만들 것이다. 하지만 울면서 나의 흐느낌과 한숨 소리 사이로 슬픈 비가 후드득 내리는 소리를 듣고 있던 나는 머리 한구석에서 나를 울린 것이 그런 것이 아니라는 걸 느꼈다. 다른 사람들은 이것에 대해 얼마나 알고 있을까? 나는 한편으론 진심으로, 다른 한편으론 거짓으로 울고 있었기 때문에 희미하게 죄책감을 느꼈다.

나비가 내게 다가와 어깨에 손을 올려놓았다. 내 머리를 쓰다듬고 뺨에 입을 맞추고 달콤한 말을 속삭였다. 그가 보여준 우애가 나를 더욱 진심으로, 죄책감으로 울게 만들었다. 나는 그의 얼굴을 볼 수가 없었다. 그런데 어쩐지 그도 우는 듯한 착각이 들었다. 우리는 함께 앉았다.

화원에 같은 해에 함께 도제로 들어가, 어머니들로부터 떨어져 새로운 인생을 시작했던 그 생소함의 슬픔, 첫날부터 맞은 아픈 매, 국고장이 보낸 선물을 받았을 때의 기쁨, 단숨에 뛰어서 집으로 돌아가던 날들을 떠올렸다. 처음에는 나비만 이야기를 하고 나는 슬픈 마음으로 듣고 있었다. 하지만 이 슬픈 대화에 황새가, 그리고 도제 시절 초기에 화원을 들락거렸던 카라까지 합류하자 조금 전까지 울었던 것도 잊고 나 역시 그들과 함께 웃으며 이야기를 나누기 시작했다.

일찍 일어나 화원의 가장 큰 방에 있는 화로에 불을 지피고, 따스한 물로 바닥을 닦았던 어느 겨울날 아침을 떠올렸다. 하루 종일 나뭇잎 하나밖에 못 그릴 정도로 영감이 부족하고 조심스러웠던 죽은 옛 장인이, 그 나뭇잎 대신 열린 창문을 통해 본 나무들의 짙푸른 잎사귀를 내다보는 우리에게 "거기가 아니라 여기를 보거라!" 하며, 때리는 대신 수백 번이나 꾸중했던 일을 떠올렸다. 과도한 작업으로 사시가 되어 집으로 돌려보내진 깡마른 도제가 보따리를 들고 문을 향해 나갈 때, 화원 전체에 울리던 그의 울음소리를 떠올렸다. 그리고 세 명의 세밀화가가 육 개월을 함께 작업했던 한 장의 그림(시르반 길에서, 크늑강 가에서 굶주려 죽어 가던 오스만 제국의 군대가 에레쉬를 점령하고 배를 채우는 장면) 위에 금이 간 놋쇠 물감병에서 죽음 같은 빨간 물감이 천천히 쏟아지던 것을 즐겁게(왜냐하면 우리 잘못이 아니었기 때문이다.) 구경했던 일이 눈앞에 떠올랐다. 자신의 힘과 부유함을 과시하려고 자기 집 천장을 술탄의 사냥용 별장처럼 장식하길 원했던 일흔이나 된 파샤의 아름다운 부인인 체르케스인 여자와 우리 셋이 함께 사랑을 나눴던 일, 또 함께 그녀에게 반했던 일을 품위 있고 존경스러운 태도로 언급했다. 겨울 아침, 수증기가 종이를 물렁하게 만들지 않도록 반쯤 연 문의 문지방에 걸터앉아 먹었던 병아리콩 수프의 즐거운 맛도 그리워하며 언급했다. 장인의 명령으로 도제 일을 하러 먼 곳에 갈 때 화원의 친구들, 장인들과 떨어져야만 했던 슬픔에 관해서도 말했다. 사랑하는 나비의 16세 때의 사랑스러웠던 모습도 떠올랐다. 어느 여름날, 열린 창문으로 들어온 햇빛이 드러난 벌꿀색 팔에 닿을 때 그는 손에 든 조개껍질을 빠르게 문질러 종이에 광택을 내고 있었다. 그는 무심코 이 일을 하다가 문득 멈춘 뒤, 종이에 눈을 가까이 대고 흠이 있는지 유심히 관찰했다. 그 흠집 위에 조개껍질을 한두 번 다른 방법으로 문지른 다음, 다시 이전 방식으로 돌아가 빠르게 손을 앞뒤로 왕복하고는 뭔가를 상상하는 눈빛으로 창문 밖을 내다보았다. 그가 창문 밖을 보기 전, 아주 짧은 순간 그의 시선이 내 눈에 고정되었던 걸 절대로 잊지 못할 것이다. 이것은 훗날 나도 다른 사람들에게 했던 행동이다. 그 슬픈 시선에는 모든 도제들이 아는, 오직 한 가지 의미가 있다. 즉 환상을 꿈꾸지 않으면 시간은 결코 흐르지 않는다는 것이다.

58
나를 살인자라고 부를 것이다

모두들 나를 잊고 있었을 것이다. 그렇지 않은가? 내가 여기에 있다는 걸 여러분에게는 숨기지는 않겠다. 왜냐하면 내 마음속에서 갈수록 커지는 이 목소리로 말하는 걸 더 이상 억누를 수 없기 때문이다. 때로는 나 자신을 지나치게 억제하다 보니 목소리가 갈라지는 것을 눈치챘으리라 생각한다. 그리고 때로는 나 자신을 완전히 내버려 두기도 한다. 그럴 때면 나의 다른 개성이 드러나고, 어쩌면 여러분도 알아챘을 말들이 내 입에서 나왔을 것이다. 손이 떨리고 이마에 땀이 흐른다. 이런 것도 새로운 표시라는 걸 나는 즉시 깨달았다.

하지만 나는 여기서 얼마나 행복한지! 세밀화가 친구들과 앉아 서로 위로하며 이십오 년 동안의 추억을 되새길 때, 우리 머릿속에는 적의가 아니라 그림 그리기의 아름다움과 즐거움이 떠오른다. 하지만 세상이 끝났다는 기분으로 앉아서 눈물 머금은 눈으로 서로를 쓰다듬고 과거의 아름다운 날들을 추억하는 일은 오직 하렘 여자들의 전유물이다.

이 비유는 티무르의 자식들의 역사를 쓸 때 시라즈파와 헤라트파의 옛 장인들의 이야기도 함께 전한 케르만 출신의 에부 사이드에게서 인용했다. 지금으로부터 150년 전, 흑양 왕조의 통치자 지한 샤는 티무르의 후손인 칸과 샤들의 소규모 군대와 나라를 격퇴한 뒤, 승리자 투르크멘의 군대와 페르시아를 가로질러 동쪽으로 왔다. 그리고 마지막으로 티무르의 아들 샤 로흐의 손자 이브라힘을 아스타라바드에서 격파해 고르간을 정복하고 그의 군대를 헤라트 성으로 몰아넣었다. 이 케르만 출신 역사가에 의하면 페르시아뿐만 아니라, 인도에서 이스탄불까지 세상의 반을 반세기 동안 통치한 강력한 티무르 후손에게 내리쳐진 이 거대한 타격은 너무나 커다란 재앙과 붕괴를 가져왔다고 한다. 포위당한 헤라트 성은 금세 아수라장이 되었다. 흑양 왕조의 지한 샤는 자신이 정복한 성들에 있던 티무르의 후손들을 전부 잔인하게 죽이고, 샤들과 왕자들의 하렘에 있는 여자들을 간택해 자신의 하렘에 집어넣었으며, 세밀화가들 대부분을 무정하게도 자신의 장인 세밀화가들에게 도제로 주었다고 한다. 이런 일들을 독자들에게 이상한 희열과 함께 상기시킨 역사가 에부 사이드는 이 시점에서, 화제를 탑 망루에 있는 적군을 격퇴하려 했던 샤와 군사들로부터 화원으로, 포위되어 끔찍한 최후를 기다리는 세밀화가들에게로 돌렸다. 그는 그들의 이름을 일일이 열거하고 모든 세상이 알고 절대 잊히지 않을 것 같았던, 하지만 결국은 잊히고 만 세밀화가들도 샤의 하렘에 있던 여자들처럼 서로 얼싸안고 울면서 과거의 아름다웠던 날들을 상기하는 일 외에는 아무것도 할 수 없었다고 기술했다.

우리도 슬픔에 잠긴 하렘의 여인들처럼 옛날에는 술탄에게서 진심 어린 총애를 받았다. 명절마다 그에게 바친 장식 상자, 거울, 접시, 장식한 타조 알, 종이를 잘라 만든 작품, 한 장짜리 그림, 즐겁게 볼 수 있는 화집, 게임 종이, 책 들이 생각났다. 또한 그것들을 받고서 술탄이 우리에게 준 밍크 털 달린 카프탄과 즉석에서 내린 묵직한 돈 주머니도 생각났다. 그 시절의 부지런하고 인내심 많고 욕심 없던 늙은 세밀화가들은 지금 어디에 있는가? 우리는 자신들이 그림을 어떻게 그리는지 보이지 않으려는 질투심과 다른 주문을 받아 일하는 걸 숨겨야 한다는 초조감 때문에 집에 있지 않고 매일 화원에 가곤 했다. 그림 속 궁전 벽의 섬세한 장식, 각각이 확연히 다르다는 것을 오랫동안 쳐다봐야만 알 수 있는 사이프러스 나무의 잎사귀들, 책장의 빈 곳을 채우는 잎사귀가 일곱 개 달린 풀들을 그리느라 평생을 겸허하게 바친 늙은 세밀화가들은 어디에 있는가? 신이 누구에게는 기예와 재능을, 누구에게는 인내와 인종(忍從)을 주는 것을 지혜와 정의로 받아들이고, 절대로 질투하지 않던 평범한 세밀화가들은 어디에 있는가? 어떤 이는 등이 굽고, 어떤 이는 계속 미소를 짓고, 어떤 이는 꿈꾸고, 어떤 이는 술에 취해 있고, 어떤 이는 그 누구와도 결혼시키지 못한 딸을 우리에게 떠맡기려고 했다. 그 나이 든 장인들을 떠올릴수록 도제 시절과 장인이 된 초기에 화원에서 일어났던, 잊어버렸던 일들이 하나하나 눈앞에 되살아날 듯했다.

자로 선을 그을 때마다 선이 책장 오른쪽으로 가면 왼쪽 뺨에, 선이 책장 왼쪽으로 가면 오른쪽 뺨에 혀를 갖다 대던 청회색 눈의 선 긋는 장인이 있었다. 색이 선 밖으로 삐져나오면 "인내, 인내, 인내."라고 말하면서 작은 소리로 낄낄대던 작고 마른 세밀화가도 있었다. 아래층의 제본 전문 도제와 몇 시간 동안 담소를 나누다가 이마에 빨간 물감을 바르면 노화를 늦출 수 있다고 주장하던 70세의 금박 입히는 장인도 있었다. 물감의 농도를 알기 위해 손톱에 물감을 바르다가 더 이상 바를 손톱이 없자, 아무나 닥치는 대로 불러 세워 손톱에 물감을 칠하던 신경질적인 장인도 있었다. 금박을 입히고 남은 금가루를 모으는 데 사용하는 털 달린 토끼 다리로 턱수염을 쓸며 우리를 웃겼던 뚱뚱한 세밀화가도 있었다. 그들은 모두 어디에 있는가?

몇 년 동안 거듭 사용하여 도제들의 몸의 일부가 되고, 나중에는 한구석에 던져진 목제 문진들, 도제들이 갖고 칼싸움을 하는 바람에 망가진 종이 자르는 가위, 뒤섞이지 말라고 위대한 장인들의 이름들을 새겨 놓은 작업판, 도자기에 칠하는 물감의 향기, 정적 속에서 들리는 커피 주전자의 물 끓는 소리, 매년 여름 새끼들의 귓속과 목덜미의 털로 다양한 붓을 만들게 해 줬던 우리의 얼룩 고양이, 할 일 없이 시간을 보내지 말고 서예가들처럼 낙서를 하라고 듬뿍 안겨 주던 인도산 종이 뭉치, 눈에 띄는 실수를 긁어 낼 때 화원 전체에 교훈이 되라는 의미에서 화원장의 허락으로 사용되었던 강철 손잡이가 달린 교훈용 연필 칼과 이 같은 실수를 하지 말라는 의미로 행해졌던 의식은 지금은 어디로 사라졌는가?

우리는 술탄이 장인들을 자신들의 집에서 작업하도록 한 게 실수였다고 말했다. 빨리 추위가 온 겨울밤, 기름등잔과 촛불 아래 눈이 아프도록 작업한 뒤, 궁전 부엌에서 보내온 맛있고 따스한 헬와를 먹은 것에 관해 이야기했다. 그리고 수전증에 걸려 종이와 연필을 들 수 없었던 늙고 노망든 금박 입히는 장인이 한 달에 한 번 화원을 방문할 때마다 딸을 시켜 우리 도제들을 위해 튀긴 후식들을 가져와 눈물을 글썽이며 짓던 미소를 상기했다. 또한 우리는 장인 오스만 이전의 화원장이었던 대가 카라 메미의 장례식이 끝난 뒤, 며칠 동안 비어 있던 그의 방을 점검할 때, 작고한 대가가 정오마다 낮잠을 자기 위해 깐 보료 밑에서 나온 서류철 사이에 있던 그의 절묘한 그림들에 대해 이야기를 나눴다.

장인 카라 메미처럼 우리도 자랑스러워하고 가끔씩 꺼내 보고 싶은 그림이 어떤 것인지 이야기하며 헤아렸다. 『기예의 서』에 넣기 위해 그렸던 궁전 그림에서 윗부분의 하늘을 금물로 칠하자 우아한 그림이 으레 그렇듯이 돔, 탑 그리고 사이프러스 나무 사이에서 세상의 끝을 떠올리게 하는 장면이 나타났다고 말했다.

그들은 우리의 예언자가 첨탑 꼭대기에서 양팔을 천사들에게 맡기고 하늘로 올라갈 때, 천사들이 그의 겨드랑이를 잡는 바람에 예언자가 간지럼 타는 모습을 얼마나 장중한 색으로 그렸던지, 어린아이들도 이 신성한 장면을 보고 처음에는 믿음 때문에 두려워했고, 나중에서야 자신들도 간지러운 것처럼 존경스레 웃었다고 말했다. 나는 전 총리대신이 산으로 도주한 반란자들을 진압할 때 벤 머리들을 내가 그린 그림 가장자리에 섬세하고 존경스럽게 나열했으며, 잘려진 목 부분에 빨간색을 바른 머리에 그려 넣은 치켜 올라간 눈썹들, 삶의 의미를 묻는 슬픈 입술들, 속수무책으로 마지막 숨을 한번 더 쉬는 코들, 이 세상을 하직한 눈들을 일일이 정성스레 그리면서, 서구의 초상화가처럼 각각의 사람의 머리를 평범한 사자(死者)의 얼굴이 아닌, 서로 다른 얼굴처럼 감각 있게 그렸고, 그런 식으로 잘려진 머리로 인해 그림에 두렵고 신비스런 분위기가 감돌게 했다고 설명했다.

우리는 우리가 가장 좋아하는 사랑과 전쟁 장면, 가장 아름다운 여자, 눈물을 글썽이게 하는 섬세함을 이런 대화 형식으로 떠올리며 잊지 못하고 도달할 수 없는 추억처럼 그 그림들에 대해 언급했다. 우리의 눈앞으로 별밤에 연인들이 만났던 한적한 비밀 정원들이 지나갔고, 우리는 봄 나무, 전설의 새, 멈춘 시간, 우리의 악몽만큼이나 가깝고 무서운 유혈의 전쟁을 상상했으며, 반 토막 난 전사들, 갑옷이 피투성이가 된 말들, 서로 칼로 찌르는 아름다운 옛 사람들, 창문 틈을 통해 사건을 바라보는 작은 입, 작은 손, 위로 치켜 올라간 눈, 갸우뚱한 고개의 여자들, 자만심에 차 만족스러워 보이는 미소년들, 잘생긴 샤들과 칸들, 그리고 그들이 파괴한 나라와 궁전들을 떠올렸다. 샤들의 하렘에서 울고 있는 여자들처럼 우리도 삶에서 추억으로 옮겨 가고 있는 것을 이제 알겠다. 하지만 우리도 그들처럼 역사 속의 전설로 남을까? 죽음에 대한 두려움보다 더 두려운, 망각되는 것의 두려움의 그림자가 우리를 공포로 몰아넣지 않도록 죽음의 장면을 그린 가장 좋아하는 그림들이 어떤 것인지 서로 물었다.

나는 즉각 데학이 사탄의 꾐에 빠져 아버지를 죽이는 장면이 떠올랐다. 『왕서』의 초반부에 서술된 그 전설의 시기에는 세상이 창조된 지 얼마 되지 않았기 때문에 모든 것이 너무나 단순했고 아무것도 설명할 필요가 없었다. 우유를 원하면 염소젖을 짜 마셨고, 말이라고 하면 금세 타고 다닐 수 있었으며, 악이라고 하면 사탄이 와서 아버지를 죽이는 아름다움에 대해 설득했다. 데학이 아랍 귀족인 아버지 메르다스를 죽인 건 그렇게 아무 이유도 없어서 아름다웠고, 자정의 멋진 궁전 정원에서 금빛 별이 사이프러스 나무들과 형형색색의 봄꽃들을 희미하게 비추고 있을 때 저질러졌기 때문에 역시 아름다웠다.

전설적인 뤼스템이 적군을 지휘하는 아들 수흐랍과 사흘간 격전을 치른 뒤, 자신의 친아들인지도 모르고 그를 죽이는 장면이 나중에 떠올랐다. 검으로 가슴을 갈가리 찢어 놓은 수흐랍이 실은 자신의 친아들이라는 걸, 몇 년 전 아내에게 주었던 완장이 그의 몸에 있는 걸 보고 알게 된 뤼스템은 가슴을 치며 통곡했다. 그 모습은 우리 모두에게 뭔가를 느끼게 했다.

그건 과연 무엇이었을까?

여전히 비가 후드득 수도원 지붕 위를 두드리고 있을 때, 나는 서성거리며 걷다가 이렇게 말했다.

"우리의 아버지, 장인 오스만은 우리를 배반하고 죽일 거야. 아니면 우리가 그를 배반하고 죽이거나."

우리는 내가 말한 것이 틀려서가 아니라, 너무나 정확했기 때문에 두려움에 휩싸여 입을 다물었다. 서성이고 거닐면서 모든 것을 옛날로 되돌리려는 조급함으로 나 자신에게 말했다. 에프라시압이 시야부시를 죽인 이야기를 하면 대화의 주제가 바뀌겠지. 하지만 그건 너무나 끔찍한 배반의 이야기가 아닌가. 그렇다면 휘스레브가 살해된 장면을 이야기할까. 그렇게 하자. 그러면 페르도우시가 『왕서』에서 서술한 것처럼 설명할까, 아니면 네자미가 『휘스레브와 쉬린』에서 묘사한 대로 설명할까? 『왕서』의 서술이 슬픈 것은 살인자가 방에 들어왔을 때, 휘스레브가 그가 누구인지 알고는 눈물을 흘렸기 때문이다. 그는 마지막으로 옆에 있던 소년에게 "기도를 올릴 시간이니 가서 물과 비누, 깨끗한 옷과 기도용 깔개를 가져오너라." 하고 말하면서 내보낸다. 순진한 소년은 주인이 도움을 요청하도록 자신을 내보낸다는 걸 모르고 정말 주인이 원하는 걸 가지러 나간다. 살인자는 방에 휘스레브와 단둘이 남게 되자, 문을 안에서 걸어 잠근다. 페르도우시는 『왕서』의 마지막 부분에 있는 이 장면에서 공모자들이 의뢰한 살인자를 혐오스러운 말투로 묘사한다. 그는 더러운 냄새가 나고 털이 많으며 배가 나왔다고.

이리저리 서성이던 내 머릿속에는 단어들이 꽉 차 있었다.

하지만 꿈속에서처럼 전혀 목소리가 나오지 않았다. 역시 꿈속에서처럼 사람들이 자기들끼리 속삭이고 있었고 나에 관해 적의에 가득 찬 쑥덕공론을 하고 있다는 걸 느꼈다.

갑자기 세 명이 동시에 내게 달려들었다. 그들이 내 발을 얼마나 빨리 잡아챘던지 우리 넷은 한꺼번에 바닥을 뒹굴었다. 바닥에서 서로 밀치고 잡아당기며 싸웠지만 나는 오래 지나지 않아 밑에 깔렸고 그들은 내 위에 올라탔다.

한 명은 내 무릎 위에, 다른 한 명은 내 오른팔 위에 앉았다. 카라는 두 무릎을 내 팔과 어깨가 이어지는 부분에 댔고 엉덩이를 내 배와 가슴 사이에 얹고 올라탔다. 나는 꼼짝도 할 수가 없었다. 우리 모두는 놀라고 숨을 헐떡거렸다. 갑자기 어떤 생각이 떠올랐다.

작고하신 삼촌에게는 나보다 두 살 많은 깡패 같은 아들이 있었다. 그가 대상을 습격하다가 잡혀서 머리가 잘렸기를 바란다. 이 질투심 많은 녀석은 내가 자신보다 더 많이 알고, 더 영리하며 섬세하다고 느낄 때마다 핑계를 대어 싸움을 걸었다. 내가 반응을 하지 않으면 레슬링을 하자면서 눈 깜짝할 사이에 나를 밑에 깔고 지금처럼 무릎을 내 어깨에 대고, 지금 카라처럼 내 눈을 뚫어지게 쳐다보면서 입술 사이로 침을 흘렸다. 갈수록 고이는 그 침이 천천히 내 눈 위에서 흔들거려 곧 떨어질까 봐 내가 역겨워하며 머리를 좌우로 돌리면 그는 아주 재미있어하곤 했다.

카라는 내게 아무것도 숨기지 말라고 했다.

"마지막 그림은 어디에 있나? 자백해!"

나는 두 가지 때문에 슬픔과 분노를 느낀다. 하나는 그들 사이에 의견이 일치된 것을 미리 알지 못하고 쓸데없이 너무 말을 많이 한 것이고, 다른 하나는 그들의 질투가 이 지경까지 상황을 몰고 올 수 있다는 걸 전혀 생각지 못하고 미리 도망가지 못한 것이다.

내가 마지막 그림을 주지 않으면 목을 자르겠다고 카라가 말했다.

웃기는 일이다. 나는 입을 열면 입안에서 사실이 튀어나올 것 같아서 입술을 꽉꽉 다물었다. 한편으로는 다른 방도가 없다는 것도 계산하고 있었다. 이들이 서로 의견을 일치시키고 나를 살인자로 몰아 재무 대신에게 넘긴다면 이들은 이 사건에서 벗어날 수 있을 것이다. 내 유일한 희망은 장인 오스만이 다른 용의자, 다른 실마리를 지적하는 것이다. 하지만 카라가 장인 오스만에 관해 한 말들이 맞기는 맞는 걸까? 혹시 이들이 여기에서 나를 죽이고 내게 죄를 덮어씌울 수도 있지 않은가?

그들이 내 목에 단검을 갖다 댔다. 카라가 이 짓에서 숨길 수 없는 희열을 느끼고 있다는 걸 알아보았다. 그들이 내 뺨을 쳤다. 단검에 피부가 베이지나 않았을까? 그들이 한 번 더 내 뺨을 때렸다.

하지만 나는 다음과 같은 논리를 펼 수 있었다. 내가 아무것도 말하지 않으면 아무 일도 일어나지 않을 거라고. 이 논리는 내게 힘을 주었다. 나는 평생 가장 뚜렷하게, 가장 잘 색칠을 했으며, 선 긋기도, 그림도 가장 뛰어났다. 그들은 옛날 도제 시절부터 내게 가졌던 질투심을 이제는 감추지 않고 있다. 그들이 나를 이토록 질투하고 있기 때문에 그들을 사랑한다. 나는 사랑하는 형제들에게 미소를 지어 보였다.

그들 중 누군가가 오랫동안 그리워했던 애인에게 입맞춤하듯 내게 열정적으로 키스를 했다.(나는 누가 이런 치욕스러운 짓을 하는지 여러분이 알길 원치 않는다.) 다른 사람들은 등불 아래 우리를 지켜보고 있었다. 나도 사랑하는 형제의 입맞춤에 응답했다. 만약 우리가 모든 것의 종말에 가까워지면 그림을 가장 잘 그리는 사람이 나였음을 알아야 한다. 내가 그린 그림들을 뒤져 보길 바란다.

내가 입맞춤에 입맞춤으로 응답한 것이 그의 심기를 건드렸나 보다. 그는 불같이 화를 내며 나를 때리기 시작했다. 하지만 다른 사람들이 그를 저지했다. 그들은 잠시 주저했다. 이번에는 그들 사이의 격투가 카라를 화나게 했다. 그들은 마치 내가 아니라, 그들의 삶이 가고 있는 방향에 분노하고, 이 때문에 모든 세상, 모든 사람에게 복수를 하고 싶어 했다.

카라가 허리띠에서 뭔가를 꺼냈다. 끝이 날카로운 긴 바늘이었다. 그는 그것을 내 눈에 가까이 댔다. 그리고 찌르는 시늉을 하며 말했다.

"대가 중의 대가인 위대한 비흐자드는 지금으로부터 팔십 년 전, 헤라트가 멸망할 때 모든 게 끝났음을 알게 되었지. 그리고 그 누구도 자신에게 억지로 다른 화풍의 그림을 강요하지 못하도록 명예롭게 자신을 장님으로 만들었어. 이 바늘을 눈에 천천히 찌르고 빼내자, 신의 웅장한 어둠이 이 사랑하는 노예에게, 이 기적의 손을 가진 세밀화가에게 천천히 내려왔지. 나중에 이 바늘은 장님에다 술주정꾼이었던 술탄의 아버지에게 그 전설적인 『왕서』와 함께 선물로 보내졌어. 장인 오스만은 이걸 왜 보내왔는지 처음에는 이해하지 못했어. 하지만 이 잔인한 선물의 배후에 있는 악의 의지, 그리고 정당한 논리를 결국 확인했지. 술탄이 이제 자신의 초상화를 유럽 화가의 화풍으로 그리게 하고 싶어 한다는 걸, 자신의 친자식보다 더 좋아했던 자네들이 자신을 배신한 걸 절감하고 장인 오스만은 어젯밤 보고에서, 비흐자드처럼 이 바늘로 자신의 눈을 찔렀네. 지금, 장인 오스만이 평생을 바쳐 설립한 화원을 파괴로 몰고 간 저주받을 자네를 내가 장님으로 만든다면 그게 무슨 소용이 있을까?"

"자네가 나를 장님으로 만들거나 말거나 결국 이 땅에는 이제 우리를 위한 장소가 없다네. 장인 오스만이 정말로 장님이 되었고, 조만간 죽는다면, 그리고 우리도 유럽인의 영향으로 마음속에서 우러나오는 것처럼 우리의 모든 결점과 개성으로 그림을 그리고 화풍을 갖는다면 어떤 면에서 우리 자신이 될 수도 있겠지. 하지만 끝내 우리는 우리 자신이 될 수 없어. 또는 옛 장인들처럼 그림을 그린다면, 그들처럼 그림을 그려 우리 자신이 되겠다고 한다면 장인 오스만에게조차 등을 돌린 술탄은 우리 대신 다른 화가들을 찾을 걸세. 더 이상 아무도 우리를 쳐다보지 않고 동정만 하겠지. 어쩌면 커피숍이 습격을 당한 사건은 우리의 상처를 소금으로 문지른 셈이야. 왜냐하면 이 사건의 책임의 절반은 존경받는 설교자를 비방한 우리 세밀화가들에게 돌아올 테니까."

나는 우리가 서로 티격태격하는 건 절대로 이로울 게 없다고 입에 침이 마르도록 말했지만 아무 소용이 없었다. 그들은 내 말을 들을 생각이 없었던 것이다. 그들은 당황하고 있었다. 아침까지 우리 중 한 명이 시비에 상관없이 죄인이라는 걸 서둘러 결정한다면 이 사건에서 자신들이 빠져나올 수 있다는 확신이 설 것이며, 고문도 당하지 않고 화원도 옛날처럼 돌아갈 거라고 믿고 있었다.

그래도 카라의 위협은 다른 두 명의 마음에 들지 않는 듯했다. 만약 다른 사람이 죄인으로 밝혀진다면 나는 헛되이 장님이 되는 게 아닌가? 그 소식이 술탄의 귀에 들어간다면? 카라와 장인 오스만과의 친분, 오스만에 관한 그의 무례한 언급도 그들을 두렵게 했다. 그들은 카라가 광분해서 내 눈에 바늘을 들이대는 것을 막으려고 노력했다.

바늘을 빼앗길 위험에 처하자 카라는 우리가 마치 합의나 한 것처럼 여기고 당황하기 시작했다. 몸싸움이 벌어졌다. 나는 바로 앞에서 벌어지는 바늘 쟁탈전을 피하기 위해 턱을 들고 머리를 뒤로 젖히는 수밖에 다른 방도가 없었다.

모든 일이 너무 빨리 진행되어 처음에는 어떻게 된 일인지조차 알 수가 없었다. 오른쪽 눈에 부분적으로 날카로운 아픔을 느꼈다. 순간적으로 이마가 마비된 것 같았고, 잠시 후 모든 것이 이전처럼 돌아갔다, 하지만 이미 내 마음속에는 어떤 공포가 자리 잡은 뒤였다. 등불은 멀어져 있었지만 나의 오른쪽 눈은 바늘이 왼쪽 눈을 찌르는 것을 보았다. 누군지 이번에는 좀 더 조심스럽고 섬세한 동작이었다. 바늘이 내 눈 안으로 들어온 것을 알고 난 꼼짝도 하지 못했다. 오른쪽 눈을 찔릴 때와 똑같은 통증을 느꼈다. 이마에서 느껴지는 마비 증상이 머리 전체로 퍼져 나가는 듯했다. 그가 바늘을 뽑자 통증도 곧 멈췄다. 그는 내 눈과 바늘 끝을 번갈아 보고 있었다. 마치 방금 일어난 일을 확신하지 못하는 듯했다. 내게 일어난 끔찍한 일을 잘 알았는지 몸싸움도 그만두고 내 팔을 압박하던 무게도 가벼워졌다.

나는 울부짖듯 고함치기 시작했다. 통증 때문이 아니라, 내게 일어난 일을 지각하고 느낀 공포 때문이었다.

내가 얼마나 고함을 질렀는지는 잘 모르겠다. 내 고함은 나뿐만 아니라 그들도 편안하게 했음을 느꼈다. 우리는 서로 가깝게 느끼게 되었다. 하지만 내 고함이 길어질수록 그들이 당황하는 것도 느꼈다. 나는 전혀 아프지 않았지만 두 눈을 바늘에 찔렸다는 사실이 머릿속에서 떠나지 않았다.

하지만 아직 장님이 되지는 않았다. 날 공포와 슬픔으로 바라보는 그들을, 수도원 천장에서 주저하며 움직이는 그림자들을 다행히 볼 수 있었다. 이것은 나를 기쁘게도 하고, 깊은 혼란에 빠뜨리기도 했다.

"나를 내버려 둬. 조금 더 모든 것을 볼 수 있게, 제발."

카라가 말했다. "그렇다면 빨리 말해. 그날 밤 엘레강스와 어떻게 만났지? 그러면 널 놔주지."

"커피숍에서 집으로 돌아오는 길이었어. 가련한 엘레강스가 내 앞에 나타났지. 그는 당황하고 있었고 아주 혼란스러운 모습이었어. 처음에는 그가 안쓰러웠어. 그런데 지금 날 좀 놔 줘, 나중에 설명하겠어. 눈이 침침해지고 있어."

"시력이 금방 사라지지는 않아. 장인 오스만도 찔린 눈으로 코가 찢어진 말을 판별했지. 날 믿어."

카라가 단호하게 말했다.

"가련한 엘레강스는 나와 이야기를 나누고 싶다고, 나를 믿는다고 말했어."

하지만 지금 나는 엘레강스가 아니라 나 자신이 가련했다.

카라가 말했다. "피가 눈에 고이기 전에 설명을 하면 아침에 마지막으로 세상을 맘껏 볼 수 있을 거야. 봐, 비가 그치고 있어."

"나는 그에게 커피숍으로 돌아가자고 했어. 하지만 그가 그곳을 좋아하지 않고, 게다가 두려워한다는 걸 알게 됐어. 도제 시절부터 이십오 년이나 함께 그림을 그린 엘레강스가 이제는 우리에게서 꽤 멀어졌다는 걸 처음으로 알게 되었지. 최근 팔구 년 동안, 그가 결혼한 이후에도 계속 그를 화원에서 보았지만 뭘 하고 있는지도 몰랐어. 그는 내게 마지막 그림을 보았다고 말했네. 그것에 커다란 죄가 있다고 했어. 우리 중 그 누구도 감당할 수 없는 것이라고 했지. 이 때문에 우리 모두가 지옥에서 불탈 거라는 거야. 그는 초조함과 두려움에 싸여 있었어. 자신도 모르게 커다란 죄를 지은 자의 파멸감 속에 있었지."

"그 큰 죄란 게 뭔가?"

"그에게 물으니까 그는 그걸 왜 모르냐는 듯 놀라서 눈을 크게 떴어. 그때 나는 우리의 이 도제 시절 친구가 우리처럼 나이가 들었다는 생각이 들었어. 그는 가엾은 에니시테가 마지막 그림에서 뻔뻔스럽게도 원근법을 사용했다고 했지. 그 그림에서는 유럽인들의 그림에서처럼 사물이 신의 마음속의 중요성을 따르지 않고 우리 눈에 보이는 것처럼 그려졌다고 하더군. 그건 아주 커다란 죄라는 거야. 이슬람의 칼리프인 우리 술탄을 개와 같은 크기로 그린 건 두 번째 죄라고 했네. 세 번째 죄는 악마를 같은 크기로, 게다가 사랑스럽게 그린 점이라고 하더군. 하지만 이 모든 것을 능가하는 가장 큰 모욕은 물론 그림에 유럽인의 관점을 수용하여 술탄의 얼굴을 크고 실물처럼 세세하게 그린 거라는 거야. 우상 숭배자들이 하듯이 말이야. 또는 우상 숭배의 관습을 버리지 못한 기독교인들이 교회 벽에 그리고 숭배하는 '초상화'처럼. 엘레강스는 자네의 에니시테로부터 배운 이 말을 아주 잘 알고 있었지. 그리고 초상화는 가장 큰 죄이며, 초상화 때문에 이슬람의 그림이 쇠락하리라는 것을 믿고 있었어. 그는 숭고한 설교자 에펜디와 우리 종교를 비방하는 곳이라면서 커피숍에 가려 하지 않았기 때문에 거리를 걸으며 이런 이야기를 내게 해 줬다네. 가끔씩 걸음을 멈추고 내게 도움을 구하듯이 '이 모든 것이 맞는가, 해결책은 없는가, 우리는 지옥에서 불타게 되는가?' 하고 물었지. 그는 후회 때문에 고통스러워하고 있었어. 하지만 나는 설득당하지 않았어. 그는 후회하는 척 가장하는 위선자였다네."

"그걸 어떻게 알았나?"

"우리는 엘레강스를 어린 시절부터 알아 왔지. 규율은 엄격

하지만 조용하고 평범하며 색깔이 없어. 그의 금박 입히는 작업처럼 말이야. 우리가 알고 있는 엘레강스는 아주 천박한 자였지."

"그도 에르주룸파들과 아주 가까웠다고 하던데." 카라가 말했다.

"그 어떤 이슬람교도도 자신도 모르게 죄를 지었다고 해서 그렇게 자학하고 후회하지 않아. 훌륭한 이슬람교도는 신이 공정하고 이성적이신 분이며 종의 의도를 고려한다는 걸 잘 알지. 무슨 고기인지 모르고 돼지고기를 먹었다고 해서 지옥에 갈 거라고 두려워하는 건 바보들뿐이야. 진정한 이슬람교도는 지옥에 대한 두려움이란 자기 자신이 아니라 다른 사람을 겁주기 위해 사용된다는 걸 잘 알지. 엘레강스도 그런 짓을 했다네. 내게 겁을 주려고 했어. 그가 그렇게 할 수 있었던 건 자네의 에니시테가 그에게 가르쳐 줬기 때문이야. 그것을 그 순간 나도 알게 되었지. 내게 솔직히 말해 주게나, 사랑하는 동료 형제여. 내 눈에 피가 덩어리지고 있나, 눈동자의 색이 사라지고 있나?"

그들은 등불을 내 얼굴에 갖다 댔다. 내 눈을 의원처럼 자세히, 그리고 연민을 품고 쳐다보았다.

"별로 변한 게 없는 것 같은데."

내가 이 세상에서 마지막으로 보는 것이 내 눈을 똑바로 들여다보고 있는 이 세 명이 될 것인가? 생의 마지막까지 이 순간을 잊지 못하리라는 걸 알고 있다. 후회했지만 희망도 느꼈기 때문에 그들에게 계속 설명했다.

"자네의 에니시테는 엘레강스에게 금지된 일을 하는 걸 가르쳤지. 마지막 그림의 표면을 덮고 그 그림의 특정 부분만 보이고는, 우리로 하여금 그 부분에 그림을 그리게 했어. 그림 전체는 숨겼지. 에니시테는 그림에 신비스럽고 비밀스러운 분위기를 주어서 어떤 죄의 냄새가 스며들게 했네. 우리에게도 전염된 그 미혹과 죄에 대한 당혹감은 그가 처음으로 퍼뜨린 거야. 평생 그림이 그려진 책을 본 적이 없는 에르주룸파들이 아니었네. 하지만 양심이 깨끗한 세밀화가가 두려워할 것이 뭐가 있겠나?"

내 말에 카라가 건방지게 대꾸했다. "이제는 양심이 깨끗한 세밀화가도 두려워할 것이 아주 많아. 그림 장식에 대해서는 아무도 할 말이 없지. 하지만 그림은 우리 종교에서 금하고 있는 것일세. 페르시아 대가들의 그림들은, 특히 헤라트 출신 대가들의 걸작들은 결국 테두리 장식의 연장선이라고 보았고, 글씨의 아름다움 또한 서예가들의 훌륭함을 고조시킨다는 이유로 아무도 이의를 제기하지 않았지. 그리고 우리의 그림을 도대체 몇 명이나 본단 말인가? 하지만 우리가 유럽 화가들의 화풍을 모방할수록 우리가 그린 것은 장식이나 뒤얽힌 문양에서 벗어나 솔직한 묘사가 되기 시작할 거야. 코란이 금지하고 우리의 예언자가 전혀 좋아하지 않았던 것이지. 술탄도, 나의 에니시테도 이 점을 아주 잘 알고 있었다네. 에니시테는 바로 이것 때문에 살해된 걸세."

"에니시테는 두려워했기 때문에 살해되었어. 자네처럼 그도 자신이 제작하는 그림이 종교와 코란에 위배되지 않는다고 주장하기 시작했지. 그건 바로 종교에 위배되는 걸 찾는 데 혈안이 된 에르주룸파들이 찾던 것이었어. 엘레강스와 에니시테는 서로 아주 잘 어울렸지."

"그래서 그 두 사람을 다 죽였나?" 카라가 물었다.

그 순간, 그가 나를 때릴 거라고 생각했다. 동시에 아름다운 셰큐레의 이 새 남편이 에니시테가 살해된 것에 대해 전혀 불평하지 않았다는 걸 깨달았다. 그는 나를 치지 않을 것이며, 쳐도 신경 쓰일 것 같지 않았다.

"사실 자네의 에니시테는 술탄이 원했던, 유럽 화가들의 영향을 받은 책을 제작하는 것만큼이나 모두를 선동하고 죄악의 냄새를 풍기는 책을 만들고 싶어 했지. 자만심을 만족시키려고 말이야. 그는 여행을 하면서 본 유럽 화가들의 그림을 맹목적으로 선망했지. 우리 모두에게 몇 날 며칠을 설명해 준 것들(자네에게도 말했을 걸세, 그 터무니없는 원근법과 초상화에 관해서)을 끝까지 믿었지. 내 생각에는 우리가 제작한 책에는 해로운 것도, 신성 모독의 요소도 없었어. 그도 그걸 알았기 때문에 일부러 위험한 책을 제작시키고 있는 척했고, 이것은 그에게 커다란 만족감을 주었지. 술탄의 개인적인 허락으로 그런 위험한 일을 한다는 것이 그에게는 유럽 화가들의 그림을 선망하는 것만큼이나 중요했네. 벽에 걸어 전시할 그림을 그린다면 물론 그건 신성 모독이지. 하지만 우리가 그 책을 위해 그린 그림에는 종교에 위배되는 그 어떤 것, 즉 불신, 부정, 금기에 대한 공포심이 전혀 없었다네. 자네들은 어땠나?"

나의 눈은 거의 시력을 잃어 가고 있었다. 하지만 고맙게도 내 물음이 일시적으로 그들을 주춤하게 한 것은 볼 수 있었다. 나는 만족하며 말을 이었다.

"확신이 서지 않지, 그렇지? 우리가 그린 그림에 희미하게나마 어떤 신성 모독과 불신의 그림자가 있다고 자네들이 암암리에 생각했다 해도, 절대 이를 인정하지 않겠지. 왜냐하면 그건 자네들을 비방하는 적들인 에르주룸파들과 광신자들이 옳다는 걸 인정하는 셈이 되니까. 한편으로는 확신을 갖고 자신이 눈처럼 결백하다고도 말할 수 없을 거야. 왜냐하면 그건 비밀스럽고, 신비스럽고, 금지된 일을 한다는 아찔한 자존심과 세련된 자만심을 포기하는 셈이 되니까. 나도 그런 자만심을 갖고 있었다는 걸 어떻게 알게 되었는지 아나? 가련한 엘레강스를 한밤중에 이 수도원으로 데리고 왔기 때문이지! 길거리를 하도 걸어서 몸이 꽁꽁 얼었다는 핑계를 대고 그를 여기로 데려왔지. 사실은 과거에 내가 자유로운 사고를 가진 칼렌데리 종파였으며, 칼렌데리 종파를 선망한다고 그에게 말해 주는 게 흐뭇했어. 내가 남색, 대마초, 방랑, 그리고 온갖 탈선 때문에 폐쇄된 그 종파의 마지막 추종자인 걸 알면 가련한 엘레강스는 나를 더욱더 두려워하고, 더욱더 존경하고, 어쩌면 두려워서 입을 다물 거라고 생각했지. 물론 그 정반대였지만. 그는 이곳을 전혀 좋아하지 않았을 뿐만 아니라, 우리의 그 멍청한 어린 시절 친구는 자네의 에니시테에게서 배운, 불신에 대한 비난이 타당하다는 결론을 즉시 내렸어. 그래서 처음에는 내게 '도와줘, 우리가 지옥에 가지 않을 거라고 위로해 줘. 그러면 오늘 밤 편안하게 잠들 수 있을 거야.'라고 말했던 그 친구는 위협하는 말투로 '끝이 안 좋을 거야.'라고 말하기 시작했지. 마지막 그림이 술탄의 명령과는 아주 멀어졌고, 술탄이 용서하지 않을 거라면서 소문이 에르주룸 출신 설교자의 귀에 들어갈 거라고도 말했어. 모든 게 다 잘될 거라고 그에게 확신을 주는 것이 거의 불가능해졌지. 그는 자네의 에니시테가 터무니없는 짓을 했다고, 종교를 모독하고 망상에 사로잡혀 악마를 사랑스럽게 그렸다고 에르주룸 출신 설교자를 추종하는 그 멍청이 작자들에게 말할 것이며, 그들도 그의 이런 비방을 믿을 거라고 생각했네. 우리가 술탄의 관심의 초점이 된 까닭에 모든 장인 사회의 일원들뿐만 아니라 공예가들까지 우리를 얼마나 질투했는지 알고 있을 걸세. 지금 그들은 모두 기뻐하면서 세밀화가들이 이단에 빠졌다고 말할 거야. 게다가 에니시테와 엘레강스 사이의 협력 관계 때문에 이런 비방은 사실로 드러나겠지. 난 지금 비방이라고 말했네. 왜냐하면 엘레강스가 책과 마지막 그림에 대해 한 이야기를 전혀 믿지 않기 때문이야. 그때 난 에니시테에 관해 부정적으로 얘기하지 않았네. 더욱이 술탄의 총애가 장인 오스만에게서 에니시테에게로 향한 것이 적절하다고 생각했고, 유럽 화가들과 그들의 그림에 관해 그가 장황하게 설명한 것들을 그 자신만큼은 안 되더라도 나도 믿고 있었기 때문이지. 나는 우리 오스만 제국의 세밀화가들이 악마와 거래를 하지는 않더라도, 유럽 화가들의 화풍에서 우리가 원하는 이것저것을 잘 취할 수 있고, 그것이 우리에게 큰 해가 되지 않는다고 진심으로 생각했네. 인생은 쉬웠어. 죽은 자네의 에니시테는 내게 장인 오스만 이후의 새로운 인생의 새로운 아버지였지."

"그 문제는 아직 언급하기 일러. 먼저 엘레강스를 어떻게 죽였는지 말해." 카라가 말했다.

나는 "그 일"이라고 말했다. 살인이라는 단어는 사용하지 않았다. "그 일은 오로지 우리를 위해, 우리 자신을 구하기 위해서가 아니라 화원 전체를 구원하기 위해 한 거야. 엘레강스는 자기 손에 위협적인 무기가 들어온 걸 알게 되었지. 그 불한당이 얼마나 야비한 놈인지 보여 달라고 숭고하신 신께 애원했다네. 신은 내 기도를 들어주시고 그가 얼마나 비열한 놈인지 내게 보여 주셨지. 나는 그에게 돈을 제안했어. 머릿속에 금 생각이 났지. 하지만 신이 주신 영감으로 거짓말을 꾸며 냈네. 금이 이 수도원에 있지 않고, 내가 감춰 둔 장소에 있다고 말했어. 우리는 밖으로 나왔지. 나는 텅 빈 거리에서 어디로 갈지 전혀 계산하지 않고 발길 닿는 대로 걸었어. 무엇을 해야 할지 전혀 알 수가 없었어. 그리고 몹시 두려웠지. 목표 없이, 방향 없이 걷다가 결국 한 번 지나간 거리를 다시 한번 지나가자, 평생을 반복적인 작업을 해 온, 금박 입히기 전문인 우리의 엘레강스 형제는 의심을 하기 시작했지. 하지만 신은 우리 앞에 황폐한 화재 터, 그리고 바로 그 옆의 마른 우물을 마련해 주셨다네."

나는 이 시점에서 나머지에 대해서는 설명하지 않을 것이기에 용기를 내어 그들에게 말했다.

"자네들도 내 처지였다면 다른 세밀화가 형제들의 구원을 생각하고 똑같은 일을 했을 걸세."

그들이 내게 동의한다고 말하자 울고 싶은 생각이 들었다. 내가 당연히 받아야 할 동정이 내 가슴을 부드럽게 만든다고 말하려다 입을 다물었다. 그를 죽여 던진 우물 바닥에서 그의 몸이 부딪쳐 나는 소리를 들었다고 말하려다 역시 또 입을 다물었다. 살인자가 되기 전에는 나도 다른 사람들처럼 행복했다고 말하는 것도 그만뒀다. 어린 시절, 가난한 우리 마을을 지나가던 장님이 눈앞에 떠올랐다. 더러운 옷을 입고 있던 그는 마을 우물 앞에서 옷보다 더 더러운 놋쇠 바가지를 꺼내 멀리서 지켜보던 동네 아이들에게 말했다.

"얘들아, 너희 중 누가 우물에서 이 늙은 아저씨의 바가지에 물을 담아 주겠니?"

아무도 곁으로 다가오지 않자 그는 다시 이렇게 말했다.

"얘들아, 선행을 베풀면 복을 받는단다!"

그의 눈동자는 색이 바래서 흰자위와 거의 같은 색깔이었다. 나는 내가 그 늙은 거지꼴이 될 것 같은 초조감 때문에 에니시테를 어떻게 제거했는지는 급하게, 재미없게 설명했다. 지나치게 정직한 말도, 지나치게 거짓된 말도 하지 않았다. 이 둘 사이에서 내 심장을 조이지 않을 만한 적절한 농도를 찾아내자, 내가 그의 집에 에니시테를 죽이러 가지 않았다는 걸 그들이 이해했음을 알았다. 그들은 내가 "난 그를 죽일 의도로 그곳에 간 게 아니야."라고 말하고 싶어 하는 걸 알았을 뿐만 아니라 "나쁜 의도가 없었으면 인간은 절대로 지옥에 가지 않아."라는 말로 나 자신에게 핑계와 용서를 구하고 있다는 것도 알았다.

나는 상념에 잠긴 말투로 말했다.

"엘레강스를 신의 천사들에게 보낸 뒤, 죽기 전에 그가 했던 말들이 벌레처럼 내 속을 갉아먹으며 나를 괴롭혔네. 마지막 그림을 위해 내 손에 피를 묻히게 됨으로써 난 그 그림을 과대평가하게 됐지. 이제 책 제작을 위해 우리 중 누구도 집으로 부르지 않던 에니시테에게 그 마지막 그림을 보여 달라고 방문한 거야. 그는 그림도 보여 주지 않았고, 아무 문제도 없는 것처럼 행동했지. 사람까지 죽일 정도로 신비스러운 그림도, 다른 그 무엇도 없다고 했어! 나를 그렇게 무시하지 말고 관심을 가져 달라는 의도로 그에게 엘레강스를 죽여 우물에 던졌다고 자백했네. 그러자 그는 나를 신중하게 대했지만 무시하는 태도는 여전했어. 아들을 무시하는 사람은 아버지가 될 수 없어. 장인 오스만은 우리에게 화도 많이 내고 때리기도 많이 때렸지만 결코 우리를 무시하지 않았네. 형제들, 우리가 장인 오스만을 배반한 것은 커다란 실수였어."

유언을 듣는 것처럼 내 눈을 똑바로 바라보고 있는 형제들에게 나는 미소를 지어 보였다. 죽어 가는 사람들이 그렇듯, 나도 그들이 갈수록 희미해지고 내게서 멀어지는 것을 보았다.

"자네의 에니시테는 두 가지 이유 때문에 죽였네. 첫째, 그가 장인 오스만에게 베네치아 화가 세바스티아노를 원숭이처럼 흉내 내라고 강요했기 때문이야. 둘째는 내가 마음이 약해진 순간, 그에게 '저만의 화풍이 있습니까?'라고 물었기 때문이지."

"그가 뭐라고 대답하던가?"

"있다고 했네. 물론 그건 그에게 있어 모욕이 아니라 칭찬이었지. 그때 나도 그것이 나에 대한 칭찬이 아닐까 생각했어. 난 스타일을 근본이 없고 불명예스러운 것으로 여겼고, 그 의심이 내 속을 갉아먹고 있었어. 나만의 스타일이 있기를 바라면서도, 그것을 악마의 유혹이라고 여겼다네."

"모두들 속으로는 자신만의 화풍을 갖고 싶어 하지. 술탄이 원한 것처럼 자신들의 초상화도 그려졌으면 하고 바라지." 카라가 거만하게 말했다.

"그건 저항할 수 없는 병이란 말인가? 그 병이 번질수록 우리 중 그 누구도 유럽 화가들의 화풍을 거부할 수 없을 거야."

하지만 누구도 내 말을 듣지 않았다. 카라는 샤의 딸에 대한 사랑을 너무 빨리 드러냈기 때문에 십이 년간 중국에 유배된 불행한 투르크멘 수령의 이야기를 말했다. 그는 애인의 초상화가 없었기 때문에 십이 년 동안 애인을 상상만 하다가 끝내 중국 미녀들 사이에서 애인의 얼굴을 잊었다고 했다. 또한 그의 상사병은 신이 주신 깊은 고통으로 변했다고 했다. 하지만 우리는 그의 이야기가 곧 자신의 이야기라는 걸 잘 알고 있었다.

"자네의 에니시테 덕분에 우리 모두는 초상화라는 말을 배웠네. 신이 허락한다면 언젠가 우리 자신의 삶을, 우리가 살았던 것을 두려움 없이 그대로 말할 수도 있겠지."

"모든 우화는 우리 모두의 우화지. 인간 자신의 것이 아니라." 카라가 말했다.

"모든 그림도 신의 그림이지." 나는 헤라트 출신의 시인 하티피의 시행을 완성하면서 말을 이었다. "유럽 화가들의 화풍이 퍼질수록 모든 사람이 다른 사람들의 우화를 자신의 우화처럼 말하는 것이 곧 재능이라고 생각하게 될 거야."

"악마가 원하는 것도 바로 그것이지."

"이제 그만 나를 놔줘. 마지막으로 한 번 더 세상을 구경하고 싶어!"

나는 힘껏 소리쳤다. 그들이 깜짝 놀라는 것을 보자 마음속에 자신감이 생겼다.

먼저 카라가 정신을 차리고 내게 물었다.

"마지막 그림을 꺼내 놓을 텐가?"

내 눈빛을 보고 그림을 꺼내 놓으리라는 것을 안 카라가 나를 놓아주었다. 심장이 빠르게 뛰기 시작했다. 숨기려고 했던 내 정체를 이미 여러분이 알아챘을 거라고 확신한다. 그래도 내가 헤라트파의 옛 장인들처럼 행동하는 것을 보고 놀라지 말기 바란다. 헤라트파 장인들은 자신의 정체를 감추기 위해서가 아니라, 스승들과 규칙에 대한 존경 때문에 자신들의 서명을 숨겼다. 나는 손에 등잔을 들고 수도원의 깜깜한 방 사이를 내 희미한 그림자에게 길을 내주며 흥분한 상태로 걸었다. 내 눈에 어둠의 커튼이 내리기 시작했나, 아니면 이 방들과 현관들이 원래 어두웠나? 장님이 되기 전까지 몇 시간, 몇 날, 몇 주가 남았을까? 나의 그림자와 나는 멈췄다. 부엌의 환영들 속에서, 먼지 앉은 서랍의 깨끗한 구석에서 종이를 집어 재빨리 되돌아왔다. 카라는 만약을 대비하여 나를 따라왔다.

그러나 단검을 가져오지는 않았다. 장님이 되기 전, 이번엔 내가 단검을 들고 그를 장님으로 만들어 볼까?

"장님이 되기 전에 다시 한번 이걸 볼 수 있어서 기쁘네. 자네들도 이걸 보길 바라네."

나는 자랑스럽게 말했다. 그리고 에니시테를 죽인 날, 그의 집에서 가져온 마지막 그림을 등잔 불빛 아래 그들에게 보여 주었다. 나는 그들이 두 쪽 크기의 그림을 호기심과 두려움에 찬 눈길로 바라보는 것을 보았다. 돌아서서 그들과 함께 그림을 보았을 때 나는 가볍게 떨고 있었다. 눈을 바늘로 찔려서인지, 아니면 갑자기 열중해서인지 몸에서 열이 났다.

최근 1년간 그 두 페이지짜리 다양한 테두리의 종이에 우리 모두가 그린 나무, 말, 악마, 죽음, 개, 여자 들이 에니시테의 서툰 배치 방식에 따라 작거나 크게 어떤 식으로 정렬이 되었는지 우리는 보았다. 죽은 엘레강스가 입힌 금박과 테두리는 우리가 책의 한 장을 보고 있는 것이 아니라, 마치 창문을 통해 온 세상을 바라보고 있는 듯한 느낌을 주었다. 그 세상의 중심에, 술탄의 초상화가 있어야 할 자리에, 내가 그 순간 자랑스럽게 보았던 나의 초상화가 있었다. 며칠 동안 다시 수정하고, 거울을 보고 또 보고, 속수무책으로 안간힘을 썼지만 아주 조금만 나 자신과 닮게 그릴 수 있었기 때문에 언짢은 마음이 들었다. 그러나 그림은 모든 세상의 중심에 나를 그려 놓았기 때문이 아니라, 설명할 수 없는 사악한 이유, 즉 나 자신을 실제보다 더 심오하고, 복잡하고, 신비롭게 나타냈기 때문에 나에게 제어할 수 없는 어떤 흥분을 느끼게 했다. 나의 세밀화가 형제들이 나의 이 흥분을 보고, 이해하고 나와 공유해 주길 원했다. 나는 술탄이나 왕처럼 모든 것의 중심에 있었을 뿐만 아니라, 나 자신이기도 했다. 이 상황은 내게 자랑스러움과 수치심을 동시에 주었다. 이 두 감정은 서로 균형을 유지하며 나를 편하게 했다. 나는 이 그림에 있는 나의 새로운 위치로 인해 현기증 나는 쾌감을 느꼈다. 하지만 이 쾌감이 완벽해지기 위해서는 유럽 화가들의 기예로 나의 얼굴, 옷의 주름들, 그림자, 뾰루지, 그리고 반점, 턱수염에서 옷감의 짜임새까지 모든 부분, 모든 색들을 정확하고 완벽하게 만들어야 했다.

그림을 보는 옛 친구들의 얼굴에서 일종의 두려움과 경이, 그리고 우리 모두를 괴롭혔던 그 어찌할 수 없는 질투를 보았다. 그들은 머리끝까지 죄를 뒤집어쓴 사람에게 느끼는 분노에 가득 찬 역겨움과 함께, 두려움과 부러움을 느끼고 있었다.

"여기서 등불 아래 이 그림을 보던 밤마다 신이 나를 버렸다는 것을, 그리고 악마가 내게 친구가 되어 주었다는 걸 느꼈지. 내가 정말로 세상의 중심에 있어도, 그림을 볼 때마다 더욱 그걸 원했네. 내가 사랑하는 주위의 모든 것들, 아름다운 셰큐레를 닮은 여자와 방랑승 친구들, 그림에 지배적으로 사용된 빨간색의 아름다움에도 불구하고 나는 더욱 외로워졌네. 내가 개성과 특징을 갖고 있는 것, 다른 사람이 나를 숭배하는 것은 두렵지 않네. 그건 내가 원하는 바야."

"그러니까 후회하지 않는단 말인가?"

황새가 방금 금요 예배를 끝낸 듯한 목소리로 물었다.

"두 사람을 죽였기 때문이 아니라, 이런 나의 그림이 그려졌기 때문에 나 자신을 악마처럼 느낀다네. 이 그림을 그리려고 그 두 사람을 죽였다고 생각하니까. 하지만 외로움이 날 두렵게 해. 유럽 화가들을 모방하면서도 그들의 전문 기예를 익히지 않는 것은 세밀화가들을 더욱더 노예로 만들 거야. 사실, 내가 화원의 모든 것이 예전처럼 지속되길 원했기 때문에 그 두 사람을 죽였다는 걸 자네들도 알 거야, 물론 신께서도 아실 테고."

"하지만 이건 우리 모두에게 더욱 큰 문제를 가져올 걸세."

사랑하는 나비가 말했다.

나는 여전히 그림을 보고 있던 바보 카라의 손목을 갑자기 움켜잡았다. 온 힘을 다해, 손톱이 그의 살에 파고들 정도로 꽉 잡아 비틀었다. 카라가 느슨하게 쥐고 있던 단검이 바닥에 떨어졌다. 난 재빨리 그 단검을 잡아 쥐었다.

"이제 나를 고문관에게 넘기지도 못할 것이고, 네 고민에서도 벗어나지 못할 거야." 나는 단검의 날카로운 끝을 카라의 눈에 찌를 듯 가까이 갖다 댔다. "바늘을 줘."

그가 바늘을 꺼내 주자 나는 그것을 넓은 벨트 속에 넣었다. 나를 순한 양처럼 바라보는 그의 눈을 뚫어지게 쳐다보았다.

"결국 자네와 결혼할 수밖에 없었던 아름다운 세큐레가 가여워. 내가 자네들을 재앙에서 구하려고 엘레강스를 죽이지 않았다면, 그녀는 나와 결혼하고 행복해졌을 거야. 그녀의 아버지가 우리 모두에게 말해 줬던 베네치아 화가들, 그들의 이야기와 재능은 내가 가장 잘 이해했지. 그러니까 지금 내가 마지막으로 말하는 것들을 잘 듣게나. 이곳에서 기예와 명예로 살기를 바라는 우리 장인 세밀화가들은 이제 설 곳이 없네. 만약 죽은 에니시테와 술탄이 원한 것처럼 유럽 화가들을 모방하려 한다면 엘레강스나 에르주룸파들, 아니면 우리 속의 겁쟁이가 우리를 제지할 것이고, 결국 끝까지 가지 못할 거야. 만약 악마의 꾐에 빠져, 파국으로 치달아 우리의 모든 과거를 배신하고 어떤 스타일과 유럽 스타일의 개성을 갖고자 한다면 내가 나의 이 초상화를 그리는 데 기예와 지식이 불충분했던 것처럼 절대로 성공하지 못할 거야. 내가 그린 서투른 그림, 나 자신조차 닮게 그리지 못한 그림을 통해서 유럽 화가들의 기예가 몇 세기에 걸쳐 배워야 할 어떤 것이라는 사실을, 우리가 중요시하지 않지만 이미 알고 있는 이 사실을 한 번 더 깨닫게 되었네. 에니시테가 책을 완성해서 그들에게 보낸다면 베네치아 화가들은 우리에게 능글맞은 미소를 지을 것이고, 그 미소는 베네치아 총독에게 전해지겠지. 오직 그것뿐이야. 오스만 제국은 오스만 제국이기를 포기했다고 말할 것이고, 그때부터는 우리를 두려워하지 않게 되겠지. 옛 장인들의 길을 갔더라면 얼마나 좋았을까! 하지만 우리의 술탄도, 셰큐레의 초상화가 없다고 슬퍼하는 카라도, 그 누구도 그걸 원하지 않아. 그러면 여기 앉아서 몇 세기 동안 유럽의 화풍을 모방하라고! 모방한 그림에 의기양양하게 사인을 해 봐! 헤라트파의 옛 장인들은 신이 보는 것처럼 세상을 그리려고 할 때, 개성을 숨기기 위해 그림에 사인을 하지 않았지. 자네들은 개성이 없다는 것을 숨기려고 사인을 할걸? 하지만 탈출구는 있네. 어쩌면 자네들 모두의 집 문을 두드렸을 텐데도 내게 숨기고 있었을걸? 인도의 악바르 칸이 금과 감언이설을 뿌리면서 세상에서 가장 기예 있는 세밀화가들을 모으고 있다네. 이슬람이 1000년째 되는 해를 축하하려고 계획된 책이 여기 이스탄불에서가 아니라 아그라의 화원에서 완성될 것이 명백해졌어. 우리도 거기 가서 동참해야 하네."

"화가가 자네처럼 교만해지려면 먼저 살인자가 돼야 하나?" 황새가 물었다.

"아니, 가장 재능 있고 가장 기예가 있으면 되지." 나는 그를 무시하며 말했다.

멀리서 잘난 체하는 수탉이 두 번 울었다. 나는 보퉁이와 금을 챙겼다. 견본 공책과 나의 그림을 서류철에 넣었다. 카라의 목에 댔던 단검으로 그들을 하나하나 죽일 수도 있다는 생각이 머리를 스쳤다. 하지만 도제 시절부터 함께 지낸 어린 시절 친구들을, 내 눈에 바늘을 찌른 황새까지도 지금은 한층 더 좋아하게 되었다.

나는 일어서려고 하는 사랑하는 나비에게 고함을 질러 제자리에 앉게 했다. 이로써 수도원을 무사히 나갈 수 있다는 믿음이 생긴 나는 다소 서둘렀다. 그래서 문을 나가기 직전에 말하려 했던 중요한 말을 더 참지 못하고 말했다.

"내가 이스탄불을 떠나는 것은 이븐 샤키르가 몽골군에 함락된 바그다드를 떠난 사건과 비슷하다네."

"그렇다면 자네는 동방이 아니라 서방으로 가야만 하네." 질투심 많은 황새가 말했다.

“동방과 서방이 신에게 있나니.” 나는 죽은 에니시테처럼 아랍어로 말했다.

“하지만 동방은 동방이고 서방은 서방이야.” 카라가 말했다.

“화가는 오만해서는 안 돼. 동방과 서방에 대해 고심하기보다는 오직 마음속에서 우러나오는 대로 그려야만 해.” 사랑하는 나비가 말했다.

“자네 말이 얼마나 지당한지, 입을 맞춰 주고 싶네그려.” 나는 사랑하는 나비에게 말했다.

하지만 그에게 두어 걸음쯤 다가섰을까? 갑자기 카라가 달려들었다. 나의 한 손에는 속옷과 금이 든 보퉁이가, 겨드랑이 밑에는 그림들로 가득 찬 서류철이 있었다. 이것들을 보호하려다가 미처 나 자신을 보호하지 못했다. 그에게 단검을 든 팔을 잡히고 말았다. 하지만 그에게도 운이 따라 주지 않았다. 그는 낮은 책상에 발이 걸려 균형을 잃는 바람에 내 팔을 잡는 대신 매달리는 꼴이 되었다. 있는 힘껏 그를 발로 차고 그의 손가락을 깨물며 뿌리쳤다. 그가 울부짖었다. 이번에는 그의 손을 무지막지하게 밟았다. 동시에 나머지 두 명을 향해 단검을 쥔 채 고함을 질렀다.

“꼼짝 말고 그 자리에 앉아 있어!”

그들은 잠자코 앉아 있었다. 단검 끝을 전설에서 케이카우스가 했던 것처럼 카라의 콧구멍에 쑤셔 넣었다. 피가 흐르기 시작하자 애원하는 그의 눈에서 쓰라린 눈물이 흐르기 시작했다.

"말해 봐, 나는 장님이 되는 건가?"

"전설에 의하면 눈을 찔리면 어떤 사람의 눈에는 피가 응고되지만, 어떤 사람에게는 응고되지 않아. 신이 자네의 그림을 흡족하게 여긴다면 자네를 그분 곁으로 데려가기 위해 황홀한 어둠을 자네에게 줄 거야. 그러면 이 파멸된 세계가 아니라 그분께서 보는 멋진 광경을 보게 되겠지. 반대로 자네의 그림이 흡족하지 않다면 지금처럼 계속 볼 수 있을 거야."

"인도에 가서 진정한 그림을 그릴 거야. 나는 아직 신이 나를 심판해 줄 그림을 그리지 못했어."

카라가 말했다. "유럽 화풍에서 달아나려는 지나친 환상은 갖지 말게. 악바르 칸이 모든 세밀화가들에게 자기 그림에 사인을 하라고 고무한 사실을 알고 있나? 포르투갈의 예수회 사제들은 유럽의 그림과 화풍을 그곳까지 가져갔지. 그것들은 이제 이 세상 어디에나 있네."

"순수함 속에 머물려는 사람에게는 언제나 할 일과 도망칠 곳이 있어."

"그렇기야 하지. 하지만 그건 장님이 되거나 존재하지 않는 나라로 도망치는 거야." 황새가 말했다.

"자네는 왜 순수함 속에 남으려는 건가? 우리처럼 되어서, 이곳에서 우리와 함께 있자고." 카라가 말했다.

"자네들은 평생 자신의 화풍을 갖기 위해 유럽인들을 모방할 거야. 유럽인들을 모방한 결과로 끝내 자신의 화풍도 가질 수 없을 거야."

"달리 할 수 있는 일도 없잖아." 카라가 굴욕적으로 말했다.

물론 그의 유일한 행복은 그림이 아니라 셰큐레다. 끝에 피가 묻은 단검을 피가 흐르는 카라의 콧구멍에서 뽑아 그의 머리 위에, 머리를 내리치려고 준비하는 사형 집행인처럼 치켜들었다.

"지금 내가 원하면 자네의 목을 칠 수도 있어." 나는 명백하게 선포했다. "하지만 셰큐레의 아이들, 그리고 그녀의 행복을 위해 자네를 용서해 주지. 그녀에게 잘 대해 줘. 짐승 같은 짓이나 미련한 짓은 하지 말고 말이야. 내게 약속해!"

"약속하네."

"자네를 셰큐레에게 바치겠네."

나는 말했다. 하지만 내 팔은 내 입에서 나오는 말과는 정반대의 행동을 했다. 카라를 향해 힘껏 단검을 내리쳤다. 마지막 순간, 그가 그 자리에서 움직였기 때문에, 그리고 나도 내리치는 방향을 바꿨기 때문에 단검은 그의 목이 아니라 어깨에 명중했다. 나는 자신이 한 일에 놀라 두려워하며 내 팔을 바라보았다. 살에 파묻힌 단검을 뺐다. 그 자리가 선명한 빨간색으로 물들었다. 내가 저지른 일이 두렵고 부끄러웠다. 하지만 곧 배를 타고 어쩌면 아랍의 바다 한가운데에서 장님이 된다면 세밀화가 친구들 중 그 누구에게도 복수를 할 수 없으리라는 걸 알고 있었다.

당연히 다음은 자기 차례라고 생각한 황새가 어두운 방 안으로 도망쳤다. 나는 등잔을 들고 내 그림자와 함께 그를 쫓아갔다. 그러나 두려워서 되돌아왔다. 나는 마지막으로 나비와 입을 맞추고 작별 인사를 했다. 우리 사이에 피 냄새가 났기 때문에 원하는 만큼 진심으로 그에게 입맞춤을 할 수가 없었다. 그는 내 눈에 흐르는 눈물을 보았다.

카라의 신음 소리가 멈춘 뒤, 나는 죽음의 고요 속에서 수도원을 나왔다. 젖은 진흙탕의 정원과 어두운 마을을 뛰듯이 도망쳐 나왔다. 나를 악바르 칸의 화원에 데려다줄 배를 타려 아침 기도 시간 후에 길을 나설 것이며, 그 시간에 카드르가 항구에서 그 배를 향해 떠나는 작은 나룻배를 탈 것이다. 뛰면서 나는 한편으로 눈물을 흘렸다.

도둑처럼 소리 없이 악사라이를 지날 때 지평선에서 희미한 새벽빛을 보았다. 골목길, 좁은 통로, 벽 사이를 걷던 내 앞에 첫 번째 마을이 나타났다. 그 마을의 우물 맞은편에 이십오 년 전, 처음 이스탄불에 왔을 때 하룻밤을 묵었던 돌집이 있었다. 그 집 대문 사이로 우물이 보였다. 나는 이십오 년 전, 그 먼 친척이 관대하고 선하게 손님으로 맞아 줬는데도 그만 요에 오줌을 쌌다. 열한 살이었던 나는 죄의식 때문에 그 우물에 몸을 던지고 싶었다. 베야즈트에 도착할 때까지 깨진 시계를 고치러 몇 번 들렀던 시계 가게, 장식을 해서 몰래 팔려고 크리스털 등잔과 셔벗 병을 샀던 유리병 가게, 싸기도 하고 손님도 없어서 자주 왔던 목욕탕이 나와 나의 눈물에 경의를 표하며 서 있었다.

파괴되고 불탄 커피숍 근처에는 아무도 없었다. 아름다운 세큐레가 지금 죽어 가는 새 남편과 행복하게 살 수 있길 기원했던 집도 텅 비어 있었다. 손에 피를 묻힌 뒤 보낸 나날, 거리를 걸을 때마다 항상 적의에 가득 차 나를 바라보던 이스탄불의 개들, 어두운 나무들, 불 꺼진 창들, 검은 굴뚝들, 아침 기도 시간에 맞추려고 달음질치는 부지런하면서도 불행한 사람들, 그리고 환영들은 내가 살인 사실을 자백한 뒤, 내 인생의 도시를 떠날 것을 결정한 다음부터는 친근한 눈빛으로 나를 바라보고 있었다.

베야즈트 사원을 지나 언덕에 올라 할리치 만을 바라보았다. 수평선이 밝아 오고 있었다. 그러나 물은 아직도 어두웠다. 두 대의 어선, 돛이 감긴 화물선들, 버려진 전함이 보이지 않는 파도와 함께 천천히 흔들리면서 내게 "가지 마, 가지 마." 하고 말했다. 바늘에 찔려서일까? 눈에서 눈물이 흘렀다.

"인도에 가서 기예를 펼치며 멋진 인생을 살 생각이나 해!" 나는 스스로에게 말했다.

길을 나섰다. 뛰어서 진흙탕인 정원 두 곳을 지났다. 그리고 녹음으로 우거진 곳에 위치한 옛 돌집에 들어갔다. 이곳은 도제 시절 장인 오스만을 모시러 갔던, 그의 가방, 서류철, 필통, 그리고 작업대를 화원에 옮겨 놓으러 갔던 그 집이다. 아무것도 변한 게 없었다. 단지 정원과 골목에 있는 플라타너스 나무가 훌쩍 자라 있었다. 그 집과 골목에는 쉴레이만 대제 시기의 위용과 힘, 부유함의 분위기가 풍겼다.

항구로 내려가는 길이 가까워졌던 까닭에, 그리고 악마의 속삭임에 혹한 까닭에 나의 이십오 년을 보낸 화원 건물의 아치를 마지막으로 한 번 더 보고 싶은 열망에 빠졌다. 그래서 도제 시절 매주 화요일마다 장인 오스만의 뒤를 따라 다니던 길을 걸었다. 봄에 취할 듯 보리수나무 냄새가 나는 옥추라르

거리, 장인께 드리려고 안에 간이 든 빵을 사던 빵 가게 앞, 모과나무, 밤나무, 거지들이 줄지어 서 있던 비탈길, 새 시장의 닫힌 덧문 앞, 장인이 매일 아침 인사를 나누던 이발소 앞, 여름에 곡예사들이 천막을 치고 서커스를 하던 빈 채소밭 주변, 꾀죄죄한 미혼 남자들의 집, 곰팡이 냄새 나는 비잔틴 시대의 아치 밑, 이브라힘 파샤의 궁전과 수백 번이나 모델로 그림을 그렸던 뱀이 감긴 기둥, 그리고 항상 다르게 그렸던 플라타너스 옆을 지나서 경마장으로 나와, 아침마다 참새와 까치들이 뒤섞여 앉아 지저귀는 밤나무와 뽕나무 밑을 지나갔다.

화원의 육중한 문은 닫혀 있었다. 문 앞에도, 아치형의 주랑 밑에도 아무도 없었다. 도제 시절 우리가 지루해 미칠 지경일 때 나무를 바라보던 작은 창문의 닫힌 덧창을 황급히 바라보던 찰나, 누군가가 내게 말을 걸었다.

귀를 할퀴는 새된 목소리였다. 목소리의 주인공은 내가 들고 있는 에메랄드로 손잡이를 장식한 단검이 자신의 것이며, 조카 셰브켓이 자기 엄마와 짜고 자신의 집에서 훔쳐 간 거라고 말했다. 따라서 내가 밤에 자기 집에 들어와 셰큐레를 유괴해 간 카라의 일당 중 한 명이라는 것이다. 이 잘난 척하는 새된 목소리의 화가 난 남자는 카라의 세밀화가 친구들이 화원에 올 거라는 사실을 미리 알고 있었다고 말했다. 이상한 빨간색으로 빛나는 장검을 든 그 남자는 나와 해결할 것이 있고, 그만큼 할 이야기가 있는 듯했다. 나는 뭔가 오해가 있다고 말하려 했지만, 순간 그의 표정에서 끔찍한 분노를 보았다. 또한 증오하며 나를 죽이기 위해 공격하려는 것도 보았다. 나는 "잠깐 멈춰!"라고 말하고 싶었다.

하지만 그는 이미 행동을 개시하고 있었다. 나는 그를 향해 단검을 겨누지도 못하고 보퉁이를 든 손을 들어 막았을 뿐이다.

보퉁이가 날아갔다. 속력이 줄지 않은 빨간 장검이 먼저 내 손을 잘랐다. 그러고는 곧바로 내 목을 잘라 바닥에 머리가 떨어졌다.

나의 머리가 잘려 나갔다는 것을, 가련한 내 몸이 나를 버리고 비틀거리며 내디딘 이상한 두 번의 걸음, 단검을 바보처럼 흔드는 모습, 그리고 목에서 분수처럼 피가 솟구치며 바닥으로 쓰러지는 것을 보고 알았다. 여전히 걷고 있는 가련한 내 다리는 마치 죽기 전에 몸부림치는 가련한 말처럼 헛되이 발버둥을 쳤다.

머리가 떨어진 진흙 속에서는 살인자도, 여전히 꼭 잡고 있고 싶은 금과 그림이 가득한 보퉁이도 볼 수 없었다. 살인자와 보퉁이는 내 뒤에, 이제는 결코 가지 못할 바다와 카드르가 항구를 향해 내려가는 비탈길 쪽에 있었다. 내 머리는 다시는 돌아서서 그것들과 세상의 남은 것들을 보지 못할 것이다. 나는 그것들을 잊고 내 머리가 원하는 것을 생각했다.

장검이 내 머리를 자르기 전, 나는 '배는 카드르가 항구를 떠날 거야.'라고 생각했고 이 생각은 머릿속에서 내려진 "서둘러!"라는 명령과 합치되었다. 그것은 어렸을 때 엄마가 나에게 "서둘러!"라고 한 말과 같은 것이었다. 엄마, 목이 아파요, 아무것도 움직이지 않아요.

사람들이 말하는 죽음이라는 것이 이것인가 보다. 하지만 내가 아직 죽지 않았다는 것을 알고 있다. 뚫린 눈동자는 움직이지 않았다. 하지만 뜬 눈으로 모든 것을 볼 수 있었다. 땅바닥에서 보이는 풍경이 내 머릿속을 가득 채웠다. 길은 약간 경사져 위로 올라가 있었다. 화원의 벽과 아치, 지붕, 하늘…… .

지금 보고 있는 순간이 끝없이 길어지고 있는 듯했다. 그리고 본다는 건 기억하는 것임을 깨닫게 되었다. 그때, 옛날에 몇 시간 동안이나 아름다운 그림을 보고 느꼈던 것이 생각났다. 오랫동안 그림을 바라보면 생각이 그림의 시간 속으로 들어간다.

모든 시간이 지금 이 시간이 되었다.

아무도 나를 발견하지 못하겠지. 정신이 차츰 희미해졌다. 수년 동안 내 머리는 진흙 속에 묻힌 채 이 슬픈 비탈길, 돌담, 약간 멀리 떨어져 있는 뽕나무와 밤나무를 보고 있을 것이다. 이 끝나지 않을 기다림이 얼마나 고통스럽고 지루하게 느껴지던지, 얼른 이 시간에서 나가고 싶었다.

59
나는, 셰큐레

카라가 우리를 숨기려고 보낸 먼 친척 집에서 불면으로 밤을 지새웠습니다. 하이리예와 아이들과 함께 누운 침상에서 때때로 들리는 코 고는 소리와 기침 소리 속에 묻혀 그냥 잠을 잘 수도 있었을 거예요. 하지만 불길한 꿈속에 나타난, 팔과 다리가 잘려 아무렇게나 다시 붙여진 괴물들과 여자들 때문에 잠이 깼죠. 아침 무렵, 추워서 일어나 셰브켓과 오르한에게 이불을 잘 덮어 주고 껴안고 머리에 입을 맞췄습니다. 돌아가신 아버지 집에서 평안하게 잠자던 때처럼, 내가 행복한 꿈을 꿀 수 있게 해 달라고 신에게 간절히 기도했어요.

하지만 잠이 오지 않았습니다. 차고 어두운 방, 덧창 사이로 거리를 내다보았지요. 그때, 난 보았습니다. 싸움과 부상에 지친 유령 같은 남자가 손에 검처럼 몽둥이를 들고 눈에 익은 걸음걸이로, 날 그리워하는 눈빛으로 다가오고 있었어요. 꿈에서는 그 남자를 막 껴안으려 할 때, 눈물을 흘리며 잠에서 깨곤 했지요. 창밖의 남자가 피투성이의 카라라는 것을 알자, 꿈속에서는 목구멍 밖으로 전혀 나오지 않던 비명 소리가 터져 나왔어요. 그리고 뛰어나가 대문을 열었죠.

얼굴이 퉁퉁 붓고 멍이 들어 있었어요. 코는 찢어져 피투성이였고요. 어깨에서 목까지 난 커다란 상처도 있었죠. 셔츠는 온통 피로 새빨갛게 물들어 있었어요. 내가 꿈속에서 본 전남편처럼, 그는 결국 집에 돌아왔다는 뜻의 희미한 미소를 내게 지어 보였어요.

"어서 안으로 들어가요."

"애들을 불러요, 우리 집으로 돌아갑시다."

"당신은 집에 돌아갈 만한 상태가 아니에요."

"이제 그를 두려워할 필요가 없소. 살인자는 페르시아인 벨리잔이었소."

"올리브…… 그 가엾은 사람을 죽였나요?"

"카드르가 항에서 떠나는 배를 타고 인도로 도망갔소."

그는 일을 완벽하게 마무리하지 못한 게 계면쩍었는지 눈길을 피했어요.

"우리 집까지 걸어갈 수 있겠어요? 말을 준비하도록 할게요."

집으로 돌아가면 그가 곧 죽을 것 같아서 가여웠습니다. 단지 죽는다는 것뿐만 아니라 그가 아직 어떤 행복도 맛보지 못했다는 생각에 더욱 가여웠습니다. 그의 눈에 어린 슬픔과 단호함을 보고서, 그가 이 낯선 집에서 죽기를 바라지 않는다는 걸, 실은 자신의 끔찍한 모습을 누구에게도 보여 주지 않고 사라지고 싶어 한다는 걸 알게 됐습니다. 그를 어렵사리 말에 태웠습니다.

손에 보퉁이를 들고 골목길을 지나 돌아오는 길에, 아이들은 처음에는 무서워서 말에 탄 카라의 얼굴을 감히 쳐다보지 못했습니다. 하지만 카라는 천천히 걷는 말 위에서 할아버지를 죽인 살인자의 음모를 어떻게 밝혀 냈고, 그와 검으로 어떻게 대결했는지 이야기해 주었습니다. 저는 아이들이 그와 약간이나마 가까워졌다고 느꼈고 카라가 죽지 않기를 신께 빌었습니다.

집에 도착하자, 오르한이 몹시 기뻐하며 "집에 왔다!"라고 고함을 질렀습니다. 그 순간 나는 저승사자가 우리를 동정하고 신도 우리에게 시간을 더 주실 거라는 생각이 들었죠. 하지만 고매한 신이 누구의 목숨을 왜, 언제 거두어 갈지 전혀 예측할 수 없다는 걸 알고 있기에 그리 큰 희망은 갖지 않았습니다.

우리는 카라를 힘들게 말에서 끌어내려 위층으로 데려갔습니다. 아버지의 푸른 문의 화실에 데려다 뉘었습니다. 하이리예가 물을 끓여 왔어요. 그의 살에 달라붙은 피범벅이 된 셔츠, 허리띠, 신발, 내의, 속옷을 하이리예와 함께 전부 찢고 가위로 잘라 벗겼어요. 덧창을 열자 정원의 나뭇가지 위에서 놀고 있던 부드러운 겨울 햇살이 방에 들어와 꽉 찼어요. 햇빛은 주전자, 냄비, 풀 통, 잉크병, 유리 조각, 연필깎이에 반사되어 카라의 죽어 가는 빛깔의 살갗과 체리빛, 아니 날고기 색깔의 상처를 비췄습니다.

비누를 묻힌 시트용 천 조각을 따스한 물에 적셔 마치 오래되고 소중한 카펫을 청소하는 것처럼 조심스레, 내 아들 중 한 명을 돌보듯 정성을 다해 카라의 몸을 닦아 주었습니다. 얼굴의 멍을 누르지 않고 콧구멍의 찢긴 부분을, 그리고 어깨에 있는 끔찍한 상처를 의사처럼 조심스레 닦았습니다. 아이들이 어렸을 적 목욕시킬 때처럼 간간이 그에게 엉뚱한 말들을 하기도 했죠. 그의 왼쪽 손가락은 물려서 퍼렇게 부어 있었습니다. 헝겊은 그의 몸을 닦을 때마다 피로 물들었습니다. 그의 가슴을 만졌어요. 배의 부드러움이 손에 느껴졌습니다. 오랫동안 그의 '그것'을 바라보기도 했어요. 아래층 마당에서 아이들의 소리가 들렸습니다. 왜 시인들은 남자의 물건을 '갈대로 만든 연필'이라고 했을까요?

새로운 소식을 가져올 때의 경쾌하고 비밀스러운 표정으로 에스테르가 부엌으로 들어왔습니다. 그녀는 얼마나 흥분했던지 나를 껴안고 입맞춤을 하기도 전에 말을 늘어놓기 시작했습니다. 올리브의 머리가 화원 문 앞에서, 그의 죄를 증명하는 그림들과 함께 발견되었다는 거예요. 그는 인도로 도망치려다가 마지막으로 화원에 들렀다고 합니다. 증인들도 있대요. 그곳에서 올리브를 본 하산이 빨간 검으로 그를 단칼에 잘라 버렸답니다.

그녀의 설명을 들으면서 가엾은 아버지가 지금 어디에 있을까 생각했어요. 살인자가 죗값을 치른 걸 알고 나는 두려움에서 해방되었습니다. 복수가 사람의 마음속에 편안함과 정의감을 가져다주는 것을 느꼈습니다. 그 순간 아버지가 어떤 생각을 하고 있을지 몹시 궁금했어요. 갑자기 세상이 서로 통하는 문이 달린, 수많은 방을 가진 궁전처럼 느껴졌습니다. 우리는 이 방에서 저 방으로 기억하며, 상상하며 드나들 수 있지만, 대부분 게을러서 조금만 움직일 뿐 항상 같은 방에 머무르고 있는 거지요.

"울지 마세요. 보세요, 결국 모든 게 잘 해결됐잖아요?"

에스테르가 말했어요. 나는 그녀에게 금화 네 개를 주었어요. 그녀는 그 돈들을 하나하나 탐욕스럽게, 하지만 꽤 서툴게 깨물었습니다. 그러고는 미소 지으며 말했지요.

"사방에 베네치아 이교도들의 위조 금화가 들끓고 있다고 하더군요."

그녀가 가자마자 아이들이 위층으로 올라오지 못하게 하라고 하이리예에게 당부했어요. 위로 올라가 문을 잠그고 카라의 벗은 몸을 흥분하며 안았어요. 가엾은 아버지가 살해되던 밤, 목 매달린 유대인의 집에서 그가 원했던 것을 욕구보다는 호기심으로, 두려움보다는 조심스러운 마음으로 그에게 해 주었습니다.

몇 세기 동안 페르시아 시인들은, 남자의 페니스를 갈대로 만든 연필에 비유한 것처럼 우리 여자들의 입을 왜 물감 병에 비유했는지, 그리고 수없이 반복되며 실제가 잊힌 이 비유의 배후에 무엇이 있는지를(입의 조그마함? 물감 병의 신비스러운 고요? 신이 화가라는 것?) 전적으로 이해했다고는 할 수 없어요. 하지만 사랑은 자신을 보호하기 위해 계속 머리를 짜내는 저

같은 사람의 논리가 아니라, 비논리를 통해 이해될 수 있는 그 무엇인 것 같습니다.

그러면 여러분께 비밀 한 가지를 말씀드리지요. 죽음의 냄새가 풍기는 그 방에서 사실, 내 입에 들어 있던 것은 내게 아무런 흥분도 주지 못했어요. 나를 흥분시킨 것은 그곳에서 그렇게 멈춰 있으면서, 온 세상이 내 입속에 진동하는 것을 느끼면서, 마당에서 서로 욕을 하며 밀고 당기는 내 아들들의 즐겁게 재잘대는 소리를 듣는 것이었습니다.

내 입이 분주히 움직이고 있을 때, 카라가 아주 색다른 시선으로 날 바라보고 있는 걸 알았습니다. 그는 다시는 내 얼굴과 입을 잊지 않을 거라고 말했죠. 그의 살갗에서 아버지의 고서처럼 곰팡이 핀 종이 냄새가 났어요. 그의 머리카락에는 국고의 먼지와 옷감 냄새가 배어 있었고요. 내가 자제력을 잃고 그의 상처, 부은 곳, 베인 곳을 손으로 만질수록 그는 아이처럼 신음하면서 죽음으로부터 멀어졌습니다. 그 순간, 나는 그에게 더 많이 예속되리라는 사실을 알게 됐죠. 바람에 돛이 천천히 부풀어 오르는 배처럼 천천히 속도를 더해 가는 우리의 애무는 장엄한 돛단배처럼 미지의 바다를 향해 용감하게 전진했습니다.

카라가 그 바다에서 많은 음란한 여자들과 함께 항해했다는 것을, 죽음의 문턱에서조차 키를 잘 제어하는 걸 보고 알았어요. 내가 입맞춤하고 있는 것이 내 팔인지 그의 팔인지, 입에 넣고 있는 것이 내 손가락인지, 나의 삶 전체인지 잊어 가는 동안에도 그는 상처와 희열로 반쯤 취한 상태에서도 세상이 어디로 가고 있는지 반쯤 뜬 한쪽 눈으로 둘러보고 있었어요. 때로는 내 얼굴을 두 손으로 우아하게 감싸 안고 그림을 보듯 선망의 눈길로 쳐다보다가, 곧바로 메그렐인 창녀의 얼굴을 보듯 바라보기도 했습니다.

희열의 순간, 그가 페르시아와 투르키스탄 군대의 전투를 묘사한 전설적인 그림에서 칼로 두 동강 나는 전설적인 영웅처럼 고함을 지른 것이, 그 고함 소리가 온 마을에 울려 퍼진 것이 나를 두렵게 했어요. 하지만 갈대를 쥔 손이 신의 인도로 위대한 영감을 받는 순간조차 그림의 모든 모양과 구도를 고려하는 진정한 장인 세밀화가처럼, 카라 역시 가장 흥분된 순간에도 이성의 일부로 세상에서의 우리의 위치를 잘 조종했어요.

"내 상처에 연고를 발랐다고 말하면 되오."

그가 가쁜 숨을 몰아쉬며 말했어요.

그 말은 삶과 죽음, 금기와 천국, 절망과 수치 사이에 장애처럼 자리 잡은 우리 사랑의 색깔의 본질을 구성할 뿐만 아니라 우리 사랑의 변명이기도 했어요. 그 후로 이십육 년간, 그러니까 어느 날 아침 그가 우물가에서 넘어져 심장마비로 죽을 때까지, 사랑하는 남편 카라와 정오 무렵 덧창을 통해 햇빛이 방 안에 들어올 때, 결혼 초기에는 셰브켓과 오르한이 장난치는 소리를 들으면서 사랑을 나누었죠. 그리고 우리는 그 행위를 늘 '상처에 연고 바르기'라고 불렀어요. 그렇게 해서 무뚝뚝하고 슬픈 새아버지의 요구와 질투로 상처받지 말았으면 했던 나의 질투심 많은 아들들과 몇 년간 밤에 함께 잘 수 있었어요. 아이들과 껴안고 자는 것이 삶에 지친 남편과 껴안고 자는 것보다 훨씬 더 좋다는 건 분별 있는 여자라면 모두가 알고 있는 사실이에요.

우리, 그러니까 나와 아이들은 행복했어요. 하지만 카라는 그렇지 않았죠. 그 첫 번째 이유는 어깨와 목의 상처가 완전히 회복되지 않아서 사랑하는 남편이 다른 사람들도 그렇게 말했듯이 '불구'가 되었기 때문이에요. 물론 외관상 조금 이상한 것 말고는 살아가는 데 크게 불편한 점이 있는 건 아니었어요. 게다가 먼발치에서 그를 본 여자들이 내 남편이 잘생겼다고 말하는 것도 들었고요. 하지만 카라의 오른쪽 어깨는 늘 밑으로 늘어뜨려져 있었고 목도 이상하게 삐딱한 채 남게 되었죠. 나 같은 여자는 때때로 자신보다 못한 남자하고만 결혼할 수 있으므로, 카라의 장애가 그의 불행의 원인인 만큼 우리 행복의 비밀스런 이유라고 말하는 사람들의 입방아도 내 귀에 들려왔습니다.

모든 입방아가 다 그렇듯, 그런 말도 사실 일리가 있었어요. 에스테르가 나는 그런 대접을 받을 만하다고 말했듯이, 최고로 아름다운 말 위에 등을 곧추세우고 앉아 노예와 하녀에게 둘러싸여 이스탄불 거리를 한번 거닐어 보지 못한 것이 내게 아쉬움과 가난하다는 느낌을 주었을 뿐만 아니라, 똑바로 고개를 들고 세상을 승리감에 가득 차 바라보던 전남편을 그리워한 적도 있었어요.

이유야 어떻든 카라는 늘 우울했습니다. 나는 그의 슬픔이 대부분 어깨와는 전혀 무관하다는 걸 알았기 때문에 그의 영혼의 은밀한 구석에 가장 행복한 정사의 순간조차 그를 우울하게 만드는 어떤 슬픔의 정령이 있다고 믿었습니다. 그는 그 정령을 잠재우기 위해 때로는 포도주를 마시고, 때로는 책의 그림들에 관심을 가졌습니다. 어떤 때는 세밀화가들과 밤낮으로 같이 지내고 그들과 함께 미소년들의 꽁무니를 쫓아다니기도 했죠. 세밀화가들, 서예가들, 시인들과 말장난, 풍자, 은유, 아첨 놀이를 즐기며 시간을 보내던 시기도 있었고, 에으리 쉴레이만 파샤의 비서직과 공식 서기관을 하며 모든 걸 잊었던 시기도 있었습니다. 카라의 페이지 장식과 그림에 대한 열정은 술탄이 죽은 후 등극한 새 술탄 쉴레이만이 이 일에 등을 돌림으로써 공공연한 쾌락에서 멀어졌습니다. 그저 닫힌 문 뒤에서 혼자 즐기는 비밀이 돼 버렸죠. 가끔씩 작고하신 아버지가 남긴 책들 중 하나를 펼치고, 그 옛날 티무르의 아들 시대에 헤라트에서 제작된 그림, 그래요, 쉬린이 휘스레브의 그림을 보고 사랑에 빠지는 장면을 보곤 했습니다. 그는 그 장면을 궁전 주변에서 여전히 지속되는 행복한 기예의 놀이로 보지 않고, 추억으로 남은 달콤한 비밀을 떠올리는 것처럼 죄책감과 슬픔으로 바라보곤 했습니다.

새 술탄이 등극한 지 삼 년째 되는 해에, 영국의 왕이 안에 바람통이 달린 악기가 든 신기한 시계를 선물로 보내왔어요. 영국 사절단은 그 거대한 시계의 다양한 부속품, 톱니바퀴, 그림, 조각상을 술탄 전용 정원의, 할리치만을 바라보는 경사면에 몇 주를 들여 겨우 조립해 세웠지요. 구경하기 위해 할리치 만의 경사면에 모인 군중은 거대한 시계가 크게 음악 소리를 울리며 작동하고, 사람 크기만 한 조각상과 그림이 주위를 도는 걸 보았어요. 그건 인간의 작품이 아니라 마치 신의 창조물인 것 같았습니다. 리듬을 타며 우아하고 의미 있게 움직였거든요. 또한 온 이스탄불에 시간을 알리기라도 할 것처럼 종을 울려 대는 시계도 놀라웠습니다.

이스탄불의 하층민들과 아둔한 군중들이 끊임없이 경탄해 마지않던 시계는 술탄과 맹신자들에게는 이교도들의 힘의 상징으로 보일 것이기 때문에 당연히 불안감의 원천이 될 거라고 카라와 에스테르가 각기 내게 말해 줬어요. 그런 소문이 커지고 있을 즈음, 술탄 아흐멧이 정원의 그 시계와 조각상을 산산조각 냈다는 소식을 들었어요. 그 소식을 전한 사람들은 술탄이 꿈에서 예언자의 신성한 얼굴을 후광 속에 보았고, 예언자가 그에게 경고를 했다더군요. 그림, 더욱이 인간의 모사물을 술탄의 종이 지배하는 것을 술탄이 허락한다면, 그래서 신의 창조물과 경쟁하게 만든다면 통치권이 신의 의지로부터 벗어날 거라고요. 그래서 술탄은 꿈에서 깨어나기도 전에 철퇴를 들었다고 덧붙였어요. 술탄은 그 사건을 충실한 역사가에게 쓰도록 했다고 합니다. 또한 서예가들에게 주머니 가득 금화를 주고 『역사의 진수』라는 책을 제작하게 했지만, 세밀화가들에게는 그림을 그리라고 하지 않았죠.

페르시아에서 영감을 받아 육성되고 이스탄불에서 백 년간 꽃을 피운, 이 그림 장식과 그림에 대한 열정의 빨간 장미는 이렇게 시들어 갔어요. 세밀화가들 사이의 다툼, 끝없는 물음의 계기가 됐던, 헤라트파의 옛 장인들과 유럽 장인들의 화풍 간의 대립도 어떤 결과에도 도달하지 못했죠. 왜냐하면 그림 자체가 버림받았기 때문이에요. 화가들은 동양인들처럼 그리지도, 서양인들처럼 그리지도 못했습니다. 세밀화가들은 분노하여 반란을 일으키지도 않았습니다. 그들은 자신의 병을 조용히 받아들이는 노인처럼 서서히 겸허한 슬픔과 체념으로 상황을 받아들였습니다. 한때 경탄하며 추종했던 헤라트와 타브리즈 출신의 위대한 장인들, 그리고 질투와 증오 사이에서 주저하며 새로운 화풍을 부러워했던 유럽 장인들이 무엇을 하는지조차 궁금해하거나 상상하지 않았어요. 마치 밤에 집들의 문이 닫히고 도시가 어둠 속에 방치되는 것처럼, 그림도 고아로 버려졌습니다. 세상이 한때는 아주 다른 식으로 보였다는 사실이 무자비하게 잊히고 말았죠.

아버지의 책은 안타깝게도 완성되지 못했어요. 완성된 그림들은 궁전 보고에 보관되었고, 그곳에서 유능하고 까다로운 도서관 직원에 의해 화원 소유의 관심을 끌지 못하는 다른 그림들과 함께 제본되어 다양한 화집에 흩어져 들어갔죠. 하산은 이스탄불에서 도망쳐 사라졌습니다. 다시는 그의 소식을 들을 수가 없었습니다. 하지만 셰브켓과 오르한은 할아버지의 살인자를 죽인 사람이 카라가 아니라 삼촌이라는 것을 결코 잊지 않았습니다.

장님이 되고 나서 2년 후에 죽은 장인 오스만 대신 황새가 화원장이 되었습니다. 돌아가신 아버지도 그의 재능을 감탄했던 나비는 여생을 카펫과 옷감, 천막을 장식하는 일에 전념하며 보냈습니다. 화원의 젊은 조수들도 같은 길로 들어섰지요.

그 누구도 그림을 그만두는 걸 커다란 손실로 생각하지 않았습니다. 그것은 어쩌면 그 누구도 자신의 얼굴 그림을 실제로 정당하게 보지 않았기 때문일 거예요.

나는 전 생애를 통해 두 점의 그림이 그려지길 은밀히, 너무도 갈구했습니다. 하지만 누구에게도 말하지는 않았습니다.

첫 번째, 나의 초상화가 그려지길 바랐어요. 하지만 그 누구도 제대로 그 일을 할 수 없다는 걸 알고 있었죠. 왜냐하면 나의 아름다움을 있는 그대로 볼 수 있다고 해도, 술탄의 세밀화가들 중 그 누구도 눈과 입을 중국인처럼 그리지 않으면 여자의 얼굴이 아름답다고 믿지 않았기 때문이에요. 헤라트파의 옛 장인들이 그랬듯이 나를 중국 미녀처럼 그린다면, 어쩌면 그 그림을 보고 그 뒤에 숨겨진 나의 얼굴을 알아보는 사람이 있을 수도 있지만, 후대 사람들은 내 눈이 사실은 동양인들처럼 위로 치켜 올라가 있지 않았음을 안다 해도 실제 내 얼굴이 어땠는지는 전혀 알 수 없을 거예요. 아들들의 위로로 보내는 지금 이 노년기에 나의 젊었을 적 초상화가 있다면 너무나 행복할 텐데…….

두 번째, 행복의 그림이 그려졌으면 했습니다. 란 출신의 시인 사르 나즘이 그의 마스나비에서 깊이 생각했던 것이죠. 그 그림이 어떻게 그려질지 나는 아주 잘 알고 있어요. 두 아이가 있는 어떤 어머니의 그림이죠. 그녀의 품에는 미소를 지으며 행복하게 젖을 빠는 아이가 있고, 약간 질투하는 큰아이와 엄마의 눈이 마주치고 있지요. 그 그림에 있는 엄마가 나였으면 했습니다. 하늘에 있는 새가 하늘에서 행복에 겨워 영원히 머무는 것처럼 표현하고, 시간을 멈추게 한 헤라트파 옛 장인의 화풍으로 그려졌으면 했지요. 알아요, 쉽지 않다는 걸.

모든 것을 논리적으로 생각하려는 바보 같은 내 아들 오르한은 시간을 멈추게 한 헤라트파의 장인들은 절대로 나를 나처럼 그릴 수 없다는 걸 상기시켰어요. 반면에 아들을 안은 아름다운 어머니 그림을 쉬지 않고 그리는 유럽 화가들은 절대로 시간을 멈추게 하지 못할 거라며, 아무튼 나의 행복의 그림은 절대로 그려질 수 없다고 수년간 줄기차게 제게 말했지요.

어쩌면 맞는 말일지도 모릅니다. 우리는 사실 행복의 그림에 있는 미소가 아니라 삶 자체에서 행복을 찾아요. 세밀화가들은 그걸 알지요. 하지만 그들이 그리지 못한 것도 그거예요. 이 때문에 그들은 삶의 행복을 바라보는 행복으로 대체한 겁니다.

그려지지 못할 이 이야기를, 어쩌면 글로 쓸 수 있을 거라 여겼기 때문에 내 아들 오르한에게 말해 주었습니다. 하산과 카라가 내게 보낸 편지들과 가엾은 엘레강스의 몸에서 나온, 물감이 번진 말 그림을 주저 없이 그 애에게 주었지요. 그 애는 항상 신경질적이고, 심술궂고, 불만에 차 있으며, 자기가 좋아하지 않는 사람에게는 가차 없이 공정하지 못한 평가를 내리지요. 이 때문에 카라를 실제보다 더 얼빠진 사람으로 묘사하고, 우리의 삶을 더 험난하게 쓰고, 셰브켓을 나쁘게, 나를 더 아름답고 부도덕하게 묘사하더라도 여러분은 절대로 오르한을 믿지 마세요. 그 애는 이야기를 재미있게 하고 그럴듯하게 만들기 위해서라면 하지 못할 거짓말이 없으니까요.

작품 해설

빨강 — 변화, 죽음 혹은 신의 색

무더위가 한풀 잦아들던 지난 9월 초, 『내 이름은 빨강』의 마지막 쪽의 번역을 마친 나는 관 속같이 비좁은 방바닥에 쓰러졌다. 그러고는 사흘 밤낮을 시체처럼 꼼짝 않고 누워 있었던 것 같다.

"나는 지금 우물 바닥에 시체로 누워 있다. 마지막 숨을 쉰 지도 오래되었고 심장은 벌써 멈춰 버렸다. 그러나 나를 죽인 그 비열한 살인자 말고는 내게 무슨 일이 일어났는지 아무도 모른다."

죽음과 같은 상태에서 사흘 반 만에 깨어난 날, 나는 비로소 벽에 접착테이프로 아무렇게나 붙여 놓았던 오르한 파묵의 사진을 마주 볼 수 있었다. 그전까지 그의 사진은 나를 괴물처럼 압박해 왔지만, 그때만큼은 그의 소설만큼이나 흠잡을 데 없이 매력적인 얼굴, 이지적이고 맑은 얼굴로 다가왔다.

터키에서 출간 후 사십오 일 만에 11만 부라는 경이적인 판매 기록을 세우고, 터키 문학사에서 가장 많이 읽힐 작품으로 평가받는 소설 『내 이름은 빨강』은 한국어판 번역 작업이 이루어지는 동안에도 유럽 유수의 문학상을 연이어 차지하고 있었다. 프랑스에서는 그해에 프랑스에서 출간된 외국 문학 가운데 최고의 작품에 수여하는 '2002년 최우수 외국어 문학상'을 살만 루슈디, 귄터 그라스에 이어 수상했고, 이탈리아에서도 이탈리아어로 번역 출판된 외국 소설 가운데 최고의 작품에 수여하며, 조제 사라마구, 도리스 레싱, 다니엘 페낙 등의 역대 수상자를 냈던 '그린차네 카보우르 상'을 수상했다. 그리고 2003년에는 밀란 쿤데라와 이사벨 아옌데, 존 업다이크 등에 이어, '인터내셔널 임팩 더블린 문학상'을 수상했다. 이 소식을 접했을 때 나는 우리 독자들에게도 그만큼의 평가를 받을 수 있는 번역이 되어야 한다는 중압감에 시달렸던 것이 사실이다.

이야기는 1591년, 눈 내리는 이스탄불 외곽의 버려진 우물 속에서 시작된다. 우물 바닥에 죽어 누워 있는 세밀화가 엘레강스는 어떻게 해서 자신이 나흘 전에 살해당해 우물 바닥에 던져졌는지를 이야기한다. 오스만 투르크 제국의 궁정 화원 소속 금박 세공사 엘레강스의 말은 마치 잔잔하고 고요한 호수에 돌멩이를 하나 던진 것처럼 사방으로 동그라미를 그리며 퍼져 나가는 파문을 일으키며 작품의 발단을 이룬다.

이 작품의 주인공 중 한 명이자 이스탄불 최고의 미인인 셰큐레는 사 년째 페르시아와의 전쟁터에서 돌아오지 않는 남편을 기다리며 개구쟁이 두 아들과 친정아버지 집에서 살고 있다. 새 남편으로 적당한 사람을 찾기 위해 그녀는 아버지를 방문하는 궁정 화원 소속 세밀화가들을 몰래 숨어서 훔쳐본다. '에니시테'라고 불리는 셰큐레의 아버지는 수년 전, 베네치아의 궁전과 귀족의 저택에서 보았던 초상화의 매력에 푹 빠져 있었고, 유럽의 화풍을 도입한 삽화가 들어간 책을 제작하게 해 달라고 술탄을 설득한다. 술탄으로부터 헤지라 1000년 되는 해를 기념하여 술탄과 술탄의 세계를 서양 화풍으로 그린 책을 비밀리에 그리라는 명을 받은 그는 궁정 화원에서 가장 기예가 뛰어난 장인들을 선발해 이 밀서(密書) 제작에 참여시킨다. 그리고 이 과정에서 세밀화가들은 에니시테를 통해 점차 서양 미술의 영향을 받게 되고, 이것은 그들 사이에 커다란 갈등과 불안을 가져온다. 전통적인 화풍을 고수하는 것과 새로운 화풍을 받아들이는 것, 신성 모독적인 것과 예술적인 것 사이의 격렬한 논쟁은 결국 세밀화가들의 희생을 불러오고, 서양 화풍의 적극적인 도입을 지지했던 에니시테조차 살해당함으로써, 이야기는 점점 더 피투성이로 변해 간다. 술탄은 이러한 살인 사건이 자신을 향한 도전이라 여기고 궁정 화원장인 오스만과 에니시테의 조카인 카라에게 사흘 안에 살인범을 찾아내도록 명한다.

작품은 표면적으로 살인범의 정체를 알아 나가는 추리소설의 형식을 띠고 있다. 그러나 다른 한편으로는, 절세미인 셰큐레를 어릴 적부터 사랑해 온 카라, 그녀를 향한 끈질기고 맹목적인 연정을 품고 있는 시동생 하산, 그리고 자신의 딸을 너무나 사랑한 나머지 늘 곁에 두고 싶어 하는 아버지 에니시테 사이의 복잡하고도 미묘한 심리가 섬세하게 묘사된 러브 스토리다. 그러나 무엇보다도 이 작품은 시대적, 정치적 변화 속에서 갈등하고 번민하며 자신의 정체성을 찾아가며 장인 정신을 구현하는 예술가들에 관한 소설이다.

원근법을 사용하여 사실적으로 대상을 재현하는 서양의 화가들이 인간 중심의 세계를 추구한다면, 높은 곳에서 아래를 내려다보는 것처럼 대상을 평면적이고 투시적으로 묘사하는 페르시아의 옛 대가들은 신의 관점에서 세상을 바라보고자 한다. 이 둘 사이의 대립은 수백 년간 이어져 온 이슬람 회화의 전통이 쇠퇴기로 접어들었다는 비애에 찬 인식을 반영한다. 세밀화가들 사이의 질투와 긴장감, 낯선 그림에 대한 종교적인 두려움과 그 때문에 벌어지는 살인은 소설 전체를 감싸고 있는 슬픈 분위기와 패배감과 함께 셰큐레와 카라의 불운한 사랑 이야기에 맞물려 전개되고 있다.

이질적인 두 대륙인 유럽과 아시아 사이에 자리한 터키의 문화적 정체성은 그 독특한 지정학적 위치의 영향을 끊임없이 받아 왔다. 이것은 동양과 서양의 대비를 통해 터키의 정체성을 탐구하고자 하는 오르한 파묵의 작품을 이해하는 데 중요한 실마리가 된다.

문학의 특성 중 하나가 사회의 관념을 반영하고 또한 그러한 관념들을 수립하는 역할을 한다면, 터키에서 동서양 문제가 현재까지도 많은 작가들의 주요 담론이 되고 있는 것은 어쩌면 당연한 것인지도 모른다. 왜냐하면 동서양 문제는 터키에서 서구화가 시작된 이래 사회 전반에 걸쳐 가장 중대한 문제들 중의 하나가 되어 왔기 때문이다. 서로 다른 두 문화의 경계에 위치한 국가로서 양대 문화로부터 터키 현실에 맞는 화합의 지점을 모색하는 것은 결코 간단한 일이 아니다. 터키 현대 소설가들 중 오르한 파묵이 부단히 동서양 문제를 모티프로 한 작품을 쓰는 이유도 터키의 이러한 현실을 반영한 것이라 할 수 있다.

하지만 수많은 비평가들이 유독 파묵의 문학에 주목하는 이유는 그가 여타의 작가들처럼 동서양에 관한 전통적인 공식, 즉 정신적 가치를 중시하는 동양과 물질적 가치를 중시하는 서양의 대립이라든가, 서구화는 곧 부도덕화라는 고정 관념에 사로잡히지 않고 당대의 현실을 반영하는 새로운 모색을 하고 있기 때문이다. 그는 터키의 역사나 일상의 삶을 토대로 동서양의 문제를 밀도 있게 다룬다. 동시에 그는 독자들이 텍스트를 통해 지적 호기심을 만족시킬 수 있도록, 형식과 구성면에서 다양한 형태의 실험을 시도하고 있다.

오르한 파묵은 『내 이름은 빨강』에 대해 "나의 모든 소설 중에서 가장 색채감 있고 가장 긍정적인 소설"이라고 말한다. 『내 이름은 빨강』은 먼저, 페르시아를 위시하여, 모든 다른 이슬람 국가의 회화 전통과 비교하여 터키의 세밀화가 가장 혁신적인 시도를 했다는 것을 강조하고 있다. 페르시아의 회화 전통과는 달리, 터키의 세밀화는 일상생활을 사실적이고 경쾌하게 묘사하고 있다. 따라서 오르한 파묵이 『기예의 서』나 『축제의 서』를 제작한 실제 인물인 궁정 화원장 오스만과 술탄 무라트 3세(재위 1574~1595), 그러니까 터키 세밀화의 황금기를 소설의 시간적 배경으로 택한 것은 우연이 아니다. 일례로 『축제의 서』에서는 다른 이슬람 회화 전통에서 볼 수 없는 '근대성'이 발견된다. 오스만 제국 시대의 모든 길드들, 다양한 직업에 종사하는 사람들, 귀족들, 축제 장면들과 함께 고유의 의상, 문화, 다소 과장되게 표현된 면도 있지만 오락 문화까지 생동감 있게 묘사되고 있는 것이다. 등장하는 인물들이 저마다 자신의 언어로 말을 하고, 죽은 자, 개, 나무, 금화, 죽음조차 제 목소리를 내는 『내 이름은 빨강』은 예술과 사랑, 결혼 그리고 행복에 관한 소설인 동시에 잊힌 터키 전통 회화의 아름다움에 호소하는 곡(哭)이라 할 수 있다. 이와 함께 『내 이름은 빨강』은 역사소설이며 추리소설이자 생물과 무생물 등이 모두 자신의 목소리로 말을 하는 동화적 요소로 쓰인 포스트모던 소설이다.

2002년 6월 월드컵 열기가 대한민국을 붉은 물결로 수놓던 무렵 나는 모 일간지에 월드컵 참가국이며 혈맹의 나라인 터키에 관한 칼럼을 연재하면서, 『내 이름은 빨강』을 다시 한 번 정독하는 기회를 가졌다. 대한민국과 터키 간의 3, 4위전 때 받은 감동만큼 이 소설을 손에서 놓으며 받은 커다란 감동이 지금도 잊히지 않는다. 민음사로부터 번역 청탁을 받았을 때 나는 주저하지 않을 수가 없었다. '6월의 붉은 물결'로 통칭되는 그 생생한 감동의 현장과 전모를 글로써 표현할 수 있는 작가가 흔치 않듯이, 『내 이름은 빨강』을 한국어로 옮겨 원문의 감동, 재미, 그리고 사상을 그대로 전달할 수 있을지 번민할 수밖에 없을 정도의 대작이기 때문이다.

터키는 한국이 전쟁의 참화 속에 있을 때 군대를 파견하여 피를 흘려 가며 이 나라를 지켜 준 끈끈한 유대를 가진 나라이다. 그 전쟁으로부터 오십여 년이 지났지만, 지금도 터키에 가면 상점이나 음식점 간판을 코레리(터키어로 '한국인'이라는 의미)라고 써 붙이고, 자신의 친척이 한국에서 전사한 사실을 기리는 사람들이 있으며, 흙 한 봉지를 소중히 지니고 한국을 방문하여 부산의 유엔 묘역에 안장된 친지의 무덤에 고국의 흙을 뿌려 주었다는 사람도 종종 볼 수 있다. 많은 터키 사람들은 한국과의 혈맹 관계에 자부심을 갖고 있으며, 한국의 발전상을 보면서 자신들의 선조의 희생이 헛되지 않았음을 자랑스러워하고 있다.

2002년 월드컵을 통해서 이러한 역사에 생소한 우리나라 젊은이들도 터키라는 나라에 대해 친밀감을 가지게 되었고, 그 어느 때보다 양국 국민들이 상호 우호적인 감정을 되살려 낸 계기가 된 것은 사실이다. 그러나 양국 국민 정서상 두 나라의 관계가 아주 가까워진 반면 문화 예술의 교류는 극히 미약했던 점이 못내 아쉽고, 특히 세계적인 명성을 얻고 있는 터키 작가들이 많이 있음에도 국내에 소개된 작품은 손으로 꼽을 정도라는 점이 무척이나 안타까웠던 차에 민음사에서 이 작품의 출간 결정을 내린 것이 기쁘기 그지없었다.

역자로서는 최대한 독자의 이해를 돕는 편에서 옮기려고 노력했지만, 그렇다 하더라도 이 작품이 가지고 있는 철학적, 예술적 난해성은 어쩔 도리가 없다는 것을 밝혀 둔다. 또한 소설의 호흡과 리듬을 살리는 과정이 힘들었다는 것도 고백한다. 얼마 전 자리를 함께했던 번역가 한 분이 했던 '번역은 잘해야 본전'이라는 말이 떠오른다. 본전씩(!)이나 찾는다면 얼마나 좋을까…… 미흡한 번역이나마 질책하면서 읽어 주기 바란다.

끝으로, 책이 나오기까지 많은 조언과 참고 자료를 아끼지 않았던 한국외대의 여러 교수님들과 민음사에 감사하며, 무엇보다도 전 세계를 오가며 바쁜 일정을 보내는 중에도 정확한 번역을 위해서 수시로 귀찮게 했던 나의 질문에 반갑게 응해 주고 도움을 준 오르한 파묵에게 진심으로 감사를 드린다.

2004년 3월

이난아

작가 연보

1952년	6월 7일 사업가인 아버지 귄뒤즈 파묵(Gündüz Pamuk)과 어머니 셰퀴레 파묵(Şeküre Pamuk) 사이에서 태어났다. 『제브데트 씨와 아들들(Cevdet Bey ve Oğulları)』과 『검은 책(Kara Kitap)』에서 묘사된 이스탄불의 부유하고 서구화된 니샨타쉬 구역에 거주하는 대가족 속에서 자랐다.
1959년~1974년	7세 때부터 그림 그리기를 좋아해, 자전 에세이 『이스탄불(İstanbul)』에서도 밝혔듯이, 22세까지 화가의 꿈을 키우며 그림에 열중했다. 이스탄불 명문 학교인 미국계 로버트 칼리지 중고등학교 졸업했다.

1970년	아버지와 삼촌의 뒤를 이어 이스탄불 공과대학 건축학과 입학했다.
1973년	이스탄불 공과대학 건축학과 3학년 때 자퇴했다.
1974년	글쓰기를 자신의 유일한 직업으로 택한 후 전업 작가를 선언했다.
1976년	이스탄불 대학 저널리즘 학과를 졸업했다. 하지만 저널리스트로 일한 적은 없다.
1979년	한 가족의 삼대에 걸친 이야기를 통해 터키 사회와 역사를 다룬 가족사 소설이자 등단작인 「제브데트 씨와 아들들」이 《밀리예트》 신문 소설 공모에 당선됐다.(공동 수상) 공모 당시 제목은 '어둠과 빛(Karanlık ve Işık).'
1982년	『제브데트 씨와 아들들』을 출판했다. 당시 터키 문단은 농촌 소설이 대세였기 때문에 어떤 출판사도 이 소설을 출판해 주지 않아 당선 후 3년 후에 출판되었다.
	3월 1일 아일린 튀레귄(Aylin Türegün)과 결혼했다.
1983년	세 형제가 할머니의 집에 머무는 일주일 동안 드러나는 비밀스러운 가족사를 다룬 두 번째 소설 『고요한 집(Sessiz Ev)』을 출간했다.
	『제브데트 씨와 아들들』로 '오르한 케말 소설상' 수상했다.
1984년	『고요한 집』으로 '마다라르 소설상'을 수상했다.

1985년 파묵의 관심사인 동서양 문제와 정체성 문제를 본격적으로 다룬 『하얀 성(Beyaz Kale)』을 출간했다. 《뉴욕 타임스》가 '동양에서 새로운 별이 떠올랐다.'라고 극찬하는 등 처음으로 국제적인 명성을 얻었다.

1985년~1988년 미국 컬럼비아 대학교 방문 학자로 초청되어 미국에 체류했다. 이 기간에 『검은 책』 집필에 착수하여 대부분을 완성했다.

1990년 『검은 책』을 출간했다. 이 소설로 파묵의 명성은 세계적으로 확산되었다. 『검은 책』 프랑스 번역판으로 '프랑스 문화상'을 수상했다.

『하얀 성』으로 영국의 '인디펜던트 외국 소설상'을 수상했다.

1991년 『고요한 집』으로 프랑스에서 '1991년 유럽 발견상'을 수상했다.

『검은 책』의 한 페이지를 바탕으로 시나리오를 쓴 영화 「비밀의 얼굴(Gizli Yüz)」이 '안탈리아 황금 오렌지 영화제'에서 최고 각본상을 수상했다.

딸 뤼야(Rüya)가 태어났다.

1992년 『비밀의 얼굴』을 출간했다.

1994년 한 권의 책에서 새로운 인생을 발견한 공대생이 그 인생을 찾아 떠나는 여행을 다룬 소설 『새로운 인생(Yeni Hayat)』을 출간했다.

1998년 오스만 제국의 동서양 회화 충돌, 세밀화가들의 고뇌와 갈등을 그린 소설 『내 이름은 빨강(Benim Adım Kırmızı)』을 출간했다. 출간되자마자 한 달 만에 11만 부가 판매되었다.

1999년 다양한 잡지와 신문에 쓴 문학, 예술관련 글들을 모은 에세이집 『다른 색들(Öteki Renkler)』을 출간했다.

2001년 아일린과 이혼했다.

2002년 '처음이자 마지막으로 쓴 정치 소설'이라고 밝힌 『눈(Kar)』을 출간했다.

『내 이름은 빨강』으로 프랑스 '최우스 외국문학상'을 수상했다, 이탈리아 '그렌차네 카보우르 상'을 수상했다.

2003년 자전 에세이 『이스탄불』을 출간했다.

『내 이름은 빨강』으로 '인터내셔널 임팩 더블린 문학상'을 수상했다.

2004년 『눈』이 《뉴욕 타임즈》 '올해의 책'으로 선정되었다.

2005년 1월에 스위스 《다스 마가진》과 했던 인터뷰에서 "오스만 제국 당시 백만 명의 아르메니아인과 삼만 명의 쿠르드족이 학살되었다."라는 발언을 하여, 국가 정체성을 모독한 '터키인 명예훼손죄' 혐의로 형법 301조에 기소되었다.

『눈』으로 프랑스의 '메디치 상' 외국어 소설 부문을 수상했다.

2006년 『눈』으로 프랑스 '지중해 최고 소설상'을 수상했다.

터키 문학사상 최초로 '노벨 문학상'을 수상했다.

1월 22일 '터키인 명예훼손죄'가 기각되었다.

2006년부터 컬럼비아 대학 중동아시아어문화학과 예술학교에서 강의했다.

2008년 한 남자의 집착적이며 열정적인 사랑을 그린 소설 『순수 박물관(Masumiyet Müzesi)』을 출간했다.

2010년 에세이집 『풍경의 조각들(Manzaradan Parçalar)』을 출간했다.

하버드대 강연록 『소설과 소설가(The Naive and the Sentimental Novelist)』를 출간했다.

2012년 4월, 이스탄불에 '순수 박물관'이 개관했다.

세계문학전집 52

내 이름은 빨강 2

1판 1쇄 펴냄 2004년 4월 23일
1판 24쇄 펴냄 2009년 5월 27일
2판 1쇄 펴냄 2009년 11월 20일
2판 18쇄 펴냄 2019년 4월 9일
3판 1쇄 펴냄 2019년 10월 28일
3판 12쇄 펴냄 2024년 5월 30일

지은이 오르한 파묵
옮긴이 이난아
발행인 박근섭, 박상준
펴낸곳 (주)민음사

출판등록 1966. 5. 19. (제 16-490호)
서울특별시 강남구 도산대로1길 62(신사동) 강남출판문화센터 5층 (우편번호 06027)
대표전화 02-515-2000 팩시밀리 02-515-2007
www.minumsa.com

ISBN 978-89-374-7980-9 04800
ISBN 978-89-374-6000-5 (세트)

민음사 세계문학전집

세계문학전집 목록

1·2 변신 이야기 오비디우스 · 이윤기 옮김 서울대 권장도서 100선

3 햄릿 셰익스피어 · 최종철 옮김 서울대 권장도서 100선 | 미국대학위원회 선정 SAT 추천도서

4 변신 · 시골의사 카프카 · 전영애 옮김 서울대 권장도서 100선

5 동물농장 오웰 · 도정일 옮김 미국대학위원회 선정 SAT 추천도서 | 《타임》 선정 현대 100대 영문소설

6 허클베리 핀의 모험 트웨인 · 김욱동 옮김 《뉴스위크》 선정 100대 명저

7 암흑의 핵심 콘래드 · 이상옥 옮김 미국대학위원회 선정 SAT 추천도서 | 《뉴스위크》 선정 10대 명저

8 토니오 크뢰거 · 트리스탄 · 베네치아에서의 죽음 토마스 만 · 안삼환 외 옮김 노벨 문학상 수상 작가

9 문학이란 무엇인가 사르트르 · 정명환 옮김

10 한국단편문학선 1 김동인 외 · 이남호 엮음 국립중앙도서관 선정 청소년 권장도서

11·12 인간의 굴레에서 서머싯 몸 · 송무 옮김

13 이반 데니소비치, 수용소의 하루 솔제니친 · 이영의 옮김 노벨 문학상 수상 작가

14 너새니얼 호손 단편선 호손 · 천승걸 옮김

15 나의 미카엘 오즈 · 최창모 옮김

16·17 중국신화전설 위앤커 · 전인초, 김선자 옮김

18 고리오 영감 발자크 · 박영근 옮김

19 파리대왕 골딩 · 유종호 옮김 노벨 문학상 수상 작가 | 《타임》 선정 현대 100대 영문소설

20 한국단편문학선 2 김동리 외 · 이남호 엮음

21·22 파우스트 괴테 · 정서웅 옮김 서울대 권장도서 100선 | 미국대학위원회 선정 SAT 추천도서

23·24 빌헬름 마이스터의 수업시대 괴테 · 안삼환 옮김

25 젊은 베르테르의 슬픔 괴테 · 박찬기 옮김 논술 및 수능에 출제된 책(1998~2005)

26 이피게니에 · 스텔라 괴테 · 박찬기 외 옮김

27 다섯째 아이 레싱 · 정덕애 옮김 노벨 문학상 수상 작가

28 삶의 한가운데 린저 · 박찬일 옮김

29 농담 쿤데라 · 방미경 옮김

30 야성의 부름 런던 · 권택영 옮김

31 아메리칸 제임스 · 최경도 옮김

32·33 양철북 그라스 · 장희창 옮김 노벨 문학상 수상 작가 | 서울대 권장도서 100선

34·35 백년의 고독 마르케스 · 조구호 옮김 노벨 문학상 수상 작가 | 서울대 권장도서 100선

36 마담 보바리 플로베르 · 김화영 옮김 서울대 권장도서 100선

37 거미여인의 키스 푸익 · 송병선 옮김

38 달과 6펜스 서머싯 몸 · 송무 옮김

39 폴란드의 풍차 지오노 · 박인철 옮김

40·41 독일어 시간 렌츠 · 정서웅 옮김

42 말테의 수기 릴케 · 문현미 옮김

43 고도를 기다리며 베케트 · 오증자 옮김 노벨 문학상 수상 작가 | 서울대 권장도서 100선

44 데미안 헤세 · 전영애 옮김 노벨 문학상 수상 작가

45 젊은 예술가의 초상 조이스 · 이상옥 옮김 서울대 권장도서 100선

46 카탈로니아 찬가 오웰 · 정영목 옮김

47 호밀밭의 파수꾼 샐린저 · 정영목 옮김 《타임》 선정 현대 100대 영문소설 | 미국대학위원회 선정 SAT 추천도서 | 《뉴스위크》 선정 100대 명저 | BBC 선정 꼭 읽어야 할 책

48·49 파르마의 수도원 스탕달 · 원윤수, 임미경 옮김

50 수레바퀴 아래서 헤세 · 김이섭 옮김 노벨 문학상 수상 작가 | 국립중앙도서관 선정 청소년 권장도서

51·52 내 이름은 빨강 파묵 · 이난아 옮김 노벨 문학상 수상 작가
53 오셀로 셰익스피어 · 최종철 옮김 서울대 권장도서 100선
54 조서 르 클레지오 · 김윤진 옮김 노벨 문학상 수상 작가
55 모래의 여자 아베 코보 · 김난주 옮김
56·57 부덴브로크 가의 사람들 토마스 만 · 홍성광 옮김 노벨 문학상 수상 작가
58 싯다르타 헤세 · 박병덕 옮김 노벨 문학상 수상 작가
59·60 아들과 연인 로렌스 · 정상준 옮김 《뉴스위크》 선정 100대 명저
61 설국 가와바타 야스나리 · 유숙자 옮김 노벨 문학상 수상 작가 | 서울대 권장도서 100선
62 벨킨 이야기 · 스페이드 여왕 푸슈킨 · 최선 옮김
63·64 넙치 그라스 · 김재혁 옮김 노벨 문학상 수상 작가
65 소망 없는 불행 한트케 · 윤용호 옮김 노벨 문학상 수상 작가
66 나르치스와 골드문트 헤세 · 임홍배 옮김 노벨 문학상 수상 작가
67 황야의 이리 헤세 · 김누리 옮김 노벨 문학상 수상 작가
68 페테르부르크 이야기 고골 · 조주관 옮김
69 밤으로의 긴 여로 오닐 · 민승남 옮김 노벨 문학상 수상 작가 | 미국대학위원회 선정 SAT 추천도서
70 체호프 단편선 체호프 · 박현섭 옮김
71 버스 정류장 가오싱젠 · 오수경 옮김 노벨 문학상 수상 작가
72 구운몽 김만중 · 송성욱 옮김 서울대 권장도서 100선 | 국립중앙도서관 선정 청소년 권장도서
73 대머리 여가수 이오네스코 · 오세곤 옮김
74 이솝 우화집 이솝 · 유종호 옮김 논술 및 수능에 출제된 책(1998~2005)
75 위대한 개츠비 피츠제럴드 · 김욱동 옮김 《타임》 선정 현대 100대 영문소설
76 푸른 꽃 노발리스 · 김재혁 옮김
77 1984 오웰 · 정회성 옮김 《타임》 선정 현대 100대 영문소설 | 《뉴스위크》 선정 100대 명저
78·79 영혼의 집 아옌데 · 권미선 옮김
80 첫사랑 투르게네프 · 이항재 옮김
81 내가 죽어 누워 있을 때 포크너 · 김명주 옮김 노벨 문학상 수상 작가
82 런던 스케치 레싱 · 서숙 옮김 노벨 문학상 수상 작가
83 팡세 파스칼 · 이환 옮김
84 질투 로브그리예 · 박이문, 박희원 옮김
85·86 채털리 부인의 연인 로렌스 · 이인규 옮김
87 그 후 나쓰메 소세키 · 윤상인 옮김
88 오만과 편견 오스틴 · 윤지관, 전승희 옮김 미국대학위원회 선정 SAT 추천도서
89·90 부활 톨스토이 · 연진희 옮김 논술 및 수능에 출제된 책(1998~2005)
91 방드르디, 태평양의 끝 투르니에 · 김화영 옮김
92 미겔 스트리트 나이폴 · 이상옥 옮김 노벨 문학상 수상 작가
93 페드로 파라모 룰포 · 정창 옮김
94 차라투스트라는 이렇게 말했다 니체 · 장희창 옮김 국립중앙도서관 선정 청소년 권장도서
95·96 적과 흑 스탕달 · 이동렬 옮김 국립중앙도서관 선정 청소년 권장도서
97·98 콜레라 시대의 사랑 마르케스 · 송병선 옮김 노벨 문학상 수상 작가 | BBC 선정 꼭 읽어야 할 책
99 맥베스 셰익스피어 · 최종철 옮김 서울대 권장도서 100선 | 미국대학위원회 선정 SAT 추천도서
100 춘향전 작자 미상 · 송성욱 풀어 옮김 서울대 권장도서 100선
101 페르디두르케 곰브로비치 · 윤진 옮김
102 포르노그라피아 곰브로비치 · 임미경 옮김
103 인간 실격 다자이 오사무 · 김춘미 옮김
104 네루다의 우편배달부 스카르메타 · 우석균 옮김

105·106 이탈리아 기행 괴테 · 박찬기 외 옮김
107 나무 위의 남작 칼비노 · 이현경 옮김
108 달콤 쌉싸름한 초콜릿 에스키벨 · 권미선 옮김
109·110 제인 에어 C. 브론테 · 유종호 옮김 BBC 선정 꼭 읽어야 할 책
111 크눌프 헤세 · 이노은 옮김 노벨 문학상 수상 작가
112 시계태엽 오렌지 버지스 · 박시영 옮김 《타임》 선정 현대 100대 영문소설 | 《뉴스위크》 선정 100대 명저
113·114 파리의 노트르담 위고 · 정기수 옮김 미국대학위원회 선정 SAT 추천도서
115 새로운 인생 단테 · 박우수 옮김
116·117 로드 짐 콘래드 · 이상옥 옮김 《뉴스위크》 선정 100대 명저
118 폭풍의 언덕 E. 브론테 · 김종길 옮김 미국대학위원회 선정 SAT 추천도서
119 텔크테에서의 만남 그라스 · 안삼환 옮김 노벨 문학상 수상 작가
120 검찰관 고골 · 조주관 옮김
121 안개 우나무노 · 조민현 옮김
122 나사의 회전 제임스 · 최경도 옮김 미국대학위원회 선정 SAT 추천도서
123 피츠제럴드 단편선 1 피츠제럴드 · 김욱동 옮김
124 목화밭의 고독 속에서 콜테스 · 임수현 옮김
125 돼지꿈 황석영
126 라셀라스 존슨 · 이인규 옮김
127 리어 왕 셰익스피어 · 최종철 옮김 서울대 권장도서 100선 | 《뉴스위크》 선정 100대 명저
128·129 쿠오 바디스 시엔키에비츠 · 최성은 옮김 노벨 문학상 수상 작가
130 자기만의 방 · 3기니 울프 · 이미애 옮김
131 시르트의 바닷가 그라크 · 송진석 옮김
132 이성과 감성 오스틴 · 윤지관 옮김
133 바덴바덴에서의 여름 치프킨 · 이장욱 옮김
134 새로운 인생 파묵 · 이난아 옮김 노벨 문학상 수상 작가
135·136 무지개 로렌스 · 김정매 옮김
137 인생의 베일 서머싯 몸 · 황소연 옮김
138 보이지 않는 도시들 칼비노 · 이현경 옮김
139·140·141 연초 도매상 바스 · 이운경 옮김 《타임》 선정 현대 100대 영문소설
142·143 플로스 강의 물방앗간 엘리엇 · 한애경, 이봉지 옮김 미국대학위원회 선정 SAT 추천도서
144 연인 뒤라스 · 김인환 옮김
145·146 이름 없는 주드 하디 · 정종화 옮김
147 제49호 품목의 경매 핀천 · 김성곤 옮김 《타임》 선정 현대 100대 영문소설
148 성역 포크너 · 이진준 옮김 노벨 문학상 수상 작가 | 퓰리처상 수상 작가
149 무진기행 김승옥
150·151·152 신곡(지옥편 · 연옥편 · 천국편) 단테 · 박상진 옮김 《뉴스위크》 선정 100대 명저
153 구덩이 플라토노프 · 정보라 옮김
154·155·156 카라마조프가의 형제들 도스토옙스키 · 김연경 옮김
157 지상의 양식 지드 · 김화영 옮김 노벨 문학상 수상 작가
158 밤의 군대들 메일러 · 권택영 옮김 퓰리처상 수상 작가
159 주홍 글자 호손 · 김욱동 옮김 서울대 권장도서 100선 | 미국대학위원회 선정 SAT 추천도서
160 깊은 강 엔도 슈사쿠 · 유숙자 옮김
161 욕망이라는 이름의 전차 윌리엄스 · 김소임 옮김
162 마사 퀘스트 레싱 · 나영균 옮김 노벨 문학상 수상 작가
163·164 운명의 딸 아옌데 · 권미선 옮김

165 모렐의 발명 비오이 카사레스 · 송병선 옮김
166 삼국유사 일연 · 김원중 옮김 서울대 권장도서 100선
167 풀잎은 노래한다 레싱 · 이태동 옮김 노벨 문학상 수상 작가
168 파리의 우울 보들레르 · 윤영애 옮김
169 포스트맨은 벨을 두 번 울린다 케인 · 이만식 옮김
170 썩은 잎 마르케스 · 송병선 옮김 노벨 문학상 수상 작가
171 모든 것이 산산이 부서지다 아체베 · 조규형 옮김 《타임》 선정 현대 100대 영문소설
172 한여름 밤의 꿈 셰익스피어 · 최종철 옮김 미국대학위원회 선정 SAT 추천도서
173 로미오와 줄리엣 셰익스피어 · 최종철 옮김 미국대학위원회 선정 SAT 추천도서
174·175 분노의 포도 스타인벡 · 김승욱 옮김 노벨 문학상 수상 작가 | 《타임》 선정 현대 100대 영문소설
176·177 괴테와의 대화 에커만 · 장희창 옮김
178 그물을 헤치고 머독 · 유종호 옮김 《타임》 선정 현대 100대 영문소설
179 브람스를 좋아하세요... 사강 · 김남주 옮김
180 카타리나 블룸의 잃어버린 명예 하인리히 뵐 · 김연수 옮김 노벨 문학상 수상 작가
181·182 에덴의 동쪽 스타인벡 · 정회성 옮김 노벨 문학상 수상 작가
183 순수의 시대 워튼 · 송은주 옮김 《뉴스위크》 선정 100대 명저 | 퓰리처상 수상작
184 도둑 일기 주네 · 박형섭 옮김
185 나자 브르통 · 오생근 옮김
186·187 캐치-22 헬러 · 안정효 옮김 《타임》 선정 현대 100대 영문소설
188 숄로호프 단편선 숄로호프 · 이항재 옮김 노벨 문학상 수상 작가
189 말 사르트르 · 정명환 옮김
190·191 보이지 않는 인간 엘리슨 · 조영환 옮김 《타임》 선정 현대 100대 영문소설
192 왑샷 가문 연대기 치버 · 김승욱 옮김 퓰리처상 수상 작가
193 왑샷 가문 몰락기 치버 · 김승욱 옮김 퓰리처상 수상 작가
194 필립과 다른 사람들 노터봄 · 지명숙 옮김
195·196 하드리아누스 황제의 회상록 유르스나르 · 곽광수 옮김
197·198 소피의 선택 스타이런 · 한정아 옮김 퓰리처상 수상 작가
199 피츠제럴드 단편선 2 피츠제럴드 · 한은경 옮김
200 홍길동전 허균 · 김탁환 옮김
201 요술 부지깽이 쿠버 · 양윤희 옮김
202 북호텔 다비 · 원윤수 옮김
203 톰 소여의 모험 트웨인 · 김욱동 옮김
204 금오신화 김시습 · 이지하 옮김
205·206 테스 하디 · 정종화 옮김 미국대학위원회 선정 SAT 추천도서 | BBC 선정 꼭 읽어야 할 책
207 브루스터플레이스의 여자들 네일러 · 이소영 옮김
208 더 이상 평안은 없다 아체베 · 이소영 옮김
209 그레인지 코플랜드의 세 번째 인생 워커 · 김시현 옮김 퓰리처상 수상 작가
210 어느 시골 신부의 일기 베르나노스 · 정영란 옮김
211 타라스 불바 고골 · 조주관 옮김
212·213 위대한 유산 디킨스 · 이인규 옮김 서울대 권장도서 100선 | BBC 선정 꼭 읽어야 할 책
214 면도날 서머싯 몸 · 안진환 옮김
215·216 성채 크로닌 · 이은정 옮김
217 오이디푸스 왕 소포클레스 · 강대진 옮김 서울대 권장도서 100선
218 세일즈맨의 죽음 밀러 · 강유나 옮김
219·220·221 안나 카레니나 톨스토이 · 연진희 옮김 서울대 권장도서 100선

222 **오스카 와일드 작품선** 와일드 · 정영목 옮김
223 **벨아미** 모파상 · 송덕호 옮김
224 **파스쿠알 두아르테 가족** 호세 셀라 · 정동섭 옮김 노벨 문학상 수상 작가
225 **시칠리아에서의 대화** 비토리니 · 김운찬 옮김
226·227 **길 위에서** 케루악 · 이만식 옮김 《타임》 선정 현대 100대 영문소설 | 《뉴스위크》 선정 100대 명저
228 **우리 시대의 영웅** 레르몬토프 · 오정미 옮김
229 **아우라** 푸엔테스 · 송상기 옮김
230 **클링조어의 마지막 여름** 헤세 · 황승환 옮김 노벨 문학상 수상 작가
231 **리스본의 겨울** 무뇨스 몰리나 · 나송주 옮김
232 **뻐꾸기 둥지 위로 날아간 새** 키지 · 정회성 옮김 《타임》 선정 현대 100대 영문소설
233 **페널티킥 앞에 선 골키퍼의 불안** 한트케 · 윤용호 옮김 노벨 문학상 수상 작가
234 **참을 수 없는 존재의 가벼움** 쿤데라 · 이재룡 옮김
235·236 **바다여, 바다여** 머독 · 최옥영 옮김
237 **한 줌의 먼지** 에벌린 워 · 안진환 옮김 《타임》 선정 현대 100대 영문소설
238 **뜨거운 양철 지붕 위의 고양이 · 유리 동물원** 윌리엄스 · 김소임 옮김 퓰리처상 수상작
239 **지하로부터의 수기** 도스토옙스키 · 김연경 옮김
240 **키메라** 바스 · 이운경 옮김
241 **반쪼가리 자작** 칼비노 · 이현경 옮김
242 **벌집** 호세 셀라 · 남진희 옮김 노벨 문학상 수상 작가
243 **불멸** 쿤데라 · 김병욱 옮김
244·245 **파우스트 박사** 토마스 만 · 임홍배, 박병덕 옮김 노벨 문학상 수상 작가
246 **사랑할 때와 죽을 때** 레마르크 · 장희창 옮김
247 **누가 버지니아 울프를 두려워하랴?** 올비 · 강유나 옮김
248 **인형의 집** 입센 · 안미란 옮김
249 **위폐범들** 지드 · 원윤수 옮김 노벨 문학상 수상 작가
250 **무정** 이광수 · 정영훈 책임 편집 서울대 권장도서 100선
251·252 **의지와 운명** 푸엔테스 · 김현철 옮김
253 **폭력적인 삶** 파솔리니 · 이승수 옮김
254 **거장과 마르가리타** 불가코프 · 정보라 옮김
255·256 **경이로운 도시** 멘도사 · 김현철 옮김
257 **야콥을 둘러싼 추측들** 욘존 · 손대영 옮김
258 **왕자와 거지** 트웨인 · 김욱동 옮김
259 **존재하지 않는 기사** 칼비노 · 이현경 옮김
260·261 **눈먼 암살자** 애트우드 · 차은정 옮김 《타임》 선정 현대 100대 영문소설
262 **베니스의 상인** 셰익스피어 · 최종철 옮김
263 **말리나** 바흐만 · 남정애 옮김
264 **사볼타 사건의 진실** 멘도사 · 권미선 옮김
265 **뒤렌마트 희곡선** 뒤렌마트 · 김혜숙 옮김
266 **이방인** 카뮈 · 김화영 옮김 노벨 문학상 수상 작가 | 미국대학위원회 선정 SAT 추천도서
267 **페스트** 카뮈 · 김화영 옮김 노벨 문학상 수상 작가 | 국립중앙도서관 선정 청소년 권장도서
268 **검은 튤립** 뒤마 · 송진석 옮김
269·270 **베를린 알렉산더 광장** 되블린 · 김재혁 옮김
271 **하얀 성** 파묵 · 이난아 옮김 노벨 문학상 수상 작가
272 **푸슈킨 선집** 푸슈킨 · 최선 옮김
273·274 **유리알 유희** 헤세 · 이영임 옮김 노벨 문학상 수상 작가

275 **픽션들** 보르헤스 · 송병선 옮김 서울대 권장도서 100선

276 **신의 화살** 아체베 · 이소영 옮김

277 **빌헬름 텔 · 간계와 사랑** 실러 · 홍성광 옮김

278 **노인과 바다** 헤밍웨이 · 김욱동 옮김 노벨 문학상 수상 작가 | 퓰리처상 수상작

279 **무기여 잘 있어라** 헤밍웨이 · 김욱동 옮김 미국대학위원회 선정 SAT 추천도서

280 **태양은 다시 떠오른다** 헤밍웨이 · 김욱동 옮김 《타임》 선정 현대 100대 영문 소설

281 **알레프** 보르헤스 · 송병선 옮김

282 **일곱 박공의 집** 호손 · 정소영 옮김

283 **에마** 오스틴 · 윤지관, 김영희 옮김

284·285 **죄와 벌** 도스토옙스키 · 김연경 옮김 미국대학위원회 선정 SAT 추천도서

286 **시련** 밀러 · 최영 옮김

287 **모두가 나의 아들** 밀러 · 최영 옮김

288·289 **누구를 위하여 종은 울리나** 헤밍웨이 · 김욱동 옮김 노벨 문학상 수상 작가

290 **구르브 연락 없다** 멘도사 · 정창 옮김

291·292·293 **데카메론** 보카치오 · 박상진 옮김

294 **나누어진 하늘** 볼프 · 전영애 옮김

295·296 **제브데트 씨와 아들들** 파묵 · 이난아 옮김 노벨 문학상 수상 작가

297·298 **여인의 초상** 제임스 · 최경도 옮김 미국대학위원회 선정 SAT 추천도서

299 **압살롬, 압살롬!** 포크너 · 이태동 옮김 노벨 문학상 수상 작가

300 **이상 소설 전집** 이상 · 권영민 책임 편집

301·302·303·304·305 **레 미제라블** 위고 · 정기수 옮김

306 **관객모독** 한트케 · 윤용호 옮김 노벨 문학상 수상 작가

307 **더블린 사람들** 조이스 · 이종일 옮김

308 **에드거 앨런 포 단편선** 앨런 포 · 전승희 옮김 미국대학위원회 선정 SAT 추천도서

309 **보이체크 · 당통의 죽음** 뷔히너 · 홍성광 옮김

310 **노르웨이의 숲** 무라카미 하루키 · 양억관 옮김

311 **운명론자 자크와 그의 주인** 디드로 · 김희영 옮김

312·313 **헤밍웨이 단편선** 헤밍웨이 · 김욱동 옮김 노벨 문학상 수상 작가

314 **피라미드** 골딩 · 안지현 옮김 노벨 문학상 수상 작가

315 **닫힌 방 · 악마와 선한 신** 사르트르 · 지영래 옮김

316 **등대로** 울프 · 이미애 옮김 《타임》 선정 현대 100대 영문소설 | 《뉴스위크》 선정 100대 명저

317·318 **한국 희곡선** 송영 외 · 양승국 엮음

319 **여자의 일생** 모파상 · 이동렬 옮김

320 **의식** 노터봄 · 김영중 옮김

321 **육체의 악마** 라디게 · 원윤수 옮김

322·323 **감정 교육** 플로베르 · 지영화 옮김

324 **불타는 평원** 룰포 · 정창 옮김

325 **위대한 몬느** 알랭푸르니에 · 박영근 옮김

326 **라쇼몬** 아쿠타가와 류노스케 · 서은혜 옮김

327 **반바지 당나귀** 보스코 · 정영란 옮김

328 **정복자들** 말로 · 최윤주 옮김

329·330 **우리 동네 아이들** 마흐푸즈 · 배혜경 옮김 노벨 문학상 수상 작가

331·332 **개선문** 레마르크 · 장희창 옮김

333 **사바나의 개미 언덕** 아체베 · 이소영 옮김

334 **게걸음으로** 그라스 · 장희창 옮김 노벨 문학상 수상 작가

335 코스모스 곰브로비치·최성은 옮김
336 좁은 문·전원교향곡·배덕자 지드·동성식 옮김 노벨 문학상 수상 작가
337·338 암 병동 솔제니친·이영의 옮김 노벨 문학상 수상 작가
339 피의 꽃잎들 응구기 와 시옹오·왕은철 옮김
340 운명 케르테스·유진일 옮김 노벨 문학상 수상 작가
341·342 벌거벗은 자와 죽은 자 메일러·이운경 옮김 퓰리처상 수상 작가
343 시지프 신화 카뮈·김화영 옮김 노벨 문학상 수상 작가
344 뇌우 차오위·오수경 옮김
345 모옌 중단편선 모옌·심규호, 유소영 옮김 노벨 문학상 수상 작가
346 일야서 한사오궁·심규호, 유소영 옮김
347 상속자들 골딩·안지현 옮김 노벨 문학상 수상 작가
348 설득 오스틴·전승희 옮김
349 히로시마 내 사랑 뒤라스·방미경 옮김
350 오 헨리 단편선 오 헨리·김희용 옮김
351·352 올리버 트위스트 디킨스·이인규 옮김
353·354·355·356 전쟁과 평화 톨스토이·연진희 옮김
357 다시 찾은 브라이즈헤드 에벌린 워·백지민 옮김
358 아무도 대령에게 편지하지 않다 마르케스·송병선 옮김
359 사양 다자이 오사무·유숙자 옮김
360 좌절 케르테스·한경민 옮김 노벨 문학상 수상 작가
361·362 닥터 지바고 파스테르나크·김연경 옮김 노벨 문학상 수상 작가
363 노생거 사원 오스틴·윤지관 옮김
364 개구리 모옌·심규호, 유소영 옮김 노벨 문학상 수상 작가
365 마왕 투르니에·이원복 옮김 공쿠르상 수상 작가
366 맨스필드 파크 오스틴·김영희 옮김
367 이선 프롬 이디스 워튼·김욱동 옮김 퓰리처상 수상 작가
368 여름 이디스 워튼·김욱동 옮김 퓰리처상 수상 작가
369·370·371 나는 고백한다 자우메 카브레·권가람 옮김
372·373·374 태엽 감는 새 연대기 무라카미 하루키·김난주 옮김
375·376 대사들 제임스·정소영 옮김
377 족장의 가을 마르케스·송병선 옮김 노벨 문학상 수상 작가
378 핏빛 자오선 매카시·김시현 옮김
379 모두 다 예쁜 말들 매카시·김시현 옮김
380 국경을 넘어 매카시·김시현 옮김
381 평원의 도시들 매카시·김시현 옮김
382 만년 다자이 오사무·유숙자 옮김
383 반항하는 인간 카뮈·김화영 옮김 노벨 문학상 수상 작가
384·385·386 악령 도스토옙스키·김연경 옮김
387 태평양을 막는 제방 뒤라스·윤진 옮김
388 남아 있는 나날 가즈오 이시구로·송은경 옮김
389 앙리 브륄라르의 생애 스탕달·원윤수 옮김
390 찻집 라오서·오수경 옮김
391 태어나지 않은 아이를 위한 기도 케르테스·이상동 옮김 노벨 문학상 수상 작가
392·393 서머싯 몸 단편선 서머싯 몸·황소연 옮김
394 케이크와 맥주 서머싯 몸·황소연 옮김

395 **월든** 소로 · 정회성 옮김
396 **모래 사나이** E. T. A. 호프만 · 신동화 옮김
397·398 **검은 책** 오르한 파묵 · 이난아 옮김 노벨 문학상 수상 작가
399 **방랑자들** 올가 토카르추크 · 최성은 옮김 노벨 문학상 수상 작가
400 **시여, 침을 뱉어라** 김수영 · 이영준 엮음
401·402 **환락의 집** 이디스 워튼 · 전승희 옮김
403 **달려라 메로스** 다자이 오사무 · 유숙자 옮김
404 **아버지와 자식** 투르게네프 · 연진희 옮김
405 **청부 살인자의 성모** 바예호 · 송병선 옮김
406 **세피아빛 초상** 아옌데 · 조영실 옮김
407·408·409·410 **사기 열전** 사마천 · 김원중 옮김 서울대 권장도서 100선
411 **이상 시 전집** 이상 · 권영민 책임 편집
412 **어둠 속의 사건** 발자크 · 이동렬 옮김
413 **태평천하** 채만식 · 권영민 책임 편집
414·415 **노스트로모** 콘래드 · 이미애 옮김
416·417 **제르미날** 졸라 · 강충권 옮김
418 **명인** 가와바타 야스나리 · 유숙자 옮김 노벨 문학상 수상 작가
419 **핀처 마틴** 골딩 · 백지민 옮김 노벨 문학상 수상 작가
420 **사라진 · 샤베르 대령** 발자크 · 선영아 옮김
421 **빅 서** 케루악 · 김재성 옮김
422 **코뿔소** 이오네스코 · 박형섭 옮김
423 **블랙박스** 오즈 · 윤성덕, 김영화 옮김
424·425 **고양이 눈** 애트우드 · 차은정 옮김
426·427 **도둑 신부** 애트우드 · 이은선 옮김
428 **슈니츨러 작품선** 슈니츨러 · 신동화 옮김
429·430 **세계의 끝과 하드보일드 원더랜드** 무라카미 하루키 · 김난주 옮김
431 **멜랑콜리아 I–II** 욘 포세 · 손화수 옮김 노벨 문학상 수상 작가
432 **도적들** 실러 · 홍성광 옮김
433 **예브게니 오네긴 · 대위의 딸** 푸시킨 · 최선 옮김
434·435 **초대받은 여자** 보부아르 · 강초롱 옮김
436·437 **미들마치** 엘리엇 · 이미애 옮김
438 **이반 일리치의 죽음** 톨스토이 · 김연경 옮김
439·440 **캔터베리 이야기** 제프리 초서 · 이동일, 이동춘 옮김
441·442 **아소무아르** 에밀 졸라 · 윤진 옮김

세계문학전집은 계속 간행됩니다.